孽凰
皇后善谋
上册

云哲 作品

重庆出版集团 重庆出版社

图书在版编目（CIP）数据

孽凰/云哲著．—重庆：重庆出版社，2014.6
ISBN 978-7-229-07110-3

Ⅰ.①孽… Ⅱ.①云… Ⅲ.①言情小说—中国—当代 Ⅳ.①I247.5

中国版本图书馆CIP数据核字（2013）第255582号

孽凰
NIEHUANG

云 哲 著

出 版 人：罗小卫
责任编辑：刘 嘉 郭莹莹
责任校对：杨 婧
封面设计：艾瑞斯数字工作室 clark1943@qq.com
版式设计：谙恒记工作室

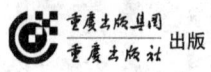

重庆出版集团
重庆出版社 出版

重庆长江二路205号 邮政编码：400016 http://www.cqph.com

重庆国丰印务有限责任公司印刷

重庆出版集团图书发行有限公司发行

E-MAIL:fxchu@cqph.com 邮购电话：023-68809452

重庆出版社天猫旗舰店
cqcbs.tmall.com

全国新华书店经销

开本:700 mm×1 000 mm 1/16 印章:36.25 字数:627千
2014年6月第1版 2014年6月第1版第1次印刷
ISBN 978-7-229-07110-3
定价:55.00元

如有印装质量问题，请向本集团图书发行公司调换:023-68706683

版权所有 侵权必究

目录

楔子		1
第一章	逆境之凰	3
第二章	后宫之主	14
第三章	皇后职责	26
第四章	鸣鸟不飞	36
第五章	丢车保帅	51
第六章	连横合纵	65
第七章	君心难测	84
第八章	红颜知己	99
第九章	针锋相对	116
第十章	火之记忆	134
第十一章	断壁残垣	147
第十二章	相国杀意	160
第十三章	初次爱上	171
第十四章	南城阴谋	180
第十五章	书中文字	195
第十六章	陷入杀局	209
第十七章	捧杀之计	230
第十八章	运筹帷幄	248
第十九章	风晴之约	260
第二十章	清君之侧	274

楔子

初冬，渐冷。自昨儿个下了场雪后，帝都的天便开始冷了起来。

黑夜的寂静才刚被初阳所撕裂，躲在房中的宫人们便不得不团着袖口出来忙活。专门负责晴岚轩"主子"的两个小太监搓着冻得通红的脸颊，满嘴都是埋怨的话。

到了门口，两个小太监稍顿了下步，抬头看向连宫都算不上的地方。破败的匾额上还能看出老旧的题词，旁边的漆皮掉了不少，露骨的颜色看得人有种说不出的惨意。门前堆砌的白雪，混了些枯叶污汤，不仅阻碍了行路的步伐，还弄湿了太监们的鞋子。

一个太监拔弄着尖刻的脸，甩了甩自己冰凉的脚，低声发出一声怪叫："……这女人怎么连雪都懒得扫，八成还没起呢！"

"我看，就是欠教训。"另一个太监搭话，脸上满是轻蔑与不屑。

"哎哟，就算是被下了那种圣旨，又被赶到这种破地方来，可皇上终归没将她打入冷宫，更没废了她。咱也得悠着点啊，万一哪天翻身了，咱们岂不是吃不了兜着走？"

"啧，你放心吧，就这软货，皇上早就对她厌弃了，不然就不会下这种圣旨了。你要讨好，还是费费心思送点礼去筱月殿吧。"

"也是，这种挨了打都不知道吭一声的女人，注定翻不了身。昨天是去太医院做工，太便宜她了，今天咱就拉她去浣衣局，好好让这贵人给咱洗洗衣服。"

两个人说着，不由得露出一丝狰狞的笑容，随后便一同推开了这晴岚轩老旧而不能避风的木门。

随着吱呀一声响起，灰尘落雪静静地扑在了地上，两个小太监不停地挥动着手，怪声怪气地说："她这地方，还真是一天不打扫就脏兮兮的，八成是有人给她扔灰了。"

"她活得越惨，咱的赏就越高，你该感谢她了。"为首的太监笑道，然后在这昏暗的屋中找寻着那女子的身影。忽然间，他的眼瞳缩了一分，仿佛是看到了什么。

　　床下，柜旁。一抹纤细的身影双手撑地，有些蜷缩地跪在那里，她安静地一动不动，长长的头发顺着两边搭垂下来，盖住了她苍白的面容，她身上紧裹的亵衣也让她看起来格外单薄。最让人不解的是，她竟将一套看起来极为厚重的红色大袍整整齐齐地叠放在床上，而在那衣服上，还放着一支做工精致的钗。

　　那小太监轻轻吞咽了下唾液，连呼吸都不敢大声。他与身后的太监对视了一眼，然后小步地上了前。当他用他的指尖战战兢兢向她鼻下探去后，他猛地一缩，惊恐万分地向后退着，甚至连身子都开始发抖。

　　而后，便从这晴岚轩内，传出一声大喊："皇后娘娘殡天了，皇后娘娘殡天了！！！"

　　雪，又开始下了。晴岚轩外渐渐聚集了很多宫人，但无人敢多做停留。屋中女子，依旧安静地跪着，像是在做一场仪式，又或是在向谁谢罪。

　　只可惜，却没人敢去探究。

　　但是更重要的是，此时此刻，没有一人能猜想到，其实这……仅仅只是一个开端。

第一章
逆境之凰

前线指挥部中，一身利索军装的苏慕晴来到桌前，她扬起指尖，毫不犹豫地将带来的卷图拉开，用掌心将其抚平、仔细看着上面的细节。在她那从容而冷静的脸上，看不出丝毫的惊慌。

周围人面面相觑，整个军营中气氛凝重异常。

这是至关重要的一战，关系到国际战略，所以他们必须胜利。

可是就目前情况而言，事态不容乐观，他们本是向上级申请调来国防部战略研究院的资深战略专家，却未料来了一个如此年轻的女上校，这对他们来说，仿佛在下一盘险棋，心里忐忑不已。

"这个女的行吗？是不是没人了才……"

"是啊，这么年轻当了上校，经验尚浅，哪能掌控得了这么大的战役。"

"不行，还是换人吧……"

这里的所有人都面露铁青，纷纷小声议论着。唯有苏慕晴依旧沉默不语，仿佛根本不在意下面的议论。

这时，她唇角一勾，脸上从容淡定，而后她拿过了一旁的记号笔，在一个地方洒脱地圈动一下，落笔潇洒，神情不羁。此时所有人都为之一愣，纷纷看向那记号所指之地，唯独苏慕晴站直了身子，双手将记号笔一扣，灿烂一笑，"打蛇打七寸。各位首长，我的任务做完了。"

"这里……完全可以进行奇袭！"

"这是一个绝佳的位置！"

"这……这孩子的手法，反其道而行之，不一般呐！"

这时站在旁边的一位军官上前，低声说道："苏慕晴可是首长极为信赖的战略研究专家，别看她年纪不大，却是个狠角色。"

众人惊喜，纷纷看向正在收东西的慕晴。这时慕晴转身，在稍稍打过招呼后，便拿上自己的军帽准备离开，似乎对赞赏之词并不在意。慕晴抿抿唇，撩开厚实的布帘，却在抬眸之际感觉有什么东西正晃着自己的眼睛。她眯着眸，脚步回缩了些，冷静地判断着那东西的源头，忽然一怔，看向了身后。

那东西所对的位置,正好是这场战役的最高指挥官！苏慕晴忽然低咒一声，在一声枪响的同时，她纵身一挡，然后在一片混乱中，彻底失去了意识。

……

疼，全身彻骨的疼。

空气稀薄得几乎让她窒息。

她死了吗？将军又是否平安？

苏慕晴眉头微微颤动，用尽力气将沉如铅块的眼皮缓缓睁开。此时她的眼前一片漆黑，所在之处阵阵散发着一股让人不舒服的蜡油味，侧了耳，隐约能听到一些念经的声音。

究竟是怎么回事？为什么她会变成这样？而这狭小的空间又是哪？

苏慕晴百思不得其解，却忽然听到外面一个人用着奇怪的音调大喊："下葬！"

下葬？在给谁下葬？给她吗？但是她还活着啊。

苏慕晴不明所以，只是喘息着费力地从棺中爬出，眼中布满了困惑之色。

外面，正下着雨，一点一滴地落在她纤细的肌肤上，冰凉凉的，仿佛是在告诉她眼前这一切并非梦中幻景。

"我在哪？"

她企图将身子探出棺外，但当众人见到她的一霎，仿佛瞬间安静了。没有念经声，没有脚步声，什么都没有……而她，仿佛顿时成为了焦点。不过半刻，在场的几乎所有人都突然像疯了一样地尖叫起来,仿佛是热锅蚂蚁般四处乱逃。他们纷纷踩踏泥中，摔的摔跑的跑，同时还大喊着："皇后娘娘尸变了！皇后娘娘尸变了！！"

刺耳的诅咒使得苏慕晴皱紧了眉头，她咬住有些发僵的下唇，茫然地看向周围一切。

这是一个她从未见过的地方。

苏慕晴深吸口气，踏着发软的步子，努力地从这棺中走出。她恍惚地在雨中游荡着，脑海一片空白。

棺木前的摆设，她像是在史书上见过，是一个祭坛。四周被几圈沥青台阶重重围住，如被枷锁缠绕。祭坛顶端镶有金凤，正收拢双翅，安静而平和。但这样的凤与她平日里所见的展翅之凰截然不同。这里的凤如同归根落叶，了无生气，使得她莫名感到有些悲凉与阴森。除此之外，这祭坛倒还算大气，而且没有杂草乱尘，应是被人常年打扫。

苏慕晴停下步子，将视线落在了那些疯跑的人身上，眉心不由得拧起。

这些奇装异服的人是谁，他们为何害怕，而自己又在哪？苏慕晴茫然地用手背贴了贴冰凉的额角，腕子上两个白玉雕镯缠在一起，叮叮作响。

身上很冷，冷到刺骨，冷到仿佛连血都是冰的。

此刻，雨势渐大，颗颗落下，连珠成串的雨水将苏慕晴身上的衣袍浸透，冰凉凉地贴在她的肌肤上。这样的透凉，使得苏慕晴忍不住打了个寒颤。她抬手看了下自己衣袖上的金丝凤图，依旧是满心疑惑。指尖抚过，细密的绣工让她惊叹。她虽对这图样不甚了解，也知道这袍子一定价值不菲。

如此衣袍让苏慕晴心中更为疑惑，她忍不住皱起眉头，牙齿被她咬得不停作响。

她明明是战略研究院上校，应该正在帮着某部做军事战略分析，然后她好像是看到了己方军营中有人将枪口对着指挥营，于是她下意识地去挡……

思及此，慕晴的心头略微有些发凉，随着记忆愈发清晰，她越是开始怀疑自己是否已经死去。可若是她死了，她尚且还能接受，但她现在这是在哪里？这……应该不会是阴曹地府吧。

苏慕晴摇摇头，半垂的眼眸中透着凛冽的寒光。幸好她向来冷静，又是军人出身，所以还不至于被眼前的"景观"吓乱了手脚。于是眸子一转，一把拽住一个看起来像是招摇撞骗的茅山道士，她冷冷而问："这是哪，你们是谁？"

那道士瞪大眼睛看着苏慕晴抓着他衣襟的手，瘦尖的脸上布满惊恐之色。他哆嗦着想将苏慕晴的手挪开。但身手敏捷的苏慕晴又岂容得他从她手上溜走，于是压低声音命令道："说！"

这一声呵斥，使得道士的腿一下子就瘫软了，一边求着饶、一边哭喊道："皇后娘娘饶命啊，小民只是被当官的找来为您送行的，真不知道您还能活过来啊！"

"皇后娘娘？"苏慕晴略微挑了下右眉，如黑玉般的眼中划过一缕幽光。

皇后，祭坛，凤袍……这究竟是……难道？……这一切太过匪夷所思，这怎么可能，这绝不可能！

苏慕晴咬牙，一把将道士揪起："这究竟是怎么一回事，是不是有人用这

种拙劣之术陷害于我？"

道士此时已经吓得泣不成声，他"噗通"一声跪倒在地，哀求道："皇后娘娘，您就别吓唬小民了！小民真的什么都不知道，只知道您是南岳王朝当朝皇后，不久前病逝，谥号孝端仁皇后！"

"谥号？"苏慕晴小声重复。她隐约记得，这种东西只有古人死后才会被封。于是她猛然回身，望向不知何时已被雨雾遮掩的祭坛，眼眸中闪过一丝惊诧："这是祭祀死人的地方……是祭奠我的地方？！那我是……"苏慕晴心头如被万石所压，顿时感觉惶恐不安。苏慕晴沉默半晌，小心翼翼地将右手抬起，轻抚自己的脸庞。眉毛、眼睛、鼻子、唇瓣……对她来说，统统都如此陌生。她倒吸口气，扔开已经快要吓昏的道士，她跪倒在被水浸透的洼地中，尽可能地想看清自己此时的容貌。

"这是谁……"苏慕晴蹙眉说道，语气飘忽，彻底陷入了茫然。

但很快，却有另一个深黑的人影渐渐出现在了水面的倒映上。苏慕晴眼眸一颤，却在下一刻感觉脖颈受了重击，让她再度失去了意识。

三个月后。

南岳已经进了大雪频繁的寒冬，皇宫里格外安静。红墙上时而里里啦啦地滴着雪水，将偌大的皇宫映衬出一份冷漠与孤寂。格外显眼的杨树枝叶未茂，却覆上了一层雪白，倒犹如画卷点缀，惹得路过宫人忍不住抬眼多看两眼。

朝阳初升，渐渐为宫里的寂静洒下一片金黄，染得到处暖意十足，仿佛在安抚被这无情冬日折磨得痛苦不堪的人们。

后宫禁地，安静异常。苏慕晴一身布衣简装、拖着还有瘀伤未愈的身体，如同宫女般端着水盆穿梭在皇宫深处。纤细的浅葱指上无疑在这寒冷的冬天留下了冻伤的痕迹。她的脚步落在刚融的雪上，染湿鞋子，只能任由这份冰凉沁入心间。这一行，陪同她的还有一名年约四十的太监。

"快点！皇上刚微服回宫，要是伺候不周，小心性命不保！！"这名太监冷冷说道，脸上满是不屑与冷漠。

苏慕晴曾试图反抗过，却又因势单力薄而被打压，所以她只能暂时隐忍下来，伺机而动。

可等归等，在她清秀的脸上，显出的却是一抹不耐烦。

她现在已经不是原来的苏慕晴，而是同样名为苏慕晴的南岳大朝第一正宫皇后，谥号：孝端仁皇后。

可笑吗？确实可笑。她一个活生生的人竟然有了谥号，而且最重要的是，她穿越了。苏慕晴用了很长一段时间才接受这让人难以置信的事实，但她总觉得到现在还有些如梦似幻，没有丝毫的真实感。不过出于受了不少"被除妖"的苦头，苏慕晴倒也开始变通了，不得已为了生存接受了这个皇后的身份，并以古来擅用的"癔症"自居。当然，还得多亏了那些太医为保命而为她编造的病症，以至于她现在不会被当做妖怪处以火刑。

火刑虽避免了，日子却不甚好过。当苏慕晴被人带回宫中，这才知道她竟穿越到了一个连后妃都不如的皇后身上。这个皇后生前受着生不如死的待遇，尊严、皮肉乃至生命都无时无刻不是被人踩在脚底。而这一切只因皇上下了一道罪责圣旨：

"宫廷之内，地位最低贱者，乃苏皇后。凡善待者，一律严惩。恶待者，赏！"

当知道有这道圣旨存在后，苏慕晴终于知道这身体的主人为何明明有着矜贵的头衔，却满目疮痍，原来一切的起因，都是归功于当今圣上——北堂风！

只可惜，自她来到这里就一直没能见到他，多番打听才知道皇上在几个月前去微服出巡。

为何要下这道圣旨，皇后与皇上究竟有何冤仇？皇后又为何以那种姿势了结自己的性命？这些问题苏慕晴反问了自己无数次，也尝试着四处打听。但宫里人无一例外地全都缄口不言，令她根本无从下手。难道是皇上有什么把柄落入她的手里，不然为何不废了她，或者干脆赐死，还搞出这么多花样来逼她就范。

说起来，这事还真是让苏慕晴格外棘手。真不知道她是做了什么孽，连死都不能安心做个烈士，还被上天选中出了这么一档子事。不过还好她是一名军人，这点小苦她还吃得了，而且她谙熟战略，算是能勉强生存。

不过这样也好，既然上天给了她一个重来的机会，她为何不好好用起？虽然这女子的人生起点略微低了些，状况着实有些窘迫，但是仅仅是这点挫折，还难不倒她苏上校。

苏慕晴眯住眼，唇角稍稍扯动了下。

"快点！笨手笨脚的！你又想吃鞭子了是不是！"李公公不耐烦地说着，眯起松散的眼皮，就差没动手了。

苏慕晴半垂眼眸，在路过李公公身边时，淡淡一笑，脸上没有丝毫惊慌，"奉劝一句，人要给自己留后路。"

苏慕晴说完，依然挂着从容的笑，只是看着前方的眸有些深。

她终于要见到这个一心想要将她折磨至死的皇帝了！苏慕晴深吸一口气，

而后毫不犹豫地端着水盆进了筱月殿。

　　李公公在后面看着苏慕晴清瘦的背影，嗤之以鼻，"啧啧，我在这宫里待了几十年，就算飞天有术，也绝斗不过皇上。"

　　李公公摇摇头，忽听里面有些不平常的动静，于是没再多想，赶忙小碎步跟了进去。

　　……

　　苏慕晴前脚刚踏入筱月殿的殿门，还没等她放下盆子，就被不知从哪里来的力道狠狠地打了一巴掌。这突如其来的惩罚晃得她脑中嗡嗡作响，紧接着便有一个刺耳的声音穿入脑海："皇后姐姐，你连倒水都不会吗？这么凉的水，如何给皇上洗漱！"

　　苏慕晴挑眉，脸颊处还隐隐发烫。她轻轻地叹了口气，尽可能忍耐的将脸转回对上了一张看似清秀的容颜。

　　眼前之人虽然长了一副如水的娇柔之相，发起狠来却像只妖精。她就是柳妃——柳惠蓉。一个将皇上的罪责圣旨坚决贯彻到底的尖刻女人。

　　这三个月里，这个女人倚着皇上做背后靠山，还真是没少折磨她。不仅让她险些断了肋骨，对她用过鞭刑，还找了诸多借口让她穿着单衣在雪地里罚站。都说后宫女人，有很多最后都变得扭曲，现在她苏慕晴可真是见识到了，柳妃可谓就是活生生的例子。

　　对于柳妃的责骂，苏慕晴很明白是在吹毛求疵。不过就算她解释，又有谁会为她主持正义？

　　天下能救自己的，只有自己。

　　苏慕晴淡笑一声，将盆子抬高，索性顺着柳妃，道："皇上既然要上朝，我们做妻妾的，当然要为皇上醍醐灌顶，让皇上更加清醒治国。"苏慕晴淡语，眼中却透露着一种居高临下的从容，她唇角微扬，有着一副不容忽视的沉稳。

　　柳惠蓉先是一愣，她绝没想到苏慕晴竟会说如此大逆不道之言，于是面露胆怯地看了眼床帏，有些不知如何是好。

　　"总之！姐姐最好再打一盆来，否则待会皇上龙颜大怒，倒霉的可是姐姐，别浪费妹妹的一番苦心。"柳妃说道，但她慌里慌张的眼神却使得苏慕晴心中为之一笑。

　　看来，有人在后面看戏，那人定是想看她苏慕晴如何被个妃子羞辱而后委屈落泪。

　　只可惜，她向来心胸宽大，也经历过风雨。若以为区区一个女人的刁难就能让她黯然神伤,那也太小看她这个专门搞战略研究的上校了。

"无所谓。"苏慕晴说道,声音轻缓,不慌不忙。随后她行了礼,极有耐性地拿着盆子往外走,仿佛柳惠蓉方才的那番挑衅根本起不到任何作用。

可步子才挪动一步,却忽然听到一声轻咳自纱幔中传出。身边柳惠蓉一惊,侧眸间见那帘子正被一双修长的指微微挑开,顿时便感到一股凛然自帘内散出。

"朕倒真想看看,皇后如何为朕……醍醐灌顶。"帘内之人轻声而语,声音低沉缓慢,透露着一种能刺透人心扉的寒。声落,帘掀。一抹修长而威严的身影逐渐从帘后显出。李德喜和柳惠蓉一见,心生惶恐,纷纷有些拘谨地向后退。

唯有苏慕晴站在原地,一动不动。但并非是她当真想挑衅身后之人,而是自己的身子,竟不自主地僵硬,并渗透着莫名的恐惧。

不多时,一股淡淡的寒香自内飘出。身后之人缓而不急的脚步愈发地靠近慕晴。当他的身影渐渐遮盖了她的视线时,慕晴咬唇抬眸,也渐渐对上了他那双摄人心魄的狭长眼眸,顿时让她感觉自己的身子被一股寒气所困。

她微启唇,眼中透露着一丝讶异。她知道这个浑身散发着凛然的男人正是要置自己于死地的南岳皇帝北堂风,却从未想过他竟长了这么一副摄人心魄的容貌。他的墨色长发好似瀑布般顺在耳侧,静默地垂在腰间。眉毛略有上扬,黑曜石般狭长的眸中透露着一种冰冷的寒,但同时也镶嵌着一种深邃的慑然,仿佛谁要是多看他一眼,就会被瞬间吸入其中。他的鼻,高而挺,仿若刀刻般完美,薄唇轻扬,又为他的冰冷,增添了一抹妖冶感。他略尖的下颌,随着他的靠近,也逐渐地向回压低,居高临下地俯视着眼前有些怔住的苏慕晴。一身明黄衣袍,高贵而威严,寒香轻轻绕开,仿佛要将苏慕晴彻底吞噬。

"朕很庆幸你还活着。"北堂风冷语,而后侧眸说道,"你们两个,都下去。"他静静开口,声音不急不缓,却让李德喜与柳惠蓉不由得被他的威严所震,赶忙跪安。很快,整个筱月殿中,就只剩下苏慕晴和这个让她不寒而栗的男人。大门轻掩,声音垂落。他突然将她的手腕抓起,用力攥在手中。盆子掉落在地,发出不小的响动,躁动地在房间里转动,而盆中洒出的水,也渗了慕晴满身,将她衬托得更加狼狈。当屋中再次陷入一片死寂后,北堂风才用着更加凛冽的声音说道:"哪怕是得了癔症。但既然活着,就给朕好好想起来该想起的事……何况,是不是真的得了癔症,朕也要好好看看。"在说话的同时,他用如同利刃般的目光盯着她,似乎想要将这皮囊下的灵魂一眼望穿。但她却不惧,反而也直视他,使得北堂风的眼眸微微眯住,多了一份危险的气息。这

时北堂风忽然加重了捏着慕晴腕子的力道，使得苏慕晴还未痊愈的伤处刺痛万分，忍不住地闷哼一声。不过北堂风的这句话，倒是验证了她先前的想法：北堂风有什么把柄在她这皇后身上，也就是说……她有一张，暂时忘记的，但却绝对存在的保命王牌！

"臣妾该记得什么吗？"苏慕晴的回答毫不示弱，脸上露着浅浅的笑，只是眼中透露着一丝忍耐，伤口裂开的痛楚让她额角逐渐渗出了汗水。

"苏慕晴！"北堂风一个字一个字地念着她的名字，仿佛恨不能吃她的肉，抽她的骨。北堂风忽然冷笑一声，拽着她的胳膊一把扔在了冰冷的床榻上。重回自由的苏慕晴赶忙护住那又一次痛起的胳膊，不屈地望着北堂风。

"臣妾在！"苏慕晴冷笑，还不忘应他，可是这种回应，明显是一种绝不屈服于他的挑衅，使得北堂风身上的寒气更甚。

他的眉角略有挑动，而后一把扯住她的长发，发钗散落，一头青丝凌乱地在他手上摆动。他很用力，用力到让她丝毫使不上力气，只能毫不躲避地望着他凛冽的双眸。

"别在朕面前装。你该记得什么比朕清楚，不然也不会为了拿到它而公然与朕作对！"北堂风忽地拧住苏慕晴的下颌，几乎要将其捏碎。他眯住眼眸，语气逐渐降为了先前的冷漠。然而他的话，却字字刻骨，他凑近苏慕晴耳畔，用舌尖撩过她冰凉的肌肤，低声说道，"苏慕晴，别以为朕曾经疼爱过你，你就以为朕不敢碰你，你如果现在听朕的话，朕兴许还会原谅你！否则，别怪朕不念旧日情分。"

北堂风说完，便将苏慕晴冷冷地扔在一边。他似是瞬间换了一个人般敛住了一切的情绪，含冰双眸凝视着狼狈不堪的她，"无论你是真得了癔症还是假得了癔症，你都要清楚。朕，是你唯一的出路。"撂下了这么一句话后，北堂风便漠然离开了筱月殿，也将他的那股慑然冷风带走，似乎对这许久未见的皇后没有一丝一毫的留恋，就如同她只是他闲来时折磨一下的物件。慕晴哑然失笑，只是有些愤然地又在筱月殿待了一会。待她终于缓过神，她蓦地抬眸，唇角缓缓抽动，清丽的眼眸中闪动着幽幽碧光。

虽然方才被北堂风狠狠地折磨了一顿，但同时她心中也开始有些明朗，只不过她当真一点都记不起北堂风口里的东西。但无论如何，有一件事是她可以确定的，那就是她必须好好利用这样东西，至少在自己想起来之前，将自己的命保住，否则一切都是空谈。

之后苏慕晴扶着有些麻木的胳膊缓缓走出筱月殿，在这冰霜覆瓦的寒冬，身上浸透的水渍已让那单薄的布料冰得发硬。慕晴始终在沉思着,想要尽快想起什么蛛丝马迹,直到不知被什么人狠狠撞在地上之时,她方才稍稍缓了神。她一抬头,迎面便见两个小太监恶狠狠地从地上爬起,在他们的身边时而有些圆滚滚的糕点四处乱跑,绕了几圈才肯停下。

小太监一见东西摔了,两人眼睛都直了。于是怒不可遏地喊道:"大胆!你是什么东西!竟然敢把柳妃娘娘的糕点撞翻!是不是不想活了!"话音刚落,两个小太监却因看清了苏慕晴的脸而神情转为诡异,他们突然相视而笑,那邪佞的样子让慕晴感觉浑身难受。

是了,全宫廷都知道,谁要是碰上皇后娘娘,就算是遇见"皇恩浩荡"了。因为他们只要下狠手整治整治,就能得赏赐!于是两人索性将苏慕晴一把揪起,恶狠狠地看着她说,"皇后娘娘可别怪奴才们,奴才们也只是听命于皇上罢了。"说着,就将苏慕晴扔在地上,而后狠狠踩上她本就冻伤的手背,用力压碾,直到见了血。

"混蛋。"苏慕晴低语,抓住那只踩着她手背的脚,狠狠一扭,便听到了一声惨叫。

苏慕晴扶着手起来,一双美眸泛出一种怒意,"谁再敢碰本官,本宫就让谁全身残废!"

这一刻,苏慕晴是真的发火了,骨子里身为军人的傲气一时全数发出,使得两个小太监身子一震,也稍有犹豫。宫里传闻,皇后应是丝毫不会反抗、只会含泪忍受的娇弱女子,可怎么看眼前这个下手颇狠的女子都不像是传闻所说的那般。

"别听皇后的,危言耸听罢了。"其中一个小太监说,眼中露出轻蔑之色。

"可她真动手啊!"另一个太监捂着脚,整张脸都扭曲了。他总觉得自己脚踝已经脱节了,痛得无法忍受。

"你这废物,待会赏我可自己领了。"那个稍凶些的太监唾弃了一口,伸手就要抓苏慕晴。

苏慕晴咬唇,双手紧握拳,就在她正做好准备要拖着这残破的身子与这两个小喽啰打上一架时,那两个太监却如同在她身后看到什么那般,全傻在那里,两人的脸都变得煞白煞白。慕晴微愣,好像也与他们一样感觉到身后有一种不知名的压迫感。于是屏息,也慢慢转过头。

"奴才给祈亲王请安,祈亲王万福!"随着两个太监惊慌的声音,一身银丝蓝袍的男子出现在苏慕晴眼中。那人面色淡漠如风,如墨发丝整齐地自耳后

顺下。他的眼睛，带了些浅浅的琉璃色，映在光下，显得清幽而平和。他走近慕晴，顿时飘过一阵让她为之安心的檀香，仿如这个男人给她的感觉那般，安静怡人。在他身后，则跟着一个面无神情的男子，看起来冷冷的，倒与这祈亲王截然不同。

"皇后。"祈亲王幽声而语，声调中没有丝毫的不恭，可以说是苏慕晴在这宫中第一次听到真心喊她皇后的人。

但他的恭谨却让慕晴反倒有些不知如何是好，袖中指尖轻轻捏动。

祈亲王转了眸，冷冷看向跪在地上瑟瑟发抖的太监，低声而道："不知是哪家主子，竟教出如此狗仗人势的奴才。"

"奴才，奴才只是听命于皇上……"

祈亲王垂眸，弯身捡起掉落在地上的点心，"刚才听到你们说，这是要送去给柳妃的？"

"是……"两个太监连头都不敢抬，哆哆嗦嗦地回答。

在这一问一答中，慕晴悄然地看向这初次见面的淡雅男子。其实她在宫中对他还是有所耳闻。在朝廷里，势力最大的就是祈亲王北堂墨，是连皇上都要忌讳三分的人物。本以为他会是更加年迈之人，却没想到竟是如此年轻俊逸。而更没有想到，自己竟会被他看到如此狼狈的一幕。

"回去告诉柳妃，这点心是本王无意弄掉的。他日本王自会派人送上江南糕点赔罪。"北堂墨的声音不急不缓，只是用指尖将糕点擦了擦，然后又将其放回了碟子中，"南城饥荒，还是不要浪费的好。"

太监听了，赶紧爬过去颤抖着将其他糕点放回盘中，不敢再多说一句。

"你们走吧。"北堂墨淡语，眼中依旧毫无波澜。待太监们灰头土脸地离开后，北堂墨这才再度正视苏慕晴。

苏慕晴刚要上前道谢，却发现北堂墨竟毫不避讳地缓缓执起自己受伤的手，看似淡漠的脸上，也同时显出了一种疼惜。

"这些人着实可恶。……本王为你上药。"北堂墨说道。

"不用……"还没等苏慕晴整句话说完，北堂墨便从怀里掏出一个小瓶子，他打开盖，将里面的药粉轻轻撒在了苏慕晴的手背上。针扎般的痛楚突如其来，使得苏慕晴脸色有些发白。

"疼吗？"北堂墨道，而后轻轻地在她手背上吹着气。那裹着檀香的暖风袭来，使得苏慕晴心头不自觉地跳动一下，竟有红晕浮上脸颊。

"多谢。"当北堂墨将一条白色丝布缠在苏慕晴手上后，苏慕晴赶忙道谢，慢慢抽回了手。从小到大，她虽是在男人圈长大的，却也从未与这样的男人如此近亲过。整颗心仿佛都快破胸而出。

"早就听闻罪责圣旨，没想到竟真存在。"北堂墨说道，眼中有些微微的不悦。

"王爷，该走了。"这时，北堂墨身后的男子靠近耳语，使得北堂墨脸上浮出了一丝凝重，于是望向苏慕晴。他望着她，微微一笑，如暖阳般。而后将怀里的瓶子放到苏慕晴手中，"皇后，记得去让御医看看伤。这个皇后留在身边，若有机会，臣会来拜会皇后的。"语毕，北堂墨又温温一笑，而后朝着与苏慕晴相反方向而去。

苏慕晴轻握住手上还留着北堂墨身上淡淡檀香的丝绢，心中流过一片暖流。或许是这个冰冷到没有一丝人情味的地方，容易让人变得脆弱。

"北堂墨。"苏慕晴轻声念着，并将她被包扎的手贴在胸口，在她那黑曜石般的两眸中闪动着一缕流光。不禁有些感叹这宫里至少还是有人情味存在，至少不都是像北堂风那样的人。

想起北堂风，慕晴心中又是一阵抽搐。她咬住唇，转身向着自己的晴岚轩走去。回去后，她肯定要好好休息一下，养精蓄锐。有关"北堂风"这三个字，她宁死也不想再多琢磨了。

但苏慕晴刚走，不远处的北堂墨却停了脚步。他略微有些担忧地回头看了她的背影，琉璃眸中闪动着淡淡幽光："若白，你看皇后当真什么都记不得了吗？"

身边的离若白脸色有些凝重，也追着北堂墨视线看向苏慕晴，他摇摇头，着实不知要如何回答，只是淡淡地说了句，"王爷，皇上近来已经在王府加派了人手，看来还是提防您提防得紧。为了大局着想，皇后之事还是不要参与的好。"

北堂墨轻轻地点了下头，俊逸的脸上透出了些柔和，"皇上的家事本王也不想参与，但至少让茗雪进宫照应她一下吧。"语罢，北堂墨略有深意地勾了下唇便转身离去，长发顺风轻摆，撩起了一抹看不透的安静。唯有离若白的脸上，浮现着一种如何也无法参透的疑惑，但也只得应了一声，随着北堂墨而去了。

第二章
后宫之主

　　次日，辰时。睡了一天一夜的慕晴被一阵幽香撩醒，这阵香气令她宁静怡然，心境也不再那么繁杂。她用力地动了下眸子，沉重的眼皮上带了些酸涩。刚一动弹，她的手好似就被另一双轻柔温暖的手握住，同时有一个清幽温柔的声音传入耳畔："皇后娘娘，伤口还没处理好，不知是否可以稍后再行起身。"

　　慕晴一愣，蓦地睁了眼并从床上坐起，并看向声音的来源，顿时便有一仿若仙子般的美貌女子映入眼帘。如此惬意的早上，伴着如此美貌天仙的女子，当真犹如一幅画卷，沁入心牌。

　　但美归美，她却更想知道女子的来历。几番询问下，女子告诉慕晴，她叫"茗雪"，是祈亲王府派入宫中服侍皇后的。

　　听了茗雪的话，慕晴心中莫名地有些暖意。无论如何，茗雪应当是在这宫里第一个能与自己如此心平气和说话之人，让自己高悬已久的心，稍稍地安了下来。想必王爷也是怕她孤立无援，这才找了茗雪。但在欣喜的同时，慕晴心中也有了隐隐不安，因为以她现在单薄的势力，还没有这个能力去保护另一个人，若是他日连累了茗雪，未免有些对不住她了。思及此，慕晴便稍稍用力地回握了下茗雪的手，决心好好保护这个第一个追随自己的女孩。半晌，慕晴忽然想起一件事，于是问道："你知道王爷他何时会再来宫里吗？"

　　茗雪摇摇头，只是告诉慕晴王爷近日出城办事，这几日可能不会进宫。而后茗雪又从怀中掏出一个写着"祈"字的金牌，说是先帝赐给王爷贵重之物，是王爷专门嘱托带给慕晴的。慕晴接过令牌，指尖抚过上面的刻字，心中明了了令牌的用处，于是唇角不由得扬起笑容。王爷是看出她在宫中待不住，如此一来，她便可以偶尔凭借着令牌出宫走走，连皇上也不能违抗。不过她倒不想随便乱用，因为若是当真让北堂风知道了这件事，定然会大动肝火，万一不小心烧到王爷身上，那就是她的罪过了。思及此，慕晴将令牌小心收好，并叮嘱了茗雪，王爷之事不得对外人提起。

自从有了茗雪，慕晴的日子也稍稍好过了些。很多宫人们派发下来的活，茗雪都抢在慕晴面前漂亮地完成。主仆二人可以说是其乐融融，也使慕晴第一次感受到皇宫中的暖意。可是相对的，由于茗雪的帮忙，也让很多想要通过整治皇后来得赏的宫人们屡遭失败，不少人都对茗雪起了敌意。虽然茗雪多多少少感觉到了，却也没有放在心里。

可是这样的被孤立的气氛，慕晴又岂会感觉不到。虽然她不止一两次地考虑过将茗雪送回王府，但是每次都被茗雪坚定而不服软的眼神生生逼回，也就没将那句话说出口。可人虽留下了，皇宫的凶险却并没有为此而减少。以至于慕晴不仅要保护住自己，更要肩负起保护茗雪的重责。幸好她苏慕晴与其他柔弱女子不同，多少算是军人出身，所以为了护住与自己风雨同舟的茗雪，她打起十二分精神，当真是在暗中将茗雪保护得无比周全。可是百密也会有一疏，苏慕晴也不过是一个人，势单力薄的状况让她根本无暇顾及越来越多的危机。被这皇城的黑暗所淹没，或许是早就被天所注定好的。

这一天，慕晴同往常一样在宫中自取午膳，却无奈地遇上了柳惠蓉。今日的柳惠蓉对她忽然热络起来，慕晴实在不想与之周旋，几次想走，都被她硬生生地给拦了回来。来来回回几次，慕晴感觉柳惠蓉身边的人似乎开始强拦，根本不像是茶余饭后侃侃而谈这么简单。忽然预感到不对，于是她毫不客气地甩开了柳惠蓉，向着自己的晴岚轩走去。望着苏慕晴的背影，柳惠蓉吟吟而笑，她拿了手绢擦擦唇角，看向天上的太阳。

想来时候差不多了，和她作对的人，不会有好下场的！

思及此，柳惠蓉心情大好，踏着妖娆的步子向筱月殿而走，似是在等待着一个极好的结果。

而另一面，当慕晴踏着有些急躁的步伐走到半路时，忽然看到几个小太监有说有笑地朝着其他方向走着。慕晴眯眼，被他们手中的东西吸去了注意，紧接着她忽然惊住，狠狠咬着下唇，腥腻的血腥味缓缓渗入口中，将她的唇点缀上了一片樱红。

在他们手里为何会有茗雪的衣带？慕晴有种异常不好的感觉袭上心头，连呼吸都不由得变急促。此时此刻她最怕的就是应了自己心中所想的最坏结果，于是慕晴再没耽搁，急忙加快了脚步。

到了门口，慕晴发现大门已经被人弄坏，木渣子掉了一地，孤零零地散落在各处。慕晴深吸了一口气，尽可能地平复情绪，然后她慢慢地推开门。随着门缝被拉开，破旧的门吱呀响动着，本就刺耳的声音今日听起来格外瘆人。地上凌乱地印盖着男人的脚印，将整间房凸显得肮脏不堪。这时慕晴抬了头，细密的睫毛蓦然颤动，眼中的幽光顿时聚集至一处。慕晴的身子开始渐渐发着颤，呼吸的声音都开始变得不再那么清晰。她慢慢走近，但每走一步都感觉是那样的沉重，她似是在忍着怒气，袖口下握住的双拳吱吱作响，骨节处也泛了白，似是在她的血液里有什么东西促使她一触即发。

她停下了。无声无息地静立在茗雪面前。她看着她，只觉得自己的心好像被万钧所扯，无休止地扭绞着她的神经。

此时的茗雪半卧在地上，一双眼睛空洞无物，如同被抽走灵魂的泥塑。她全身衣衫被撕得粉碎，如雪般的肌肤也处处是划痕，她的身子似是仍在颤抖，时而抽动着。她的脸，也被人用刀狠狠地割出一个血淋淋的大口，绝美的面容不复存在，殷红顺着脸颊染满了她净白的肌肤。她的双腿透着红，如同妖蛇般缠在她的身上，不知是因为清白不再，或是因为那一道道惨无人道的伤痕。在她身边，放着还带有血渍的不堪入目的"东西"，让人无法想象茗雪之前受到了怎样的迫害。

似是听到动静，茗雪缓缓转了眸。当她看到慕晴的一霎，终是忍不住，静静地淌下一滴泪。不久前还停留在她眼中那温婉可人的神情不在，仿佛有一种绝望的恨意。

慕晴紧咬唇，而后轻蹲下身，她以双手为茗雪撩开黏腻在伤口上的发丝，还带着余温的血红染在慕晴的指尖上，更犹如尖刀一般刺入她的心头。

"是谁干的？"慕晴一字一字地说，连声音都因怒意在发颤。

茗雪狠狠吸了口气，靠在慕晴胸前，那柔弱的指尖还在不停发抖。半晌，她才从已经干裂的唇中缓缓挤出几个字："是筱月殿的……畜生……"

苏慕晴忍不住眯住眼眸。虽然她知道有时候太监喜欢凌虐宫女以抚平心中扭曲，但没想到竟然欺到她苏慕晴头上。她再不济，也是带着军衔的刚强军人，更是当朝第一皇后！她紧紧将茗雪拥入怀中，她眼底的随性不知何时已经消失无踪，取而代之的是一抹凌厉的冰蓝。如此拙劣但又狠毒的手段，在整个皇宫中只有一个人做得出。

筱月殿，柳妃，柳惠蓉。

慕晴蓦然起身，眼中迸射出一抹更加冰冻的厉光。欺她，辱她，她都可不计。但纵容奴才将茗雪迫害至此，她苏慕晴若不让她粉身碎骨，天理不容！

慕晴用力深吸了几口气，然后凝重地将北堂墨初见时给她的金疮药撒在茗雪脸上和身上的伤口处。每多看那些伤口一眼，都会让她心头揪痛，但她又必须看，而且还要看仔细。她要记住今日之痛，以待来日双倍奉还！

"待会，我将你送出宫。"慕晴冷冷而说，而这样的语调，已经是她能保持的最后的冷静。其实她早该那么做了，并且她也早想到茗雪会有危险，就是因为她一时的犹豫，就是因为她一时贪恋茗雪在身边时候的温暖，才会让茗雪有了如此不堪回首的记忆。

一切都是她，一切都是因为她！是她这个主子不够称职！

可慕晴话语刚落，茗雪却蓦地抬起眼眸，眼中出现了一抹不甘："奴婢绝不出宫！"

苏慕晴顿了下，略微藏了些怒的眸对上茗雪那坚韧的眼神，"宫中危机四伏，你可能会遇到比今日更加耻辱之事。"

"奴婢可以怕死逃走，那皇后娘娘是否可逃？皇后既然受得，我茗雪也受得！"那不服输的倔强看在苏慕晴眼里，却让她的心更痛。

半晌，苏慕晴缓缓将眼睛闭上。她要怎么做才能保全茗雪，她要怎么做才不会再将茗雪陷入危险之中，势单力薄的她根本就没法保护她不是吗？但是茗雪是个极固执之人，如此这般根本无法说动她。还有什么办法，还有什么办法？

慕晴似是想了很久，白净的脸上不停地有着挣扎的痛楚。但是很快，她又陷入了一种如净潭般的沉寂中。当她再次睁开眼睛时，忽然有一种无形的威慑将整个屋子都凝结了一层寒冰，连茗雪都因那份寒意而有些怔然。慕晴垂了眼，又静静地沉思了一会，袖口中的指尖亦微微攥起，似是在做着最后的决定。这时她忽然抬头，字字铿锵地说道："那好，你就留在本宫身边。"茗雪听了话，脸上显出了一份惊喜，可还没来得及与慕晴多说，慕晴便将药放在茗雪手上，同时静静起身，似是要去做什么事。

茗雪大惊，喊住慕晴："皇后！柳妃现在势力庞大，不能……"

慕晴定住脚，侧面而对，平静说道："茗雪你错了。本宫不去找柳妃，要找的另有其人。"

说罢，慕晴转身离去，使得茗雪也有些愣住，随即好像明白了即将到来的暴风雨，于是咬住牙，眼神也多了一种方才没有的光亮。而后，茗雪对着慕晴的背影用力磕了三个响头，同时一遍又一遍地大喊："皇后千岁千千岁！！"

皇后千岁，响彻皇城。

"居然是皇后……"

"皇后竟敢来这儿？"

"她是不想活了吧……"

"不是说皇后疯了吗？我看此言不假。"

"待会定有好戏看。"

"行了行了，赶紧走远点，免得被牵连。"

伴随着所有宫女太监的窃窃私语，苏慕晴身着与这皇宫格格不入的雪衫布衣，一身凛然地孤身迈入飞霜殿。她脚步坚实，没有丝毫犹豫，身后长发随着她的每一个脚步而左右摆动着，如同清澪流水。

飞霜殿，是当今圣上处理政事的大殿，后宫之人一律不准靠近。即使是再受宠之人，但凡靠近，都会受到严刑之惩，更别说是一个让皇上恨之入骨的女人。宫人们都远远地望着，仿佛等着一场调剂的好戏。

到了殿门，李德喜迅速将苏慕晴拦下，一双褶皱势利的眼睛死死盯着她，恶狠狠地说："皇后娘娘请止步，皇后娘娘怕得了癔症，连宫里的规矩都不记得了吧。"

苏慕晴嗤笑，轻轻顿足，转眸扫过李德喜："若本宫不来此处，怕是连君颜都不得见吧。"

"那奴才可管不了，反正，奴才就是不能放娘娘进去。"李德喜趾高气扬地说，根本半分都没把苏慕晴当皇后。

"看来，李德喜是不打算帮本宫传达了？"她勾唇，威而不怒，忽然的凛然使得李德喜都愣了一下。

今日的皇后，好像不太一样。

"不传，又怎么样？"李德喜阴阳怪气地说。虽然他也察觉了今日苏慕晴的不同，可却终是将其当做是生了幻象。没错，懦弱无争的皇后，怎么可能不一样，肯定还是个可以任人欺负的懦弱女子。

"那就别怪本宫了。"苏慕晴说罢，忽然收起所有笑意，毫无顾忌地向内走去。李德喜见状，脸上露出了惊吓之色，只见他一把拧住慕晴的肩膀，指尖回扣，想要将她扯回。

"不能进不能进！"李德喜不死心地说。

慕晴侧目，捏住李德喜扣在她身上的手，而后直接将他摔在地上。听着李德喜在地上不停地哀嚎，苏慕晴俯视他，冷冷地说："今日，谁也别想拦住本官！"

仿佛根本就不想跟他再多牵扯，苏慕晴跨过他满处打滚的身体，径自往里走。此时侍卫纷纷拥来，将她团团围住。苏慕晴咬住下齿，忽然厉声而道："谁敢动本官！"

声音一出，一种无形的威慑迅速蔓延，使得侍卫有些踌躇，更是万分不解。

因为这种威慑，怎么可能出自后宫女子？

正当这时，所有侍卫却又纷纷感受到来自另一方的压迫感，心头一惊，于是慢慢地让开一条道。随着那一身明黄的尊贵之人渐渐映入苏慕晴眼帘，同时还有一个让她夜眠而惧的声音缓缓响起："竟胆敢闯飞霜殿。不怕朕，将你千刀万剐……吗？"

声音落下，侍卫们纷纷让开一条道，随着那些凌乱的步伐归为沉寂，北堂风已负手立于苏慕晴的面前。

此时的他，与之前两次相见有了很大的不同。苏慕晴未曾想过北堂风在身着九龙黄袍时，竟如此摄人心魄。只是，在那仿若刀刻的俊逸的脸上，却带了一份怒意，那份自内而发的凛然，比之前也更甚。

他也望着她，狭长寒冷的双眸透映着她此刻的倔强，脸上却带着一份几乎将她吞噬的冰。

苏慕晴慢慢攥住双拳，垂眸之间似是在思量什么。半响，她才再度抬起眸，铮铮而道："皇上，为何不让其他人先下去，若非是怕臣妾吃了皇上不成？"

好一个激将法。北堂风眯住眼眸，没想到这胆大包天的女人竟然敢在他面前使计。但他还真想听听，这苏慕晴不顾性命闯来飞霜殿，究竟是搞什么名堂。于是北堂风如慕晴所愿，将周围人都屏退，而后他压低声音，冷冷而道："原本朕忙于国政大事，姑且让你再逍遥两天。没想到你竟自己跑来，真是让朕……惊喜万分。还是说，你想通了？"北堂风语气中透露出些嘲讽，但每一个字却又透露着一种血腥，看她的眼眸也未曾飘忽，像是一把尖刀般穿入她的灵魂。

苏慕晴毫不示弱地抬头望着他，像是在做着最后的挣扎。然后她忽然笑了，转而变得沉寂，她望着北堂风，并用那满是伤痕的指尖抓住北堂风几乎冷到极致的手，慢慢抬到自己的喉咙处，一把捏紧，"皇上，为何不亲自逼问我那东西的所在？是怕自己深爱着我，所以下不了手吗？"苏慕晴一字一字地说，一双黑曜石般的亮眸中闪动着将生死置之度外的神情。

北堂风没有拿回手，也没有动，只是静静地望着她那双眸。忽然间，他狠狠掐住苏慕晴纤细的脖颈，力道之大使得慕晴的身体几乎都站不住，而后顺着这股几乎要拧碎她的力道重重地撞在身后的墙壁上。

"你以为朕不想吗！朕每一天每一夜都在回忆着那一天你给朕的耻辱！"伴随着一句凛冽而几近疯狂的语调，北堂风的脸上显出了一种苏慕晴从未见过的狠。顿时的强力震动，使得苏慕晴几乎变得麻木，而北堂风的力道，仍然在愈加愈大。慕晴张着自己的唇，根本无法呼吸，可她却没有去拉扯北堂风的手腕，反而就这样静静地垂着，唯有映着北堂风脸庞的黑眸死死地盯着他，一眨也不眨。她的脸愈发的紫红，脖颈处发出细微的声响，而她的神智也开始愈发的模糊。

　　北堂风冷冷俯视苏慕晴，多么想就这样将她捏碎！就在苏慕晴即将失去意识的一霎，慕晴只觉脖颈突然一松，那急速涌入的空气仿佛是她最后的救命稻草。她瘫软地跌坐在地上，双手紧紧握住自己险些被掐断的脖，在用力地呼吸了几次后，她转眸看向已然恢复冷静的北堂风，在她的眼中闪动着极其屈辱的忍耐。

　　反倒是北堂风轻轻地勾了唇。他上前，来到慕晴身边，慕晴只感觉自己的头皮一阵发痛，就这样被北堂风揪着她的长发强迫她起身。

　　"朕明白了，你是来央求朕收回圣旨。"北堂风低语，眼中尽是嘲讽，"原来苏慕晴，也不过是个怕死的女人。朕过去还真是高看你了。"

　　慕晴望着他，痛得几乎说不出话，那种几乎要将她生吞活剥的痛，使得她的额角也开始逐渐泛着淡淡的汗珠。她当真想反驳，但是却一个字也说不出来，因为她知道，要是想保全茗雪，只有恢复皇后的身份。能做到这一点的，就只有当今圣上北堂风。

　　而她能交还给他的，就是她最引以为傲的尊严。她宁可被北堂风唾骂侮辱，也决不能再让茗雪受到伤害。

　　她铮铮地望着北堂风，不顾肌肤之痛，尽力说道："皇上曾说，如果臣妾愿意为皇上想起那样东西，也愿意还给皇上，皇上就会……原谅臣妾。皇上没有忘记吧。"

　　话一出口，像是戳中了北堂风心中的某一个角落，深黑的眸子蓦然一缩。

　　北堂风忽然将苏慕晴甩在地上，力道之大，让慕晴感觉好像身上又有几处旧伤复发。她勉强撑着身，唇角挂着丝笑，却依然用着倔强的眼神看着他。这一刻，北堂风靠近，蹲下，用着冰冷修长的指尖狠狠捏住她颤动的下颌，用力让她看向他。

　　半晌，他忽然勾动了唇瓣，转而用方才几乎将她撕碎的指尖拂过她布满汗珠的脸颊，力道极浅，如飞羽轻落。指尖顺了脸颊，而后滑入她发间，青丝缠绕，若隐若现，如同轻纱美绢。但下一刻，他却一把拧住她的发，将她按向自己。他直视着她的眼眸，身边的寒气几乎将她掩埋，他凑过她耳畔，轻声道："'原谅你'这三个字，又岂能如此轻描淡写。但是朕说过的话，也不会食言。"他起身，嘴角绽出笑容，"朕可以与你重新约定。不过在此之前，朕还要看看你能否苟延残喘活下来，接受朕的成全。"

慕晴眉角微动，随即明白了北堂风的意思——硬闯飞霜殿，必受重罚。

这是宫里的规矩，谁也无法改变。可如果她不入飞霜殿，又如何能见到连日连夜处理政事的北堂风。不过既然她现在来了，就做好有去无回的准备。只是区区杖责，她苏慕晴还受得。

苏慕晴眉眼无波，带着一丝不在意的笑。她红唇微启，反而顺着他的力道扬起下颌，"臣妾任凭处置。"她声音轻缓，面色平和，凝眸中映出北堂风漠然的双眼。而后她缓缓闭了眸，也不再使力气，如把自己完全交给了眼前的男人一般。

北堂风感到掌心一沉，倒是因为这女人突然的放松而有些意外，而他们此刻的姿势，更像是他怕她摔着，从而紧抱着她。这种暧昧的氛围令北堂风眉心微蹙，心中感到丝丝不悦。随即他冷哼一声，唤来了侍卫，并一把将苏慕晴扔回了地上。

慕晴稳稳落地，长发轻垂，利索而帅气。她扬眸，见背过身的北堂风似是因刚才的事有些恼了，反而令她扬了唇角，渐露笑意。想来这可恶的男人也有不好意思的时候，还真是勾起了她些许捉弄的意思。不过在此之前，她还得挺过杖责才行。慕晴侧眸看了眼冷脸的侍卫，忍不住攥了指尖。

擅闯飞霜殿，最轻也要杖责四十。慕晴苦着脸起了身，将衣服拉好，准备随着侍卫出去领罚。但脚尖刚动，就听北堂风出声止住，冷冷说了句"就在这里打吧"。慕晴和侍卫纷纷一怔，都有些不解地回头看向这九五之尊。只见他轻靠桌案，边捻动着指上的雕龙扳指，边平静地看着这方。

慕晴眉心一蹙，猜测着莫不是北堂风就是愿意看别人皮开肉绽。慕晴咋舌，心中暗骂了一句"变态"。而她丰富的表情看在北堂风眼中，不由得令他眯住眼，脸色铁青了一分，就如同他仅仅通过细微的神情，便看透了她的想法。

慕晴笑，四下看了看，挑了几处后，终于找到了最为舒服的位置，横竖一趴，说道："下手别留情，免得皇上不满意，还要重打。"说着，她抬头看向北堂风，嫣然一笑，随后还不忘找了块布条塞在自己嘴里。这样的一幕，当真是让北堂风本就凛冽的眸子再度降温，指尖微顿，险些把扳指都捏碎。

侍卫见状，面面相觑，也是有些不知所措。按理说这时候不是应该上演女人惯用的一哭二闹三上吊的戏码，以求逃避皇上的责罚吗？为何这传闻中最懦弱的皇后怎么倒像是领了赏一样，令他们着实有些疑惑，故而悄然抬头看了眼皇上，却在下一刻被他那寒冷若冰的眼神刺得全身一震，赶忙又将视线缩了回去。他们清咳两声，尴尬地动了动胳膊，随后拿起杖棍，二话不说就打了下去。

　　话说这杖责，可绝非儿戏，一下两下尚且能忍，但一旦见了血，那痛苦却是撕心裂肺的，而且越往后，越难以忍受。慕晴紧紧咬住布，尽管脸上依旧带着笑，却见额角已经逐渐有汗珠滑下，连嘴角的弧度，也开始有些发僵。她垂了眸，静静望着眼前金线丝绣的明黄色的鞋尖，没一会儿，她的视线便被汗水沾满，黏腻在她的眼前，模糊了一切，便是连周围的声音，都显得那么遥远。

　　痛苦，撕裂，彻骨。究竟打了多少下了，慕晴已经完全不知道，只是在脑中一片漆黑的世界里，已经渐渐只剩下了自己。

　　当侍卫数够四十之后，行刑的人纷纷站开。他们围在了慕晴的身边，一直等候，却发现她已经不再动弹。她身后沾满鲜红，皮开肉绽，血肉模糊得有些不堪入目。她静静地躺在那里，看起来毫无声息，似是会就这样睡过去，再也不会醒来。

　　北堂风静默几许，眉心略微有些揪动，于是半蹲下身，撩起袖口将指尖放在她鼻下。霎时间，北堂风的瞳孔顿收，猛地抬头大喊了一句："传太医！快！！"

　　周围侍卫纷纷愣住，都不明白为何最恨皇后的皇上如此紧张皇后的死活，可虽然疑惑，却也不敢多言，只能听着圣意，迅速地出了殿门。

　　"不用了，我……死不了。"就在几人刚踏出飞霜殿时，北堂风只觉自己刚要拿开的指尖被人一把捉住。他微愣，低下眸子，竟看到苏慕晴那颤抖而无力的手。

　　北堂风默然，半眯眼眸，又回到苏慕晴的面前。望着自己被紧紧抓住的手，在他眸中划过一缕复杂的心情。犹豫半刻，北堂风终是没将手抽回，反倒是语气中稍稍带了些柔和，"那倒是。难得从朕这里要到了承诺，就这样死了，岂不可惜？"

　　苏慕晴几乎是用尽了全部的力气，苍白的小脸完全皱在一起，仿佛是在与那撕裂般的痛苦做着最严酷的对抗。慢慢地，她睁开了被汗水黏腻住的眼眸，朦胧中透着些雾气。她铮铮望着北堂风，唇角颤抖着勉强挂起一丝笑："臣妾向来一言九鼎。在回忆起皇上所谓的秘密前，臣妾也绝对不会死。"

"很好！"北堂风说罢，一把抽回被苏慕晴紧握的手。他起身，从案上拿过一颗金色的丹药，上面泛着光柔的亮色，映照出北堂风此时如地狱般深幽的凛眸。他转了身，见慕晴或已失去吞药的力气，便将那颗丹药先含入自己口中，然后几步走过，又将这可恨的女人揽起。他犹豫半晌，而后倾下身，将丹药轻柔地喂向慕晴。药入口，微苦，令慕晴下意识地想要吐开。北堂风眉心略紧，随后一咬牙将那药送地更深。见慕晴苦着脸生吞了那药，北堂风才稍稍舒了心，他想起来，却在离唇的一霎有些莫名的不舍。他有些迟疑，先是静默了一会儿，而后忽然又向下，含住她温暖的唇，而后渐渐加了力道，似是想要掠夺她的一切，同时也将他的那份寒香无情地渗入到她的世界中。

苏慕晴心头一颤，猛地睁大眼睛。她惊讶地感受着这个突如其来的吻，满是鲜红的指先是张开，随后紧紧捏住北堂风那至高无上的黄袍。此时慕晴只觉自己脑中一片空白，只是无措地揪着他的衣角，如同一个受了惊吓的孩子那般。而她此刻唯一能做的，就是看着这离自己极近的男人在自己满身是伤的时候偷吻自己！慕晴心头发闷，想要用力将北堂风推开，但是试了几下，却发现自己竟动不了他分毫，似是连自己的双手都因为这个吻而失去了力气。

她转过眸，凝视着他的眼神，心头忽然多了一丝陌生的抽痛。这个男人的眼神，永远是冷的；他的话语，也永远是无情的；但是他的吻，却是那样地炙热，几乎快要将她融化。似乎在这时，有一种热流充满自己的心口，胀得难受。那是什么？她不知道，她也从来没有体会过，只是觉⋯⋯她仅剩的力气，似乎都被这个男人的惊人之举消耗殆尽，莫名地想就这样窝在他怀里睡过去。

她真是疯了，不是吗？否则岂会有这么自虐的想法。

待结束了这一吻后，北堂风垂眸望着苏慕晴略微发胀的唇和她已经有些呆滞的眸子，眼神似是掠过一抹细微的柔，但很快就被他的冰冷盖过，重新恢复了先前的神情。

"这是极其珍贵的丹药，总要讨回些什么。"北堂风冷语，用手背擦过自己的唇，明显告诉她他有多么厌弃方才的一吻。这一动作看在慕晴眼里，眉心不由得微微拧起，心想着这北堂风是不是个疯子，吻她的也是他，倒头来辱她的还是他。慕晴唇角略微地抽动，也狠狠地擦拭了自己的唇，却不知竟将手上的血渍全部抹在了脸上。北堂风侧眸看到她那血淋淋的嘴，脸色忍不住地铁青了一分，自喃道："我真是疯了⋯⋯"

北堂风声音虽小，却字字落入慕晴耳中，她也蹙眉，心中忍不住咋舌，愈发觉得方才自己的沉沦只是错觉。

"把刚才的事忘了。"北堂风突然开口，语气强硬，似是不允许任何人反驳。他转而回了案边，提笔，在空圣旨上写了几个字，起笔有力，收笔如风，看在慕晴眼里，确实为他这一风姿所赞叹。

但，仅此而已。

放了笔，北堂风便拿着新的圣旨重新回到了慕晴身边，他弯身，将其稳稳放在苏慕晴手上，并用力攥了攥，然后在耳畔，用着低沉而沙哑的声音说道："如你所说，朕还你皇后正位。但你也给朕，好好地想起朕想知道的一切……若真能听话，朕，不会亏待你。"

苏慕晴心中虽屈辱万分，但依旧带笑，而后毫不胆怯地回望着他，"臣妾，求之不得。"

北堂风沉默不语，只是凝视着慕晴，他的眼神有些复杂，连慕晴也看不透他。

不多时，门口突然传来的纷乱脚步，将这份寂静瞬间打破。几名太医匆匆进入，却在看到处处伤痕的苏慕晴后为之一震，连脚步都渐渐放了缓，仿佛谁都不敢出头去碰这烫手山芋。

慕晴淡淡勾唇，当然知道这些明哲保身的太医们的想法，于是她冷淡地拨开他人搀扶的手，艰难地撑着身体，染血的指尖吃力地扶着墙边以求站稳。然后她抬眸，眼中滑动着悠悠碧光，"臣妾……告退。"慕晴淡淡而语，声调平缓，丝毫不像刚经过生死大难的人。

她转身欲走，周围太医纷纷让路，她拖着沉重的身子，蹒跚向前，脚下染着些血红。

北堂风望了她一会儿，眼中飘过一抹焦躁，于是突然开口："既然你不与朕作对，朕便借你样东西，也算是朕奖赏你的识时务。"语毕，他轻扬了手，很快便有另一人自旁殿走入。

慕晴侧了身，脸上略有不解，可在看到来人后，她的眼瞳顿时缩紧，然后难以置信地回望着北堂风。北堂风依旧面无表情，只是冷冷落下一句，"如你所愿，以后除了朕，没人敢碰你。"

苏慕晴眉心微蹙，当然知道北堂风是想强调什么，于是下意识地轻攥袖中指尖，微微点了下头。她垂眼，轻轻舒口气。

她明白，从皇上给她圣旨，并将这个人借她的一刻开始，她就已经不再是任人宰割的空顶着皇后头衔的宫奴，更不是有名无实的戏子。从此以后，她便是皇后，是南岳王朝真正的正宫娘娘。只不过，她的对手，也再不是那些小喽啰的宫人，而是眼前这一身凛然的当今圣上。

慕晴再度抬眸，凝视着北堂风，慧黠的眼中透着些许坚定。若是她与北堂风两个人的事，便由他们两个来解决，这样便好，这样便再不会牵连别人。总归来讲，她这一战算是赢了。只是她的未来，好像更加地飘渺，也不知从此之后等待她的将会是怎样的坎坷。

　　北堂风沉默半晌，扬唇，靠近，以指尖轻轻划过她的脸颊。指尖上传来的冰凉透过她的肌肤，无情地传入她的每一寸神经。他深邃的黑眸里滑动着幽幽凛光，然后抬了手，为她轻轻擦去唇角上被她蹭上的红，举止多了些宠溺。然后他俯视着她，启唇，用淡而深的声音对她低语："早这般听话，也就不会受这么多皮肉之苦。"

　　慕晴轻轻握住北堂风的指尖，从容不迫地看着他。她明白，他的宠，只是做给在场的每一个人看的，因为北堂风不会让人知道他们之间的条件，更不会让人知道有那么一样能牵扯到他命脉的东西存在。不过她还是感激他，感激他以这种方式成为了她的表面上的靠山。

　　她缓缓地落下他的指，而后咬着牙跪了安，随后扶着飞霜殿冰冷的墙壁独自离开。北堂风轻侧眸，身后之人便应声而追，也同苏慕晴一起离开了飞霜殿。

　　待遣退了所有人，北堂风侧身倚靠在门边，望着落日夕阳，幽光深眸中透着看不出的苦涩。风起，撩动及腰的墨色长发，鬓角青丝轻抚过他俊逸的脸庞。这时他抿住方才吻过慕晴的唇，缓缓垂了眸，眼中流露出一种静默的伤。

第三章
皇后职责

另一方面，当柳妃得知苏慕晴在飞霜殿挨了板子，一下子便神采飞扬了起来，那种毫不掩饰的喜悦将筱月殿撩起了一阵躁动的气氛。对于柳惠蓉来说，她根本没兴趣知道苏慕晴为何去飞霜殿，只当是苏慕晴想去告状结果被堵回来了。她用了一中午的时间，笑意盈盈地对着铜镜将自己收拾得俏丽美好，然后一甩袖摆就拉着身边的太监向飞霜殿方向走去。

能够有机会对苏慕晴落井下石，简直是她柳惠蓉人生的一大快事！柳惠蓉扭着水腰，边走边琢磨着待会对苏慕晴的奚落之词。一路上，柳妃的脑中一直幻想着各种画面，脸上的表情异常丰富，连旁边窥测主子心意的太监都不禁满面红光，想着待会主子一定会有赏。

眼看着快到飞霜殿了，柳惠蓉忽然开口说道："你说，本官待会要如何安抚皇后呢？"

小太监一听，自是知道娘娘此刻只想听皇后的坏话，于是谄媚接道："反正甭管娘娘您说什么，她都得老实听着。"小太监说着，眼中闪动着得意，"就和今儿娘娘让奴才去教训晴岚轩的宫女一样，皇后不照样只能忍气吞声，要是皇上有心为她说话，也不会赏她板子了！"

柳惠蓉冷哼一声，更是露出窃喜："罚那宫女，也不能怪本宫。谁让她去服侍那个贱妇。回头给点银子，打发下她家里人就是了。本宫一向仁慈，也不想把事情闹大。"

可当柳惠蓉话音落下的时候，小太监却顿了足，脸上罩上了一层讶异。他赶忙小跑几步凑近柳惠蓉，压低声音而道："娘娘……这宫女没有家人，先前也不是宫里的人。奴才以为娘娘知道，所以……"

柳惠蓉眉心一蹙，有些没好气地说："知道什么？不就是个普通的宫女吗？"

这下可把小太监给吓着了，他生吞了口唾液，小心翼翼地说："娘娘，她不是普通的宫女，是祈亲王府上的……"

话语至此，柳惠蓉猛地倒吸了一口气，脸上显出了一丝苍白。打狗还要看主人，没想到自己竟然惹了祈亲王。可是，祈亲王何时成为苏慕晴的后台了？说起来，上回太监报上来的糕点事件，好像也是祈亲王为苏慕晴解的围。这两个人究竟是什么时候……

柳惠蓉唇角微抽，她紧紧捏住手上的丝绢，骄纵地道："无碍，本宫自会让父王帮忙和祈亲王知会，现在，本宫只想看那贱妇的惨样。"得知祈亲王都帮苏慕晴的柳惠蓉闷哼一声，于是加快了向前的步伐，似是堵了口气想早点看苏慕晴的落魄之相。

当柳惠蓉和小太监转过拐角，她忽然站住了脚，眼中泛出了凶狠的厉光。因为那个夺了她后位的女人，那个抢了她一切的女人苏慕晴，就在面前！

柳惠蓉冷笑，毫不顾忌地向着苏慕晴走来。而另一方的苏慕晴也闻声顿了足，轻侧眸看向这方的柳惠蓉。这时，风起，卷起了些许尘埃。她与她四目相对，有一种紧绷的气氛逐渐蔓延，似乎箭在弦上，一触即发。

"呦，这不是皇后姐姐吗？"柳惠蓉说道，语气中充满了调侃之味，一双媚眼中更是充满了讽刺之感。苏慕晴静静地望着她，平静到没有任何的表情，只是任由清风撩起了她鬓角的发丝。

"呀，竟然敢不回柳妃娘娘的话了，又想挨揍了吧，别忘了你可是戴罪之身！"一旁小太监跋扈地说道，他时而窥探柳惠蓉的脸色，似是铁了心地要帮主子撑腰。

苏慕晴只是嗤笑了一声，并没有回话，依然静静地望着她。清风吹起，再度将她面颊上的发丝拂动，竟显出了一份妩媚。

柳惠蓉见苏慕晴毫不将自己放在眼里，眉角抽动，心中肝火难平，更是认定了苏慕晴此时的平静是源于不屑与她这嫔妃相提并论。柳惠蓉咬牙，齿间轻轻作响。

不，她错了。苏慕晴根本不是今日才有这样的神情，而是无论她如何折磨这个女人，她向来都是以这副表情面对她。所以才让她更讨厌她，讨厌到想把她千刀万剐！

望着柳惠蓉青筋顿起的神情，苏慕晴只是轻轻舒了口气。她冷漠地侧了眸，

欲从柳惠蓉身边走过，那份从容不迫仿佛是在告诉她——苏慕晴从来就没将柳惠蓉放在眼里。

就在两人交臂的一霎，柳惠蓉忽然按捺不住，张牙舞爪地伸出手想要把将苏慕晴扯住。可还没等她碰到慕晴，只觉自己的腕子被一个巨大的力道握住，下一刻，那抹力道便毫不留情地将她甩在一边，使得柳惠蓉狼狈地跌倒，如同一只落水狗那般。

"谁！是谁敢推本宫！！"柳惠蓉像是发了疯一样地喊，而那小太监也冲上来，未料却被一脚踹到地上，和柳惠蓉并排而躺。

"竟敢对皇后动手，按律当斩。"这时，一个声音冷冷而道。

柳惠蓉满脸怒火，她转了头，狠狠看向方才对自己下狠手的人，并大喊，"狗奴才！竟然敢……"

然而，当柳惠蓉转头之际，却愣在了那里。在她面前之人，穿了一身利索行装，精致的外袍上镶嵌着红黑纹理，腰上紧束黑色宽带，显出了他修长的身子。他静默地凝视着柳惠蓉，稳而不发。此人长得极美，墨发垂腰，甚至能使女人感到惭愧。但在那雌雄莫辨的脸上，却带着一份完全不近人情的冷漠，尤其是他还长了一双冰冷无情的眸，看起来更是不易近人。在他身上，虽有雪香遮掩，却盖不住那满满的血腥。仿佛，这个人根本没有生命。

柳惠蓉有些动摇了，甚至忘了起身。因为她知道这个人，她曾偷偷地在皇上那边见过他——东厂……上官羽！皇上最重要的心腹之一。

柳惠蓉难以置信地转头，看向依然侧身对着她的苏慕晴，柳惠蓉疯了一样的任性大喊："为什么！为什！为什么皇上会……本宫不信，不信！"

苏慕晴垂了眸，慢慢的转身。当她抬眸之际，一阵风起，将她的长发微微卷起，带了些清凛。当苏慕晴的视线完全对上了柳惠蓉后，那份在她身上久久收敛的慑然，第一次让柳惠蓉为之一震，连身子都开始发僵。

苏慕晴只是静静地负手而站，脸上挂着浅笑。她俯视着地上面无血色的柳惠蓉，不急不缓地说道："本宫常说，人，一定要学会给自己留条后路。免得来日，作茧自缚。妹妹，你觉得本宫说得对吗？"

见柳惠蓉傻在那里不知如何作答，慕晴眉角微扬，没再理会。她转回眸子，再也没任何停留地向着前方而走，身后的长发被风撩起，左右轻摆，柔软却孤傲，正如同此时的苏慕晴那般。

柳惠蓉望着她渐行渐远的背影，慢慢地撑起身，又因脚下一滑，再度摔倒。小太监马上上去搀扶，却被柳惠蓉狠狠推开，大喊一句"滚！"小太监一惊，不敢再惹怒柳惠蓉，赶忙转身跑了。

柳惠蓉就这样，死死地望着慕晴的背影，双拳紧握，甚至将那丝质手绢扯得不成样子，"苏慕晴，走着瞧！"说罢，她这才踉跄地起身，可刚要踏出步子，却狠狠地崴了下脚，痛得她险些叫出声。她愤恨地捶打了下墙壁，几乎快要抓狂，而后咬着牙，字字发狠道："苏慕晴，鹿死谁手，犹未可知！总有一天，我要亲手把你的凤钗夺走！"

当苏慕晴转过弯脱离了柳惠蓉的视线，便忽然像是被抽干了力气，一下子瘫软下来。上官羽眼疾手快扶住了她，可他指尖传来的冰冷温度，却让慕晴不由得缩动了下手。她紧紧地皱眉，一张脸苍白不已，额角的汗珠更是不由自主地下滑。

四十大板，当真不是儿戏，但她又岂可在柳惠蓉面前倒下！

苏慕晴深吸了几口气，尽可能地起身。她缓缓将指尖从上官羽的手上抽离，以袖口轻轻拭了额角的微汗，抬眸问道："方才的事，你不问？"

上官羽依然冷漠无声，只是简单回了句，"不该奴才问的，奴才自然不问。"

苏慕晴浅浅勾动了下唇瓣。明里看皇上让上官羽护卫她是为她着想，实里看则是摆明了在她身边安插一双眼睛。如此一来，他就能掌握她的全部，就算有朝一日她想起来那东西在哪，也没法轻举妄动。接纳上官羽，不私底下做些小动作，这也算是恢复皇后之位而必须应承下来的条件吧。但总归来讲还是一句话，北堂风完全不信任自己。

苏慕晴眯住眼，随即转为一声嗤笑。和北堂风这擅用阴谋阳谋的男人比起来，柳惠蓉这直来直去的性子又算什么。

有道是，越嚣张跋扈之人，越是好对付，因为枪打出头鸟的道理，人人都知。但是北堂风却不一样，他将自己藏得很深，他将她步步逼入死胡同，早就料到她会来找他。正所谓姜太公钓鱼，愿者上钩。将她苏慕晴玩弄于股掌，想必北堂风正乐在其中呢。

苏慕晴有些心堵地咋了下舌，转而看向一旁的上官羽。这个人身上的气味，她是有印象的，想必在刚来这里的第一天，就是被他给下手劈晕的。某种意义上，她与他也算是旧相识了，却没想到原来他就是东厂的上官羽。

东厂，她有所耳闻——直属皇上，可谓是北堂风牵制所有大臣的一条暗线。东厂锦衣卫云集，是一个让人闻风丧胆的血腥与权力集中的地方。而上官羽，则是东厂里最擅长暗杀和审讯之人，难怪身上有去不掉的血腥味。

"先陪本官回一趟晴岚轩吧。"慕晴淡语，随即自己扶着墙围而走。上官

羽只是静静地跟着她，一路上一言不发。

回到晴岚轩，茗雪早已将屋子收拾好，脸上的伤也已经做过简单的处理。见慕晴回来，她喜出望外，却被紧随而入的上官羽吓了一跳，而后她赶忙将视线移回到已经快不成人形的苏慕晴身上。

"怎么全身都是血……"茗雪有些慌乱，开始满屋子翻找药瓶，无意间碰触了自己的伤口，使得茗雪的柳眉微微一颤。她强忍着身上、脸上的痛，再度探出指尖，却被一双冰冷修长的手抓住。茗雪心头一紧，回眸对上了上官羽狭长清凛的双目。

"我来找吧。"上官羽言简意赅地说道。他身形要比茗雪高出一尺，够起高处也方便许多。茗雪小心翼翼窥探上官羽，袖中指尖有些踌躇地搓动着。

慕晴眉角微抬，似是看出这一尴尬，却也不曾多想，只是安静地蹭上床铺，打算将被"打掉"的元气补上。谁知还没等她碰到褥子，竟不知从哪里冒出个小太监，说是让苏慕晴收拾东西去明阳殿侍寝。慕晴身子一僵，冷不丁地打了个寒颤，清幽的眸中闪动着一种难以置信的怒光。

明阳殿，是皇上的寝宫，除了皇后之外，任何嫔妃都不得随便入内，更不得在殿内侍寝。这原本是南岳大典上为了尊后而立下的规矩，但此刻却成为苏慕晴心头的一大结。当然，对于她来说更为愤懑的是，她都快非人非鬼了，居然还要她侍寝？北堂风究竟还有没有人性！

一连串的问题在慕晴脸上化为了几下愤怒的抽搐。茗雪担忧地看向慕晴，就连正拿药的上官羽眼中，也不经意地滑落出些同情。但皇后就是皇后，是皇上明媒正娶的妻子，无论她心中有多少不悦，也都不能反驳半句。因为这，也是交换的条件之一。

慕晴深吸口气，悬空的五指张开又攥起，仿佛指间残布就是将她折磨至此的北堂风。她尽可能地压住心中的情绪，转而扬唇一笑，对茗雪说道："若本宫没能回来，记得为本宫念经超度，争取下辈子不用再受某人折磨。"慕晴说着，侧眸瞥过上官羽，知道她所说的每一句话，都会通过他传入北堂风耳朵里。

苏慕晴长舒口气，费力地从简布薄床上下来。她站定，掸了掸手上已经凝住的红。一旁的太监忍不住嗤笑一声，怎么也想不通皇上为何要宠幸这满身是血的皇后。慕晴眼中绽笑，似是看出了太监的想法，她走过，如羽落般在他耳畔低喃："本宫也想不明白呢。"

随后，慕晴便带着这一缕平和的笑，在上官羽的搀扶下离开了晴岚轩。众人皆走，独剩茗雪用长指握了握冰凉的药瓶，脸上尽是担忧，但又似乎想到什么,眼中划过一丝凝重。

　　大约过了半刻,苏慕晴终于步履蹒跚地来到了明阳殿,她以手背轻拭额角,拂去了如雨般的润珠。上官羽很自然地站在殿外,不再跟随,只剩慕晴挪着小步往里走来。

　　这是她第一次来明阳殿。殿内寂静无人,连落发声都清晰可辨。她静静张望着,指尖轻柔抚过冰凉的雕印墙壁。

　　明阳殿与她先前所想有很大不同,感觉要比晴岚轩还空旷得多。这里除去摆放了一张由金线绣制的明黄色龙床之外,仅有一张堆满奏折书卷的木雕桌案。殿内四处洋溢着北堂风身上的寒香,以及缱绻了墨汁苦涩的书香味。慕晴不知为何心中竟平静了许多,不禁怀念起自己曾住过的庭院楼阁。

　　她舒口气,缓步而走,指腹掠过每一寸北堂风曾走过的地方,仿佛他独自在这座空殿中生活的点点滴滴,也都随着她的步子,悄然沁入她的心间,亦偷偷撩起了她平静已久的心潭。当指尖游走在桌案上的奏折时,她偶见一页标满字迹的纸,上面尽是治国之策。字迹刚劲有力,内容却透露着些许的柔。看样子,是出自北堂风之手。

　　慕晴幽静的眼眸轻轻颤动了一下,轻声低喃:"此君,忧国忧民。"她拂过他的字迹,唇角不经意地绽出笑意。

　　她自小立志为国争光,却被苍天提早收去了性命。如今得见这些熟悉的字句,心中犹生一股暖意,便是连眼眶都泛了些红。

　　慕晴忽地吸了口气,将堵在心口的酸涩重新掩埋,而后看向大殿后的一处泛着淡淡雾气的偏殿小门。

　　门内时而有水声撩动,清波阵阵,应是明阳殿的浴房。慕晴犹豫半刻,还是推门进入,上来便被一阵暖雾所缠,除去有些突然这一点,倒是为她驱了些寒意。她轻揉眼,向水声源头望去,在这飘渺幽幻的水雾之后,隐约能看到一抹修长的人影。

　　她微微愣住,清亮的眼眸不禁微微颤动。

　　在那如梦似幻的白雾中,北堂风静静地坐在池边,解开发束的墨色长发静静垂落在他身侧,发尾如藻般在水中悠悠缱绻。他穿了一身雪白的衫,除去了明黄色的威严,竟然如此让人心生悸动,但同时,也夹杂着一种淡淡的孤寂。他半垂着眼眸,指尖轻轻撩动着池中的温水,偶尔顺过自己的长发,染上了一层浅淡的湿润。听到慕晴的脚步声,他只是眸子略微地向这边转动了一下,低幽而道:"朕等你好久了。"

慕晴心头一紧,这才看清他的脸。带了水雾的如羽睫毛下,依然是如利刃般带着股凛冽冰霜的眸。慕晴心中微沉,懊恼于自己方才的想法。

"臣妾答应不再忤逆皇上,自然会来。"慕晴轻语,将眼眸移开,身子也不由得紧绷了起来。过去她并未与北堂风有过多接触,因此并没有想得太多关于她与他的事,如今当真与他面面相对,这才有一种意识袭上脑海——既然原来的苏慕晴是他明媒正娶的妻,当是圆过了房。但现在的她,却是未经夫妻之事的女人。对于男女之事,她完全不知如何应对,难不成真的要将错就错,连自己的清白也要搭给这个男人吗?

想到此,慕晴的脸色微微有些僵硬,脚尖下意识地向后挪动半分。

北堂风扬起单眉,将她的不自在尽收眼底,自他唇角不禁淡出一声蔑笑。他从池边站起,逐步走向慕晴。发尖上落下的水滴,将他身后染上了层湿润,偶尔落在地上,打散,消失无踪。他顿足,缓缓停在了慕晴面前,俯视着她并不算高挑的身姿,冷眸中映照出她不屈的眼神。

这时,北堂风低下头,与慕晴顿时贴近。在靠近至能感受到彼此呼吸的距离时,他停下,静静说:"朕特意为你准备了药,想试试吗?"

"不想,谢谢。"苏慕晴直接回答,连半刻都没停顿,而后便扬起了她的招牌笑,使得北堂风的脸色多了些铁青。

"由不得你。"北堂风低语,随即强硬地制住她的腕子,三两下便扯落了慕晴身上仅剩的薄衫。北堂风眉心微蹙,毫不避讳地打量着苏慕晴的身子,凝眸中悄然滑过些沉寂。慕晴虽有羞愤,但也下意识地低头看向自己,身上伤痕累累的现状几乎可以用满目疮痍来形容。

"果然丑不堪言。"北堂风忽然开口,但语气中却隐约透露着些深意。

慕晴眼眸微颤,哑然失笑,几乎不知要如何回答这声嘲讽,随后字字铿锵道:"还不是拜皇上所赐。"

"你这么说,朕还真是愉悦。"北堂风回道,然后忽然扯上她的胳膊,无视她因疼痛而挣扎的表情,一路带到了池边,"可能会有点疼。不过……朕记得你很能忍。"

"要把臣妾扔进水里吗?"慕晴用尽力气挤出笑容,"是开水,还是冰水?这种没创意的方法,臣妾也替皇上觉得汗颜!"

"朕从未说过让你进水里。"北堂风说着,还不忘蹙动眉头,"朕才不会让你弄污了朕的池。"说着,他便将慕晴横抱起来。

忽然的接触,使得没有准备的慕晴倒吸一口气,反射性地紧紧搂住北堂风的脖颈，"你要……你……"慕晴仓促地呼吸着，难以置信地望着北堂风。北堂风根本没想理会慕晴，迈着高贵而优雅的步子走向一旁，而后毫不留情地将慕晴扔在池旁的一张泛红的床上。

一时间剧痛袭来，让忍耐性极高的苏慕晴也没忍住喊了出来，她紧咬唇瓣，连眼中都泛出了血丝。这张床炙热无比，刺痛连连，仿佛被人掀开了皮肉。这种痛，要比杖责疼上千万倍，只觉得如果再这样下去，她一定会没出息地晕死在这里。慕晴握紧双拳，拼了命地想要下来，却被北堂风一把拦了回去。

"别乱动。"北堂风道，语气坚定，可在他眼中，却滑动着些许幽光。见苏慕晴当真快要疼得昏过去，北堂风不禁咋了下舌，也来到了热床上。他探出长臂，忽地将慕晴紧紧揽入怀里，同时舒了口长气，就像是在安抚一个不安的孩子。但对慕晴来说，这无疑是将她的痛苦加倍。尤其是被北堂风这一拥，连她微小的逃跑机会都被彻底剥夺。她愤恨地凝视着北堂风，换回的却只是北堂风淡漠地垂眸凛笑。慕晴恍惚着咬着牙，已经逼近所能忍耐的极限，微扬的眼角处都不由得开始有朦胧和湿润泛出，"放开我！"慕晴低喊，语气充满了怒气。

"朕，不放。"北堂风仿佛刻意激怒慕晴，又将她的身子往下狠狠压了一分，使得她的每一寸肌肤都被热床上的药所贴覆，"良药苦口利于病，你不会连这么点道理都要朕解释吧。"北堂风调侃，眼中滑动出嘲讽。

慕晴咬着牙，当真是不想再与北堂风纠缠。蹿上头的撕痛让她开始疯了一样地挣扎，更是不顾一切地想从这个地方逃离。但北堂风又岂会容得慕晴离开，只是收了力便将慕晴一把拉回，直接从后面紧紧抱住她。

他淡淡呼吸，在她耳畔幽声说道："你以为你逃得了吗？"北堂风声音极轻，却带了些危险，似是在这句话里有更深一层的意思。

苏慕晴双拳握紧，忽然抬了眸，蓦然翻身正对北堂风，这样被瞬间拉近的距离，使周围的气氛逐渐蔓延了些温热。此时的慕晴几乎快要疼疯了，根本什么都不管了，仿佛豁出去般用那带了血丝的眸死死凝视着北堂风："我根本用不着逃！"说罢，她便咬上了北堂风的肩，用力之狠，可见那淡淡红色在白衫上悄然晕开。

顿时间，那种撕裂的疼也将北堂风重重包裹，他略微蹙了下眉，有些意外，脸上却不自觉地透出一种复杂的笑容："连皇上都敢咬，你还真是比过去更喜欢挑战君威。"

慕晴的脸部抽动了几下，随即更加用力，仿佛所有理智都丧失了。这种力道使得北堂风忍不住轻哼一下，下意识地收紧了拥着苏慕晴的手。但是很快，

第三章 皇后职责

北堂风开始察觉出哪里有些不对，他轻轻挪了挪死死勒住自己的慕晴，发现她竟一动不动。

北堂风的眉头微皱，忽然失笑，俊美的脸上顿时显出一种复杂。

这个死都不肯低头的女人，竟然咬着他晕过去了。

就在这时，李德喜带着小碎步跑进了偏宫，刚要向北堂风禀报兵部尚书求见的事，就见到苏慕晴死咬皇上的画面。他老脸一横，顿时像受到极大惊吓般将脸全部扭在一起，惊慌大叫着：“皇……皇皇皇上……血！流血了！皇上……血啊！这这这……竟敢咬皇上，这是死罪啊！”

北堂风蹙眉，轻抬眸：“今日之事，不准对任何人提及。”

"皇上！血，那血怎么办！奴才这就去传御医！"李德喜惊呼。

"不用大惊小怪。把朕的披风拿来。"北堂风冷冷说道，似是被李德喜弄得有些烦躁。

李德喜收了口，不敢再多说一句，匆匆拿来了披风，正准备为北堂风披上，却被他出声拦下了。北堂风对着怀中慕晴扬了下颔，示意李德喜将披风盖于她身。蚕丝衣料滑过，柔和而冰凉，遮掩了怀中之人发烫的身子。北堂风垂眸凝望安静的容颜，轻而缓地向着龙床走去。他步伐若羽，生怕把她弄醒。但走一半，北堂风却顿了足低声对李德喜说："这件事不许对苏慕晴说。"

李德喜应了，脸上却满是疑惑。他还真是越来越摸不透这主子的心思了。罚也是主子，疼也是主子，结果疗伤的更是主子。皇上可不曾对哪个小主这样过啊。总感觉一碰到皇后的事，这主子的心情就阴晴不定，让人猜不透。

床边，停步。北堂风弯身想将慕晴放于床上，可刚松了指尖，他却蓦地定在原地，一张俊脸上顿时显出一抹难色。

李德喜见皇上停住，于是赶忙上前查看，赫然将他吓出一身冷汗。

未曾想这皇后娘娘，竟然就这么死咬着皇上昏了过去。也难怪皇上此刻的脸色这么难看，因为这样一来，除非她醒来，否则皇上是哪里也别想去了。

见此状，李德喜上前提议，干脆将苏慕晴的牙撬开，却被北堂风冷冷瞪回。北堂风望着苏慕晴沉默了半响，深幽的眸中闪过一缕无奈："罢了，把兵部上奏的折子拿进来吧。就说今日朕累了，不见了。"北堂风说着，小心翼翼地抱着慕晴平躺在了床上，以此可以让苏慕晴顺势趴在她怀里，更不至于碰到身后的伤。

李德喜长叹一口气，没了辙，也只能按皇上的话照办，溜溜地出去为北堂风取来了折子。

不多时，星辰卷带着凛风，悄然划破皇城的夜空。屋外守夜的李德喜已经靠在殿外的柱上昏昏欲睡。

房内，床边。北堂风左手轻覆在慕晴的发上，右手勉强地拿着奏折看着。火光摇曳，将殿中照得有些飘忽。

待看过了最后一个折子，北堂风沉闷地将其扔在一旁，并用指尖捏了下自己的额。这文武大臣向来对峙，但官银只有这么多，究竟如何调配方能稳住大局？

北堂风舒了口气，甩开了心中那抹烦闷。他侧眸看向怀中的慕晴，如黑曜石般的眸中不经意流露出幽亮。他抬起指，为她拂去遮眸鬓发，俊脸上渐渐透露了些柔。

此时的慕晴，不知何时已从昏厥转变为了熟睡，在她清秀的小脸上，浮现着些难得的睡意。她红唇微启，时而轻喘温气，眉心紧锁，看来略微有些不安。北堂风凝望着她，墨黑的眸中，流露着一种从未有过的情绪。

忽然间，他猛地将手拿开，眼中出现了一抹挣扎，随即化为了最终的凛冽。

他深深喘息着，仿佛在警告自己那般，喃喃自语，"朕，不能……"说着，他便闭上眼眸不再看她，似是陷入了某种极其痛苦的回忆。

如果再和过去一样沉溺于这个女人，或许下次输掉的，就不仅仅是威胁自己皇位的"秘密"了，而是连命都搭赔进去。只有这个，是他绝对不允许再发生的。

北堂风轻蔑地哼动一声，随后再度将眸抬开。但这一次，狭长而清凛的眸中，再不见方才的温情。取而代之的，是一种更加冷静的沉寂。因为对现在的他来说，唯一要做的，就是将失去的东西，拿回来才是。除此之外，一切都将不在他的考虑之内。

第四章
鸣鸟不飞

　　当今皇后下嘴咬了皇上这件事，最终还是不胫而走，没几天就传遍了宫。那日苏慕晴也不知是何时松的口，据说是让皇上连早朝都晚了整整半个时辰，导致群臣非议，无不惊叹，就算是北堂风有意想压住流言，也是力不从心。慕晴得知了情况后，立场更是窘迫，总感觉自己顿时成为众人的焦点。她就说，她的下巴为何酸了整整三天？原来问题出在这里。

　　但出乎意料的是，这场"啃龙"闹剧所带来的结果却并没有她想象的那么糟糕。对此慕晴也算是对北堂风另眼相看，觉得他虽恶劣，倒也不是个小肚鸡肠的主。

　　闻说这几天北堂风好像因为兵部和礼部的事忙得不可开交，连顿整饭都没顾上，也就没心思搭理她这个"刺猬"了。这样一来，反倒让少了对手的苏慕晴过得恣意了不少。唯一的麻烦，就是这回真做了皇后，就必须要肩负起宫中杂事，还要注重仪表。向来崇尚简单的她，不得已要每日对着铜镜点缀妆容。可仅仅是这稍微的粉饰，就让宫人不由得一惊，未曾想过皇后娘娘褪去一身布衣，竟如同换了个人般。如此美艳倾城，当之无愧地成了宫中第一人。也因此，使得稍逊一筹的柳惠蓉，几次气得跳脚。

　　这几日，慕晴偶尔喝喝茶，偶尔看看书，偶尔在御花园赏赏雪景，日子过得有如天人。北堂风创造了一切有利的条件，只为让她安安心心地回忆起密卷所在。也就在这时候，苏慕晴才不得不感叹，除去是北堂风妻子这一点，皇后这门职业，倒还真不错。

　　可是好景不长，没等苏慕晴将这平静的日子牢记在心中，却又出了一档子事，打破了她难得的平静。

这天，去太医院取药的茗雪忽然满脸怒意地走回，一看就是受了委屈。慕晴先是不动声色地喝着茶，在听茗雪把太医院的来龙去脉都讲明后，她才轻抬了眼眸看向茗雪。

"太医院扣药不给？"慕晴反问，眉心微蹙，陷入沉思。但很快，她便扬唇一勾，心中大概明白了七八分。

虽然过去太医院确实也有过不给她拿药的先例，但是此时非彼时。皇上的新诏一下，皇后已经复位，太医院要是再顶风作案，那便是对皇上不敬，就算给他们十个胆子也绝对不敢。如此看来，便只有一种可能——太医院接了别家主子的令。慕晴微笑，又拿起茶杯啜了一口，眸间闪动着幽幽淡光。看来她苏慕晴，又不知被哪里来的贵人当做眼中钉了，还真是让她受宠若惊呢。

放了杯，慕晴以丝绢轻拭唇角，眼角红晕轻撩，带了些看不透的亦正亦邪。她微微淡笑，撑桌而起，"今日我们去做一件有趣的事。"

茗雪不懂，侧脸看向慕晴。慕晴轻轻一笑，随后抬起了红晕下的眸，透着一股凌厉的碧光。她悄然凑近茗雪，小声说道："咱们就去——收妖。"说着，她便再度挂上了招牌笑容，满心期待地从茗雪和上官羽中间走过。

此时正值冬日，却阳光明媚，堪称是绝好的日子。一身金凤红袍的苏慕晴一边在宫中步行，一边想着对策，身后长发轻摆，倒是将她显得有些俏皮。茗雪紧随其后，与上官羽并肩而走，但清亮的眸子总是时不时地看向上官羽，使得上官羽有些不自在，冷冷地回看了她。

忽然间，慕晴停了脚步，眼中滑出一缕淡淡的幽光，恰好给了茗雪个台阶，来打破方才的尴尬，"娘娘，是不是想到什么法子了？"茗雪小步上前，拉开了与上官羽的距离，上官羽蹙眉，虽有些疑惑，却也没将茗雪放在心上。

慕晴迟疑了一会儿，慧黠中透出了些波光。她倒没急着回答茗雪，而是忽然回了头，眉眼带笑地看着上官羽。她这一看就是半天，连茗雪都不禁随着慕晴的方向一同看去。如此炙热的两道视线令上官羽有些不自在，总觉得有种不大好的预感。

半晌后，慕晴似是做了决定，侧脸对着茗雪说道："茗雪听本官的，先去一趟太医院，闹得越大越好。"

茗雪虽然不能明白慕晴的意思，但是也即刻应了下来，她有些惋惜地看了眼上官羽，随后小跑着离开了。

视线少了一道，不由得让上官羽松口气，可是接下来，他却发现慕晴开始用这更为炙热的一道光凝望着他，而后忽然向他伸出手，指尖一摊，道："刀。"

上官羽眉角微颤，答道："奴才进宫不带刀。"

慕晴不语，悠然地看着上官羽，一动也不动。

上官羽又凝视了慕晴一会儿，终于扬起手，从头上戴的帽檐里抽出一把软刀，放在了慕晴手上。

慕晴哼笑了一声，一把握住刀柄。东厂暗杀精英不带刀？那才是真正的匪夷所思呢。

可刀入手，苏慕晴却毫无迟疑地在自己的腕子上割了一刀，顿时便有几滴娇艳鲜红的珠露流出，染红了白皙的腕子。

这一举措，使得上官羽眼瞳顿时一缩，急忙问道："皇后，您这是……"说着，便想找东西为慕晴包扎，却被她忽然止住，"上官，本宫想拜托你一件事。"随后慕晴靠近，在上官羽的耳畔说了些什么，使得上官羽露出讶异，半晌才点了头。

"一切，就拜托了。"慕晴说完，站直，忽地一闭眼，就这样没有防备地向后倒去。

同一时间，上官羽迅速扶住慕晴，冰凉的指尖随着慕晴的软腰一路滑向她的背脊。他蓦然将慕晴横抱起来，向着太医院方向走去。怀中之人微微扬唇，似是胸有成竹。

既然太医院的人受人指使死都不给皇后治伤，那么，她便略施小计，让他们反过来，变成哭着也要为她治伤。

这太医院的妖孽，她还真想见见。

看究竟是他魔高一尺，还是她苏慕晴，道高一丈。

皇宫，太医院。

本就沉闷的地方，时而散发着阵阵药味，屋内热气腾腾，灶上的药炉子里时而传来稀稀松松的声音。

"你们这些狗仗人势的家伙……"先一步来了太医院的茗雪咬牙低喊，眼中满是怒意，气得连身子都在哆嗦。

从方才开始，这些太医的气焰就一个比一个旺盛，其他宫的人来领药，都可以顺畅无阻，唯独她不行。很明显，这根本就是针对皇后。

眼前几名太医，站作一排，个个假装聋子。时而看天，时而看地，偶尔才会插一句，"我说，你这丑娘好难缠，说了没药，就是没药。"

"那就让我检查下你们的药柜。"茗雪尽量冷静说着，可刚向药柜迈开步子，就被一下推开，踉跄倒地。她握紧衣袖，狠狠咬牙："你们不知皇后娘娘已经复位了吗？竟然如此大胆！"

太医们依然装聋作哑，看起来毫不在意。

茗雪牙齿咬得咯咯作响，眼中透出了一抹光晕。她多少也算是跟了王爷几年，对于这种事心中自有一面明镜。太医向来胆小，除非身后有人撑腰，否则岂会这么肆意妄为。

后面的人是后妃吗？可是后妃如何能调动整个太医院，而且连柳妃都不敢明目张胆地挑衅了，何况是其他妃子。

这个人究竟是谁，她竟没有任何头绪。

就在这时，太医院的大门忽然被推开，一抹修长的人影逐渐显出。妖冶狭长的凝眸冷漠地扫过眼前太医，伴着从外吹入的冬风，垂落腰间的墨发随风轻摆。

众太医纷纷一愣，顿时屏住呼吸，尤其是在看到此人怀中所抱之人后，更是脸色一僵，惊得不敢动弹。

上官羽抱着慕晴，四下环顾，接着旁若无人地将慕晴放在不远处的医床上，他稍稍观望了下慕晴的情况，眼眸不经意地滑过她腕上的血痕，"可知，你们即将大祸临头了。"上官羽轻言，随后将身子转过，顿时撩起了一阵冷风。而一旁的茗雪，也是满脸苍白，当真是受到了不小惊吓。

皇后只说让她来闹，为何几眼没见，竟满身是血？！难道出了什么事吗？

茗雪有些慌乱，仓惶失措地跑向慕晴，"娘娘，娘娘您怎么了？为什么……为什么有血？"茗雪拉起慕晴的手，血红染满了她的指尖，她眸子顿然一缩，眼中慢慢现出些湿润。

上官羽静坐床旁，不慌不乱，他瞥了眼茗雪，而后冷冷地看向其他人道："皇后听闻太医院拒不理会，宁死不受其辱。特命本缇骑将她带到太医院，要在太医院崩逝。"

话语一出，所有太医脸色纷纷苍白了一分。

皇后若是在太医院崩逝，若是被皇上知道，那便不再是与皇后对峙的小事，而是要举家陪葬了！

见众人有些动摇，上官羽眼中流光微闪，接道："皇上有意要保皇后性命，别怪本缇骑，没提醒过各位。"

"这……"伴随着茗雪毫不作假的哭声，站在中间的这些太医纷纷变成了热锅上的蚂蚁，明显地有些不知所措了。

此时慕晴虽然双眸紧闭，唇角却扬动了一丝不经意的笑。

第四章 鸣鸟不飞

乱，则攻心所致。

这些怕死的小喽啰，当是要撑不住了。

"先让我们替皇后止血吧，不然，当真要出人命了！"就在这时，一个太医终于绷不住要跑去给慕晴疗伤，没等他靠近慕晴，便被上官羽毫不留情地挡了回来，"皇后的懿旨，本缇骑，不能抗。"

"皇上不是要保皇后的命吗？您这么做，岂不是自相矛盾？！"太医心乱如麻，额角都渗出了汗。

上官羽指尖拂过床边，森然淡笑，"本缇骑只听命，不做其他判断。若是皇后香消玉殒，我自会向皇上如实禀告。"

此话一出，众人皆惊。

这句话明摆着告诉他们，就算皇后死，也与他上官羽毫无关系，但他们一干人等却得跟着陪葬！

想到了这一层，太医们纷纷乱成一锅粥，甚至感觉慕晴手腕上滴下来的血红，就是他们的催命符。于是这些方才还颐指气使的太医们终于忍不了，一股脑地向着上官羽冲去，甚至连连磕头求着要为慕晴治伤。可上官羽依然将他们挡住，仿佛就是在等着皇后的崩逝。

上官羽心中暗暗佩服，心想一切果真如皇后所言，此时与彼时完全颠倒，算计得分毫不差。

然而，就在这满堂混乱的一刻，忽然从不远处传来一个悠哉的声音，有些桀骜，更有些不愉快："早闻皇后是柔弱女子，今日才知，传言不可信啊。"声音落，便听到药柜旁的帘后泛出一声合书之音，干脆而厚重，却显出了此人心中的不快。

帘开，周围顿时陷入了安静，不远处隐约有藤椅的晃动声。不多时，便有一个人有条不紊地向着慕晴而来。莲香袭来，清澈无污，倒是有些沁入心脾。众人纷纷让开中路，脸上无不显出艰难之色。便是连上官羽见到这人，俊脸上也显出分为难。

那人走近，停住，毫不避讳地轻捏住慕晴的手，然后一边在她伤口处轻轻摩挲，一边幽幽道："皇后之伤，兹事体大。那么，本王亲自来治，如何？"声音中透露着一种桀骜，且渗透着相当浓的轻蔑之意。

闻声，慕晴忍不住在心中咋舌。未曾料到本欲捉妖，结果……却捉到了妖王。

那人忽然使了力道，将慕晴一下拽向自己身前，还好慕晴有些散打底子，这才能使自己站稳，没摔个狼狈。

慕晴抬头，对上了那双正透露着浓浓敌意的眸。她唇角噙笑，似乎一点都不恼怒，甚至还恣意地打量起这个人。

不得不说，这浑小子还真是生了副好相貌。

他有着一双若珠般清澈的眼眸，英气十足，五官分明，轮廓仿如刀刻，绝对堪称俊美。但是气质上稍显稚嫩，看起来年纪也就二十出头。只见他一身利索黑红丝袍，束腰有金线点缀，腰间配挂着皇族玉佩，可以说是王公贵族无疑。

慕晴捻了捻指尖，眼中划过一丝了然。想来想去，这宫里能穿着这身行头到处乱晃，还敢无事惹她这翻了身的正宫娘娘的，也就只有一个人了。那就是传闻刚刚班师回京的永平王——北堂齐，北堂风最宠爱的皇弟。这还真是闻名不如见面，一见面就火光四射呢！

明白了是自家弟弟的小把戏，苏慕晴也就长舒口气。她缓缓站好了身，捯抻筋骨："本宫何德何能，请得动永平王亲自为本宫医治这等小伤呢？"

"听说你得了癔症，竟还能认得本王？"北堂齐挑眉，倒有些意外。

慕晴垂眸，嘴角略微勾起了丝冷笑："略知一二。"

"本王，还真是小看了皇后。"北堂齐蹙眉说道，他略微望向她的腕子，"想不到，皇后竟会对本王用计逼本王现身。"

"那王爷可误会本宫了。"慕晴淡笑，眼中透出楚楚之状，"本宫还以为是一群不懂事的小太医在用什么小打小闹的计策闹事，绝没想到王爷也在此。若是本宫早先知道，当然不会来太医院。"

慕晴露出了歉意的神色，却让北堂齐脸色僵硬了一分，半晌才挤出一个"你"字。

她的言下之意，那不懂事的，只会用小小计策闹事之人，是他。

"好一个指桑骂槐。"平静后的北堂齐说，声音中却依旧透着愠怒。

"本宫如何也想不明白，究竟何时招惹了素未谋面的王爷，使得王爷竟如此针对本宫。还请王爷，明示。"慕晴含笑而语，语气中没有丝毫慌张，平稳得让北堂齐略微地眯起了眸。

"本王也只是久未进宫，刚一回来就听闻皇后用了什么见不得人的招数，迷惑了皇兄，并抢了柳妃的宠。本王只是有些看不过去罢了。所以，出于对皇后的好奇之心，才用了此法，望皇后，见谅。"北堂齐说罢，转身干脆坐到了椅子上，将袍子稳稳整好，而后抬头望向被茗雪搀扶的慕晴。

"看来，皇后还真是伤得不轻啊。"北堂齐说道，眼中却带着嘲讽。这样

的神情，还真与北堂风有几分相像。不过，听了北堂齐的话，慕晴倒是瞬间明白了。永平王看来与柳惠蓉交好，所以才为她如此撑腰。反之，对她却深恶痛绝，甚至从方才到现在，连一句皇嫂也不喊。

北堂风，当真是惯坏了这亲弟弟了。

但是，这真性情的北堂齐竟能听信柳惠蓉之言，还搞如此单纯的挑衅，在她苏慕晴眼里，也就是个涉世未深的孩子，尤其是相较于北堂风这种深不见底的男人，他便更显稚嫩了。

"所以呢？"慕晴挑眉，已经有些没了耐性，"王爷不妨明说。"

见慕晴看起来无心对峙，北堂齐好像多了些被轻视的烦躁感，"所以，本王便和皇后赌一局可好？"北堂齐开口，将身子轻往前探，拍了三下手，随即便有一太医将两个小药盅拿到了慕晴面前，"就赌皇后之位，如何？"

"本宫不赌。"慕晴轻笑，随便找了什么缠在自己手腕上利索地止血，"此赌对本宫没有任何好处，本宫为何要赌。反正本宫也见过王爷了，自是没有再待下去的理由，那么，本宫先行一步。"

所谓逞一时之能，于她，没有任何意义。用齿扯紧了腕上的扣，懒得理会北堂齐，转身即走。

北堂齐眉角微挑，感觉更是烦躁，于是蓦然起身来到她身后道："若你赌赢，本王便不再碍你治伤。如何？"

他的意思是要将太医院的"地盘"归还于她？

"小伤小痛，不治也罢。"慕晴依然向前走，看似毫不在意。

这时北堂齐终于忍不住上前一把捉住慕晴的腕子，有些粗鲁地将她拉回，甚至使得她因不稳而撞在了他的胸前，他愤愤地凝视她，道："若你赢，本王再答应你一件事，够了吧。"

慕晴沉默，站好，眼睛凝视了抓着自己手腕的手，似是在警告什么。当北堂齐意识到似乎有所不妥后，赶忙收回，有些尴尬说道："本王，冒犯皇后了。"

慕晴收回手，默默地看着北堂齐，腕上的伤口隐隐作痛，似乎也不经意的影响了她的心绪。她半垂了眼眸，红晕下滑动着一抹黯淡："你就当真那么讨厌本宫，想置本宫入绝境吗？"

北堂齐忽地因这个问题愣了一下，似是没想到在这被自己认定是妖女的脸上竟显出了如此神情，他有些支吾，竟不知如何作答。

他……确实是这么想的，可为何由这个女人嘴里说出来，却让他无法将心中的想法说出。

苏慕晴舒了口长气，莞尔一笑，静静道："算了，既然王爷坚持，本官就以这皇后之位与王爷赌了。若本官输，便自呈书，建议皇上废后。若本官赢，可别忘了，王爷您的承诺。"

北堂齐像是松了口气，重整衣冠，轻轻咳了两声，"本王一言既出，驷马难追。你无须担心。"

苏慕晴点头，眸中却多了些深邃。太医院出这么大事，满是眼线的北堂风不可能不知。既然他想坐观山虎斗，而她又刚好赋闲无事，那她就勉为其难地代他管教管教这调皮捣蛋的弟弟好了。

慕晴单眉略挑，似是做了决定。于是走上前，一把甩开自己碍事的长袍，如同赌坊中的枭雄般单脚踩在小凳上，敲了敲桌子，望向北堂齐道："那么，押上本官后位之赌，就开局吧。"

北堂齐见苏慕晴应了赌，脸上这才显出了些愉悦，而后将桌上方才被端上的两个药盅推到慕晴面前，开始为她做简单的解说。他给她的赌局其实很简单，他会给她两盅药。一剂，用作调理，另一剂，则是痛药。无论拿错或反悔，都算她输。

慕晴反复看了看眼前的药，忍不住地笑出了声。这还真是小孩子的方式。如同猜左右手的硬币。这时慕晴扬唇反问："本官只要喝下真正的伤药，便是本官赌赢？"她特意强调了下北堂齐的话，语调深幽，似乎有些玄机。

"当然。"北堂齐道，倒没有反驳慕晴。

慕晴笑了下，转而看向桌上的药盅。这痛药，她也有所耳闻，那便是宫里的娘娘们为了惩治宫女而特别调制的。其痛如万蚁噬心，若是身体稍弱者，说不定会一命呜呼。更说不定，他就是刻意想要了她这条命。

慕晴冷笑一声。这好弟弟，当真不知道她苏慕晴的命，对北堂风有多重要，帮了倒忙都不知道。北堂风果然对谁都不信任，尤其是提防着自己的血亲，没对北堂齐透露半分关于她的事。否则，北堂齐再怎么单纯，也不会做出这等会坏了北堂风好事的赌局。

"皇后，请吧。"北堂齐说罢，便环胸后靠，脸色悠哉，仿佛已经预料到某种结果。

慕晴探出指尖，白皙中还稍稍透着些血红。她先是捏住了左边的雕花小药盅，见北堂齐眉心微动，样子有些凝重，于是她又换向右边。慕晴连续换了几次，表情虽丰富，却没有一点要拿起来的意思，才几个来回，北堂齐终于忍不住，厉喝道："皇后在愚弄本王吗？"

慕晴咋舌，摇了摇指尖，"本宫只是见王爷表情略显丰富，本宫喜欢得不得了。所以，忍不住想多看几眼。"

"你！"北堂齐一时语塞，一张俊脸竟多了些浮红，随即压低声音道，"皇后勿再戏耍本王！"

慕晴扯开唇，轻轻地笑了，倒是真觉得这北堂齐有几分可爱，至少比北堂风可爱得多。只可惜站错了阵营，和柳惠蓉为伍。否则，她定会好好待他。

慕晴惋惜摇头，终于正视那药盅，她慎重地拿起了左边的杯子，在指中攥了攥，终于慢慢饮入，汁液沾在薄唇上，不经意地为她点缀了几分妩媚。只可惜这太医院的汤药，奇苦无比，惹得她舌尖刺痛，当真笑不出来。

见慕晴将药盅的汤汁全部饮入，北堂齐唇角不由勾起一丝弧度。他身子前倾，本欲说什么，却见慕晴忽然又拿起了另一个小盅，举过脸庞，微微一笑，就这样在他面前一并饮入，一滴不剩。

北堂齐猛地一愣，脸色都转为了铁青，周围人更是一片哗然，无不被苏慕晴此刻的举动惊住。唯有慕晴悠哉地将两个小药盅翻过来向下倒了倒，然后洒脱地丢开一边，一边轻轻擦拭嘴角的液汁，一边笑对北堂齐道："王爷，本宫，赢了哦。"慕晴含笑淡语，眸子瞥了下在桌上左右滚动的药盅，"可是一滴不剩哦。"

北堂齐眼瞳一缩，蓦然起身望向慕晴，眼中迸射出怒意："皇后戏耍本王？"

慕晴忍不住叹息，委屈说道："这可是王爷说的，只要那盅真药下肚，便是本宫赢。"

此语一出，北堂齐确实愣了一下，也终是明白为何苏慕晴要换个说法，重复他的赌约。

他唇角微抽，怒不可遏地望着苏慕晴从容的笑颜，此刻才明白自己是中了这个女人的套了。

"你！"北堂齐深吸一口气，狠咬唇，当真有气撒不出。

"可别忘了王爷的承诺。"慕晴接了北堂齐的话，"那么，本宫可以拿药了吗？"

见北堂齐不语，几名太医也深知是王爷默认，于是赶忙小碎步去找了药，包成小包，恭敬地递给慕晴。慕晴微笑着收了药，心中低喃，看来这些太医会老实一阵子了，今日陪这小弟弟玩了把游戏，倒也不虚此行。

"那么，本宫先行一步了。"慕晴接过药，略微笑了下，本回身要走，可刚一动弹，脚下却忽然不稳，几步踉跄，令她险些摔倒。于是慕晴赶忙扶住桌边，突然的力道甚至将她腕上的碧色玉镯撞碎，分成两半落于地上发出了清脆的声响。周围一片寂静，旁人连呼吸都不敢大声。半响，慕晴才勉强撑住疼痛不堪的身子，她用力顺着气，随后努力挤出抹笑容："这药，还真够刺激的。"

北堂齐望着她多日来新伤旧病导致的病弱身子，眼中闪动着不解："为了皇后之位，竟然连命都不要了吗？"

"本宫死不了的。"慕晴低语，唇角始终挂笑，额角逐渐渗出了细密的汗水，使得她的脸色显得更加苍白。

还真不是她苏慕晴想霸占这皇后之位，而确实是某人之兄不想放她走。

"凭你现在的身子骨，用不了几天，便会毙命。"北堂齐说道，见慕晴连扶着桌子的手都在颤抖，便想上去稍加搀扶，结果却被慕晴扬手给挡了回来，"不用王爷费心。"她转眸轻语，声音虽然有些颤动，却依旧从容。

北堂齐蹙眉，想搀扶她的手悬在半空，而后有些不悦地一把收回，使得锦丝袖口在手边隐隐摆动。

好个傲骨的女人，他还真是刮目相看了！

慕晴闭上眼眸，意识开始逐渐凌乱和飘忽。她确实承认，这剧痛之药，还真是难受得不行，这才刚开始发作，便已经有些理不清头绪了，若是再等一会儿，估计也就一命呜呼了。

"还真是迟啊……"慕晴喃喃自语，眸子无力地微垂，袖中纤指微微攥起。

其实，她喝了那两盅药，并非意气用事，而是在赌一个人。若是她单独喝那两杯的任意一杯，她其实都是输，可难得拿回的后位，又岂能双手奉还。所以，她便下了最后的赌注来赌这第三条赢路。既然赌，就赌得大一点，这才是她的作风。

如果她赌赢了，那么那个人，当是快到了，只是不知道，她是否还能挺到那人到来之时。

思及此，慕晴微微一笑，总觉得脑海有些飘忽，似乎有些凌乱的记忆在搅动着自己，让她分不清是现实，还是幻象。她似是隐约看到了一个人，正温柔地拥着自己，可下一刻，却忽然有一把火自外撩起，将她与那人断然分开。慕晴眼瞳蓦然一缩，似是感觉自己心口像是被人扎入一刀，无情地剖至深处。

方才看到的……火的另一面之人，究竟是……

慕晴忽然启唇，脸上露出了怔然，而在下一刻，她的眸却越来越沉，只觉像是被切断了生命般，蓦然没了意识。她缓缓闭了眼，耳畔的声音也愈发的遥

远，她向后仰去，直到自嘲地一笑。

或许，她要输了。

就在慕晴完全失了力道，即将缓缓滑落在地的瞬间，门外骤然响起一声让所有人都为之一震的传报。伴随着整个太医院顿时响起的"万岁"之声，一个轻柔的臂弯接过了她无力的身子，那股孤傲的寒香也随之将她全部包裹。慕晴微微颤动了下无力的双眸，唇角悄然扬动了笑。似乎，每次将死之时，自己都会呼吸到这股沁人的香味。第一次觉得，这抹香，让她好安心。

慕晴绽笑，而后便靠在那温暖的胸膛上，唯听耳畔幽幽传来一声轻责："让人操心的女人……"

苏慕晴好像做了一个很长的梦。缥缈的白雾中，仿佛总能隐约望见一个白衣翩翩的男子，那人站在皇城的高阁上，望着广阔的天，墨发轻扬，美若仙羽。他轻捻玉笛正吹着一支曲。曲风悠扬，却卷带着孤寂。他就如同一只被关在世上最华贵的笼中鸟儿，淡漠的深眸总是不经意的注视着那遥不可及的天空。

他垂眸，忽然看向她，一句"晚儿"，激起了慕晴心中一寸最隐蔽的深波。他含情脉脉，声音轻缓，那份温柔让人动容。她想上前抓住他的手，却在碰触的瞬间，被一阵揪心的痛楚惊醒。

慕晴忽然坐起，呼吸急促而用力，身上阵阵发冷，似是还未从方才的画面中逃离。她似乎已经不止一次梦见这个看不清相貌的男子。慕晴用力地按压了下自己微痛的额，着实有些仓惶。

这个男人是谁，而他口中的晚儿又是谁？

忽然一阵沙痛楚使得慕晴蹙动了眉头，她低眸，看了眼身上的伤，这才想起来今日发生的事。于是眼底透露出一丝恍然，唇角不由得绽开了一抹笑。

想必，北堂齐是气坏了。她没坚持到最后，真是错过了一场好戏。

不过很快，她的注意力就被自己腕上处理过的伤口吸引。无论大小伤，都不知何时被人用药膏敷好，手法有些拙劣，应当不是太医所为。慕晴眼露疑惑，刚一转脸，便看到了伏在案边静静睡着的北堂风。

此时，殿外已经被夜幕笼罩，案上的烛火时而被窗旁的风卷得左右摇摆，明晃晃的，将北堂风的俊脸染上了一层难得的暖色。慕晴侧过眸，窥探屋外的天色，心想着这个平时恶劣的男人，该不会当真在这里陪了她一天吧。

慕晴有些犹豫，还是双手提着裙摆，轻踩地面，光脚来到了北堂风的身旁。清亮的眼中，渐渐映出了北堂风安静的睡颜。

她沉下心，上身也弯下，随他一同趴伏在桌上，而后静静地观察着眼前仅仅见过数面的凉薄男子。她凑近望着他的五官，眼中微微闪动出些光亮。

北堂风当真是长得极好的，甚至可以说是俊美无双。鬓角的双丝，轻而柔地半掩在侧脸上，将他不近人情的俊颜添置了些平和。她唇角微动，不由得抬起指尖拂过他微扬的眉，总觉得如同在描绘一幅画卷，而北堂风，便是画卷上转瞬即逝的雪城贵胄。

一念转瞬即逝，慕晴蓦地想起梦中隐约浮现的身影，于是如被针刺般的弹回指尖，嘲笑了自己的多虑。

北堂风乃寒性之人，又岂会有梦中之人那般温柔的时候。

她移过视线，不敢再多看北堂风，生怕自己被他牵制了步调，于是转而看向了桌案上堆积如山的奏折。她随手拿起一本，轻轻翻阅了几页，明白了北堂风每日繁忙的理由。

虽然古今描述不同，但既是国事，便离不开民生二字。她轻抿唇，忍不住重操旧业，脑中不停地冒出治国良策。但同时也让她多了些落寞，总觉得难得被自己放下的遗憾感，再度将她重重包裹。她淡笑，口中无奈地低吟着杜甫的"壮志未酬身先死，长使英雄泪满襟"，终是明白了这句诗中的惆怅。

慕晴舒了口气，不再多想，低头瞟过奏折上面的批注——南城饥荒，即日起，宫内禁鱼肉，禁粮米过食，所有膳食一切从简。省下食粮，尽数运往南城。

"好个节俭爱民的皇上……"慕晴轻笑，望着北堂风的眼神略微地柔化了不少，"古来百姓都以为皇上富贵奢华，享尽人间。却不见那人，夜夜为民哀叹。"

世上最难坐的，就是那把龙椅。

慕晴眼中多了些赞许，随后又将奏折放回。

"咳……咳咳……"这时，伏在案边的北堂风忽然咳嗽了两声，似是有些不安稳。慕晴被他这一惊，心口不自觉地有些发紧，四下看了看，赶忙拿过一旁的明黄披风，轻柔地盖在了北堂风身上，同时也隐约遮住了他清凛的睡颜。

虽然她刚来时确实受了北堂风不少的"恩惠"，但是那终归是他与过去的苏慕晴的恩怨。如今的她，其实并没有什么理由去针对这个男人，相反，还屡屡被这个男人所救。想来，连她身上那些药，都是北堂风亲自涂上的，否则也不会涂得那么不堪入目。

说没有一点点动心，那是骗人的。但是他们之间因一场交易而存在的关系，也是无法抹去的。她有时会想，如果北堂风想要的东西不在她的手上，那他是否还会如这般待她？在他眼里的她，又究竟是哪一个她？

一连串繁杂的问题让慕晴拧住了眉。她向来喜欢以最简单的方法来诠释一个问题，但是在北堂风这里，却找不到任何捷径。只是感觉到，这个游戏太过危险了，如果她陷入其中，是否还能保全自己？而且最重要的……北堂风想要的东西，究竟关系到什么样的秘密。

思及此，慕晴缓缓站直了身子，眼中也多了些无奈。她小心翼翼地用指尖划过他脸庞的轮廓，眼眸轻颤。

其实她感觉得到的，这个男人在心底是恨她的，正如他初见她时所透露出的情感。而如今虽然收敛，也不过是因为他们之间存在了利益纠葛。如若不是因为她手里拿捏着他的命脉，想来这个男人早就对她动了杀意了。

这一道鸿沟，不是那一点点心动就可以跨过去的，智者均懂明哲保身之道，于她，还是敛住自己的心，多想想怎么找到那筹码以自保为好。

慕晴深吸口气，将视线移开，不再看北堂风。

就在这时，慕晴忽然感觉自己胸口一阵发闷，她眸子一颤，即刻扶着桌子站稳。她静静地站着，却能够清楚地感受到自己的心跳。

从事战略谋术多年，她向来对阴谋和大事有一种莫名的预感，当是有什么事要发生。

茗雪。

不知为何，这两个字倏然毫无征兆地滑过她的脑海，令她心口蓦地一缩。于是回身跋了鞋子，连一件披风都没来得及拿，不由分说地就向殿外走去。她心乱如麻，结果和李德喜撞了个满怀，慕晴下意识地说了声抱歉，随意找了个借口，便再度向远处加快了步子。如此行事匆匆的皇后娘娘令李德喜满脸疑惑，他挠挠头，忍不住嘟囔了几句，而后权当是自己多心，便不紧不慢地进了明阳殿。

今夜，乌云遮月，一片森然。

仅穿了件丝线单袍的慕晴借着仅剩的月光，尽可能地加快步伐赶往晴岚轩。推了门，慕晴心中再度打鼓，愈发忐忑。她四处找寻，脚步夹杂着凌乱。可几番叫喊下来，都无法得到茗雪的任何回应，便是连上官羽也没了踪影。慕晴轻轻地咬住手指，陷入了沉思。

细细想来，茗雪这两日都有些怪异，似是因着什么事而不安，而且都这么晚了，连宫图都没记下的她，又能去哪呢？

最重要的是，茗雪偏偏选在上官羽也不在宫里的时候消失。

多年的从政经验告诉她，这样的巧合，绝不平常。

慕晴紧咬下唇，尽可能地理清思路，却在正深思的时候，被一个满是狐疑的声音打断，慕晴心头一紧，似是有些受惊地回头望去，却见到正有些犹豫不决的北堂齐，正扶着墙走来。慕晴眉心一拧，着实是想不通大半夜的，这北堂齐来这里作甚。

一身墨绿缀白衫的北堂齐一见苏慕晴在晴岚轩，马上不自觉地清咳两声，被高束起的长辫在身后轻轻拂动，看来倒像是羞涩的少年。慕晴眉头轻蹙，有些失笑。北堂齐这么晚独自前来，难道一点都没想过会被人诬陷祸乱后宫？这种一根筋的孩子，让她想气都气不起来。不过，此时正是火烧眉毛，她当真没太多时间与他周旋，只想快些找到茗雪以安己心。于是她索性负手转身，静静地等待着北堂齐的话。

这时慕晴挑起单眉，深幽的眼眸瞥过他半掩在身后的药包。识人无数的慕晴倒是猜出几分。想必这小子是被北堂风斥责了，否则也不会带着伤药前来她这座小庙。

"本王马上就要回襄城了。所以走之前想和你交代下……虽然上午本王也有错，但是本王还是希望，你不要与柳妃……"北堂齐开口，可还没等他将一句话讲完，轩外忽然响起了异常纷乱的叫喊声和响动声，慕晴猛地抬眸，几步上前以指尖捂住了北堂齐说话的嘴，然后在他耳畔轻嘘。她斜过眸，眯着眼睛细细听着外面的声响，而后忽然一震，连身子都不由得僵了一下。

筱月殿，失火了。

宫里要出大事。果然让她言中了。

她恍惚地放下指，脑中不停地回想着外面人的叫喊，连同北堂齐也因那叫喊满脸讶异。

"醉翁之意不在酒。"慕晴垂下眼眸轻喃，渐渐地归于平静。她先是眼角若有似无地颤动了一下，随后忽然抬开红晕下的清眸，瞬间撩起了一丝慑然。而后她匆匆向着外面赶去，扬动了青丝长发。北堂齐先是被慕晴突然的变化惊了一下，心中也有不放心，于是紧随而去。

"何事如此纷扰？"北堂风被外面的杂乱扰醒，他看了眼身上的披风，撑起身子，无意碰倒了桌上摞好的奏折，他有些疲惫地捡起，同时唤来李德喜询问殿外的情况。这时李德喜连滚带爬进入，将筱月殿着火的事一五一十地禀报，一张老脸上满是慌乱。北堂风闻言，眸子一凛，似是察觉到什么，他看向四周，

寻找着一抹身影,"苏慕晴在哪?"他问,心中渐有隐隐不安。

"回……回皇上,皇后娘娘她,方才有事出去了,她……"李德喜支支吾吾回道,"不然,奴才先去找上官大人来……"

"不必了。"北堂风道。他比任何人都清楚,每逢腊月初五,上官羽都会按例出宫一趟,现在应是不在宫里,更不可能会在苏慕晴身边。北堂风眉角微动,俊眸中闪动着一缕幽光。

苏慕晴不在,上官羽不在,筱月殿又失火。接下来,还会有什么?

此事绝不会这么简单。

"摆驾,筱月殿。"在撂下这么一句轻而淡的话语后,北堂风深吸了口气,起身。抬眸间,他甩开披风,长发瞬时被凛风撩起,窜动了一阵寒风,而后他步履稳重地踏出了殿门,没有丝毫停留地向筱月殿赶去。李德喜心知大事不好,也赶忙跟上北堂风的脚步。

入宫多年,李德喜心中自有面镜子。

皇后,怕是危险了。

第五章
丢车保帅

　　平日处处笙歌的筱月殿，今儿个倒是换了一种喧闹嘈杂的调调。红墙绿瓦被烧得惨不忍睹，火舌四处摇曳，黏腻着一片光亮，生生地扯破了幽暗的夜空。太监宫女们脚步凌乱地来回奔跑，拼命地用桶子盛水向殿内浇去。

　　北堂风刚一踏入筱月殿的地界，就遇见了匆匆赶来的苏慕晴和北堂齐，见他们二人深夜竟在一起，冰冷的眼瞳稍稍轻动了下。但相反的，在慕晴见到北堂风后，却自心中划过一缕安心，她回以淡笑，却迎来了北堂风冷漠的回应。慕晴蹙眉，当真不知道自己是哪里又惹到这位九五之尊了。慕晴上前，打算与北堂风一同了解下情况，可脚尖才刚一挪动，便见有三个小太监扶着一个战战兢兢的女子从筱月殿走出，慕晴定睛一看，竟是平日里妖娆万千的柳妃柳惠蓉。

　　此时的她满脸熏黑，头发也乱成一团，一边咳嗽，一边发着颤。在看到被她的模样弄得有些讶异的北堂风后，一双媚眼忽然泛出了泪花，而后甩开下人，硬生生扑向北堂风，紧紧地卧进了他的怀里，"皇上，臣妾……臣妾……臣妾以为再也见不到皇上了。"柳惠蓉娇嗔，又往北堂风怀里硬生生地挤了挤。

　　北堂风似是对柳惠蓉这突如其来的拥抱弄得有些无措，下意识地揽住她的肩头，并出声安抚，"不怕。朕在。"

　　一句亲昵的话语，令慕晴的眼角悄然划过一抹淡漠的笑，心头却不知哪处正隐隐作痛。她转过身子面对火舌飞舞的筱月殿，连余光都不再看向正紧拥的两人，于她心底，亦在暗暗自嘲着不久前还忐忑的动摇。

　　这样也好，这样，便是给自己醍醐灌顶，让她明白这个男人，与自己绝无半点可能。

　　北堂齐似是感觉到慕晴的那抹安静，他看了眼慕晴在冷风中单薄的身子，

便解下自己的外袍，轻轻披在了慕晴身上，一股带着些莲香的暖意袭上，竟让慕晴僵硬的心稍稍舒缓了些许，于是转眸对北堂齐露出一抹笑，轻柔地道了句谢谢。长发被风卷动地四处轻舞，身后火光将她照耀得如浴血凤凰，加上她眼角狭长而妖冶的红晕，竟令北堂齐一时看得有些呆住，俊朗的脸庞悄然滑过些羞涩。

如此相处安逸的两人，令本是在寻着苏慕晴身影的北堂风静默的眼眸中划过一缕幽光，他先是垂了眸，似是有一抹谁也看不懂的情绪一晃而过。

这时，慕晴忽然像是想到什么，身子忽然打了个颤，口中低喃着"茗雪"。

是了，因为北堂风的事，令她险些忘记了赶来筱月殿的目的。

茗雪！她必须找到茗雪，否则怕是要出事！

就在慕晴挪了脚步，打算去寻茗雪的那刻，忽然听到旁边传来几声大喊："奴才叩见皇上，皇后，柳妃娘娘。奴才们已经抓来了纵火烧宫者！"

慕晴忽地顿住步子，眸子颤动了几许，莫名有种不好的预感。她转过头，拉开了几个挡在身前的人。在看到被人按倒在地上，已经被人打得全身殷红，甚至连话都说不出来的茗雪时，慕晴眼瞳猛地一缩，心就像是被人狠狠地割碎了一样，连呼吸都充斥着刺痛。

地上的茗雪，浑身上下满是疮痍，她的脸被人紧紧压在地上。

似是看到了慕晴的凤尾裙角，她微怔，抬了眸，双眼坚定不移地望着慕晴，而后似是想告诉她什么一样，用了全身力气摇着头。

按着茗雪的小太监们似是看出她有动作，狠狠地在她脸上踹了一脚，将茗雪的皮肉都踩得掀开。

见到不久前还伴在自己身边有说有笑的茗雪此刻已经变成如此模样，慕晴心如刀绞，终是忍不住一把扯开上脚的太监，而后将茗雪紧搂在怀里，字字铿锵地低喊："无凭无据，竟然滥用私刑，你们未免太胆大包天了！"

"皇上……"柳妃见状，赶忙挽住北堂风的手臂，用着哭腔道，"原来……原来那纵火者，竟是姐姐的宫女。臣妾不知究竟犯了何错，姐姐竟然想置臣妾于死地。"说着，这柳妃竟然拿起丝绢开始抹泪。

慕晴静静垂眸看向怀中人儿。此时的茗雪，倾城小脸再也不见，血肉模糊得让人不忍直视，身上骨头几乎都被打断，与废人无异。慕晴紧紧地握住拳，感觉自己的身子都在发抖。她靠近茗雪侧耳，低声轻语："告诉本宫，你是否放火？"

闻言，茗雪像是受了极大的刺激一样颤抖地摇头，然后用那只满是鲜血的手紧紧握住慕晴的指尖。她张口,双目拼命瞪开,微弱地说着:"奴……婢,没……有……"

慕晴轻轻回握住茗雪,脑中飞速地旋转,心中猜了个大概。

如果当真如茗雪所说,那么很不幸,又一次让她言中了。

这是有人精心布的局,而她苏慕晴,才是这个局真正的主角!

慕晴狠狠咬住唇。既然知道是局,那她在这个时候必须冷静,因为只要是局,便一定有破局的方法!

但很快,慕晴却又痛苦地别开脸,扶着茗雪的手早已攥成了拳,用力之狠,不惜划伤了掌心,渐渐渗出了血红。她早已将茗雪当做宫中唯一的亲人,试问亲人受如此折磨,这天下的人,又有几个能说冷静便冷静下来!

就在这时,沉默已久的北堂风忽然开口:"来人,将皇后拉走。"

慕晴猛地抬头,对上了北堂风那冷漠的黑眸,她唇微启,仿佛要说什么,却被北堂风蓦然打断:"把皇后拉走!谁敢不听命!!"

慕晴微愣,随即化为一种狰笑。她一把捉住正要碰自己身子的太监的手,无情甩开,狠狠道:"本宫自己会走。"

慕晴轻柔地将茗雪轻轻地放躺于地,眼眶都有些酸涩。茗雪紧紧地握着慕晴的手,双眸依旧像初次见她时那般清澈。

"本宫信你,只要你说没有,本宫定会还你清白。"慕晴低语,眼中含着那几乎快脱开忍耐的怒意。

茗雪略怔,随即划出了淡淡的笑,像是将自己完全交给了慕晴。

慕晴慢慢地垂了眸,先是用力地回握茗雪的满是血痕的柔荑,而后松开,将她的手轻轻放在了身旁。深吸了口气,她缓缓起身。

一阵风起,将她脸庞的发丝撩起,在那红色晕角下的眸,带着一种凛冽的痛。

是她无能,是她……没能保护好自己身边的人!

就因为晚了一步,就因为她晚了一步,才致使他人有了可乘之机!

这是第二次,第二次看着茗雪在眼前被……

她的心很痛,痛得快要撕裂!但是……

她凝视着眼前卧在北堂风怀中的娇柔女子,眼眸忍不住地抽动了两下。这是她来这里第一次如此愤怒,若是有可能,她恨不能将这个女人扔进那熊熊火中,永远烧成一片灰烬。

慕晴静静地站着,面上毫无波澜,掌心却割出了血痕,血早已顺着袖口缓

「53」

第五章 丢车保帅

缓流下，滴滴落在地上。

"皇上心如明镜，臣妾究竟是否命人焚毁筱月殿，相信皇上，比谁都清楚。"慕晴抬了眸，终于对上了北堂风的眼。

北堂风静静地回望着她，似是想通过那清澈的眼眸望入她的心里，半晌，才冷冷说道："李德喜，今夜带柳妃暂住萧阁宫，然后将这个宫女押入荆闱房。"

柳妃似是愣了一下，有些娇嗔地抓着北堂风道："皇上……就这样……？"

北堂风静默了一会，低眸望向柳妃道："皇后之事，朕自会亲自查清楚。今夜，你去萧阁宫好好歇息，压惊。朕待会再去陪你。"

语毕，北堂风便悄然松开了拥住柳妃的手，冷冷地向着慕晴走去，在走过她身侧的一霎，他停了步子，侧眸望向她道，"你先跟朕走。"

"皇上可否先找御医保住茗雪性命。"慕晴忽然开口。

北堂风只是静默了一会，便道："你很在乎这个宫女？"

半晌，慕晴忽然转身对着北堂风。她咬住牙，蓦然跪地，用着那依旧倔强的声音道："臣妾请求皇上，暂保茗雪性命。为免事情水落石出之前，有人灭口。"

"你……！"柳妃咬唇，想说什么，却被身后的一个白面小太监给拉了回来。柳妃喘了几下粗气，这才作罢。

北堂风望着慕晴，只是冷哼一声，没有回应半分，而后便头也不回地向着明阳殿方向走去，卷着焦灼的风将他长发拂起，仿佛连天都看不透这个男人。

慕晴静静地跪在那里，紧紧地咬着唇，忽然起身面对着北堂风的背影，大声喊了他的名字，却换不来他半分回头。慕晴有些自嘲地笑了，手上双拳却越来越紧。

她险些又忘记了。只要她能痛苦，北堂风才会痛快，而现在，他心里当是最痛快的，又岂会应她所言。

似是沉默了很久，慕晴缓缓地站好，一张脸苍白若纸。

"姐姐可要向皇上解释清楚啊。烧宫之罪，罪可当诛。若是不说清楚，说不定皇上龙颜大怒，再将姐姐赐死，那这后宫……没了姐姐，妹妹可是会孤单的。"柳妃忽然开口。

只见她甩开小太监，慢悠悠地走向慕晴，而后用那沾了土灰的指尖在她的脸上肆意地涂抹几下，道："呦，姐姐不会将死，所以吓傻了吧。是不是……和这个贱人一样？"

柳妃说罢，便走到了茗雪身边，忽然踩在了她那已经惨不忍睹的手上，甚至用力碾压。

忽然间，苏慕晴就像是疯了一样冲向柳惠蓉，血丝布满双眸，几乎将满腔的愤怒都尽数泄出。那种蓦然的爆发出乎所有人的预料，可就算是这些人都上手去围，也根本拦不住此时几近疯狂的慕晴。

"柳惠蓉！"慕晴嘶喊，那已经泛了苍白的唇颤抖着，狠狠地说："是谁烧宫你比谁都清楚！"

慕晴忽然甩开身边所有人，而后用右手指向一脸得意笑容的柳妃，用尽力气说道，"你给我记住。你现在最好绞尽脑汁将我致死，若留我一息尚存，我定会将你，碎尸万段！"

苏慕晴狠狠甩下自己的袖，忽然狞笑，而后头也不回地随着北堂风的方向走去。

"柳妃娘娘……娘娘您怎么了……"小太监们唤了几声柳妃，使得有些被吓住的柳妃打了个激灵，这才回了神，然后疯了一样地对着慕晴的背影喊："臣妾就成全姐姐！让姐姐死得瞑目！"

柳妃冷哼一声，可刚一转身，便见到早已在不远处静立的北堂齐，柳惠蓉猛地一惊，险些跌倒在地，她干笑着，尽可能地想解释方才的失态。北堂齐只是若有所思地静默离开了。

连北堂齐都没给自己好脸色，使得柳惠蓉更是怒从中来，狠狠地踹了一脚地，而后一字一字地低喊："苏慕晴！！"

这时，有一白面太监悠悠走到柳妃身后，小声说："娘娘，暂且不用置气。皇后孤立无援，若无意外，至少皇后就要丢了这皇后之位了。"

柳妃听完，怒气瞬间转为了笑意。她转了眸，将手轻轻地搭在那白面太监手上，道："郑荣，你简直就是本官的福星，这次多亏你献计。本官得你，便是天意。后位，必得！"

郑荣笑了笑，只是笑得，似乎比柳妃更深，更让人摸不透。

被北堂风带走的慕晴一路静静地跟在他的身后，心中满满都是茗雪的伤势，于是忽然顿足，开口，打破了此刻的寂静："皇上若是有话要质问臣妾，为何不说？"

北堂风闻声也渐渐停了步子，沉默了一会儿，忽然转身望向慕晴，那种凛冽的气氛使得慕晴的身子不由得一僵。

月下，乌云散去，幽蓝的光芒仿若流水般安静地洒在此刻北堂风的身上。

长发被吹起，撩动着一份孤傲，更撩起了一种无形的怒意。他忽然扯住了慕晴的胳膊，将她狠狠压在了一旁的墙围上，一双利刃般的眸，毫不遮掩地凝视着她："你就那么想死吗？"北堂风忽然开口，每一个字都仿佛带着一种怒意。

慕晴微愣，而后抬了头，毫不畏惧地回望着他："难道皇上相信我会纵火烧宫？"

只言片语，却好像无意中刺中了北堂风心中的某块不能被人碰触的禁区。只见他眸子一缩，狠狠捏住了慕晴的下颌："纵火烧宫……你又不是没做过……"

慕晴心头不自觉地揪了一下，仿佛又在脑海中支离破碎的片段里看到了炙热的色泽。

慕晴用力地晃了下神，扬眸看向北堂风，双手紧紧握住北堂风制在她左侧的手腕："皇上信则信不信则罢，要杀要剐悉听尊便。"

北堂风似是被她激怒，握了拳，狠狠地打在围墙上，并将慕晴完全地困在了他的双臂中。他俯视着她，俊逸的脸上此刻充满了难以掩饰的怒气。他离她很近，近到几乎可以呼吸到她身上的血腥味："别以为朕真的不敢杀了你！"北堂风一字一定地低语，似是因压抑而多了些苍白。

慕晴眉角微颤，似是能感受北堂风此刻的怒意。自从两人达成约定后，他都在耐心地等着她回忆起过去的事，也从来没有像今日这么强硬。想来他终于是将那层温柔卸下，露出了他本来的恨意。但是对于这份他与过去苏慕晴的纠葛，她根本就没心情知道，只是莫名地因为他的不信任，有那么一丝丝的恼怒。

"那皇上最好现在就杀了我，免得我哪天再想不开烧了你的爱妃！"慕晴冷笑，眼眸中却有着一种绝不妥协的执着，使得北堂风的眉心更深，于是低语了一声："苏慕晴，你这个不知道好歹的女人。"

"皇上叫臣妾过来，就是吵架的吗？"苏慕晴冷笑，忽然扬起下颌，"那么皇上还是赶紧去萧阁宫，还有一位妖娆妩媚的柳妃等着皇上安慰呢。"

"你在赶朕走？"北堂风蹙眉，忽然狞笑，"你可知，在宫里，根本没有所谓的真相。若非朕，你早便不知死了多少次！现在，也只有朕能保你！"

"那么，臣妾倒想听听，皇上如何保得臣妾？"慕晴冷笑，似是击穿了北堂风心中所想。

在这满朝天下，根本无所谓黑白真相。后宫女子除她之外，均牵扯一方势力。柳妃之父柳良杵乃天朝相国，北堂风绝不会因为儿女私情，便舍弃如此大棋。所以，北堂风绝不会动柳妃半分，更不会彻查所谓真相。

若北堂风当真有心保她苏慕晴，那对他来说，方法只有一个。

两害取其轻。丢车保帅，舍小棋，保大局！

但凡事件，必有人要站出来有个交代。所以到时候，怕是北堂风要大开杀戒，以茗雪之命来抵她苏慕晴之命。所以，她和北堂风的目的本就不同，为了保住对茗雪的承诺，她绝对不能让北堂风插手半分！

"朕身为皇上，自是有方法保得了你。"北堂风低声而道，字字铿锵，似是不允许慕晴有任何的反驳。谁料慕晴却忽然冷笑，抬头望着北堂风道："臣妾不需要皇上的为难，臣妾，自有方法证明自己的清白！"

"你……！"北堂风紧紧地咬牙，昔日的冷静似乎都被磨光，他又靠近了一分，笼罩了她的全部，"苏慕晴，为何到了现在，你还处处与朕作对，当年如是如今也如是！朕对你来说，究竟算是什么！"

"臣妾与皇上的羁绊，绝无感情可言，皇上比谁都清楚！所以此刻，皇上大可不必将它搬出来说事！慕晴受不起！"慕晴仰头，倔强不屈，然而在说出这句话的同时，慕晴却有些混乱了。她怎么了，这样不像她，似是完全失去了冷静。她向来不会如此直截了当，她完全可以用着满腹计策让北堂风撒手。可是，她却有些控制不住自己，仿佛是心中有什么东西破土而出，蔓延到连自己都无法掌握。

然而，当北堂风听到慕晴的话后，有了一瞬的怔然。在那绝美的眸中，竟闪动了透彻的伤，毫无掩饰。使得慕晴也愣了一下，柔软的心头，就像是被人狠狠地揪住。

为何此时，这个男人竟将那冰冷的盔甲就这样毫无防备地丢弃；

为何此时，他要用那仿佛被伤得遍体鳞伤的眼神望着她；

又为何此时，她会后悔，后悔将那句话毫不伪装地说出来。

慕晴蓦然转开视线，似是再也不敢与北堂风对视。而北堂风却忽然笑了，笑得比过去任何时候都要冷。

他一把捏住慕晴的下颌，强迫她望向自己，他沉默着，却仿佛有千言万语。

"我……"慕晴有些凌乱，刚想说什么，北堂风却忽然压下了唇。没有任何征兆地攫住了慕晴的唇，狠狠地占有她的一切。

这个吻，似是被北堂风灌注了对苏慕晴所有的爱与恨，霸道而疯狂。那股熟悉而凛冽的寒香，顿时席卷而来，无情地缠绕着她，也让她无暇思考任何事情，只能被禁锢在他的世界中。

此时的慕晴，当真有些无措了。

这是北堂风第一次如此吻她，疯狂，残忍，又饱含着一种莫名的痛楚。

"唔……"慕晴蹙眉，用力想要推开北堂风，却被他毫不留情地钳住双手，而后一把压在身侧，却又小心地没有触及她手臂上的伤。

直到慕晴几乎快被这带着凛冽寒香的吻彻底吞噬之前，北堂风才慢慢松了手。他缓缓移开，在他们有些红肿的唇上静静拉开一根仿若牵绊的银丝，将他们深深地拉扯在一起。

望着只能拼命喘息的慕晴，北堂风轻柔地替她将凌乱的发丝顺到耳后。他望着她，轻笑，然后靠近她的耳畔，用着比任何时候都要冰冷无情的声音说："你说得对。你受不起朕的爱。但是，朕还是会保你。此事，无关情爱。"北堂风又笑了几声，而后慢慢地脱离了慕晴的身子，任由她瘫软在地。

随后，北堂风静静地转了身，仿佛再无留恋。在轻吸了口气后，便独自向着另一方向而走。

凝望着那抹愈行愈远的孤寂身影，慕晴心头竟又被那种陌生的痛楚填满。她其实并不想与北堂风对峙成如此局面，但是为了逼他不去插手此事，她不得已而为之。但现在看来，北堂风似乎并不打算撒手，这才是最麻烦的事。

慕晴静下心，费力地从地上爬起，她静静地在红墙内走着，满脑子都是方才北堂风的样子，心头不禁再一次地揪痛了。

明明警告过自己，但对于他，她好像还是有些迷失了。

这时慕晴忽然站定，紧蹙起眉。现在根本就不是去想北堂风的时候，当务之急应是好好斟酌保全茗雪的方法。她轻轻侧咬指尖，陷入了沉思。

这场大火，绝非一时起意，更不是简简单单的苦肉陷害。

这乃是"无中生有"之计，一场大火，有虚有实。又借了茗雪对筱月殿之恨做了个顺水推舟，而后再接调虎离山之计。此三计连用，目的便是将她苏慕晴置于网中，百口莫辩。

一切的一切，都是精心布局。

甚至这场赌命的烧宫之火，连北堂风都没有料到。

这个局，也绝对不是柳惠蓉能想得出来的！

慕晴眸子微颤，更加用力地咬了下指尖。

柳惠蓉背后是谁，会是柳相国？慕晴摇了摇头。

不可能，听闻柳相国刚刚回京，定然不会做如此长远布局，所以不会是柳相国。

那究竟是谁，是谁如此想要了自己的命？

她苏慕晴，又究竟在与何人斗法？

慕晴用力舞动了下手臂，忽然间感觉自己身后凉风凛然，仿佛有种被人紧紧盯住的感觉。

这皇宫之内的阵阵杀机，绝非儿戏。稍有不慎，便会死无葬身之地！

究竟，究竟有什么方法，能避过背后之人的眼线，又能在北堂风有所动作之前，救茗雪于水火？

慕晴咬唇，似是陷入了更深一层的思考中。这时，一阵风起，将慕晴的衣衫撩起了一角，忽然有一样东西显露出来，顿时吸引住了慕晴的目光。她将这东西从腰上拿下，放在手上正反捻动了下，半晌，她忽然扬动了一丝喜悦之色。

或许，茗雪有救了！

但，还差一个最关键的人。

就在慕晴愁思冥想之际，抬眸间忽然见到正从宫外回宫的上官羽。她先是一愣，随即扬动了一丝笑。

来得早，不如来得巧，今日终于验证了这句话！

在好不容易"抓到"上官羽后，苏慕晴便强带着他去了凤阳宫，然后大笔一挥在一封信上写了几个字，同时给一头雾水的上官羽加以解释，使得上官羽的脸上顿时显出了自责之色。对于这点，苏慕晴很乐意利用，于是便以"你欠我的"为名，迫使上官大人当了回信差，屁股还没坐热便又出了宫。

但这时候的苏慕晴却不知道，身在明阳殿的北堂风也在撰写一封信。很快便有一抹修长的身影出现在北堂风身侧，那人一身白衣，虽然俊美，却看起来凛冽无比。只见他半跪于地，淡淡道，"皇上，卑职前来领命。"

北堂风在顿下最后一笔后，用力一勾，而后折成一封信交给男子，并告知他去处。待江听雨离去，北堂风也如苏慕晴般长长舒口气。

他负手走于大门前，仰望天上无星的夜，眉头紧锁。

希望一切都可以顺利进行，因为无论如何，他都要保住这个女人！无论要牺牲谁。

离开皇宫的上官羽应着苏慕晴的要求来到了一座府宅门前，刚要进入，忽然见到一抹修白的身影，使得上官羽顿时警戒，侧过身子靠在墙边。

来人一身白衣，看起来若梦若幻，在他的身上，缠着一条硬质蓝带，一见便知里面镶嵌了软剑。而他相貌俊美，但略微有些苍白，长发高束，随风而动，好似这夜间无声而至的雨滴。

江听雨！

上官羽蹙眉，更是增加了一分警戒。

江听雨是北堂风手下的另一名心腹。他不任具体官职，专门为北堂风做细作探听各路大臣的情况，以明民间之事。虽然有很多人试图挖出江听雨，但是他却精通易容，谁也不知道他究竟长什么样又身在何方。

他与江听雨向来不和，若不是皇上在中间调和，他们想必早就起了刀光剑影。此刻皇上唤来了江听雨，怕是要做之事是不想让皇后知道的。如此看来，皇后和皇上，都递信给了这府中之人。

上官羽抿住唇瓣，抬头看向那府宅的牌匾。此次，二择一。只看这人，选谁之道而行之了！

祈亲王府，寂静怡然。古香古色的院中，能听到假山四周的清泉潺潺。

琴弦勾动，修长的指尖一一撩过，仿若流水。

北堂墨独自静坐于庭院双手抚琴，身着淡雅白衫，解下发束的墨色长发静静垂于身侧，偶有几缕被风扬动，勾起了一种宁谧的优雅。

皇宫所见之处，火色烧空，他却好似毫不在意，轻奏一曲《广陵散》，俊眸微垂，沉醉在那丝丝音律之中。

一袭蓝衣的离若白自外而入，在北堂墨身边低声道："王爷，方才上官大人及江大人均来了府上，各将一封信交予王爷。"

若白说罢，便将两封还未开页的信放在了北堂墨身旁的石桌上，而后静静退于一旁。

北堂墨低垂眼眸，并未回应任何话语，依旧认真地拨动着琴弦。

"王爷不看信吗？"若白疑惑，轻声低问。

据他所知，上官羽和江听雨，现在一位所属皇后，一位是皇上的心腹，此二人一同前来，定然不是小事。

北堂墨未曾停了动作，只是同时淡淡而道："信里内容，猜到一二。"

北堂墨将指尖轻轻抬开，院中的声音也随之消逝。他将双手按在琴上，悄然抬了那琉璃色的眸。半响，他才拿起桌面上的两个信封，凝视了一会，指尖掠过其上所写的两个"亲启"。

一个浑厚有力，一个柔中带刚。

北堂墨勾动浅唇，而后优雅地靠于石桌边上，借了府宅中淡淡的光，将信一一拆开。他从上至下，细细读过，随即化为一抹深邃的淡笑，过了好一会，他才又将信放回桌上。

"王爷，究竟……"若白见北堂墨看似已有定论，于是向前询问。

"若白，纸、笔。"北堂墨说道。只见他一只手撑在额旁，一只手拿起桌上放着的花瓷边小酒杯，放于唇畔，轻轻地啜了一口，看起来不慌不急。微风轻抚，撩动着他垂于胸前的发丝。半朦胧的月色，将他低垂的俊眸映照得更加深不可测。

没过一会儿，离若白便拿着北堂墨所要之物回到院中，并将纸笔放于桌上。

北堂墨优雅地拿过笔，只是随意地在纸上写了几个字，而后折成三印，交予离若白，道："若白，替本王，见一见茗雪吧。"

若白听后，似是很快便明白了，拿着那封信即刻离开了王府。

北堂墨静静起身，半靠在石桌上，一手拿着酒杯，一边望着那被火烧红的夜色。他轻饮一小口，晶亮的液染在他的薄唇之上，在他琉璃色的眸中，闪动着谁也看不透的光晕："今天的夜色，比平日里的漆黑无味，美多了。"

次日，晨时。清冷的风将皇宫又增添了一分不近人情。刚刚有些化开的雪，缠着一份湿润，悄然地渗入墙头格瓦。

紫御宫前，侍卫重兵把守，宫女太监行至此处均不敢抬头多望。闻说这里是对宫廷三品以上命妇下刑罚之地。据说仅仅站在门口，就能从流烟中感受到那丝丝血腥。

今日的正宫之审，便是在这里进行。

与其他女子不同，今日前来的皇后娘娘倒是一脸从容，稳重而大气，若说是被审之人，倒不如说像是来行官宴。在她的脸上，始终扬动着一丝淡然，那份岿然不动，让把守这里的人都不禁多看了两眼。可若是有心人细细看去，则又会发现苏慕晴眼角隐约透着的疲惫。

总归来讲，这一次公审，关系到的再不是她一个人的事，而是牵连到茗雪——她视如亲人的女子。

她抬了眸，风轻轻撩动她面上的发丝，将她那略有憔悴却依旧倾城的面容缓缓遮住。她抬步，想要前行，却被一声"皇上驾到"喝住了步子。

慕晴心头一紧，似是回想起昨日与北堂风的种种不快。她回了头，却在稍有期盼的同时，多了一份黯淡。

北堂风依旧俊美。他脚踏金履龙靴，身着精绣龙袍，宫人跪拜，万众瞩目。

墨色长发在他身后轻轻拂动，撩起的是一种无法直视的惊世威严。他挽着笑靥如花的柳妃，羡煞所有后妃宫人，仿若他与她，才是谁也无法拆散的倾世璧人。

慕晴静静看着，原本向前踏出的脚尖，悄然收回裙袍之内，脸上转而扬起了一抹苍白的笑容。

"臣妾，给皇上请安。"慕晴垂了眸，独自一人半跪在侧。然而她的请安，却换不来北堂风的任何一句话，只有那与她交臂而过时扬起的寒香，悄然刺入她的心里。

这一刻，留下了慕晴，依然独自半跪宫外。

"皇后娘娘。皇上已经走了。"上官羽低语，探出手搀扶慕晴。

慕晴自嘲地笑了，手扶上官羽，静静地起了身。那阵丝丝揪痛，让她自己都看不明白，不明白自己为何一遇到北堂风，便会失了平常心。

慕晴摇头，正欲前行，忽然又看到一行人。慕晴蹙眉，随即凝重地扯动了唇。

柳相国今日也来了。只见一身相服之人带着众官前行，郑重的步子卷着一层老谋深算。他走过苏慕晴，俯视着她，而后有着带了些深意的语调道："皇后，今日可要保重。"

慕晴笑而不语，目送柳相国进了紫御宫。随后她转身，拿过了特地嘱咐上官羽带来的锦盒。摘掉上面的金雕玉锁，将一支凤钗取出。凤钗带着七色彩珠，光下泛着耀眼夺目的华贵之色。

慕晴唇角微扬，眸间却多了一分坚定。她将凤钗插入发髻，甩下长袖之际，撩动了一阵幽风。

既然他们柳家如此想要这凤头钗，她便戴上它，看看他们如何从她头上，将它摘下！

随后，慕晴勾唇，负手袍袖，踏入了这深幽的紫御宫。

沉重的门声再度响起，宫内所有人都望向这清凛女子。

慕晴一身清雅七彩凤袍，头戴金珠凤头钗，静静跨入其中。在她两侧，站满了相国一派的文武官员，今日难得来此，怕就是托了柳相国的福，准备将她这皇后，彻底压入五指山，永世不得翻身！

慕晴轻笑，步履平稳，面对一众大臣，亦毫不惊恐，而那稳如泰山的气息，反而让周围之人忌讳一二。

柳惠蓉忽地看到了慕晴头上戴的凤头钗，眸子一颤，顿时气血攻心，纤纤细指在袖中狠狠攥起,晃得双镯清脆作响。狼子野心,昭然若揭。

面对她那嫉恨的视线,慕晴只是淡淡一笑。她站定,毫不畏惧地抬头看向上座的北堂风,而他此刻也淡漠地望着她,在掠过她发上的凤钗后,俊眸悄然闪过一丝碧光。

大门忽被关上,身后那缕刺目的阳光渐渐从她身上消失,转而被这阴冷的紫御宫罩上了一层寒。而在殿的侧面,则是被跪压的茗雪,却不似昨日般目光如炬,今日的她,反而平淡若水,看不出任何的表情。

慕晴收了视线,瞥过周围人数众多的大臣,忽然忍不住笑了笑,唇角扬着淡漠的弧度。

满朝文武对她一人。

她,还真是个孤立无援的皇后呢!

见到她笑,柳惠蓉着实气得心头直颤,而她的手,却被柳良杵按下。

"女儿,耐住性子。很快,你就是这南岳国的皇后了。"柳良杵低声而道,随后向前跨出一个大步,面朝上座,大声道,"皇上,臣,有事启奏!"

这一刻,慕晴也轻吸一口气。

因为这场生或死的角逐,从这一刻便要开始了。

只不过……

就在柳良杵声音落定之际,忽然有小太监在外面大声禀报:"皇上,祈亲王求见!"

当那大门逐渐拉开的同时,那小太监像是受了什么惊吓,而后赶忙又接连禀报:"皇,皇上……皇甫将军求见!户部尚书韩大人求见!工部侍郎王大人求见!李承洛大学士求见!……王晨恩尚书求见!"

北堂风原本轻转扳指的指尖顿时停了下,缓缓抬了方才轻闭的双眸。

而在这一刻,柳良杵、柳惠蓉及身边所有的大臣几乎都愣在了那里,纷纷向着那即将拉开的大门看去。

紫御宫的大门,渐渐开了,一抹刺眼的光线随之渗入,众人撩袖眯眼,想要尽可能地看清来人。

门声骤停,一袭冰蓝贵袍之人,带着一种绝不属于紫御宫的风雅缓缓进入。他头发轻束身后,步履平稳,每过之地,都撩起一阵不可小觑的震慑。在他之后,位高权重的大臣也一一进入,尽数尾随其后。

衣角轻摆,不慌不乱。此时步履稍顿,那人抬头:"祈亲王,北堂墨。叩见圣上,皇上万岁万岁万万岁!"

在他安静行了个礼后,身后所有大臣随之行礼,一时间"万岁"之声响彻紫御宫,惹得先到的官员一片无措。

　　当北堂墨与所来大臣行了礼,北堂墨轻眸看向孤立站在一旁的慕晴,眼中有微光划过。他抬了步走到慕晴身边,静默一笑。

　　慕晴颔首回应,转而看向一脸震惊的柳相国及柳惠蓉,随后化为一抹雅然淡笑。

　　方才,纵使一对多,却毫无趣味可言。

　　此刻,方才真正开局!

第六章
连横合纵

　　紫御宫中，凝重一片，发丝坠落都成为了近乎奢侈的动静。祈亲王北堂墨的到来，将原先柳良杵布好的局面完全颠覆，无形的压迫让柳派势力开始变得唯唯诺诺，纷纷不由得往回缩。

　　北堂风看到下方这对峙的势力，眼中渐露了然。

　　别看苏慕晴孑然一身，但竟让北堂墨亲自来了紫御宫，她这面子，还真是不输给他这皇上呢。但下一刻，他的眼中便闪动出些许冷意，看在慕晴眼里，也同他一样能将对方的心读懂。

　　身为一国之君，他要扮演两个角色，私下他确实要保她，但身在紫御宫，便要制衡所有的局势。也就是说——他不会偏袒任何人，只会以大局为重。

　　所以今日的胜负，无关于真相，只关系到一件事——谁才是后宫的主人，谁身后的势力才是撑起南岳这片天的顶梁之柱！

　　北堂风眯住眼眸，负后的指尖若有若无地轻轻敲击着拇指上的雕龙玉扳，忽地一停，他对上了慕晴清幽的凝眸，而慕晴，亦回以坚定的眼神，仿佛是当真赌上了这条命。他似是有所深思，又将视线掠过一旁安静的北堂墨，在他的黑眸中，不仅划过一缕深邃，似是并不知道他今日会来此大殿。

　　见北堂风稍有疑惑，慕晴的心才稍稍安宁了些。

　　北堂墨，是她一纸书信请来的。今日坐审的实质她不会看不透，孤立无援的冲动是救不了任何一人的，在这宫中，没人相信眼泪与冤屈，没人在乎天下公理，只在乎——权势。

　　所以要想救茗雪，先要立于不败之地，而王爷，一定会出面帮她。

　　为什么？因为她早先就向上官羽了解过，近来因为开垦荒田之事，柳相国

与祈亲王在朝堂上可谓是两虎相争，而且柳相国与祈亲王的敌对更不是一天两天。若是她这皇后今日下台，换了柳家人称王称霸，那么才真的会碍了王爷的事。

她要破了柳家阴谋的第一法，就是掷地有声的——连横合纵！

连横合纵所达到的第一局面，就是势力制衡！以祈亲王庞大的朝野势力，将会压制住所有给北堂风施压的柳派大臣。他们个个人人自危，虽然私底下撑挺柳良杵，但明面上谁也不敢出头与王爷敌对。借了这个小心思，柳相国的人此刻才会这么老实，不再像方才那般气焰旺盛，并且都是愁眉不展，一脸不知如何是好的样子，而柳相国想将此事闹大的策略，在王爷踏入紫御宫的瞬间，便被彻底击破了。

此时北堂墨悠悠淡笑，侧眸轻语："皇后可是欠本王一个人情了。"

慕晴勾唇回道："他日一定还。"

"本王记住了。"北堂墨略有深意地说，而后轻轻抬了右手，面对柳良杵，"相国不必摆出如此神情，那宫女本是本王府中之人，本王理应与皇后一同听审。"

简简单单一句话，却使得整个紫御宫陷入了一片哗然。

柳派官员一听连那宫女都是王府中人，各个都露出了退缩的神情，映在柳良杵眼里，当真怒火中烧，牙齿被咬得咯咯作响。

北堂墨摆明了在袒护苏慕晴。

在这朝堂之上，根本就没人敢和祈亲王北堂墨公开作对，这些废物，更是不敢再提废后之说了。然而，虽然与先前所想有些不同，但就算只有他柳良杵一人，也还不一定输。

不过，此时的苏慕晴却同时感到有一种隐隐的不对。虽然柳家势力都被压制，但上座的北堂风却不动声色，只是安静地听着下面的句句明争暗斗。慕晴眉心微蹙，略有疑惑。北堂风一心想让茗雪替死，岂会任由她身陷险境并与他作对？

北堂风似是感受到慕晴的视线，他侧了眸与之相对，却在这时扬动了一抹清淡的弧度，令慕晴心头蓦然一缩，更是忐忑不安。

"既然王爷是来旁听，那臣，便继续了。"柳相国忽然开口，拽回了慕晴偏走的思绪，他不依不饶，看起来稍有焦躁，于是转了身，面向北堂风，道："皇上，皇后差使宫女火烧筱月殿，此事已经传开，兹事体大，如此妖后，决不可留！"

"妖后？"北堂风轻念了句，看向慕晴，淡淡一笑，"还真是名副其实。"

慕晴咬了咬唇，心中了然。给她盖以妖后之名，看来这柳良杵，要的不仅是后位，还要她的命，为的就是斩草除根，以绝后患！

"古来帝后共结连理，相国大人称本宫是妖后，那上座那位，岂不成了妖皇？"慕晴开口说道，眉眼从容带笑，使得柳良杵脸色一阵发青，北堂风反而静默不语，只是轻轻地转动了下扳指，似乎对她大逆不道的言行一点都不感到意外。

然而，就在这几句你来我往之时，慕晴心中早已有了盘算。

百官沉默不敢弹劾，柳家势力也已经遭到王爷制衡，现在，只差这一步。

那便是昨日写给王爷信里的第二步。

既然火烧筱月殿不能查明真相，那便将其引至"意外"之说，虽然她可能要与茗雪共遭皮肉之苦，甚至波及性命。

但是，为了茗雪，她甘愿博上一博。

只要最后，茗雪能按照她昨日所说，坚持没有烧宫。那她，便可将罪尽数揽在自己身上，以意外之名，自认其罪！

贵胄有罪，可自降一等。

若是她扛得住事后的责罚，或许可以赢回两条命，将此事安稳平息。前提是北堂风没有什么其他的阴谋。

想到北堂风，慕晴不禁拧眉抬眼看了一眼。北堂风先是深思，而后眼瞳顿缩，似是明白她下一步的打算，顿时便有一道利刃碧光自他眼中迸射而出，像是在警告她。

虽然慕晴确实感觉到一股冰冷的视线刺穿了她单薄的身子，但她微微一笑，权当没感觉到，而后深吸口气，蓦然向前踏了一步，铮铮看向北堂风。

"皇后，小心说话。"北堂风忽然开口，字字低沉，让下面的一众大臣纷纷噤若寒蝉，窥探着北堂风冷漠的龙颜。

"臣妾，只说实话。"语毕，慕晴便又一步上前，在与北堂风之隔三步之距时，她顿足，扬声说道，"臣妾，确于……"

"你敢！"北堂风骤然打断。

"臣妾，确于昨日……"

然而，就在慕晴的认罪之言并未说完之际，忽然自紫御宫传来一声怪叫将她再次打断，使得所有王公大臣慌乱成一团。

慕晴也吓了一跳，心头一阵焦躁。

而就在这最为混乱的一刻，一个满身是血的女子忽地从旁边跑来，她蓬头垢面，脸上血肉模糊，眼瞪如铃，癫狂嘶吼着："是我，是我，烧宫的是我！"

一时间，慕晴眼瞳猛地一缩，忽地转眸看向北堂风，虽然他眼中亦有惊讶，却不及她这般震惊。

北堂风果然知情，但能说动茗雪反口的，全天下怕只有一人！

慕晴红唇微启，缓缓转而看向依旧淡漠的北堂墨，他抬眸，对上了慕晴，仅是微微一笑，夹了数分寒冷。

"皇后，皇后！！"茗雪惊叫连连，本是奔向大臣，可脚尖一转，却向着慕晴而来，随后竟当着北堂风的面，从怀中拔出一支发钗，然后将其狠狠刺入了慕晴心窝。

一时间血液逆流。慕晴手握红钗，眼中充满了彷徨与迷茫。瞬间的剧痛让慕晴脑中顿时一片空白，只能难以置信地望着眼前如亲人般的女子。唇瓣都在不停地颤抖，却只字未吐。

茗雪……为什么要选择这条路？慕晴心中不停地问着，她握钗的指尖愈发用力，不惜陷入其中，被深深割伤。而茗雪亦嘶叫着，突然像是疯了一样，将那发钗插得更深。

慕晴轻轻抬了染血的指，颤抖着触碰了茗雪的脸庞，而在这一刻，她看到了茗雪眼中悄然划出的一抹伤，也看到了她眼中映出的如此可悲的自己。

就在这时，茗雪忽然将那发钗狠狠拔出，血红溅了满地都是，如沾了死气的曼陀罗花。她一边疯癫地笑着，一边转身拿着血钗四处刺人，同时疯狂叫喊着："哈哈哈！烧死她们，烧死，烧死贵妃，烧死皇后！！凭什么我就是一介宫女，凭什么！！"

慕晴下意识地捂住流血不止的胸口，突然呕了一口气血，散开若莲，她用力地呼吸了几许，终是狠狠倒在了北堂风的身上。她抬眸望向北堂风，绝望淡笑，字字咬牙："北堂风，你……好狠。"

北堂风紧拥慕晴双肩，望着气若游丝的她，他俊眸顿收，似是某块决不能触及的禁区被狠狠撕开，连抱着慕晴的手都忽然颤抖了一分。而当他摊开手，发现掌心上染满了慕晴的血红后，他猛地抬头看向在这混乱中却依旧静立从容的北堂墨，在那狭长的眼中，迸射出了一种浓浓的怒意。唇角微微有些抽动，明显是慕晴遇刺之事已经出乎了他的意料。

似是感觉到了北堂风最后的眼神，慕晴忽然之间像是明白了什么，她咬紧牙关，痛苦地笑开。这时，她顿时脱力，彻底地跪在了地上。那满血的双手紧紧抓着北堂风的龙袍，指尖都因痛苦而颤抖。

未曾想，她与北堂风，都棋差一招……

李德喜见到，大惊失色，疯狂地喊着御医。

北堂风望着慕晴满身的血，仿佛与任何一次都不一样，他愤怒，他心痛，他甚至都在颤抖，但口中，却只是淡淡地说了一声"来不及了……"。

言毕，他忽然双手将她抱起，不管不顾地向着门口疾步走去。在路过北堂墨时，一阵风撩起了北堂墨静垂的长发，更带起了一阵利刃般的冷风。这一刻的画面仿佛被瞬间定格，北堂风只是在并肩的瞬间，冷冷地侧了眸望向清淡的俊颜，以无人能听见的声音低语："你做得太过了。"之后，他们便交臂而过，卷起了一阵凛冽的气氛。

待到门口，北堂风忽然停了步子，侧过脸，用着几乎要吞噬一切的声音低喊："上官羽，朕要你亲手将这伤了皇后的妖妇处以火刑！让她死无葬身之地！"而后北堂风没再多说任何一句话，径自抱着命悬一线的慕晴向着太医院赶去。

待他们走后，北堂墨侧目，望着忽然失去理智的北堂风的背影，在他的眼中，缓缓划过一丝碧光。随即转为了一抹深不可测的笑，也缓步离开了这嘈杂的紫御宫。

在去太医院的路上，北堂风紧紧拥着那愈发微弱的身体，他时而紧咬下唇，似在忍耐着心中的焦急。他低头望了眼慕晴胸口的伤，终是忍不住用着几近沙哑的声音低喊："苏慕晴，你给朕坚持住！苏慕晴，你不能死！朕不会让你死！"北堂风双手抱着满身血迹的她一路先行，明黄的龙袍，卷上了那层浸透的红。

慕晴在恍惚间望着那几近疯狂的男人，她轻轻地扬了手，指尖上炙热血红，也同样染在了那俊美的脸庞上。她缓缓闭了眼，在她的意识濒临消失的时候，唯有北堂风那低沉的声音，渐入耳畔："你不许死，给朕活着！慕晴……晚儿……朕的晚儿！"

慕晴紧闭的羽眸微颤，却无法回应。

当快到太医院的时候，慕晴的血几乎染满了身上的衣袍，北堂风的龙袍也浸透着斑斑艳红，如同冬日里最艳丽的一品红花。天上不知何时又开始落雪，薄薄地覆在北堂风的发上，肩上，乃至血红之上。

他匆忙来到太医院，虽然面上看不出任何情绪，却在迈入之时因过急而重重跌倒在地。他无视自己四肢的伤痛，下意识地转了身将慕晴紧紧护在怀里，容不得半点差池。

历来皇帝就是一代王朝气数的象征，若是皇帝跌倒，便是不祥。北堂风自小便被深深教诲行路不得匆忙，每步必要稳如泰山。而此刻，竟再也顾不得这皇家铁则。

跟在身后的李德喜见皇上跌倒，不禁大惊失色。他匆忙上前，却被北堂风无情挡开。李德喜看了皇上的脸色，心中暗暗震惊，因为这是他第一次见到皇上如此仓惶失色，完全失了冷静。

"快，太医！快……！"随着一声厉喝，北堂风进了太医院，所有的太医霎时都被满身是血的他吓得面色煞白，赶忙簇拥而上帮北堂风将慕晴稳稳放在床上。

"皇上，臣等这就为皇后疗伤！"一个太医说罢，便要将慕晴的手放平。谁料刚一动，却发现北堂风竟紧紧地抓着她的手，丝毫不松开。

太医们有些懵然，回头看向气喘吁吁的李德喜。李德喜摇摇头，示意他们不要强拉，太医这才点了头。

褪去血服，拿去裹胸，当那直入心口的伤映入眼帘之时，北堂风的手不禁紧缩了一下。

他一刻不移地望着慕晴那苍白的小脸，谁也看不出他的心思，然而那紧握她的手，却时而用着力。

李德喜靠近几步，看向这向来冷静的皇上。在那俊美的脸上，染着皇后身上鲜红的血，右臂被门框撞伤的地方已经有殷红渗透了衣料。明黄之色不再，只剩下与皇后相同的色泽。

李德喜的心头忽然泛着一阵酸涩，他拿着袖口，悄悄地拭去眼角的湿。

皇上自小便由他陪伴长大。在这深宫之中，皇上没有朋友，没有民间所谓的至亲。除了血腥的权力斗争之外，他一无所有，永远都是独自一人。而且皇上向来是一个将内心藏得很深的人，更是不会和任何人提及心中苦涩。一年前迎娶皇后之时，他李德喜看到了，看到了皇上究竟是多么开心。那一年，皇上无论政事有多忙，都会在皇后睡着之时，悄然去探望皇后。他为她添被，为她灭烛，还会为她拨去遮面的发丝。

只不过……他却从未叫醒过皇后。

本以为皇上在那年皇宫遭变后，便再也不愿提及皇后。可就在不久前本在微服出巡的皇上听闻皇后香消玉殒之时，竟丢下侍卫自己策马而归，可见心里根本没有将皇后放下。

李德喜无奈，又劝说了北堂风几次，可无论他如何的苦口婆心，北堂风都只是静静地坐在那里，不发一语地紧握着慕晴染满血的柔荑。

周围几个御医一见，也急成一锅粥。

皇上受伤，可大可小，可是皇上一言不发，也不让他们看伤，这要如何是好！

李德喜摇摇头，着实没了办法。看来只有帮皇后处理完伤势，皇上才会想起自己。几个太医也没办法，只得一边擦着汗，一边等着为首的几个太医的消息。

"茗雪……"这时，处在半昏迷的慕晴低声轻喃，脸上浮现出了极度的不安。北堂风的眸子微动，又用力地捏了捏慕晴的手，试了几次，这才将她的颤抖尽数散去，恢复了先前的安稳。

大约过了好一会儿，那几个太医才长长地舒了一口，开始帮慕晴做最后的包扎。

"如何？"北堂风忽然开口，说了来这里后说过的第一句话。

太医一听，赶忙弯腰对着北堂风道："皇上，方才的伤并未伤及心脉，皇后娘娘此时已无大碍，只需静养。"

闻言，北堂风这才稍稍松了口气。俊美的脸上也顿时显出疲惫的神色。但当紧绷的神经忽然松开，使得他差点从椅上摔倒。李德喜见状，赶忙上去扶住北堂风，劝说北堂风治伤。

北堂风又看了看慕晴，确认无碍后，这才准备松开握得有些发僵的指。但此时，慕晴却因为手头落了空，忽然变得不安稳。她眉心紧蹙，下意识地直接握回了北堂风的手，北堂风眸子略微一缩，赶忙又反过来抓住她。忽听她口中正低喃什么，于是压低了上身倾耳去闻，未料却听到了一声"王爷"。

区区二字使得北堂风那极为俊美的脸上显出了一份震惊与苍白，他望着慕晴，黑眸中渐渐显出了一种无法言语的怒意与伤痛。

是啊，王爷，王爷。才一个晚上，他就在她身边见过了两个王爷！一个皇后竟然梦语自己的小叔子。北堂风深吸几口气，顿时有些怒从中来。他沉默着，将她指尖的依赖，逐一扯开，甩了袍子便想离开。对他来说，此时多看这女人一眼，忍不住想将她弄醒好好质问一番。

在走前，北堂风还是停了步子，他侧眸，对李德喜叮嘱道："不要告诉皇后是朕带她来的。"北堂风扯唇自嘲地笑了下，缓缓抬了步子。

"皇上，伤……"李德喜喊道，赶忙小步上前。

"留下人，倾力为皇后治伤吧。朕，无碍。"北堂风说罢，扶着自己还在淌血的胳膊，就这样独自离开了太医院。

李德喜默默地望着独自离开的北堂风。

初阳之下，深宫之中，那从小到大都始终孤单的人，此刻，却带着一身伤，静静离去。

皇上，将这份爱藏得太深了，深到……割伤了自己。

皇后究竟何时才能看到这遍体鳞伤的男人，又何时，才能让他，再度展露曾经淡淡的一笑。

就如同，那一年，迎娶她时的皇上那般。

王爷……

王爷……

不要让茗雪去替我死……

不可以，绝对不可以！

当慕晴恍然惊醒之时，太医院的主房中仅剩了她一人。空气中弥漫着些或者血腥的草药味，透着些凉薄，也掺杂着一种苦涩。慕晴轻蹙眉头，努力地想将心中折磨了自己整夜的梦魇忘却。她蓦然惊醒，胸口因急促的呼吸而起伏不止，身上的衣料也早已浸透一抹香汗。

发觉是梦，她方松了口气。深眸望着那太医院的顶棚，幽蓝渐渐转为了黯淡。她欲起身，却被胸口忽然的剧痛撕扯得险些让她再度昏厥。

慕晴讶异，心中不停自问。这是哪？自己究竟发生了什么事？她低头看了看胸口的伤，指尖轻抚，发现已被人妥善处理。

看来，紫御宫的事，是无法被抹去的事实。而这心口的剧痛，更是让她清醒，让她好好地回忆起来了今日的混乱。

她想起了紫御宫，想起了茗雪，更想起了祈亲王北堂墨……

她小看他了，小看得太多了。

他的冷静，他的判断，他的城府，他的一切她都小看了。

为了保全她苏慕晴，北堂墨借了所有大臣的耳朵和眼睛，借了茗雪的假意疯癫，以此告诉所有人两件事。

其一，皇后并非孤立无援。

其二，茗雪背后无人指使，只不过是疯妇的罪孽，否则不会刺杀主子。

若她是局外之人，定会为他这一箭双雕的计谋拍手叫好。

而且，她还应该很感谢他不是吗，感谢他让决定她苏慕晴生死这盘棋，胜得如此之完美！

但是，她却并不是局外之人。

茗雪为她而死，甚至将死无全尸，将永远在这肮脏的世界中化为尘埃，永世不得翻身。

一切，却都是为了保全她的性命，保全她的皇后之位！

此时的她，感到心中一阵撕裂般的痛楚，仿佛有人将她的心，层层剥开，而后用千万只钩子，狠狠挖入不停撕扯。

在她眼里，她苏慕晴，今日一败涂地！

慕晴忽然深深吸了口气，倾城的小脸上挂起了一种极度的悲伤，眼中含着的湿润，被她硬生生地撑着。

眼泪，是世上最没用的东西！

茗雪回不来，柳妃势力也倒不了！

正当这时，一名荆阐房的小太监求见了慕晴。他颤悠悠地进了房，并将一纸书信交给她。慕晴细细阅览上面的文字，心头蓦然一痛。

这是茗雪的遗书，她早就知道会有这么一天。

慕晴下览，视线落在尾角处的最后几个字时，她轻声而念："茗雪还有一事，望娘娘能帮助茗雪。茗雪有一兄……"慕晴眼瞳一缩，马上往下看去。随着视线的下移，她震惊得绝非一点半点，而后猛地捏住信封。

此时她再也顾不得其他，拼命地从床上下来，捂着裂开的伤口，向着外面跑去。口中焦急地低喃着那人的名字。

茗雪……茗雪……

夜幕，皇宫的后园，一个苍凉而阴冷的地方。

上官羽独自搭建即将将茗雪处刑的火架，或许是这般事情，对他来说早已稀松平常，所以在那俊美的脸上，看不到任何多余的表情。他没有将茗雪捆住，而是任由她蜷腿坐在一旁。

今夜的茗雪很静，不争不吵，不闹不哭，与所有要处死的宫人截然相反。她只是将一张小脸埋在双膝中，默默地望着忙碌的上官羽。

待最后的东西弄好之后，上官羽拍拍手上的灰尘，转眸望向茗雪："离行刑，还有半炷香的时间。会害怕吗？"他淡语，望着那面带轻柔笑容的女子，心中有着一种不知名的感觉。

茗雪扬了眸，回道："人终有一死，或早，或晚。"

说着，茗雪便起了身，踏着轻巧的步伐站在那木柴的上面。

一步，两步，三步……

"待会，我就要死在这个地方吗？"茗雪轻声问道，眼中带了些许的落寞。

"能为主子而死，是做奴才的福分。"上官羽道。

做了奴才这么多年，在这没有黑白真相的深宫，如同今日这般的替死，他便早已见过多次。只不过，却从未见过像茗雪这般，不惧不闹，安安静静的女子。

"至少，茗雪在上官大人面前，不用做个疯子。"茗雪淡淡地笑了，似乎在说着一件无关痛痒的事。

这时茗雪停了脚步，望向上官羽，在那清亮的眼中，倒映出那俊美的容颜。微风吹起，静静地扫过茗雪脸颊凌乱的发丝，纠缠在她的眼前，仿佛是没有归属的青藻："上官大人，在这半炷香里，能否陪陪我？"茗雪开口，仿佛满心期待。

上官羽虽然不明茗雪眼中那淡淡的喜悦究竟为何，但是人之将死，他却不想拒绝。于是他静静地点了点头，也上前一步来到了茗雪身边："上官向来口笨，但愿茗雪姑娘不会觉得乏味。"

"怎么会。"茗雪笑了，忽然拉起上官羽的手，来到了一旁的石堆前。她让他坐下，而后自己则来到了他的身边，也紧紧贴他而坐。

上官羽微微有些僵硬，却很快地熟悉了茗雪在身边。就仿佛，在很久很久以前，也曾如此。

"聊些什么？"上官羽开口，确实有些不知所措。

"聊聊上官大人的家人吧。"茗雪望向天上快要被乌云遮住的月，淡淡地笑着，"今日，便是连月，也不愿见我。"

上官羽随着慕晴的视线，也看向无月之天，随即答道："上官没有家人。"

茗雪眸子微颤，望向上官羽："为何？"

上官羽似是回忆起来什么，原本冰冷的眼中闪过了淡淡的伤："上官的家人，全被一场大火烧死。父母，还有妹妹，全都死了。所以上官无牵无挂，只有一人。"

"是吗。"茗雪低语，而后转了脸，又看向那污浊的天道，"茗雪也没什么家人了。只有一位长兄。"

"长兄为父。他定待你很好。若是有机会，我会帮你带话。"上官羽淡淡而说，心中却忍不住地撩起了一丝寂寞。

陈年旧事,他已经很久很久没有想起来了……只是还有一张总是带笑的脸,经常出现在自己的梦里。

"哦,对了。上官大人会吹叶子吗?"茗雪似是想到什么,便四下找了找,刚好看到不远处皇宫里植来的四季常青树。于是眸子一亮,便小步走了过去,踮着脚,想要摘下一片小叶子,可是几次都没有够到,反倒触及伤口,让茗雪眉头皱紧。

上官羽见,便起了身,站在她身侧,稍一抬手便将那叶子摘下,放于她手上。

茗雪笑起,虽然脸上还是充满着无法直视的伤,但是那纯净若雪的笑,却让上官羽心头不由得紧了下。

这种感觉,他还从未有过,甚至,有了一丝丝的疼痛。

"上官大人还没回茗雪的话呢。"茗雪似是有些小小的撒娇,像个孩子一样看着上官羽,使得上官羽轻颤了一下,赶忙说,"啊……我,不大会。只是年幼时,自家的妹妹曾教过我,可惜我不善音律,始终没能学会。"

"我来教上官大人吧。"茗雪说着,便将那叶子放在上官羽手上。

上官羽先是有些犹豫,但是看着茗雪那满心期待的样子,便也不忍拒绝,便将它静静放在唇边。上官羽连续吹了两下,都化为无音,使得茗雪掩唇笑起,于是便握住了上官羽的手,道:"上官大人,应是这样。"

茗雪将叶子移动了稍许,专心地为上官羽调整位置,然而在这一刻,上官羽却静静地凝望着身旁专注的人儿。他不明白,虽然他早已是刀尖舔血的亡命之人,但眼前的茗雪,为何面对死,却如此从容不迫。

"上官大人?"见上官羽出神,茗雪便轻声呼唤,使得上官羽顿时缩了下眸,赶忙回了神,而后又拿起叶子,轻轻吹了一次。

这一次,竟当真有了音律,使得上官羽惊讶万分,不解为何真的学会。而茗雪却轻柔地笑了,道:"或许,上官大人的妹妹很调皮,从未真的教过大人。"

在说这句话的时候,茗雪那清澈的眸里,闪过一缕复杂的忧伤。但很快,便又化为了先前的从容,默默地望着反复尝试的上官羽。

"上官大人,该行刑了!"就在这时,不远处忽然传来了一个小太监的声音,似是提醒着上官羽。

声音落,上官羽倏然颤了下那指尖,那俊美的脸上渐渐恢复了平静与冷漠。他深吸口气,回望茗雪:"该上路了。"

便是在上官羽打算转身的时候,茗雪忽然有些不舍地大喊:"上官大人!"

上官羽停下来,侧目道:"怎么?"

"可以在行刑前，让茗雪，握一下上官大人的手吗？"茗雪有些焦急地问，使得上官羽眸中再次闪过了疑惑，想了想道："我一直以为，你很害怕我。"

　　"茗雪从未怕过上官大人。"茗雪坚定地说道。

　　上官羽似是也有些犹豫，但最终还是伸出了手，缓缓抬起，似是应允了茗雪的要求。

　　茗雪心头一喜，眼中袒露着一种复杂的情绪。她小心翼翼地握住上官羽的指："上官大人的手，好暖。"

　　"这么说我的，你是第一个。"

　　茗雪没回，只是慢慢将他的手，贴向自己的脸颊，而后静静的靠在他的掌心，脸上浮现出了一种释然的安心。

　　这一刻，上官羽的心头似乎又一次地被捏紧，那种快要无法呼吸的痛，究竟为何？

　　"好了。"上官羽忽然将手收回，有些不自然地转身，微风下的他，显得冷傲而孤独。

　　茗雪点了头，深深地吸了口气，便随着上官羽回到了那火刑架上。

　　之后，几名小太监便拿着绳子，开始捆绑茗雪的双手。茗雪毫不挣扎，就这样任由他们摆弄。当一切弄好，整个刑场便又只剩下了茗雪与上官羽。

　　上官羽拿着火把，静静地望着她："你我同是奴才，若是还有什么想要我做的，告知即可。"

　　茗雪摇摇头，只是带笑地说道："茗雪只想拜托上官大人，待会，在我行刑的时候。上官大人能否为我吹奏叶笛，我想，若是这样，或许就不会那么痛了。"

　　"好。"上官羽垂了眸，安静地向后退了两步，"愿来世，你不用再遭人世间疾苦。"

　　茗雪轻轻地笑了，"嗯，来世，一定会过得幸福……"

　　这时，上官羽竟轻轻地笑了，笑容中，似是带了些许苦涩，而后便将那手上的火把，扔下了火刑架的底端。

　　当那熊熊烈火疯狂燃起的一霎，上官羽的心头，竟再一次地忍不住揪痛。

　　他照着茗雪所言，将方才那片叶子放于唇边，然后用着青涩的方法，吹着那不完整的乐曲。被火重重围住的茗雪开怀地笑着，炙热的火焰，甚至将她眼角逐渐滑落的湿润彻底吞噬。

　　"上官大人，茗雪最后想送大人一首诗。"茗雪忽然大喊，那张始终挂着微笑的小脸，终于忍不住悲伤。她颤抖着双唇，强忍那灼烧在身上的痛，字字念着："上若山陵花现天，官鄙若水止山前，雪峰何时会相依，儿过千山会来时！……上官大人，好好地活下去，我们，来世再见……"茗雪再次笑了，笑得愈发的痛，终是闭上了眼，似是用着最后的力气大喊，"皇后娘娘！茗雪来世，还愿伴娘娘左右！皇后……千岁千岁千千岁！"

上官羽静静地默念那首诗，忽然间，他眼眸顿缩，连手上的叶子都瞬间落地。

上官雪儿……

他蓦然抬头，望着那已经再也发不出任何声音，甚至已经与这炙热的火融为一体的她。

忽然，他好像回忆起了一张很久很久之前那爱笑的可人儿的温暖脸庞。她会经常缠着他，闹着他，会在他与人打架受了伤后，乖巧地陪在他身边为他治伤。

而此刻，倾城已不再，那层层火焰将那人儿吞噬殆尽。她的发，她的笑容，她的一切一切……都消失在了这无月的夜空。

而且，是他亲手……

上官羽猛然跪地，指尖狠狠捏起地上焦灼的土。

风起，将他墨色发丝静静吹起。他缓缓伸出方才轻触过茗雪的手，指尖张开，而那淡淡的余温仿佛还在。似是过了很久很久，他才用那颤抖不止的嘴唇，悲痛地低喊："为什么……偏偏是你……为什么！"

而就在这一时，慕晴捂着胸前的伤，蹒跚赶来。当看到火刑架上已经燃起的火焰，她也忽然瘫软在地上，伤口仿佛再度裂开，在她衣衫上绽开了一种凄美的红。而后她笑了，笑得好痛，只是视线，渐渐被模糊。

最终，她还是没赶上吗……还是……没能……

忽然间，天上一阵鸣响，雨滴坠下，颗颗滴在慕晴那苍白若纸的脸上，冰凉凉的，直入心间。

这场雨，来得太迟了。

这时，上官羽静静地起了身，在他的脸上，早已没了任何神情。他弯身捡起地上的那片叶，无声地转身。

或许，哀莫大于心死，才是世上最残忍的痛。

他默默向前，甚至看不见地上的石子，狠狠地跌倒，而后又缓缓撑起身子，仿若行尸走肉那般……

"上官羽！"就在这时，慕晴忽然喊住那即将离行之人。

上官羽停住脚步，却并未回头，只是默默的等待慕晴的话语。

"今夜，本宫想出宫一趟。"慕晴说道，而后也缓缓撑起身子，然而与上官羽不同的是，在慕晴那倾城的脸上，却燃烧着一种无法言语的坚韧。

上官羽略微抬了眸，转身望向慕晴。

在她身后，依然有着无法被浇灭的火，火舌飞舞，却好似燃烧了眼前的女子。

上官羽的眸子顿时缩住，因为他从来没有见过这个女人如斯神情，那种仿若涅槃后的坚定，更是让他不知不觉地被她吸引住。

慕晴忍着胸口那依旧撕裂的痛，慢慢地，慢慢的走到上官羽面前，而后抓起他的手，将那块还染着茗雪血迹的玉环重重地压在他的手上。

"本宫曾答应过茗雪，会将今日折磨她的人，连根拔起！可是茗雪，却没有等本宫……"慕晴说着，狠狠地咬住自己不停颤抖的唇，狠狠地止住即将流淌的湿润，而后用力拥住上官羽那几近冰凉的身子。在他耳畔，她颤抖着，字字铿锵地说："现在，本宫将这个承诺给你。上官羽，本宫要你用这双眼睛替茗雪看着……看着本宫……如何让那些人，永不得翻身！！"

说完之后，慕晴倏然离开了上官羽，在那卷着火舞的夜里，她的长发飘散，火色晕角下的眸子再也没了任何的犹豫。

这场火，便如同她心中的痛，即使夜雨袭来，也无法熄灭！

上官羽沉默，低头看向手上那血迹斑斑的玉环，突然深吸口气，仿佛是想将那心中的痛一一压回，而后缓缓地跪在了慕晴面前，压低上身，向慕晴行了一个除了皇上之外，从未向任何人行过的宫廷大礼，而后字字铿锵，字字坚定地喊着："皇后千岁千岁……千千岁！"

慕晴垂了眸，将指尖搭在上官羽那略有颤抖的肩上，看向深宫的远方。

这一次，她一败涂地。

之所以他们柳家会火烧筱月殿，之所以他们有这天大的胆子敢挑衅她皇后威严。

原因只有一样。

便是看准了她苏慕晴势单力薄，孤立无援。

皇上虽是保她，但皇上统领大局，手心手背都是肉，绝不会有任何偏袒。

所以若是想将柳家彻底推翻，唯有一法。

那便是借助另一股力量成为这后宫，真正一挥风云起的万凰之王！

而能辅她手握凤印之人，在这南岳天下也只有一人！

"随本宫出宫！"慕晴蓦然抬头，挪了步子，而后便从上官羽的身边走过，撩起了一阵若火的炙风。

上官羽握紧还留着余温的掌心，又看向那火刑架上依旧不熄的火。他站了起来，蓦然转身，将那脸上的无比悲痛，一一忍回。随后，他便踏着比过去更加凛冽的步伐，跟随慕晴而去。

一盏明灯，一身素雅白袍。北堂墨靠在床畔，独自一人安静地看着书。墨色长发若流水般垂在身侧，映衬出了此刻的静谧。他微垂着俊眸，却似乎有些出了神。

这时，离若白拿着新烛进到房间，替换掉了那即将燃尽的明火。他抬了眸，看了眼静静凝视着书页的北堂墨。若是他没看错的话，方才来换烛时，王爷便停留在书的这一页，为何过了这么长时间，却连一页都未向后翻，于是若白轻唤："王爷？"

北堂墨眸子微颤，这才看向若白，半响，才低声道："有事？"

"卑职只是看王爷似乎有心事，是不是和今日之事……"

北堂墨垂了眸，俊脸上看不出任何情绪，只是放了书，长长地叹了口气："若白，你还记得，茗雪跟了本王几年？"

"卑职记得，王爷从火场救回她那年，也是腊月。当是有七年了。"

"七年了啊……"北堂墨将书慢慢合上，脸上带着一种莫名的失落，忽然意识到什么，抬眸问向离若白，"若白，昨夜，茗雪可有……"

若白摇摇头："茗雪让卑职给王爷带话，感谢王爷的栽培之恩，还向王爷磕了三个响头。"

这一刻，北堂墨的眸子微微地颤动了一下，露出了一抹苦涩的笑："这个孩子……若是能够怨恨本王，该有多好。"

"王爷……"就在离若白打算说些什么时，忽听外面有人通报，于是开门。

"王爷，有一位贵人想求见王爷。"

北堂墨的指尖微微动了下，而后便在他的唇角处扬起了一抹深深的淡笑。

"王爷已经知道是何人吗？"若白问道。

北堂墨深吸口气，撑床而起，淡淡道："见见便知。"说完，便向着房外走去。

屋外，夜雨已经落落而下，满地都被湿润所打。

北堂墨手举竹伞，一身清凛地自屋内走出，眸子有些深幽。

站在王府正中央的慕晴，一身黑斗篷，遮住了她的半张脸，唯有那略微泛着白的唇，紧紧抿着。当她微垂的眸，看到停在自己面前的那双白色鞋尖时，才缓缓将头抬起，望向面前之人。

此时的他，褪去一身锦绣贵袍，一身素雅白衣，仿佛与这无声的雨夜融为一体。他依旧像她初时见到他时那般俊美，也依旧那般让人安心，只是此刻在他脸上无波无澜的淡笑，却让她有些看不透彻："皇后，找本王可有事？"他的声音很轻，很淡，却刺入她原本就揪起的心尖。

她微启唇，又合上，而后将盖在头上的黑色撂下，那双眉角带红的眸，深深地凝望着眼前之人，"王爷。"慕晴低喃，语调看似平静，却激起万丈波澜。

啪——！

便是在北堂墨刚要回答之际，慕晴忽然上前一步，毫不犹豫地扬袖狠狠掌掴了北堂墨！

随着那清脆的声音骤然响起，北堂墨微侧脸庞，俊眸中透露出了一丝讶异。

他缓缓转眸，缓缓看向眼前这竟敢掌掴当朝位高权重的祈亲王的女子，在他那若彩珠般琉璃色的眸中映照出来自她那倾城的怒颜。

"你……"北堂墨欲言又止，低声道，"你可是这世上，第一个敢打本王的女人。"

"王爷擅自做主，将茗雪陷入万劫不复，这一巴掌，王爷受得！"慕晴说道，字字点地，毫不犹豫。

"本王……"

然而，就在北堂墨急于上前回了方才慕晴之话的那一刻，慕晴却转而温婉一笑，重重跪在北堂墨面前！

这一跪，让北堂墨的深眸顿时狠狠收缩。他愣了一下，低头看向跪在水地之上那被雨水完全打湿的女子，他那久被冰封的心，竟然颤抖了一分。北堂墨蹙眉，上前就要拉起慕晴。便是在他指尖即将碰到慕晴的一刻，慕晴却倏然紧抓北堂墨的腕子，坚定不移地望向北堂墨的眸。

这一刻，北堂墨忽然觉得自己好像几乎要被这没有半分迟疑的眸子，望入心底，让他害怕，让他惊恐，让他有些……忍不住想要逃开！

"难道，皇后不怨恨本王吗？"北堂墨淡淡地问，慢慢将手收回，也不再执着地拉起这固执的女人。

"慕晴自是生王爷的气，但是慕晴更恨自己的无能！"慕晴低语，双手紧握，忽然抬头望向北堂墨那淡漠眸子，"慕晴不是不分是非黑白之人。慕晴知道，王爷出此险计，为的是要力保慕晴。王爷今日对慕晴救命之恩，慕晴永记心间，也绝不会忘。但是王爷让茗雪替死，慕晴确实心痛无比，也一时不知要如何面对王爷。若是做了大逆不道之事，还望王爷原谅！最后，王爷将茗雪送予慕晴，慕晴却因为自己无能害她深陷囹圄，惨死而终，慕晴更不会忘。所以，也请王爷受了慕晴未能照顾好茗雪的赔罪！"慕晴说罢，便给北堂墨重重地磕了一个头，使得北堂墨的眸子再度一缩。在他那永远带着同一种淡笑的脸上，竟出现了从未有过的凝重。

"皇后冒着私自出宫的危险来找本王，定然不会只是赔罪如此简单。那么，皇后想让本王做什么？"北堂墨深吸口气，似是想要将心中的异样抹去，而后淡漠地望着慕晴。

慕晴缓缓扯动了下唇角，道："在王爷面前，慕晴自知不用拐弯抹角。所以慕晴便直言。"

说到这里，慕晴深深地凝望着北堂墨，那清亮的眸，仿佛将他深藏的灵魂一下抓住。

"请王爷，此后助慕晴一臂之力。"

"皇后……"北堂墨的眸子略微地颤动了一分，而后淡淡问："或是本王方才没有听清，皇后可否再说一遍。"

慕晴望了北堂墨许久，在天上刚巧划过一道青闪之时，慕晴再度扬起一丝笑。没有任何犹豫，没有任何恐惧，更是没有任何退缩地一字一字说道："请王爷，助慕晴一臂之力，重掌凤权。"

闪落，雨夜又恢复了原本的寂静。

北堂墨静静地凝望着那双坚定不移的眸："众人都知，本王从来不与后宫有过多牵扯。今日保你，也是另受他人之托。"

"慕晴当然知道王爷不会如此轻易就答应慕晴，所以，若是王爷的要求，慕晴也一定会尽力。"

北堂墨沉默些许，扬动了冰凉的指尖，顺着慕晴的脸颊，落至她纤细的下颌，忽然用力，便让那张倾城小脸完全映入自己的眼帘。

"当真什么要求都会答应？"北堂墨淡淡说道，琉璃色的眸中看不出任何情绪。

可就是这种看不透的深邃，才让慕晴心头不期然地轻扯了一下，甚至有些略微地不知所措。

这时，北堂墨忽然轻笑了一声，缓缓将手拿回："皇后以为，本王想要什么？"

慕晴尴尬地咳了两下，眼神微微有些飘忽。

方才若是王爷当真如此下去，那她要如何应对，她却真的从未想过。

而就在这时，北堂墨似是有些妥协了，淡淡说道："宫廷斗争，绝非儿戏。一旦助错了人，便全盘皆输。本王只会助真正凤者，不知皇后，敢接本王的条件否？"

慕晴的眸子微微颤动，沉默许久，便道："王爷但说无妨。"

北堂墨深深地吸了口气，在望了下那飘落在地的颗颗雨滴后，才缓缓而道："一个月后。远征大将军左寻归城。此人不沾势力，更无左无右。若你能将他降服。本王，便应你。"

"左寻大将军？"慕晴轻声重复，拼命在脑海中搜寻着这个名字。

她好像曾几何时听人谈起过这个人。

此人高傲，从不依附任何势力，更不将柳相国放在眼里，当是个异常棘手之人。

但是……

慕晴忽然扯动下唇，胸有成竹地说道："王爷这个条件，慕晴接了！"

北堂墨挑眉："当真？"

"君子一言，驷马难追。"

这一刻，北堂墨轻轻地笑了，似是重新审视了下眼前的女子。明明纤细柔弱，却又如此刚强。他深深地吐了口气，在那绝美的脸上渐渐恢复了原来淡然的笑。他向前踏了一步，手上竹伞将无情落在慕晴身上的雨水无声地遮住。他望着她，随后向她伸出了手，凛风拂过，将他那白色的袖微微吹动。

"本王等着你。"北堂墨静语，轻轻地拨开黏腻在她额头那湿润的发丝，而后将手摊在她的面前，道："若真到那一天。本王定会像现在这般，为你遮风挡雨。"

这一刻，慕晴的心忍不住再次触动。

她望了眼北堂墨的手，又看向他那淡漠如风的眸。半晌，才将自己的指，静静地搭放在他的手上。这一刻，她忽然紧握，借着北堂墨的力道起了身，而后站在他面前，将紧握他的手扬至两人面前。

"这只手，我一定会牢牢抓住，绝不轻易松开。"苏慕晴说道，目光如炬，使得北堂墨再度动容。

"啊……"似是因为忽然放松了方才紧绷的神经，慕晴胸口的痛楚顿时袭来，使得慕晴身子一阵发软。而这时，刚好抓着慕晴柔荑的北堂墨将她顺势揽入怀中，轻轻扶着她的身子，问，"皇后，你没事吧。……是本王不好，本王未尽到礼数，快随本王回府休息片刻。"

然而，就在北堂墨打算回头唤来若白的时候，慕晴却忽然又紧紧地握住了北堂墨，有些吃力地说："王爷，慕晴不打紧。慕晴私自离宫，还是趁着天黑，早些回去的好。"慕晴说罢，便没有任何留恋地离开了北堂墨的怀，再度站在雨里。

她向后退了两步，带着淡淡的笑容："王爷，慕晴多有打扰，就此告辞。"轻轻甩开袍，她再也不做任何停留地转了身，长发散在袍外带起了一阵淡淡的湿，而她此刻那娇小的背影，却也看起来如此让人心疼。

"皇……"北堂墨下意识地抬起手，似是想要唤住她。俊美的脸上带着一种不曾藏匿的仓惶，半晌，他才将悬空的手缓缓落下，垂下了眸。

之后，慕晴出了府，若来时那般坐着上官羽的马车匆忙走了。

北堂墨捡起掉落在地上的伞，重新撑起，而后向着府外走去。他站在门口，静静望着渐行渐远的马车，琉璃色的眸中闪动着淡淡的落寞。

这时若白拿着一个披风出了府，站在北堂墨身边说："王爷，早些回吧。"

北堂墨浅浅勾动了唇，回道："若白，你相信吗？在这个世上，竟然有女子敢掌掴本王。"

若白听后，眸子顿时缩住，有些难以置信地问："怎么……可能……谁会有这么大的……"

没等若白说完，北堂墨忽然笑了，笑得开怀，而后深深望着那马车消失的地方："苏慕晴，本王等着你。"

语毕，北堂墨便稍稍松了手，任由那竹伞掉在了被水浸湿的地上。而后他心情愉悦地进了府，即使雨水打在身上，都不会影响他此刻的好心情。

离若白有些怔然地望着北堂墨的身影，担忧地从地上捡起伞。

向来喜怒不形于色的王爷，今日竟然……

若白摇摇头，不敢继续想，而后便又拿着披风跨进府内，同时将那王府大门重重关上了。

第七章
君心难测

坐上马车的苏慕晴始终没说一句话，北堂墨给她提出的条件总是在脑中挥散不去。虽然应下了这个要求，但她还不知何时才能等到适合的时机。她曾听闻左寻是个烈性子，柳家三番四次想要拉拢他都未能做到，而她一个刚刚翻身的弃后，又要如何行事呢？

正当她想得出神，马车忽然颠簸了一下，慕晴没有来得心口微颤，撩了帘子往外看。结果却看到了在她晴岚轩门口徘徊的李德喜。

慕晴心头一紧，琢磨着不会是李德喜知道了她出宫的事，特来警告她的吧。于是眯着眸子，打算稍稍吓唬他一下，以探虚实。

她稍微绕了个道，悄然来到探头探脑的李德喜的身后，忽然呵斥："大胆奴才，竟然在这里偷窥，不怕本宫治了你的罪！"

一句大吼，使得李德喜忽然一阵发软直接吓得坐倒在地上，然后哆哆嗦嗦地跪在慕晴面前道："皇后饶命，奴才……奴才没有恶意。"

见到李德喜如此心绪，慕晴才稍稍松了口气。总之这么看来，这位李公公当是有事求她，而不是来祸害她。慕晴勾动了下唇角，淡淡道："若是没恶意，那便走吧。"

李德喜见苏慕晴转身准备走，顿时着了急，赶忙跟在苏慕晴身后，重重地跪在地上大喊："娘娘，奴才实在是没办法了，求您帮帮皇上吧！"

听到皇上这两个字，慕晴果顿住了前行的步子。她缓缓回了身，有些不解地低喃："皇上？"

李德喜鼻头一酸，哽咽地说："皇上固执，身上有伤都不让太医瞧，奴才实在是担心得不得了。想着只有皇后能说得动皇上……"

"我？！"慕晴倒吸一口气。

这李德喜是疯了吧，在这整个皇宫里，她苏慕晴在北堂风心里，可是最没地位的。

"北堂风为何会受伤？"慕晴问道，心中略微有些疑惑，"难道是……"

"皇上……皇上本不让奴才说……但是，但是奴才真的看不下去了……"李德喜跪在地上，紧紧抓着慕晴袍角，"皇后娘娘，今日娘娘受刺，皇上为了送您去太医院，摔了身子，对自己伤势不管不顾，只是守着皇后。还让奴才说是奴才将娘娘送去太医院的。皇后……"

一瞬间，慕晴的心好像狠狠抽动了一下，清亮的眸子多了些不知名的柔软，她也有几分犹豫，但终归无法置之不理。于是半蹲下身，将李德喜扶起，她长叹一口气，用自己的长袖为李德喜擦了擦眼角的湿润："本宫知道了，本宫去看看。"

当慕晴为李德喜拭去眼泪的时候，李德喜竟然傻在了那里。

他李德喜一生为奴才，在当小太监时，被所有人欺负，当了大太监，也没了亲人。除了皇上之外，眼前这个人，或许是第一个将自己当做人来看待的主子。

或许，自己以前都错了，真的错了。

李德喜赶忙退了一步，喊道："娘娘，皇上在明阳殿，奴才恳请娘娘快去看看皇上吧。"

"好。"慕晴应了，眸子一转，"本宫先去太医院拿药，然后便随你去。"

当苏慕晴随着李德喜来到明阳殿的时候，还没进门，就看到微光下有这一番桃色之景。

明明是入寝时候了，北堂风却在灯下依旧批阅着奏折，俊美的脸上显出苍白与疲乏。长发落在身侧，笔上的指尖冰凉无温。在他身边站着满面红光的柳惠蓉，正满心欢喜地给他吹着刚刚煮好的八宝莲子粥。这番你侬我侬，看在苏慕晴的眼睛里，总感觉有那么些隔阂。心想着自己又被李德喜给坑骗了。

伤患，不治？他哪里像是受伤了？她看这北堂风现在惬意得很！

慕晴轻轻咬唇，深吸了好几口气。

真是一对璧人啊，郎情妾意！

喷！

慕晴冷哼一声，忽然捏紧了药包，直接进到了明阳殿内，然后直挺挺站在

了大门口，而后毫不避讳地望着那对"你侬我侬"。

"臣妾给皇上请安！"慕晴忽然吼了一句，使得北堂风眸子一颤，而柳惠蓉更是吓了一跳，结果一勺粥竟然完全洒在了北堂风身上。

北堂风眸子一皱，赶忙拍了拍自己的衣衫。柳惠蓉也是顿时间大惊失色，甚至有些不知如何是好。

"你先出去吧。"北堂风止住惠蓉为她擦衣的手，冷冷说道。

柳惠蓉手指一缩，脸都忍不住地气得发了红，而后恶狠狠地瞪了眼慕晴。她是故意的！一定是故意的！

慕晴清了清嗓子，毫不避讳地望着柳惠蓉。

柳惠蓉终是无奈，又端着那碗本想要讨好北堂风的八宝莲子粥出了明阳殿，在与慕晴交臂的瞬间，她面露凶光，狠狠说道："苏慕晴你等着！"

慕晴微垂了眸，只是耸了下肩，而后用着更加锐利的眸子望向她，回道："我等着！"

柳妃心头一颤，似是被慕晴的眼神弄得有些惊慌，于是赶忙端着粥跑了。

留下的慕晴冷冷哼动一声，这才抬头看向早已将视线落在自己身上的北堂风。他脸上没有一丝笑容，甚至还多了些烦躁和不悦，但是他却不言不怒，只是如此静静看着她。半晌，才冷冷说道："皇后半夜来此，难不成是想给朕侍寝？"

慕晴闭眸深吸口气，尽量压制心头的一缕愠怒，当真是有些后悔来此。她抬眸，向前靠近几步："臣妾是来表示感激的。"

一句话毕，北堂风的眸子微微颤动了一下，似是戳中了他的心。他脸色微微不好，心中忍不住斥责着李德喜的多话。

见了北堂风脸上的僵硬，慕晴忽地莞尔一笑，说道："啊……臣妾应该说得具体点。"她正襟凝视，向前走了一步，"臣妾，是来感激送臣妾去太医院的大太监的！"

言毕，北堂风的眸子忽然抽动了一下，一张俊脸顿时变得铁青。

"臣妾以前真是误会这位公公了。叫……叫什么臣妾还真忘了。但臣妾记得，是一位身残志坚的好男儿！"

啪——！

忽然间，北堂风狠狠将手上的笔扣在桌案上，一双俊眸满含怒意地望着眼前说得有声有色的女人："够了。你的话朕听了，会帮你告诉李德喜的。"

"原来是李德喜李公公啊。"慕晴说道，故作惊讶，"可惜，臣妾不会做八宝莲子粥，不然，一定亲手做一次，然后让那位公公，好好品尝品尝。"

慕晴说着，眼眸从上到下瞥了眼北堂风，更是让他身子一僵，长眉略挑，眼中露出了威慑。

这个女人，难不成是故意来这里给他添堵的吗？

"朕，也会帮你转达。"北堂风深吸口气，这才勉强将心头的烦躁感压下，可那双俊逸无比的眸子此刻，却倒映出了慕晴那明显在挑衅的笑容。

八宝莲子粥，不是只有柳惠蓉才也会做。慕晴心中暗暗低语，但在忽然意识到自己莫名的酸意后，她赶忙甩开思绪，重新正视北堂风。

她向前走了两步，站于他面前，忽然一笑，道："除了感谢皇上身边的李公公。臣妾，还有一事求。"

北堂风抬眸，凝视了慕晴很久，半晌才将扣在桌上的手收回，同时轻轻转动了下自己的扳指。若是他没想错，这个女人来这里，现在才是正题。于是仅应了一声"说"。

慕晴轻轻哼笑了两声，而后又靠近了北堂风一步："如皇上所言。臣妾要侍寝。"

北堂风忽然怔住，连捏着扳指的指尖都倏然停住。他缓缓抬动俊眸，提高低沉的音调："你再说一遍？"

慕晴深深地吸了口气，而后用着几乎整个明阳殿都听到的声音，如他所愿地大声说道："臣妾，要给皇上侍寝！"

咔嚓……似乎，桌上的笔，掉了……

北堂风蓦然一愣，竟有些失态，着实是不明白眼前这女人究竟在想什么。他抿了抿唇，深深地凝视着眼前的女人："你究竟想做什么，不妨挑明了说。朕现在，没有功夫和你周旋。"

"皇上竟然不信……"慕晴撇了下嘴，而后几步来到愈发僵硬的北堂风身边，忽然跨坐在了他的腿上道："臣妾真的想侍寝。"

"你——！"向来从容的北堂风这一次真的快被这个让他恨得牙痒痒的女人弄疯了！本想将她从身上甩下，却不料被慕晴缠得死死的，令他不禁暗暗猜测这个女人上一世究竟是什么。

"皇上既然默许了，那臣妾可脱衣服了。"慕晴说罢，便开始悠哉地解北堂风的衣带，使得北堂风的眸子更加深缩。暗叹着他堂堂一国之君，此时竟然因为一个女人的胡作非为而惊慌失措。

"啊……"忽然间，北堂风蹙了眸子忍不住地闷哼了一声。手臂上的伤似

是针扎那般刺入他的心间。

慕晴挑眉，又刻意捏了下手臂某处，使得北堂风的眉心拧得更紧。

果然伤了。

这一刻，慕晴的心中稍稍放软了一些，顽劣的神情尽数收回，转而换上了一层凝重。她解开北堂风的衣，望向那根本没被处理，甚至快要黏在衣服上的伤，她眉头轻蹙，接着便从身后将药包拽过，小心翼翼地为他将衣服弄开。

北堂风忽然怔了一下，本是烦躁的眸子似是被一阵柔掠过，垂眸间多了些许沉默。

李德喜，又出卖他了。

但这一次，北堂风却没有拒绝与挣扎，只是从地上拿起笔，安静的再次开始批阅奏折。

慕晴定了一下，望着将手臂的伤交予自己的北堂风，心中又有一阵不知名的感觉拂动。她深吸口气，也不再与他逗贫，整个明阳殿里又回到了最先前的沉寂。

他专心看奏折，而她，则在一旁专心为他处理伤口。

"轻点！"在一阵疼痛后，北堂风狠狠瞪了慕晴一眼，而慕晴也抬头回看了北堂风一眼，道，"忍着。"

"你——！"北堂风真的有些无语了。数遍天下，敢如此对他北堂风的，就只有她了。

但是北堂风却莫名地听了慕晴的话，紧紧咬住牙，忍下了那针刺般的痛。而后转眸，悄然望向那专心致志的女人。

此时的她，似乎与他过去认识的苏慕晴有些不同。现在的她，浑身带刺，也敢不把他这个皇上放在眼里，让他有时候忍不住会想，那个自己迎娶的温婉贤惠的苏慕晴，究竟去了哪里？

望着望着，忽然有些忘我。他微扬指尖，缓缓贴近了她那倾城脸庞，轻轻地拨开她垂下脸颊的发丝，而后静静自她额角，轻轻滑动至唇瓣，随着那淡粉的色泽掠过自己指尖的那一刻，北堂风似乎有些恍惚了，微微靠近，忽然在慕晴的唇上点下了淡淡一吻。

便是在这一刻，慕晴倏然睁大眸子，猛地抬起望着离自己只有半毫距离的俊颜，而那平静的心，也在一瞬间被提到最高处，使得她的脑中如被炸开那般轰响一片。

"咚"的一下，慕晴从他身上重重地摔在了地上，难以置信地望着方才竟然在她唇上落下一吻的男人。

他不是一直想折磨她来的吗？他不是想让自己万劫不复吗？

刚才那是什么，刚才那看起来满满深情的吻是怎么回事！

慕晴慌了，甚至在地上连起来还是就这样跑掉都不清楚。眼前的北堂风也好不到哪去，在意识到自己竟吻了慕晴后，一张俊脸充斥了一种无法言语的懊悔。他蓦然起身，冷冷地俯视着慕晴道："剩下的朕自己会处理，你走吧。"

"我……"苏慕晴当真是有些乱了，一团乱。倾城小脸扭在一起，却浮上了红霞。

"你自己处理吧！"慕晴忽然皱了眉，将药包一把扔到北堂风手里，转身就要走。而北堂风也气得不行，可刚一挪步，却一阵晕眩，正好撞在了桌角，又碰了伤口。

今日不知怎么回事，从上午开始，他就一直恍惚。

正要跨出门的慕晴突然停了脚，愤愤回头，看到北堂风这个样子，又不得已转回来，一把扶住北堂风。见他面色略有苍白，于是便用手背贴在了他的额上。

好烫！

"这个柳惠蓉，伺候半天，都不知道这家伙发烧了……"慕晴撇嘴，小声低喃，想将北堂风扶去床边。可北堂风却一把扯住她的手，因为头脑混乱不自觉想起了她曾口中低喃的"王爷"，于是有些含怒狠狠说道："别在朕面前假惺惺，朕不需要。"

慕晴默默望着北堂风，脸上顿时怒意渐起："狗咬吕洞宾，不识好人心。"

"那你最好快些从朕面前消失。"北堂风说道。

慕晴深深地吸气，又深深地呼气。

她真想撂挑子走人！如果不是看在他的伤是因为自己，她绝对不会对他如此客气！

于是慕晴狠狠捏了下抓住她的手臂上面的伤处，只见北堂风眸子一拧，倒吸一口气，连额角都布出了虚汗。

就在他松手的一霎，慕晴毫不客气地将他揽到床边，直接扣下："臣妾也特别不想看见皇上。若不是李德喜千求万求，臣妾绝对不会过来。但现在既然见着皇上病了，臣妾要是不说也不照顾，那便是大罪。所以皇上不必觉得我们有什么，臣妾只不过是不想被再审一次而已！"一口气说完，慕晴才渐渐走开，脸上怒意未消，却多了一分强忍的疼痛。

听了她的话，北堂风也倏然笑了。

这样才是苏慕晴，如此无情无义才是他认识的苏慕晴！

"那好，朕倒要看看你怎么照顾。"北堂风不再抗拒，直接半卧在床，冷冰而道，"你方才不是要侍寝吗？现在朕要歇息，给朕宽衣。"

慕晴咬住唇，用力地眯住眼，"臣妾遵旨！"说罢，她便上前，三两下就开始脱北堂风的衣衫。

"你是皇后，不是山寨土匪。"北堂风出言提醒，眸中渗出怒意。

慕晴也冷冷地回看了下北堂风，"或许在皇上眼里，臣妾早就是个土匪了。"她忽然一个用力，将北堂风的衣衫彻底拉开。当那仿若瓷偶般的肌肤出现在眼前时，她当真有些怔住。或许是见惯粗犷的身影，如此唯美之人，她还从未见过。但她这恍惚的神情，却让北堂风眉角不由得颤动了一下。

他是男人，还是君主，被一个如狼似虎的女人以如此眼神盯着，心头自是不会愉悦。

"小心朕挖了你的眼睛。"北堂风字字落定，声音低沉，满是警告之味。

"挖了臣妾的眼睛，谁给皇上侍寝啊。"慕晴扯唇一笑，"对哈，皇上还有八宝莲子粥呢。"

说完之后，苏慕晴便再没犹豫，将北堂风的上衣尽数褪下。

北堂风也不再与她逗贫，冷冷地望着她，似是在等着她究竟还有什么花样。而后侧躺床畔，墨色长发好似流水般垂在褥上，静静地缱绻，仿若一幅不真实的画卷。

慕晴心中叹息。长得如此俊美，却生了这么一副毒舌。想罢，便将后面的被子一下拉上，盖在了北堂风身上，同时也稍稍缓了口气道："皇上先歇息，臣妾把皇上腿上的伤处理了。"

见北堂风眯住眼，想要起身，慕晴便先一步转身，而后将一叠没有批完的奏折放在了北堂风手里："固执。"

北堂风抬眸狠狠瞪了慕晴一眼，没再说话，低头又翻开那奏折。

过了很久，当慕晴将他腿上的伤也处理完毕后，她发现北堂风似乎因为疲倦就这样靠在床边睡去。暖被轻掀，此刻宁谧的睡颜看在她眼里，如同换了一个人。

如此安静，如此让人疼惜。

慕晴一时失神，本想粗暴些地将被子再次给他盖好，谁料当指尖捻住被角，却不自觉地放慢了速度，小心翼翼地将被子重新盖回他身上。她从他手里拿过摇摇欲坠的奏折，蹑手蹑脚地放在桌上，然后回头看向他。

她心里明白的。是他北堂风让王爷去牢狱里找茗雪的，只不过，王爷做得更狠了一些。

虽然，她也有些气北堂风，但是当她看到他身上那血迹斑斑的伤时，却有些疼了。

慕晴舒了口气，随即便拿起桌上的药包，转身离开了明阳殿。同时她也并未察觉，身后的北堂风悄然睁开了本是凛冽的俊眸，他凝望着她的背影，脸上浮现着一种复杂而疑惑的神情。

一个月后。远征大将军左寻大胜晋军，终于要威武回城了！

此时的皇宫全部笼罩在了一层欢愉的气氛中，处处彰显着一种大红的喜庆。城外的百姓也都个个张灯结彩。

大胜多年夙敌晋国，北堂风开心不已，不仅大赦天下，还极其难得的赐给了慕晴一座行宫——凤阳宫。

筱月殿烧毁后，皇上为了省下财力救助灾城，还把柳惠蓉的"殿"级，也改成了"宫"级，赐予了清音宫。但是消息一经传出，慕晴就听说柳惠蓉绝食整整两天，气得摔了不少宝贝。只因为"清音宫"离"明阳殿"有着很长的一段路程，而"明阳殿"与"凤阳宫"却是相临，且两宫之名简直就是龙凤祥瑞，天作之合！

"怎么还没到。"慕晴用力地吸了一口气，望向走在前面气不喘力不虚的上官羽。

此时的慕晴，正抱着大包小包的行装，和上官羽一起搬宫。人手虽然不多，但还好东西也不多，几件衣衫几个瓷碗，就算是这个皇后的全部家当了。

"娘娘，等等奴才啊！"这时，从慕晴身后传来一个更加气喘吁吁的声音，慕晴停了脚步，回头望去。

呵，差点忘了。今日帮忙搬宫的，还有欠了她一个大人情的李德喜。

说起来，自从上次李德喜夜访晴岚轩后，他好像就对慕晴另眼相待了，真是让慕晴又惊又喜。

这就是所谓，大难不死，必有后福！

于是就这样，拿着最多东西的上官羽领头，苏慕晴提着几个小包袱在中间，再拖个只拿了两个锦盒的李德喜三人一同向着期待已久的新宫凤阳宫走去。

"你们小心点！这可是皇上赐给本官的！"

就在这时，忽然自相反方向传来一个有些尖锐的声音，慕晴一听便蹙起了眉，原本轻松的心情顿时化为乌有。

柳惠蓉。

还真是冤家路窄！

慕晴眯了眼，继续往前走，反倒是李德喜见到柳妃有些犹豫，拿着锦盒半挡住自己的脸。可还没等走上几步，却还是与正回头的柳惠蓉一同撞了个人仰马翻。柳惠蓉几步颠簸，回了头厉声喊道："是哪个不长眼的奴才敢撞本官！"

李德喜一见，赶忙爬起来弯着身赔礼："柳妃娘娘赎罪！"

"是李德喜李公公啊。"柳惠蓉眯眼，刚好心情郁闷，于是低喊道，"李公公是不是看本官不顺眼，所以连李公公也想欺负本官啊！看来，本官得替皇上好好数落数落公公了！"

说完，这在气头上的柳惠蓉就扬起手，想要掌掴李德喜。

然而，就在李德喜都将脸挤在一起，闭上眼准备挨那一巴掌的时候，慕晴忽然上前，一把捉住柳妃纤细的腕子。用力之大，使得柳妃吓了一大跳。

于是她将眼睛瞪圆，压低声音狠狠说道："苏慕晴！"

慕晴面无表情地捉着她的手，忽然用力地甩了下去，使得柳惠蓉因为站不稳，向后退了好几步。她扶着腕子，用力喘息着，愤怒地看着慕晴。慕晴则无声地站在了她的面前，更是挡在李德喜面前，用着绝不容反驳的语气说："是谁给你的权利，敢在这皇宫中随便打人！"

柳惠蓉气得直发抖，眼白都泛了红。她将手慢慢垂下，站直，狠狠说道："皇后竟替一个奴才说话了，难不成皇后也和奴才一样低贱吗？！"

就在柳妃话音刚落之际，慕晴忽然上前，毫不犹豫地掌掴了柳惠蓉，将她一下打跌在了地上。她冷冷俯视着捂着脸的柳妃说："张口一个奴才，闭口一个奴才。在皇上心里，怕是你的地位，还远在李公公之下呢。年长为尊，你最好给本官放尊重点！否则，本官定替柳相国，好好教训下你这没家教的东西！"

当她语落之际，便转身亲自弯身扶起哆哆嗦嗦的李德喜："李公公，咱们走。本官，扶您。"说罢，便搀着李德喜在柳惠蓉一脸惊讶和愤怒下，再度向着凤阳宫走去。

恰好前面上官羽也在静静等着他们，他也回看了狠狠的柳惠蓉一眼，轻声冷笑，同样转身离开了。

留下的柳妃紧咬双齿，拼了命地捶着地，竟忘记身份地在大庭广众之下，指着苏慕晴低喊:"苏慕晴,本官和你没完!"

苏慕晴只是冷哼一声,根本不屑理会。对于现在的她来说,还不到时候,等她势力成熟,便要好好教教这个飞扬跋扈的女人什么叫做悔不当初。

当走过回廊的时候,李德喜边走边抽泣,连连对着苏慕晴道歉:"皇后,您不该替奴才说话的,奴才就是奴才,主子怎么说都不打紧……"

慕晴长叹一口气,低声说:"李公公,若是你想扳倒柳妃,其实易如反掌。只不过是李公公不愿惹事,心肠好罢了。"

是了,从古到今。根本没有几个妃子敢欺侮皇上身边的大太监,因为一句话,就可以将她们彻底摧毁。但是柳惠蓉就是看准了皇上想用柳相国势力,暂时不会处理她,所以才会如此肆无忌惮。殊不知……她却完全不了解这个自己天天想讨好的男人——北堂风。

真正的帝王,没有夫妻情分,只有皇权政治。

当柳相国功高盖主之后,北堂风便会将柳惠蓉种种恶行一一盘算,而后以此为由,将这个势力彻底清除,以绝后患!

他们柳家,一直活在刀尖上。若是她苏慕晴是如今的柳妃,定然夹起尾巴做人。只可惜柳惠蓉,道行太浅,看不到罢了。

"而且,你的主子是皇上,也不是她。"慕晴淡语,看不出任何的情绪。就在说这两句话的当下,便已经来到了凤阳宫。

凤阳宫,金凤朝天,象征展翅天凤,大气恢弘。慕晴痴痴地望着,眼中多了些璀璨。

可才要进宫门,她却忽然看到一个俊逸又稳重的身影。那人似也听到了慕晴的声音,缓缓回头,便是那淡然若风的眸轻轻抬起的一瞬,他淡淡地笑了,"皇后。"

一声轻喃,使得慕晴心头一紧,用着怔然的声音道:"王爷……?"

今日的北堂墨,穿了一身丝质蓝袍,上面绣着白色的图纹,及腰长发静静地随着微风吹摆,于他腰间,则挂了一个虎纹的玉佩。他微微扬动了唇角,金黄的光晕如同流水般洒在他俊美的脸庞上,为他又染上了一层温婉玉色。顿时,慕晴的心就像是被提起来了一样,有一种仿佛渗入到每一滴血液里的躁动,甚至唇角都会不自觉地扬起笑。总觉得,每每看到王爷的笑,就像是看到自家长兄一样,让她心安。

"是不是本王扰到皇后了?"见慕晴许久没有说什么,北堂墨忽然有些尴尬地笑了笑,而后接道:"若是皇后有事,本王就先走了。这些东西,是本王

特意送来，祝贺你迁官的。"北堂墨侧了身子，将身后若白手上端的几个锦盒拿过，"本王帮你把东西放下，就走。"

字音未落，慕晴忽然有些焦急地说："啊，王爷等下。反正今日也没什么事，既然王爷来了，就一起坐坐。"慕晴说着，便来到北堂墨身边道，"慕晴为王爷带路。"

北堂墨勾唇，望着慕晴先行的背影，眸子闪动着淡淡的光晕。

来到凤阳宫内，在几句寒暄之后，他便端出一个方正锦盒，然后从里面小心拿出一个白绒披风，看起来贵气又不奢华。

慕晴微愣，抬头望向北堂墨："这是……给慕晴的吗？"

"本王看皇后并不像其他妃子那般喜好花容锦服，所以又妄自猜测了下。看皇后是不是和本王一样，喜欢更为淡雅的色泽。"北堂墨说罢，便将那白绒披风给了慕晴。

摸着那柔软的触感，慕晴的心头不由得泛起了一丝暖意。

北堂墨，是一个细心之人。永远都能看到她所渴望的，所喜爱的。

她伸手想要将披风系上，却微微有些不知所措。心中暗叹，来宫几个月了，竟还是对这种服饰无可奈何，尤其是这个有着与众不同圆扣的披风。

北堂墨看到慕晴有些笨拙地拨弄那扣子，轻声地笑了，说道："本王帮你。"他顺着慕晴的手，将披风拿下，忽然将其甩开，然后将慕晴完完全全地包裹其中。他垂着眼眸，仔仔细细地为她系着扣，离她之近，让她再度呼吸到了那来自北堂墨身上让人安心的檀香。很舒服的气息，仿佛能使人痴醉。然后抬眸望向北堂墨静默而淡淡的俊容，她连呼吸都不敢用力。

"这个扣，好奇怪。"慕晴哭笑不得地说。

北堂墨停顿了一下，随即化为更深的笑意："这个扣，若是能锁住皇后，那该有多好。"

慕晴的心顿时停了一下，眉头轻拧，似是不明白他话中的意思。

北堂墨似是看出慕晴的慌张，他缓缓脱离了她的身子，而后带着一种若有若无的笑容道："皇后，又多想了。"

慕晴忽然紧紧闭了眼，恨不能找个地洞钻进去。

离得不远的离若白轻轻叹了口气，便又看向宫外。

王爷，又在逗皇后了。从来不近女色的王爷，一旦接近皇后，就会变得如此反常，真是让他想不透彻。

这时慕晴赶忙清了下嗓子说："慕晴什么都没想。只是觉得这扣子难系。"

"哦？那本王错了。望娘娘原谅。"北堂墨说道，脸上却依旧挂着浅笑，如何也不像是觉得自己错了的样子。

慕晴忍不住笑了下，总觉得自己在北堂墨面前就像是个长不大的孩子一样。

"王爷还真是喜欢戏弄慕晴。"慕晴开口，无奈地摇摇头，"王爷是皇上的皇兄，过去也这么对皇上吗？"

提到北堂风，北堂墨的眉角忍不住地颤动一下，低了眸似是在回忆什么，而后转为一笑："宫里的皇子，能有什么回忆，不过就是些混世罢了。"

听到北堂风也曾混世，慕晴脑海中顿时想象出了些北堂风年少轻狂的样子，她唇角微颤，忍不住笑出了声。北堂墨深深凝望，也陪着她挂起一丝笑容，可是眼中却滑动着一种看不透的情绪："皇后，真是爱着皇上呢。"北堂墨说，声音平淡有序，平缓不惊。

慕晴忽然敛住笑容，轻咳两声回道："王爷，这次，是您多想了。"

北堂墨不置可否地扬扬唇，忽被慕晴耳畔的某样东西引去了注意。

对上了视线，这才让慕晴想起刚才在路上时好像沾上了印花碎帘。

可没等她扬手拿掉，北堂墨却先一步探出手，想要为她摘掉那发中点红。

指尖前倾，无意碰了慕晴也扬起的手，慕晴心中一紧，下意识缩回，但北堂墨却仍然有条不紊地为她专心地摘着头上的碎布，仿佛并不排斥。

恰在这时，忽听一人在院外喊了李德喜的名字，乍听之下有些熟悉，就像是北堂风的声音。慕晴一惊，似是被这一声吼吓了一跳，回了头，果真看到了一抹明黄的身影。

北堂墨同样缓缓转了眸，俊眸中滑动着淡淡冰冷。

暖阳下，一身凛冽的北堂风静静地站在高处，也因着北堂墨与苏慕晴，放缓了进来的脚步。他扬手打断了飞奔而来的李德喜想要解释的话，半晌后冷冷开口："朕的皇后有王爷帮忙。又何须你李德喜。"

北堂墨轻笑，缓缓将手拉回："臣只是来送迁宫之礼。"他对着慕晴缓缓低下了头，"本王先告辞了。改日再来向皇后请安。"转了身，他向着宫门口走去，在与北堂风交臂时，对着北堂风略有行礼，"臣，先行告退。"

他静静从旁边走过，在经过北堂风的一霎，撩起了一阵淡淡的风，也撩起了一缕幽静的发丝。

在这一瞬，北堂风的眸，很冷，很冰。

而北堂墨的眸，也带了一种深不见底的东西。

北堂墨的离开，令凤阳宫再度陷入一种几乎凝结的寂静之中。

　　北堂风抬头看向立于宫中央，眼中略带愠怒的苏慕晴，似是又想到了那日她奄奄一息，口中念叨的"王爷"。

　　说起来，他近来过于繁忙，因此没有追究这件事，但是今日得见这两人聊得热络，心中莫名隐隐焦躁。于是他步步走入，步步逼近慕晴，使得慕晴感觉有些莫名，也随着他的步子后退。当贴在墙的一霎，北堂风倏然将她锢在面前，低声说："真不知，朕的皇后何时和朕的皇兄如此熟识了？想来，你夜夜呼唤的，原来是朕的六哥。"北堂风嘲讽地一笑，忽然用手抹过慕晴红润的唇，用力之狠，使得慕晴的脸颊也忍不住地随之而动，"为了让他帮你做势，你是否也用这唇，好好服侍过他？"

　　慕晴忽地愣了一下，眼中顿时被一阵莫名所充满。她蓦然失笑，几乎不知道怎么解释。

　　她梦中喊谁了？王爷？她服侍谁了？若说王爷，她只在茗雪行刑之夜梦到过一次，那也是因为记忆太过深刻，所以她才会记住。如果那样也算错的话，那她还能做对什么？！

　　慕晴忽然厉声喝了下北堂风的名字，本想将他推开，却未想到这个男人竟然纹丝不动。

　　"怎么，记起来了吗？"北堂风轻轻嘲讽，而后眯住眸，"嗯？"

　　慕晴狠狠吸了口气，又狠狠吐出，抬了眸铮铮望着北堂风："皇上还真是记性不错呢，臣妾是想起来了，还记得真真的呢！尤其记得王爷，还真是梦见了呢！但是究竟吻没吻过，皇上自己确认好了！"也不知道是为什么，慕晴忽然有些气急败坏，她撂下了狠话，忽然贴近北堂风，双手顺势滑入他仿若流水的发间，并用那温热的唇紧紧附在了北堂风那因为惊讶而微启的唇上。

　　那一刻，北堂风被封闭已久的心，似乎被深深扯开。幽幽清香无情地滴入他冰冷的心房，甚至灼烧着他早已伤透的每一滴血液。

　　慕晴吻得很轻，没有用力。香软的舌尖静静与北堂风的柔软交缠在一起，那温热的气息，仿若流云，在他们之间轻柔徘徊。

　　他抓住她的双臂，本想将她彻底推开。但却在想要用力之时，又渐渐松开了双手，而她紧紧环住他的力道，也渐渐放了软。

　　她与他，似乎有了第一个真正的吻。如此轻柔，如此温热，如此让彼此沉醉。在那阵几乎忘却所有的吻后，她慢慢地离开了他的唇。在那更加红透的唇上，轻轻带起依旧留恋的银丝。

他望着她，很深很深，仿佛失去了思考。而她也回望着他，仿佛脑中变成一片空白。

忽然之间，北堂风的眸子紧缩了一下，又一次地将慕晴狠狠推至一旁，使得她险些再度跌倒。

他的俊眸中闪动着一种异样的凌乱，有些痛苦，有些挣扎，更有着比明阳殿那次更加深刻的懊悔。他紧紧握拳，指尖都泛了白，而后又缓缓松开。似是过了很久，他的眸才再度恢复了冷静，硬生生撂下一句"以下犯上的女人"。

而后他就这样甩袖要离开凤阳宫，那份想要尽快逃离这份情感的急迫，连慕晴心中都不自觉有些隐隐作痛。

于是在北堂风即刻跨出门的一刻，慕晴忽然在他身后说道："臣妾梦见王爷让茗雪替死，这个梦，还真是要多多感谢皇上。"

北堂风定了足，虽没有回头，却让他微微有些恍然。他神色多了些僵硬，不自觉地轻咳两声，当是有些懊恼先前的轻率了。但是暗自琢磨了整整一个月之久，也够他受的。

门口缓缓吹过的暖风，自他脸庞拂过，将他及腰长发微微吹动，撩过了一丝轻柔。他忽然舒了口长气，冷冷而道："李德喜，回飞霜殿。此次擅离职守，回去自己领罚。"他走了几步，又顿住，侧了眸，放低了声音说，"回去后，让敬事房调几个小太监到凤阳宫。"

说罢，北堂风便没再说什么，踏着凛冽的步伐离开了这座冷清的凤阳宫。但是一旁的李德喜，却用袖子掩住唇，满眼欣慰。

皇上笑了。

这全天下，能博皇上一笑的，果然只有皇后！

虽然，方法都比较特别。

李德喜点点头，赶忙随着北堂风走了。

留下来的慕晴气愤难平地坐在椅上，看着从容而来的上官羽，眉头一蹙，道："笑什么？"

仅仅是略微扬了唇的上官羽摇摇头，从一旁拿过一个手镜放在慕晴面前。

当慕晴看到那满面红润的倾城小脸后，眼睛顿时瞪大。于是一把将镜子塞回给上官羽，紧紧闭上眼睛。

她就知道不能和北堂风扯上关系。不过……梦到王爷，已经是一个月前的事了。难不成北堂风琢磨了一个月之久？

慕晴眉眼轻露暖意，不由得掩唇一笑。

这么看来，北堂风虽然外表冷峻无情，但其实还是个醋坛子，很酸很酸的那种。

然而，就在皇宫中处于一片平和之下时，皇城之外十里地，兵营驻扎。三军将士阵阵把守，却无人敢靠近一步。

主帅大帐中，看起来甚为清秀的白面小太监郑荣，正在那最为威严及俊逸不凡之人的耳畔说些什么。

那人忽然紧握手上的兵卷，低声而道："竟敢欺侮我左寻的义妹。"他眯住那双仿若雄鹰的利眸，冷哼一声说道，"回去告诉惠蓉。这口气，本将军替她出了！"

郑荣悄然勾唇，露出了谁也无法参透的一抹淡笑。

第八章
红颜知己

两日后。

天还未亮，整个皇宫就处在一种极其紧凑的节奏之中。

凤阳宫内，更是忙碌到非比寻常。

慕晴闭着双眸，红色晕角微微扬起，带了一种不可小觑的威仪之感。她静静地站在长铜镜前，双手伸平，上官羽正将一袭大红绣凤的皇后凤袍为慕晴套入。

缓缓睁了眼，她凝望着镜中的自己，脸上带了一种沉思的凝重。

金珠凤头钗，流云高盘发，朱唇一点红，倾国倾城的相貌可让万人惊叹。因为今日，便是左寻将军入皇城的日子。只是唯一让慕晴不解的是，为何晚上开始的晚宴，现在就要如此梳妆。对于轻便惯了的她来说，当真是折磨万分。

但是更加糟糕的事还排在后面，当苏慕晴梳妆完毕，准备差人收拾凤阳宫的时候，这才发现凤阳宫当真是人手稀疏得可怜，已经换了装的她，怎么都不方便。幸好在几日前北堂风开恩给她调了几个太监，否则当真是不敢想象后果。可尽管如此，偌大的凤阳宫还是缺乏了干活最有力的支柱。

慕晴冥思苦想，几度徘徊，竟意外地在离凤阳宫不远的池边发现了"可用之才"！

凤阳宫后的御园小池旁，正坐着一位俊美男子，那人一身黑红相间的奢贵袍衫，看起来俊朗贵气。长发高束成马尾，静静地垂在脑后，随着风动，在这安逸的早晨，不由得勾起一丝弧度，仿若画卷。慕晴一见这清新的装束，便知道是"哪家公子"，于是悄悄靠近，莲香袭来，倒增添了一份水墨画卷的美感。

而这位忧郁男子，正是不久前没少折腾她的北堂齐。

她轻笑，在他精致的耳畔后，温温地吹一口气："本宫的好弟弟，你在思念哪家姑娘？"

北堂齐被慕晴这一吓，身子蓦然绷紧，结果脚下一滑，竟"啪"的一声掉在了水里。他反复扑腾，时而冒出水面，时而沉下，还不忘大喊："该死！你这个女人，竟然敢戏弄本王！看本王上来……上来不……不……救我啊！我不会水！"

这一声大喊，当真让慕晴也吓了一跳，着实没有料到这浑小子竟真的不谙水性。慕晴眉角一挑，心念大事不好。于是二话不说便将外衣脱下，毫不犹豫地跳入水中，将这脸都吓青的"皇弟"捞了上来。

满身湿润的北堂齐疲惫地呼着气，一张俊脸上沾满了墨色发丝。只觉时而有幽香传来，温暖得让他渐渐平稳下来，不知不觉有些不想起来。正当这时，一抹压低而清凛的声音自上方响起："好弟弟，你想枕多久？"

简单的一句话顿时如雷击般令北堂齐弹起了身子。他望着单手枕在后面悠闲看着自己的苏慕晴，方才还困乏的脸上顿时僵硬不已。

慕晴悠悠地笑了，伸出手道："拉皇嫂起来。"

北堂齐努力吞咽了下唾液，总觉得全身不对劲，只能满脸发红地坐在原地。似是过了很久，才终于稍稍缓了神将慕晴拉起。

慕晴轻笑一声，掸了掸湿透的衣袍，想来又要重新换一身了。

这时她抬眸看向北堂齐，陷入沉思。说起来，自从上次太医院事件和那夜送药事件后，北堂齐似乎就老实了，也不知道他是怎么想的，总之每次看到她，这个王爷肯定要绕道走，今儿个倒算是让她给逮到了。

没由来的痛楚，忽然使得慕晴眉心轻拧。摊开手心看了看，才发现自己在拉北堂齐的时候，貌似被一些尖锐的石划伤了，伤口不浅，而且还向下不停滴着血。

她倒是无所谓地攥了攥，对自己如此粗枝大叶，不禁令北堂齐蹙紧了眉。于是上前，想要暂帮苏慕晴包扎，谁料却被一阵脚步声打断。

慕晴想了想，回忆起上官羽曾说今日的万人将军宴是柳惠蓉张罗的。琢磨着或许此时能了解些蛛丝马迹。于是唇角一勾，直接拉上北堂齐躲在了一个假山后面。

"你……"也被一同拉扯到假山后面的北堂齐憋屈得脸都有些发青，却也不敢多说，只能赶鸭子上架，屏住呼吸陪同苏慕晴一起窥探。

是柳惠蓉吗？听声音，是一男一女。

"是她？"北堂齐忽然低语，唇瓣轻抿，又像是忽然想到什么那般，一把将慕晴身子扳过，"皇嫂……可能是有人在此商讨大事，我们去其他地方。本王……本王刚好也有事找你。"

慕晴蹙着眉，满心疑惑地望着眼前的北堂齐。

这个男人，不会说谎。

而且，莫名开始称她为皇嫂，不免……有些奇怪。

于是眸子一转，她勾唇，忽然指了下后面，道："柳妃！"

北堂齐一愣，便顺着慕晴所指方向看去。趁着这个当下，慕晴赶忙回了头，想要看看这北堂齐到底在藏什么。然而当那缓缓步入后花园的两个人映入慕晴眼帘之际，那红晕下永远坚定自信的眸却微微地怔了下，粉润的唇也不自觉地开启，像是被那仿若世间最美的画卷所引，甚至……

眼前，清风拂过，阳光将整个后院铺洒了一片金黄的美丽。一身明黄之人，轻揽清水伊人，他带着温柔笑容，缓缓走入。

那人，长发微散，美人红妆，一身雪纱流裙，超凡脱俗。

而他，俊颜带笑，满眼温柔，一身明黄锦袍，俊美无双。

他与她，在这仿若桃花源般的仙境，如同世间最般配的璧人……而他望着她的眼神，是她苏慕晴从未见过的，甚至连柳惠蓉都未必见过。仿若那俊俏女子，才是他眼中的一世珍宝。

不是为了得到卷轴，不是为了稳住势力……而是真真正正，深深望着，呵护着那个女子。

慕晴不自觉地向后退去了一小步，眼中多了些飘忽。她的指尖，张了又合，合了又张，似是在忽然间，有些不知所措。

她一世风云的苏慕晴，第一次有些害怕了。

低了头，她一身狼狈湿透，头发黏腻在额角，连早上的妆容也被池水弄得无法入眼。

她只是呆呆地看着，只能呆呆地看着。

可她明明不是在意这些事的人，从来都不是……她应该像过去一样，径自走出，再从容请个安，然后毫不留恋地转身离去。

可是现在，为何如此踌躇……

"居然真是她……"北堂齐蹙眉，低声念道。

慕晴似是听到，没有回头，只是望着那对相伴游园的人，淡淡道："她？"

"她是皇兄的……红颜知己，蓝瑶儿。醉雨楼最才华横溢的女子。若不是

她,皇兄不可能在那时候从你的阴霾中走出……今日,当是喜庆之日,所以特意将她召入宫中,参加万人将军宴。听说,还安排了一段歌舞一展才华。"北堂齐低声说,却不自觉地有些烦躁,似是第一次觉得自己的皇兄不应该以这种方式出现。因为他知道,无论当年皇兄多爱苏慕晴,在这个女人面前,现在的苏慕晴只能是个输家。

"皇上,你看这春意之花,何其美好,让瑶儿忍不住向皇上出个对子,如何?"蓝瑶儿轻笑,声音温婉柔和,而后抬了手,便想去摘那树上一朵新长的花,却被那树刺不小心扎了下,于是微蹙眉,赶忙收回手,稍一按,便发现有一血珠渗出。

"怎么这么不小心。"北堂风似是有些焦急,赶忙拿过她的指尖,有些不悦地回望着蓝瑶儿道,"瑶儿,你的手,可是能弹奏天下绝曲的,要小心保护。朕,不舍。"

蓝瑶儿浅浅微笑,仿若仙子。

慕晴静静地望着,甚至愈发的安静。她又向了前,在不知不觉间握住了自己的拳。而在同时,北堂齐似是惊了一下,一把拉过她的手道:"别攥了!你这手本来就受伤了!"

掌心上的血,早已渗入土中,一滴又一滴……

北堂齐的声音似是惊了慕晴一下,让她稍稍从呆滞中缓了过来,只是那平日里凌厉的眸,却还是带了些莫名的彷徨。这样的眼神,让北堂齐微有惊讶。

她应当是那种过去好好奚落其他女子一番,甚至用计将其他女人置于死地的争宠女子,可为何此刻,那倾城的眸中,却充满了彷徨与无措。

"你……"北堂齐轻唤,心中竟然有些空落落的。但不料慕晴却在下一瞬,化为了一抹平静的笑,她将手缓缓拿回,放在另一只手里看了看。然后抽出一条丝绢,随便绕了几下,便是当处理。

她的手,早已不够纤细。大大小小的伤,都留了疤痕。想必,比起那女子的,要丑陋得多。

"我……先走一步了。凤阳宫还有事没完,我……"慕晴低语,身子忽然有些脱力。

她可能是病了,又或许是早上太乏了,不然,为何身体如此没力,心头更是仿若被撕扯。

她不懂,她想不明白,只不过……那心头无法呼吸的痛,却又是真真切切的。

便是在慕晴准备就这样，就这样无声无息地离开，离开这如此唯美的天作之合时，不远处的北堂风似是听到了些许声音。他蹙了眉，低声道："谁，给朕出来。"

北堂齐一听，似是有些慌，于是低头对慕晴道："本王去好了，你……还是待会直接回宫吧……然后本王……"

还没等北堂齐的话说完，慕晴却忽然轻轻碰触了北堂齐的胳膊，摇摇头，"……为何要躲？"说完，她勾动了下唇，佯装那平日里的自信桀骜，却不知那眼中的伤却深深落入北堂齐的眼中。

于是北堂齐一皱眉，也不知哪来的脾气，一把拉住慕晴的腕子，道："那本王陪你一起出去。"语毕，便就这样拉着她，毫不犹豫地从假山后走出。

当北堂风看到苏慕晴与拉着她的北堂齐后，俊逸的双眸似乎蓦然颤动了一下，原本淡然的笑容，渐渐化为了一种无人察觉的凛冽。

"齐王爷……好久不……"正当蓝瑶儿想要上前一步向北堂齐问安时，忽然在他身侧看到了被他紧紧抓着的苏慕晴，在她那略有上扬的眸中，顿时闪过一缕流光。

"齐？"北堂风蹙眉，俊眸却始终盯着那紧握着慕晴的手，"你们在这里做什么？"他说着，同时打量起这两个全都湿透甚至异常狼狈的人。

北堂齐咬了下牙，而后道："皇兄，臣弟……"

"臣妾只是见到王爷，于是来此问安。不料却跌入水中。"慕晴忽然打断北堂齐，用着平静的声音且略带微笑地接道，"臣妾不打扰皇上了。"

"且慢。"就在慕晴话音刚刚落定之际，北堂风身后蓝瑶儿忽然轻步走出，她缓缓解下身上轻绒披风，温柔地系在慕晴身上，"天还颇凉，皇后身子重要。"

慕晴侧眸看了下系在身上的披风，总觉得就像是镶嵌了一万根刺般，让她不舒服至极。她抬了眸，看到北堂风眼中的一丝异样，便顿时明白。

这披风，当是北堂风送予蓝瑶儿的。

慕晴忽然轻笑了下，也满面温柔，而后静静地又将那披风摘下，叠好，缓缓放回了蓝瑶儿手里，道："皇上赐予你的东西，还是收藏的好。本宫，受不起。"说罢，她又笑了，笑得甜美，笑得从容。只不过，从始到终，她都没认真看过北堂风一眼。

"那么，臣妾告退。"慕晴说罢，便垂了眸，缓缓转身，忽然昂首拂袖而去。北堂齐也干笑着随之而去，留下了北堂风那略有轻颤的怔然。

今日，苏慕晴看了蓝瑶儿，也看了北堂齐，却独独没给他个正脸色。他可

第八章　红颜知己

不记得，自己究竟哪里惹到了苏慕晴，他可是不久前还让敬事房调了太监去凤阳宫，想来这女人还真是一点好脸色都没有。

莫名地，北堂风蹙眉，连指尖都开始捏得有些发紧。思及此，北堂风的眉角微微蹙动，尤其是视线掠过北堂齐时，似是将周遭的空气都再度凝结了一层霜。

见他们纷纷离开，蓝瑶儿便上了前。她看了眼北堂风那逐渐紧握的拳，又看了那久久凝望苏慕晴离去背影的眸，在那漂亮的眼中再度闪过一丝碧光，"皇上。"蓝瑶儿忽然开口，而后轻轻地揽住北堂风的手臂，道，"皇上，不要再看了，人已经走了。"

北堂风眉头轻蹙，"朕，只是……"

"皇上。"蓝瑶儿忽地打断，接道，"瑶儿，最懂皇上的心。皇上还没完全放下这个女人，瑶儿心里清楚。尤其是从皇上微服回来，便没再找过瑶儿，瑶儿就更确信了。"蓝瑶儿说罢，便缓缓走到北堂风面前，仰着头望向他道，"皇上，您忘了答应瑶儿什么了吗？……皇上不可以再想着这个伤了皇上的女人，要忘了她，彻底忘了她，而且绝对不能再爱她。"

北堂风默默地望着蓝瑶儿那漂亮的脸庞，眸中有着一种无形的沉默。

但是很快，他却勾动了一抹浅唇，为蓝瑶儿拨开发丝，道："瑶儿，你错了。朕，早就不爱这个女人了。"

蓝瑶儿袖中的指尖猛地颤动一下，眸子也颤动了一分，似是感觉还是有些被北堂风挡在心外。半晌，她也笑了，笑得温柔，"既然皇上说不爱了，那么瑶儿相信皇上。瑶儿，也不过是担心皇上再受伤罢了。"

北堂风缓缓扬了眸，望着蓝瑶儿，似是想错开方才的话题那般道："瑶儿，今日，你换了香囊。朕觉得，不甚讨喜。下次，还是带上原来的吧。"

北堂风说罢，便向着深处走去，留下蓝瑶儿静静地望着北堂风的背影。而后，她看向腰间香囊。

原来的香囊，是百里尚书让她面见皇上时交给她的。方才见了皇后，才知，那香囊……竟与皇后身上的香气，如出一辙。

蓝瑶儿轻轻叹口气，又将香囊收好，上前追寻北堂风脚步去了。

天色渐黑，皇宫内却早已灯火通明，将这天空的昼蓝映照得如同白日。快要宴会之时，宫门大开，举国欢庆，皇亲国戚一一觐见，终于将这常年阴冷的皇宫，添置了些人气。

按南岳大朝的礼节，在如此郑重的大宴开宴前，皇上需去皇后行宫，携皇后共入这万人大宴，以向天下宣告，南岳王朝龙凤祥和。因此，身着九龙黄袍的北堂风早早地便等在凤阳宫之外，他并未让李德喜向内通报，而只是静静地站在外面，如同在欣赏着这渐渐变暗的天色。

李德喜见时辰不早，想要代为请出皇后，却被北堂风一句淡淡的"不用"所拒。李德喜窥探着北堂风的脸色，却看不出俊眸中有任何的情绪。

正当这时，凤阳宫的大门忽然有了响动，巨大的声音引起了所有人的注意。

随着那推石般的声音逐渐响起，红色的长门被推开了个缝隙，而随着那与凤阳宫连接的空当愈发地被拉开后，一个身着七彩流云凤袍的女子缓缓步出。北堂风眸子微颤，似是有了一瞬的怔然。

门开，苏慕晴稳步向前，不慌不忙，不急不躁。她长发一半盘成双云共落，一半静静垂于身后，头戴金珠凤头钗，耳佩祥云坠饰，高领凤袍上彩线精绣五凤吉图，仿若世间绝美的倾世凤凰。她眉眼上妆，眼角划过青蓝斜晕，与往日的红色不同，更多了一种冰山美人的无法触及的高贵。她眼眸微垂，淡漠如风，仿佛云端仙子。一点朱唇，又若牡丹盛世，上落清水，增添了一种晶莹之美。

今日的她，美到惊艳，美到让门外所有的迎驾之人都瞠目结舌。

北堂风静静地看着，俊眸微颤，竟一时忘了此行的目的。

慕晴停下来，略微滑动眸，望着身侧的北堂风，不自觉地撩起了些冷漠。

今日的他，一身明黄龙袍，长发及肩，腰间束了一条宽带，将他的身子映衬得修长而笔挺。

慕晴轻舒口气，而后化为淡淡一笑。她步向北堂风面前，用着那无波无澜的声音，淡淡而道："臣妾，让皇上久等。请皇上，恕罪。"她的声音，不卑不亢，虽是请罪，却让所有人都感觉心头微紧，无不被她深深吸引住。语毕，慕晴缓缓抬眸，在礼仪上望了一眼北堂风后，便又将眸子浅浅垂下。

北堂风眉头忍不住地用力蹙紧一分。

这个女人，过了大半天了，竟还是不以正眼瞧他。

北堂风不由得填了些冷意，略微抬了修长的指，放在慕晴眼前："按祖宗规定，朕，必须要领你而入。"

慕晴蹙了眉，并没回话，只是有些不耐烦地叹口气，而后便将手轻轻地搭放在了北堂风的指上。便是这轻声的一叹，却让北堂风的眸子更深，硬是连脸色，也阴沉了不少。

被皇上领入，多少后妃为之羡慕，而这个女人竟如此不识趣。北堂风咬了下牙，便用力地将她的手一把捏在手中。然而就是这一用力，慕晴却冷不丁地倒吸口气，甚至全身僵硬了一下。

手上割破的伤，似乎被这男人硬生生地给弄裂了。

一旁似乎看出慕晴有些不对的北堂风，垂眸撩了她的手，问道："手怎么了？"

慕晴冷笑一声，将掌心的痛楚硬生生地吞了回去："只是在皇上赐予的大小伤口上，又锦上添花了而已。"

"今天口气很冲，嗯？"北堂风忽然挑眉，冷笑着俯视面前的女人："哦……朕，想起来了。皇后莫不是，嫉妒了？"说着，便牵住慕晴的手，开始向着不远处举办的万人将军宴的大殿走去。

跟着北堂风的步子，慕晴的眸中不由得闪过一缕焦躁。她向来冷静，为何一想起北堂风和蓝瑶儿，她便莫名焦躁，让她心烦意乱。

见苏慕晴没有回话，北堂风的心情，似乎比方才略微好上那么一点，于是浅勾唇道："看来是嫉妒了。未曾想过，奸诈狡猾的皇后，还会有如此真情流露的时候。朕，好生感动。"

慕晴听完，倏然笑了几声，用着一种带了调侃的眼神斜视了北堂风一眼，再度叹口气，小声道："臣妾只是不想扫了皇上的兴，皇上，竟当真乐在其中了。臣妾，甚为惊讶。"说罢，自那绝美倾城的脸上，便又缓缓现出了一抹淡笑，看在北堂风眼里，确实不悦到极点。

但是很快，北堂风似是想到了什么，捏住慕晴的拇指，略微地扫过了她细嫩的指尖，"谁给你处理的手伤？"

"要臣妾照实说吗？"慕晴低语，眸子一转，忽然露出了嫣然一笑，笑得似乎有些出神，使得北堂风那从容的俊眸中再度闪过一缕碧光，于是猛地用力捏了慕晴一下，直到让她那因疼痛而拧起的眉，淹没了那娇羞的笑容。

"在这皇宫中，竟还有人能让皇后露出如此笑容，朕，还真想见见。"北堂风略带嘲讽地说。

"皇上，莫不是，嫉妒了？"慕晴再次轻笑，蓝晕下的眸闪过了丝快意，而这抹神情，刚好被北堂风望个完全。只见他眸子一颤，狠狠地咬合了下牙齿。他又被这个女人算计了，而且竟然敢用同样的方法反制他。

"罢了，反正只要你死不了，留得贱命一条，将该想起的东西想起。其余的，与朕无关。"北堂风说罢，便恢复了最先前的冷漠与凛冽，而身边慕晴，也同样再不说话陷入沉默。

因为若是再往下说，怕是又要不欢而散，于是两人便再也没说一语，静静地向着那前方最为热闹的地方走去。

景丰殿。这专为凯旋大将设宴之地，乃皇宫里最为气派的地方。

望不到头的桌席，使得在场之人更是喧闹不已。当然，与上座接连之座，只有后妃及最直系的皇亲贵胄才能入席，其余，均要往后错排。

柳相国朋友不少，官场之道，自是要一一维护。此时的他，倒是忙得不可开交，除了他想拉拢的几人之外，其余之人，便纷纷笑脸相迎地来找他寒暄。尤其是他身后势力的那些官员，更是像散开了的小鱼，满处结交着新友，期望可以有朝一日，相互有所利用。

所以将军宴对于他们来说，怕是要变了一个味道了。

而在这喧闹不止的大殿里，却还有另一番天地。

在专为王爷特设的独用酒桌上，北堂墨坐在椅上，拿着茶杯，正用杯盖轻轻扫动着上面漂浮的茶叶。他从始到终都面带淡淡微笑，安静得仿若听不到周遭那嘈杂的声音。

今日的他，身着银蓝贵袍，中间紧束海蓝束腰，几处流云绣图，将他的衣衫显得更加的不染风尘。他长发轻扬，双鬓之发被束于脑后，以银蓝钢环轻轻缠绕，可谓俊美撩人。

在北堂墨身边，则坐着属于他势力内的各大官员。与相国那边不同，这边，却都与北堂墨一般安静，都在无声地品着茶。

一半喧闹，一半安静，霎时将这两股势力分了个清楚。

这时，换了一身彩衣的蓝瑶儿，与穿着无比奢华的柳惠蓉缓缓步入。柳惠蓉满面春风，而蓝瑶儿却始终带着安静的浅笑。众人一见她们二人，便纷纷簇拥而来，谄媚之词接踵而至。柳惠蓉上扬着唇，脸上露出了得意的神色，轻挽蓝瑶儿的手臂，对众人道："今日，本宫要与蓝姐姐同坐。"

蓝瑶儿脸上并无波澜，只是静静地回应了一句，"瑶儿何德何能坐在妹妹身旁呢。"

柳惠蓉蹙眉，娇嗔道："惠蓉不管，惠蓉就让蓝姐姐坐在旁边。让那个可恨的皇后看看，什么叫倾国倾城。"

蓝瑶儿苦笑着摇摇头，也着实没了办法，只得随着柳惠蓉去了上座。一旁北堂墨不声不语，只是淡笑一下，又喝了一口水。琉璃色的眸，静静地滑动着夜色幽光。

正当周围气氛满是沸腾的时候，一声"皇上皇后，驾到！"顿时将所有人的声音压制，他们纷纷噤声，望向那上座。北堂墨淡笑一声，亦将茶杯慢慢地放下，不急不躁，同样颇有深意地望向那内殿的正门。

门开，脚踩金线龙靴的北堂风，手领一身五凤吉袍的慕晴缓缓步入。周围安静得出奇，两人稳而缓的脚步声回荡在整个大殿。他们走过短暂的回廊，终是到了可以一目千桌的最高龙凤之位。

而后，他与她，一同转向这座下万人。

便是在慕晴轻挥三色彩袖，与北堂风俯视天下之际，只听座下万人同喊，"皇上万岁万岁万万岁，皇后千岁千岁千千岁！"同时所有人都跪拜于地，果真俯瞰天下！

此时慕晴略微地垂下蓝晕下的眼眸，再蓦然又抬起后，便惹起一世慑然，使得初次与她直视之人，纷纷心头一紧。

这个皇后，与传闻的截然不同，她竟生得如此倾国倾城，三世之内绝无女子能及。

这个皇后，绝非柔弱善欺之辈，她满目慑然英气，仿佛在她眼里，看到的不仅是后宫小事，而是俯瞰天下之大势！

这个皇后，竟有种让他们不自觉想要臣服的慑然与魄力，仿佛会被她身上那种绝无仅有的气息，深深抓住。

"妖后果然是妖后，连朕的臣子们都不放过。"北堂风望着下面看呆了的大臣，俊逸的眸中，略微闪过一丝不悦。

慕晴面上毫无变化，只是淡淡道："生得如此皮囊，又关臣妾何事。"

北堂风默不作声，只是握着她的手，不由得加了力道，使得慕晴的伤口再度犯了疼，于是在北堂风看向前面之时，狠狠瞪了眼身边的男人。

对蓝瑶儿，他当真是连针刺到的小伤也心疼不已；对她，便残暴相对，还真是她的好夫君呢！

"众卿平身！"北堂风开口，一阵威凛撩过，使得所有人都不敢再多看慕晴一眼。

慕晴笑而不语，垂着眼眸，似是对那些人并不感兴趣。但当她眸子撩过那淡漠如风的北堂墨时，原本沉寂的心，才略微地动了一下。

今日的王爷，好生俊逸，比平日里，更加让人心悸不已。慕晴勾动浅唇，眸中闪耀着淡淡的流光。

待众人都站好后，北堂风便牵着慕晴的手，静静地向后退了一步，然后领着她，坐于那龙凤金椅。这把椅，左侧扶手为凤，右侧扶手为龙，中间无扶手，便是象征龙凤呈祥。但同样的，也让慕晴多了些沉闷。

好好地，非要让她与北堂风同坐，来自他身上那几乎不容忽视的寒香，阵阵袭入她的世界，使得她的心，又不禁多了些许的抽痛，总感觉自己血液中有什么在因着他而躁动不已。

于是待坐在龙凤椅后，慕晴稍稍抽了下手，想要将那柔荑收回袖中，可是扯了几回，却发现自己竟被北堂风握得紧紧的，根本无法动弹。

慕晴蹙眉，冷眼看向侧面，发现北堂风依旧望着前方，仿佛无事。

莫名其妙。

慕晴心中冷哼一声，便由着他去了。

正当这时，柳惠蓉上了前，行了个礼，道："皇上，臣妾特意让蓝姐姐来宫，舞上一曲。现在左将军还未赶到，臣妾提议，让蓝姐姐此刻，便一现舞技。"

慕晴听后，转眸看了眼下面面带微笑的蓝瑶儿，而蓝瑶儿恰好在这一时候也抬了头，望向慕晴。

她轻轻含笑，而她，也不急不躁。

"也好，瑶儿舞技非凡，朕，也很久没有一睹瑶儿舞姿了。"北堂风道。

"蓝瑶儿领旨。"蓝瑶儿轻语，静静地走上前。周围大臣一见，纷纷露出了喜悦的笑容，唯独几位王爷，似乎各有所想，纷纷露出了其他人看不透的神情。

待众人入座，一身彩衣的蓝瑶儿站在大殿中央，她缓缓抬起双臂，软若流彩，轻如飞絮，其身段之美好，羡煞周围所有人。若是说，方才皇后有倾城威仪，蓝瑶儿，则是如同风中柔水，足以让所有男人为之心动。

慕晴静静地看着，始终面露浅笑，蓝晕下的眸，有着一种让人摸不透的光晕。

鼓乐奏响，蓝瑶儿暮然起舞，舞姿美艳，仿佛瞬间成为这万人宴的光彩，便是连柳惠蓉，都看得惊艳不已。

慕晴转眸望了眼北堂风，而他，竟也深深地被她的舞姿吸引，甚至也渐渐松了先前握住她的手。慕晴轻吸口气，便将柔荑从北堂风的手中抽回，心中赞叹这能将北堂风注意吸引至此的倾城美人。

一舞毕，蓝瑶儿缓缓收了轻舞的指尖，北堂风说了几句赞赏的话，同时赏赐了许多金银。

众人纷纷顺着北堂风的话语对蓝瑶儿美言不止，甚至忽然有人提议让皇上纳妃。如此禁忌之词方才响起，整个宴会场上顿时陷入一种紧张的气氛。

人人都知，皇上最不喜纳妃之言，就算是蓝姑娘，也不能随便开口。

北堂风静默不语，只是拿起面前的茶杯，轻饮了一口。如此的寂静，令满场人陷入不安。这时蓝瑶儿突然出乎意料地上前，低眉说道："瑶儿何德何能，大人们是在说笑，还望皇上不要放在心里。"

见北堂风依然默不作声，就有一些庸臣开始猜测皇上是否早等人上奏，于是便干脆赌上一把，说道："哪有，蓝姑娘才艺非凡，若是不进宫，那岂不是暴殄天物。"

闻言，柳相国忽然眯住眼眸，望向上座，道："后宫之事，难道不先问过皇后娘娘吗？你们如此逾越，是否太有失体统了。"

几个大臣一见，纷纷明白了柳相国的意思，于是马上转了个方向望向慕晴，道："皇后娘娘，您觉得此事可否妥善？"

这一刻，众人顿时将焦点全部集中在苏慕晴一人身上。清风吹起，撩动了她额前的发丝。她垂眸，眼中却含动着笑意。

柳相国，还真是抛给她一个巨大的难题。

应，或不应，都有问题。

应了，她便有妥协之意，难免让人觉得这个皇后为了迎合皇上，甘做傀儡。不应，她便成为心胸狭隘，无资统领后宫三千之人，不配为后。

这着棋，出得好，出得一针见血！

只可惜，却小看了她苏慕晴。

慕晴再度勾唇，轻吸口气，而后静静抬开了蓝晕下的眸，在一阵风撩过之后，她撑了龙凤椅起身，在众人屏住呼吸的注视下，缓缓向着下座走去。

这一刻，所有人都猜不透皇后的心思，唯有慕晴始终带笑。

慕晴缓缓走到蓝瑶儿面前，带起了一阵幽幽凛风，使得所过之处的人，连呼吸都不敢大声。她停下来，平视着那满面清风的女子，那仿佛将她看透的眼神，使得蓝瑶儿的眸子也略微一颤。

她看不透她，竟然看不透这个名为苏慕晴的女人。

"皇后娘娘。"蓝瑶儿顿时抽回心思，赶忙要行礼，却被慕晴轻轻揽住。

她轻柔地抓着蓝瑶儿纤细的双臂，凝望她漂亮的眸，道："蓝姑娘确是难得一见的倾城女子，本宫，很喜欢你。"一句话落，似是所有人都陷入深思，仿佛是在揣摩这皇后的口风。

蓝瑶儿勾动浅唇，化为淡淡一笑："方才大人们的请求，娘娘千万不要在意。民女从未有过非分之想。"

"本官知道。"慕晴淡淡笑，而这一笑，使得柳相国的唇角也俨然滑出了些笑意。

看来，皇后这是要应，这所谓皇后威仪，怕是要烟消云散了！

"本官了解皇上，皇上待蓝姑娘，绝对真情实意。"慕晴一字一字而道，眸子悄然滑过，望向上座的北堂风，却见北堂风俊眸微闪，眯住眼，俊逸的脸庞逐渐显露出了些愕然，仿佛也同其他人一样，在揣摩着这个女人的心思。

"瑶儿何德何能，只不过是一介平民罢了。"蓝瑶儿说道，眼眸微垂，那轻柔的声音让人忍不住疼惜。

但是慕晴却笑意更深，握住她的手道："蓝姑娘当然要入宫。本官，觉得甚好。"

当慕晴这句话落定之际，柳相国与柳惠蓉轻轻对视了一下，纷纷露出了些深不可测的笑。

"但是。"慕晴忽然接道，倾城之眸中滑过了一缕碧光。

便是在这个"但是"被说出之际，北堂墨轻轻地扬动了唇，抬眼看向这一脸从容的她。

"但是……？"蓝瑶儿蹙眉，似是也没想到慕晴会多加一句，却也不敢多说话，只是静静等待着。

慕晴嫣然一笑，忽地执起蓝瑶儿的手，便向着上座之人走去，而后郑重说道："皇上，臣妾与蓝姑娘一见如故，甚是喜爱！臣妾斗胆请奏，望皇上加设一职。臣妾愿与蓝姑娘双宫共理这后宫三千。"

一语毕，所有人都大惊失色，始终带笑的蓝瑶儿的深眸也忍不住地颤动一下，甚至都不由得看向一旁极力促成此事的柳相国。

北堂墨忽然忍不住笑出了声，满眼期待。

这个女人果然不一般。一个请求，便将全盘扭转。

加设一职，共理后宫。也就是说，蓝瑶儿若是此时顺了大臣的意入宫，则虽在皇后之下，却凌驾于所有妃子之上。当然，也包括一品贵妃——柳惠蓉。

柳家之所以想要送蓝瑶儿入宫，无外乎是想让柳妃在宫里多一个出谋划策的势力。未曾想，一句话，便将柳家压在了最下，反而成为蓝瑶儿叱咤后宫的踏脚石。

好一个离间计！

再好的姐妹，一旦牵扯到权力斗争，都会反目成仇。

"你……"柳惠蓉忽然躁动，竟然有些六神无主，于是赶忙回头看向自己的爹爹。

柳良杵眯住眼，按住柳惠蓉的手。

就在这时，北堂墨撑桌缓缓而起，带了一缕檀香来到了慕晴身边，而后说道："皇后果然女中豪杰，心胸大度，由皇后母仪天下，定能使天下顺服，千秋万代。"

当北堂墨说完，他方势力也纷纷站起，顺势而行，随了北堂墨的口风。顿时间，满朝天下，便响起了对当朝皇后的赞誉之声。如此这般，使得柳相国和柳惠蓉的脸色更加的僵硬。

祈亲王，果然向着皇后，为她来了个逆风转舵！

这时，蓝瑶儿在一片赞誉声下猛地跪地，低声说道："皇后母仪天下，蓝瑶儿不敢造次。"

北堂风眼见下面几乎快绷到极点的气氛，他浅浅勾动了下唇，悄然扭动下指上扳指。

方才的他，一直没给出任何反应，正是想看看这伶牙俐齿的女人，要如何应对。

果不其然，让她给翻了。

北堂风低声而道："够了。"他缓缓起身，走到了上座的最边缘处，凛冽的望着下面的所有人，"今日，是朕专门庆祝左寻大将军凯旋之宴，后宫小事，统统给朕收回去。"

其他人一听，赶忙收了话，怕当真触怒圣颜，就要吃不了兜着走了。

这时，北堂风用手撑在雕龙玉扶手上，垂眸望着慕晴。

慕晴自是知道他的意思，便扯开唇笑了下，准备回到上座之上。

就在她脚尖刚一挪步的时候，忽然一个小太监匆匆跑来，唤道："左寻大将军觐见！"

一句话末，所有人都像是松了口气，因为左寻的忽然到来，定会将先前的事件翻过一页。

只是慕晴稳稳站在那里，却与他们有着完全不同的感想。

北堂风眸子微亮，唇角勾起淡笑："宣！"

语毕，那小太监便一传一，回响这万人之席："宣，左寻大将军觐见！"

回声袅袅，响彻皇城。

而后，那红色大门，渐渐被推开。所有臣子都赶忙靠去一旁。

随着那缝隙的逐渐拉大，一身清凛男子带着一干人等缓缓步入。那人抬眸，露出了几乎震慑全场的碧光，连慕晴的视线也被此人顿时吸去。

驰骋沙场的左寻将军，褪去笨重银甲，一身收袖锦袍，将身姿显得修长笔挺，充满了阳刚之气。在那麦色且仿若刀刻的脸上，有着两道略微上扬的眉，眉眼若鹰，高挺的鼻下，便是那紧抿的薄唇。

他当真是俊朗不凡，而且充满了一种可以厮杀一切野兽的气息。

他步步进入，唇角扬动着一缕无人阻挡的不羁笑容。最终，停在了慕晴面前。

他勾唇再笑，带起了一种宁谧的压抑。

慕晴也同样回以微笑，不急不缓。可不知怎么，她却能感觉到在这个男人与自己对视的一瞬，传达了一种极其强烈的敌意。是错觉，抑或是……

没等慕晴想明。左寻蓦然抬眸望向上座之人，而后缓身单膝而归，大声喊道："末将左寻，叩见皇上，皇上万岁万岁万万岁！"

在他说完之际，身后所有布衣将士统统单膝跪下，同样大喊："皇上万岁万岁万万岁！"

一时间，仿佛一种几乎要冲破血液的炙热气氛震遍全场，让慕晴的眸子，也愈发地亮了起来。

如此大将，果然气度不凡，果然，让她欣赏不已。

慕晴忍不住地勾起唇。

古来，英雄惜英雄，她身为军人，更是对左寻这等沙场枭雄为之动容。

袖中双手，狠狠攥拳。

这时，不远处的北堂墨淡淡地勾动浅唇，清风撩起了他耳畔的墨色长发。他也抬了眸，深深凝望着慕晴，眼中仿佛是在期待着一种让他会有一丝惊喜的事。

"大将军平身。"在北堂风一句话毕，左寻这才缓缓起来，只是在他直起身的瞬间，他的视线却撩过了慕晴那蓝晕下的眸。

"皇后，吉祥。"左寻随意而说，却与对皇上之礼相差百倍，使得相国那派的官员都忍不住掩唇而笑，仿佛她这皇后，是今夜即将被左寻用来耍弄的笑料。

"左将军，不必多礼。"慕晴从容答道，似乎并不生气。

此刻，左寻冷哼一声，毫不遮掩地望着慕晴，而他那仿佛要将她一击毙命的利刃般的眸，又像是在告之慕晴一件事。

今日，他定不会让她，全身而退。

慕晴忽然也轻笑了一声，唇角的弧度愈发地高扬。

果然，是来者不善。不过，她也不会示弱。

一阵风起，将她面庞的发丝逐一吹动，甚至连那五凤吉袍也在风中左右摆动，可是此时的她，眸子却更深。

是呢，方才后宫之事，随他北堂风愿意，她，才懒得管。

现在，她真正该关心的，应该是眼前的这个男人。

"左寻，谢皇上赐宴！"左寻忽然开口，而后重重地给北堂风行了个礼。

北堂风淡然一笑，露出了些许赞许，而后郑重说道："那么，开席。"很快，在整个会场便响起了异常欢快的鼓乐之声，甚至将整个皇宫的气氛都推至最高。

宫女鱼贯而入，将所有的美味菜肴——放置在宾客面前，而后缓缓走远，直到看不见身影。

这时，北堂风倏然执起慕晴的手，没有给她任何预兆地就将她扯回了上座，还好慕晴没再发作，瞬间便反应过来，从容地跟上了他的步伐。

皇上皇后执手而上，羡煞了所有女子。柳妃咬牙，恨不能将眼前的食物尽数打翻，而蓝瑶儿只是垂着眸，静静地望着宫女端盘而上，浅勾唇，不慌不乱。

到了上座，北堂风这才一把将慕晴丢到龙凤椅上，冷冷地俯视着她道："先前的态度，朕不与你计较，接下来，你就老实待在朕身边，哪儿也不许去。"说罢，便甩袍坐在了慕晴身边，凛冽的气氛，仿佛能将周围一切的东西冻结。

慕晴莞尔一笑，轻轻应下，随即专注地看向桌上的菜肴。拿起筷子夹了几下，却因为受伤的手不灵活，使得筷子一股脑地都掉于地。慕晴有些微怒，想去捡回来，谁料却忽然听到自己盘上发出了一个清脆的响声。她抬头一看，竟发现北堂风将自己的勺放在了她的面前。

"多谢皇上赐勺。"慕晴盈盈一笑，又坐好，虽然方才两人不停拌嘴，但小小的勺子，却让她心口暖了一下。

今日的菜肴，鲜少用勺，而且现要勺子，也不可能这么快给她。或许，在上菜之前，北堂风便因为看到她受伤，所以已经让李德喜为她备了勺子。

慕晴淡淡勾唇。心里想着这个家伙还算有人性。

一勺入口，还没等慕晴品出里面的味道。忽然有人起来提议左寻舞剑助兴。慕晴微顿，眸子滑过左寻。只见他对着慕晴冷冷一笑，于是接了话，站起道："皇上，左寻也正有此意，想要为皇上，舞上一段剑，以此助兴。"

慕晴淡笑了下，撤回视线并没有说话，而是淡然地将那勺子继续送入口中并低喃："这汤，甚好。"

对于左寻的要求，北堂风自然不会拒绝，但总觉得这其中有些蹊跷。

古来剑舞是行刺君王最好的时机，想来这位大将，也是想考验考验他这君主对他的信任。北堂风唇角微勾，从容不迫地自上座走下，他站在与左寻平肩之地，示意着他开始。

慕晴绽开一抹无人察觉的笑，看向北堂风的眼神中多了些深邃。

北堂风不愧是北堂风，小小一个抉择，便笼络住了一员大将的心。只是她也不明白，为何左寻偏偏选在这个时候剑舞，也同北堂风一样，觉得事情并不简单。

这时左寻拿了剑，刚要舞动，却又缓缓收了手，道："左寻舞剑，还有一小小条件，望皇上能答应。"

北堂风轻蹙眉，似乎早已料到，便是连慕晴也轻轻地笑了下。她就知道，这将军剑舞，不是那么廉价就看得了的。

见北堂风并没有拒绝，左寻便收了剑，双手抱拳道："左寻舞完剑，便想向皇上借一人。"

北堂风沉默许久，略有深意地问："何人？"

左寻先是垂了眸，而后忽然抬起望向上座，在全场人都保持寂静之时，他斩钉截铁地说道："皇后。"

一瞬间，全场哗然，北堂风眸子顿缩，北堂墨轻轻含笑，柳氏父女相视而笑，而慕晴手中的勺，也忽然掉在了汤里。

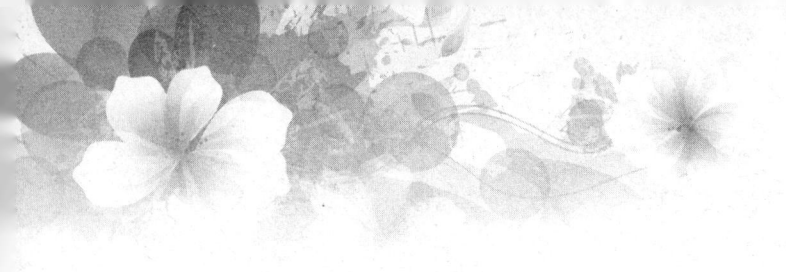

第九章
针锋相对

　　微风渐起，撩过了慕晴的衣角，她沉默半晌，拿过丝布，轻轻擦拭着沾了汁液的指尖。待所有工序都完成后，她才从容抬眸，望向那双直视自己的鹰眸。水润的唇角，悄然勾动了一丝浅笑。

　　剑舞开场，所有人都屏住呼吸。

　　随着狮吼般的鼓声震撼地响起在这万人会场时，左寻抽出自己驰骋沙场的长剑，轻而稳地开始舞动。他时而前刺，时而放缓，用力时仿若能够割破天空，收力时又如同能够点水起舞。随着他刚柔并济的阳刚之舞，披于身后的墨色长发仿若飞纱般摆于空中。

　　慕晴全神贯注地看着，唇角始终扬动着一抹惊艳的笑。

　　未曾想，充满野性的左寻舞起剑来，竟是如此这般动人心魄。终了，慕晴也忍不住，提着裙摆走下上座，真心想欣赏这大将的剑姿。她站定，眸中闪耀着些许的璀璨。若是命运可选，她定然与他齐头并进，而后共同站在高峰。只可惜，现在她只是皇后。

　　就在这时，左寻似是看到了走下上座的慕晴，一双鹰眼顿时颤动了一下。

　　鼓乐进入了高潮，持续推进到了一曲的末尾。左寻的动作越来越快，越来越敏捷，也越来越让人意兴高昂。就在最后一棰鼓音落定之际，左寻勾起浅唇，重舞后一个回身，便袭起了一阵巨大的剑风。

　　忽然间，一切的声响都停止了，鼓声没了，舞剑声更是没了。唯一留下的，便是那坐席中忍不住的窃窃私语。

　　因为这一刻，左寻正拿着那柄长有半身的盘虎剑，直指慕晴的眉心。

　　剑风袭来，利刃般的风将她的发丝有一瞬间疯狂地撩动，然而便是在那剑尖几乎快要刺入慕晴眉心的刹那，苏慕晴，连眼睛都没有眨动一下。她没有看那剑，更是没有担心自己，而是铮铮地望着眼前那正俯视着自己，且高昂着头，仿若雄狮的俊朗男子。

北堂风轻蹙眉，似是在思量左寻的用意；柳良杼扯唇，仿佛早已预料；而北堂墨则是始终挂着淡笑，半垂着眼眸不发一言。

慕晴勾唇，忽然拍了手，大声赞道："左寻将军果然剑技非凡。本官，见识了！"

随着慕晴的话，众臣也稍稍松了口气，方才那一瞬剑之舞，还真有种要兵变的压抑感。

左寻扯唇而笑，缓缓将那长剑收回，最后稳稳放在了前来拿剑的两个小太监手上。他转了头望向北堂风，说道："在皇上面前，左寻献丑了！"

北堂风略微扯动下唇，似是已经将这左寻的心思猜透，于是摇摇头，回道："如皇后所言，将军剑技非凡，对再战晋国，朕，信心百倍！赏！"

说罢，便有几个托着盘的宫女接连走上，将宝物逐一送到左寻面前。

左寻接了东西，谢了皇恩。罢了，他抬了头道："也如方才末将所言，可否，借皇后一用。"

北堂风轻轻抱住双臂："左寻借她，打算如何用？"

左寻垂了眸，半响才再度抬起看向悠然自得的苏慕晴道："末将听闻，皇后文采非凡，末将也想向皇后讨教一二，不知如何？"

此语一出，柳氏父女再度勾唇一笑。

宫廷都知，当朝皇后得了癔症，诸多事情不记得，便是连所谓诗词歌赋，也忘得一干二净。而柳惠蓉也算是书香门第，文采也是了得。如此这般，便是要在万人面前，让皇后一败涂地，无言以对，同时，也为那颇有文采的柳妃，迎来一阵喝彩之声。

此法，倒也算是一箭双雕，戳中了她苏慕晴的软肋。

慕晴抿住唇，又含住，咬了咬，当真没想到一个将军会出此一招。

若对文采，她这从小部队长大的女子，又如何能精通古来的诗词歌赋呢？

于是她蹙了眉，陷入了一阵沉思。而她的神情落入了周遭人的眼中，该担心的担心，该得意的得意。总之，各有心思。

就在这时，北堂风望了眼慕晴，俊逸的脸上浮现了些难得的笑意，猛地说了一声："朕准了。"

慕晴紧咬下牙，悄然转眸望向北堂风。看他那眼神，知道他绝对是故意的，

故意想整治下她的不听圣言。

不过……

慕晴忽然扬动了下唇，便是在左寻准备开始出对的那一霎，她忽然开口打断。

左寻顿了下，眯眼看向慕晴："莫不是，皇后不敢和本将军分个高下？"

慕晴摇摇头："本宫可是做梦都想呢。"说着，她上了前，用着那含笑又带着些许碧光的眸深深地凝望着他，"比诗词歌赋，本宫胜之不武。要比，咱们就比另一样。"

左寻蹙眉，仿佛是在揣摩慕晴的诡计。周围人也都不发一语，似是同样在猜测。

这时，风起，慕晴站在那略高的地方，望着左寻的鹰眸，在深吸一口气后，便一字一字地说："我们比……兵法。"

此两字一出，左寻的眸子狠狠地收缩了一下。北堂风蹙眉，心中同样讶异。便是连北堂墨那含笑的眸，也忍不住地颤动一下，随即缓缓抬起看向苏慕晴。

周围，充斥着窃窃私语的声音，柳惠蓉纳闷得整张脸都挤在了一起，而蓝瑶儿同样蹙眉不解。

从未听说，有哪朝皇后竟敢和大将军比兵法，简直是自取其辱！

左寻忽然大笑，用着那种极其蔑视的眼神俯视着慕晴道："皇后娘娘啊，左寻给你台阶下，为娘娘留得一席颜面，娘娘竟然自己放之不用，真是让左寻，哭笑不得啊！"

慕晴垂眸，看似一脸哀怨，长叹一声："哎，本宫只是想为皇上助助兴，输了，也就输了。本宫当然从未看过什么兵法，但是见左寻将军大胜而归，故而有些好奇，这才想尝试下。"

左寻冷笑一声，几乎都不再看慕晴。

这个愚蠢的女人，真不知道柳妹妹为何会被她欺侮！

然而此刻，北堂风却眉心蹙起，深深地凝望着一脸没自信和妥协的慕晴。

若是他没记错，上一次这个女人露出这副表情的时候，她可没给他好果子吃。

"好！既然皇后都这么说了，本将军也没理由再拒绝，这就与皇后，较量下兵法！"左寻低吼，而后周围人振奋，纷纷欢呼起来，唯有慕晴，始终挂着淡淡的笑。

……

比兵法，便会在慕晴和左寻面前，一人拉上一个帘子，而在他们身边，则各有一个地形沙盘。

在众皇亲之间，也有一个沙盘，随时可以看到这攻城之局。

在这个战局上，皇上、王爷及相国，都会写个条子送入两个纱围之中，设定一个初始的条件。不过，北堂齐以不熟兵法为由，以作弃权。

慕晴心中明白，他终究和柳妃一家交好，若是加入，定然为难。虽然等同是一盘军棋，但和真正的战场，毫无分别。不过此局，被北堂风定为剿匪之局。左寻是城主，而她苏慕晴，是土匪！

慕晴咬了下唇，心中不知咒骂了北堂风多少遍。

此时帐中的慕晴悠哉地坐在木椅旁，望着那空白的地形图发着呆。这时，一个小太监拿着第一个纸条进入，而后交在了慕晴手里。

她打开，上面工整地写着几个字：料场平地。

慕晴蹙了眉，将那纸条直接扔了。

生疏的字迹，定是柳相国。

很好，她没粮草，只有一堆牲畜饲料，持久战，看来是不可能了。

便是在同一时间，便有小太监在慕晴身边的沙盘开始描画地形，她的果然是长满料草的平地，而对方则是固若金汤的城池，且布满兵器库及粮草房。

又过了一会，小太监则把第二个纸条送入。

慕晴打开，上面用着浑厚的字迹写着：五十老弱病残兵。

一时间，慕晴竟有些反应不过来，但很快，她那绝美的眼中便迸发出了一股吃人的气焰，同时将那纸条直接撕了，而后扔到一旁。

不用看了，这张纸条是北堂风的！

以他的性格，定然给对方，良将精兵。

回头再找他算账！

"还有最后一张对吧。"慕晴问向身边之人。

小太监点头："回娘娘，确还有一张纸条未曾送到。"

那张，定是王爷的。

慕晴垂眸，心中竟多了些紧张。

"来了来了，娘娘，最后一张条子来了。"小太监匆忙跑进，将那小纸条放在了慕晴手上。

这一次，慕晴似乎更加的慎重。她深吸了口气，而后缓缓地拉开那纸条，在看到里面的字后，眸子顿时收缩。

这一次，慕晴似乎更加地慎重。她深吸了口气，而后缓缓地展开那纸条。

竹子。

短短两个字，慕晴的心头竟然颤动一下。

为何……王爷会写这个条件？

慕晴蹙眉，百思不得其解，忽然一怔，似是意会了北堂墨的心思，在那倾城的脸上，浮现出了一抹动容。

王爷给她的条件，足以让她险中拼上一拼！

"啊，对了娘娘，方才那位爷，还让奴才把这个交给娘娘。"那小太监说罢，便从怀里掏出一块雪色玉佩，上面雕刻着一只雪凤凰。

慕晴拿过玉佩，深深地凝望了一会，唇角忍不住扬动了些浅浅的笑容，仿佛这块小小的玉佩，让她无比安心。

雪中凤凰，逆境才能重生。

慕晴将玉佩紧紧捏在手中，闭上眼眸，感受着那玉佩上传来的轻轻凉气，而她也仿佛是在沉思，一动也不动。

帘外巨大的铜锣声响起，慕晴倏然睁开了蓝晕美眸。凌厉的眼中，瞬间划过一丝碧光。她起了身，指尖一一撩过沙盘上所有的地方，当指尖点在那匪营的正中间时，慕晴忽然启唇。

等待已久，终于有机会好好比试比试了。

战略对战略，好一盘博弈。

看看是那驰骋沙场将运无敌的左寻厉害，还是满腹文韬武略三十六计的苏上校，更胜一筹！

左寻帷帐中。

"皇后这等妇孺竟敢与将军斗兵法，简直……可笑。"一个副将说道，满眼轻蔑。

"可不是，估计就是小打小闹的招式，而且，还都是恶劣的地势与兵力，末将看，连兵法都不用用，强攻定能胜。"另一个副将说道。

左寻不动声色，双手扶着那沙盘，眸子愈发地深邃，然而他唇角微扬的弧度，也很明显地告诉所有人，他也觉得，这个皇后，根本不值得一斗。

左寻在默默看了一会这沙盘后，便拿上毛笔，在一个纸条上写下一个字：激！

"拿去吧。"左寻说罢，便将纸条给旁边的小太监，于是小太监便赶忙跑了出去。

左寻扯唇，眯住了眼眸。

妇孺之辈，一激即怒，肯定主动攻城，那便来一个请君入瓮！

……

另一面的慕晴背对沙盘，手上举着那绿油油的小竹子，仿佛是在深思什么。

"报！左寻将军出计：激！"小太监说道。

慕晴没回头，只是向后斜了一眼，随即轻轻笑了。一边凝视着手上的竹子，一边道："吃、喝、睡。"

一时间，连送条子的小太监也慌了。

这皇后莫不是真什么都不懂？怎么在攻城之际，让将士"吃、喝、睡"呢？

小太监摇摇头，便转身走了。然后来到中央，大喊："皇后给条：吃、喝、睡！"

一语毕，在场的所有人都懵了，纷纷不解地对视。北堂齐拧着眉，如何也想不通。便是连平日里运筹帷幄的北堂风与北堂墨，也陷入了一阵深思，似是想不出慕晴究竟想要做什么。

小太监再次进入到慕晴帷帐中时，带来了左寻出的"探"字条，却惊奇的发现慕晴竟然在那里悠哉游哉地削着方才拿的小竹子。

"皇后……您这是……"小太监不解。

"随便削削。"慕晴轻笑，而后继续削她的竹子，同时口中轻语，"下一步，撤兵三里！"

"撤兵？"小太监更懵了。心想着这皇后怎么连兵都撤了，那还打什么啊，直接被攻陷了！

没办法，小太监只好低着头，又将这个消息传递给左寻。

左寻一听，顿时露出了一抹轻蔑的笑："步步防守，也不敢攻，果然是妇孺之见，胆小若鼠。"

"末将都说了，这皇后不足为惧，咱们这边精兵良将，直接杀过去就可以了。和皇后比，比的不是兵法，而是战法！"副将说道，一脸轻松，仿佛对他们来说，这皇后就是兵法上的三岁小娃，根本不值一提。

左寻点点头，陷入深思。

方才他是投石问路，刻意看看这苏慕晴有没有诡计。结果发现她竟没有丝毫防备，只会防守和逃跑。

有攻便跑，果然是他左寻，太过谨慎了。

"好，一击定乾坤！"左寻说道，脸上露出了一丝笑容，而后指尖撩过自己的兵道："看来，她是不会攻本将军的阵营，只想在最后守住。那本将军便顺了她，来人，写条。"

语毕，便有一个小太监进入，拿了笔开始记录。

"就写……入丛，掩护，趁夜偷袭！一举把她给我端了！"

当说完这句的时候，左寻帐中几乎都处于一种等待最终完胜的气氛中，而左寻更是自信满满。

一个什么都不懂的妇孺，竟然敢和他左寻斗兵法，今日一定要让她颜面扫地！

"左将军言，入丛，掩护，趁夜偷袭！"小太监在中央大喊，当然，此为暗术，慕晴一面却无法知晓。

柳氏父女似乎胸有成竹，可是北堂风却眸子越来越深。

这个狡猾奸诈的女人，难道真的丝毫不懂兵法？若真是这样，那么公然挑衅左寻，便太自不量力了。

但此时的慕晴却与他们不同，她悠哉的望着那地形，一脸从容，似是在等待着什么。

而在这时，那小太监又进入，只说了句："皇后请出条子。"

慕晴指尖撩过这沙盘，似是在想什么。

方才外面乱哄哄的，若是她猜得没错，左寻定是出了最后一招：夜袭，且定是倾巢而出，大军压境！

如果真是这样的话……

就这样，过了很久很久，使得外面之人纷纷猜测，觉得皇后当是黔驴技穷，而她方才的东西，也不过是花架子罢了。

慕晴左右踱步，在一阵静默之后，似是忽然想到什么，然后将那小太监拉到跟前，在他耳边悄然说了几句话。

小太监听后，脸色顿时一僵，道："皇后当真要如此？"

"尽管去。"慕晴勾唇，露出了一抹浅浅的笑容。

"奴才明白。"小太监点了头，而后转头跑了出去，连条子也不拿。

恰在帐外的人都有些等得不耐烦的时候，那小太监忽然慌慌张张地跑出，大声喊道："皇后说，不战了不战了！"

一句话毕，许多人都起了身，似是听得有些懵。消息一经传到左寻耳畔，他便更加得意地笑了！

皇后认输了！

这五个字，几乎是瞬间传遍了那万人宴，而后竟起了哄堂大笑，众人纷纷起身赞扬左寻将军的强攻战术了得，而左寻更是嗤之以鼻。

因为对付苏慕晴，他压根就用不到什么战法战术，如此妇孺，直截了当！

可是就在左寻一步跨出帐外的时候，突然来了很多小太监把这直系皇亲席纷纷围住，使得外围的人看不出个究竟。

在确定外人看不到里面之后，慕晴这才踏着悠哉的步伐从帐中走出。见到左寻，她马上笑盈盈道："左将军果然不凡，一下子，就让本宫退无可退了，本宫佩服，着实佩服。"

左寻唇角略微扬高，回道："皇后将这里围死，难不成还想留得一丝颜面？不可能了，皇后认输之事，大家早已知道了，如此做法，也不过是掩耳盗铃罢了。"

慕晴笑，摇摇头道："本宫可没认输。本宫只是想保住左寻将军的颜面而已。"

左寻一听，顿时大笑不止，"皇后到这个时候了，竟然还耍起这种小孩子的口舌游戏，未免让本将军有些不齿。"

"是吗？"慕晴笑了，慢慢走到两个帷帐中央的沙盘旁。

沙盘上，果然两军动向一目了然。

左寻的精兵埋伏在她所有的料草之内，似是伺机而动，要一举将她彻底歼灭。

只不过……

"将军，还没看过这沙盘上，本宫设的暗术吧。"

"皇后能有什么暗术？难不成，还挖了暗道，准备逃跑？"左寻嘲讽道。

慕晴又笑了，这回笑得眼泪都出来了。笑止，她便从怀里掏出一个小小的木柴签，悠悠走到旁边的火上，点了个火。之后，她又走回沙盘处，慢慢靠近左寻，于他耳畔道："兵者，诡道也。"

语毕，慕晴忽然松了指尖，小木签顿时落入左寻埋伏了兵的料草堆中，只见那所有的料草忽地燃起了熊熊烈火，一瞬间将夜空点亮。

左寻一愣，似是想到什么，他迅速将那遮着暗线的布从沙盘上扯开，当他看见那将他所有精兵全部封了退路的竹刺后，俊脸上顿时僵住。

唯有慕晴，轻轻地笑了，用那纤细的指尖抓住沙盘上左寻的城池，顺着沙子向自己这方缓缓移动，直到进了己方地盘，而后低声而道："将军倾巢而出，一招火攻，全军覆没。呵呵……左寻将军的城池，本宫这厢……就收下了。"

一瞬间，包括左寻在内的在场所有人，都露出了一分异样的神色。

左寻狠狠地咬住牙，一双俊逸的鹰眸死死地凝视着面前的女人。

他威武沙场的大将军，怎么可能……怎么可能输给一个宫门都未曾出过的女子！

"皇后可真是狡诈啊。"左寻咬牙说道，牙齿都被咬得咯咯作响。

慕晴忽然蹙眉，收回了方才脸上所有的笑容，蓝晕下的眸显出了一份威慑之意。

"战场上谁跟你来正人君子！本宫可是给你留足了面子。你是这南岳大朝的将军，难道不知道，一朝轻敌，会要了多少将士的命吗！"

慕晴说罢，便将身侧的沙盘里的沙子，一点一点地，全部堆在左寻面前，狠狠说道："你可知，本宫救了你一命。你左寻将军自以为战胜一场，便轻视对手。"慕晴停顿了一下，眯住眼眸，而后将那一堆沙子一把推散，一字一顿道，"若这是战场，你必被俘无疑！"

苏慕晴说罢，将柔荑收回袖中，毫不留恋地甩了袖袍转过身去，而后半侧过眸对着他说："若有不服，本宫，随时恭候将军大驾。"轻哼一声，她便缓缓向着小太监围住的圈外走去，只不过幽静的小脸上，确实出了些许怒意。

身为战略研究专家，她比任何人都清楚，将帅的一个小小失误，那便是千万将士都埋葬血泊。她今日驳斥左寻，便是给他敲以警钟，也是救了他一命。否则，下次晋国之战，骄兵必败！

这一刻，左寻沉默了，因为他知道，他轻敌了，所以败得彻彻底底！在他的脸上，也再也找不到先前的那种桀骜，反而被一阵更为沉重的心情所取代。总归来讲，左寻不是小孩子，各种关系他比任何人都清楚，而被她救了一命的事，他也不会全然不知。

慕晴轻轻抿着唇瓣，也没再与左寻多说，她相信这样一位成熟的将军，会想明白她的心思。她缓缓前行，周围太监也不再阻挡，然后她停在了北堂风面前，略微地抬了眸，在她的脸上透露着些许疲倦。两人似是对视了很久，她才与北堂风交臂而过，缓缓走去了他后面。

北堂风垂眸，并未说什么。因为无论是他，或是北堂墨，又或是任何一位熟读兵书之人，当看到那料草上被点起的明火时，都知道胜负究竟为何。

"如此兵棋，也不过是切磋一二，不伤大雅。"北堂风忽然开口，他轻轻走过，毫不犹豫地拿上了旁边的水，悄然将那团火熄灭。而后一个眼色，差使周围小太监便纷纷散去。

顿时间，北堂风便换上了另一副神色，他笑，而后望着左寻大声道："不愧是朕的将军，皇后，又岂是对手！"

语毕，原先在外面还有些不知所以然的皇亲贵胄顿时明了，都大呼左寻将军英明。但是此刻的左寻却比任何人都明白，若皇上不这么做，他这输给皇后的大将军，便无法再有威信统领三军。

所以，在所有人面前，他，必须"赢"！

而这一点，怕是那皇后在出帐的一瞬便一想到，否则就不会找那么多人将这里围住，只有他知道，谁胜谁负！

这个被自己轻视的女人，竟然再一次出手助了他。

左寻紧紧咬住牙，眼中迸射出一种疑惑与挣扎，因为他如何也想不通，一个柳惠蓉嘴里的恶毒无情的女人，为何会对自己手下留情。

似是看出了左寻的顾虑，北堂风忽然开口打破了此刻的寂静："方才看得尽兴，但是比试归比试，不能伤了和气。来人，朕，要与皇后和左寻将军，共饮一杯。"

说罢，他便揽了慕晴的腰，又将她稍稍推到了左寻的面前。

也同样冷静下的慕晴，凝视了左寻一会儿，再度挂上了从容淡笑，道："恭喜将军，贺喜将军。此酒，该喝。"

左寻依旧是凝视着慕晴，眼底透露着疑惑。

这时官女纷纷送来三杯酒，逐一给了北堂风，左寻，最后是慕晴。慕晴接过酒，稍微闻了下。果然是城中佳酿。

可就在这时，她心头似是有什么一闪而过，故而悄然瞟了一眼不远处的柳惠蓉。只见她并没有看她，而是低着头，唇角挂着一抹淡笑，而且很安静，安静得有些过头了。

慕晴蹙眉，捏住酒杯的指尖略微地转动了几下。她记得今日摆宴之人是柳妃。而以柳妃自己的性子，定然是又使了什么小打小闹的计策。柳妃虽然善妒，但应该不是连大局观念都没有的蠢人，这酒里当不会有什么波及性命或砸了宴会的东西。

估计这酒，是被下了什么辣椒粉诸如此类小孩子的东西吧。慕晴忍不住的浅笑一下，心中忽然起了一个小计策以回敬北堂风先前的"老弱残兵"之举。

当其他两人就要拿起杯子一饮而尽时，慕晴忽然说道："啊，且慢。"

北堂风停了下来，蹙眉转眸，低声而语："怎么？"

慕晴清咳两声，望向左寻道："古来哪有龙是龙，凤是凤的，当然要龙凤共祥，方才能传代千秋啊。"

"什么意思？"北堂风拧眉，心中似是多了些警戒。

"臣妾应与皇上换酒而喝，如此一来，龙凤共祥，好兆头！"慕晴说罢，还没等北堂风回话，便将两人手中的酒杯稍稍地换了下，使得北堂风脸色更僵。

而就在这时，慕晴悄然又看了眼柳妃，只见她神色大变，竟开始有些手足无措。

狐狸尾巴露出来了。

小打小闹的招式，刚好……以恶制恶。

"请吧。"慕晴淡笑，而后扬杯一饮而尽，稍后便用袖口轻轻拭去唇角，挂回了淡淡的笑容。

北堂风蹙眉，冷哼一声，也仰头将酒一口喝下，左寻更是不知所以然，直接将酒喝下。

三人共饮，成为佳话，万人宴上万人齐欢，再次将这空前盛宴推向了最高潮。

喝完酒，慕晴凑近北堂风，淡淡而道："皇上，这酒，是否有什么特别的味道？"

北堂风冷眼望了她，"此酒香醇，当是陈年佳酿。皇后何时，开始对酒有兴趣了？"

此话一出，慕晴的心里就微微沉了一下。这酒肯定有小猫腻，当是不伤大雅的小整。如果不是出在味道上，那会是在哪里呢？

慕晴又瞥了眼柳妃，却见她如热锅上的蚂蚁，似是比方才更加焦急。

不对，这酒一定有问题。

慕晴心里愈发地沉重，转眸看向北堂风。

难道，是她高看柳妃了，若她真是愚蠢到敢当众对皇后下手，以致让全城顿时陷入内乱，那么，她当真是蠢到无可救药了！

而现在，酒却被她无意交给皇上。若酒当真不是小打小闹，那要是真出事，将会引起兵变之危啊！

她可不想借了柳妃的愚蠢，欠下北堂风如此一个天大的债！

"看朕做什么？"北堂风似乎被慕晴看得有些烦躁，转了眸，眼中射出了些凛冽。

"皇上，可有不舒服？"慕晴紧张地问。

"朕怎么会……"而就在他一句话还没说完之际,深眸顿时一缩,冷不丁地倒吸一口气。在他那绝世俊颜上,显出了一份极度的凝重,而后缓缓深望慕晴,一字一字地低语,"你给朕,喝了什么?"

北堂风说完,脚下竟然有些不稳。慕晴见状,迅速在人前看不见的时候,将他一把扶住。而在紧握他的手时,慕晴的眸子也顿时收缩。

慕晴红唇轻启,所有的轻松尽数消散,她抬眸,凝望着北堂风。

好烫!

如此体温,绝不正常。

她苏慕晴,果然中了下下之签了!!

慕晴回望北堂风,而北堂风也深深望着她,似是都想说什么,却又决不能说出口。

是了,皇上有异样,绝不可让任何人看到。万人之内,难免有细作。哪怕一点点的疏忽,就可能造成内忧外患,更是给晋国一个机会直捣黄龙。

悄然将皇上送回,定然不妥。就这样称自己不适而散席,也不大自然。

要如何,要如何!

慕晴狠狠咬住下唇,就在这时,忽然间一小宫女端着一碗热水向自己身旁走过,似是要给哪位皇亲送去。

慕晴眸子一转,似是想到什么,忽然捏紧北堂风的手,道:"我苏慕晴就算再不喜欢你,也不会不知道分寸。若是你信得过我,我便与你共进退。"

一语出,北堂风那原本有些怒意撩出的眸竟然轻轻颤动了一分。他垂眸,似是在思考什么,而在一个咬牙后,便也用力地回握住慕晴的柔荑。

一时间慕晴竟也有些愣住。未曾想,北堂风竟真的能将这如此重要的事交予她。

如此信任,哪怕只有一瞬,便也让她为之动容。

这祸,虽然柳妃是主因,但却由她将这杯酒给了北堂风。

她的责,她定会担当起来!

慕晴深吸口气,就在那小宫女从她身侧路过的一瞬,她忽然向前挪了半分,探出脚稍微一绊。只见那小宫女忽然摔倒,而那热水便毫不留情地尽数洒在了慕晴的手背上。一种几乎将她瞬间击穿的痛刺向了慕晴心头,而那白皙的肌肤,也顿时被染上一层瘆人的红。

在场所有人一见,几乎吓了一跳,尤其前面那几位王爷。

北堂风的眸子也顿时收缩,仿佛是没有想到慕晴会以此种方法来镇住局面，眸子一转，赶忙扶住慕晴的手道："朕扶皇后先去看看。"

场面似是略微有些混乱，这也是在慕晴的意料之中。往往若是南岳国有细作，绝对不会是外围之人，定会靠离皇座。所以只要这皇后烫伤，能对那些在暗的人瞒天过海，那便可以保了周全。

不过对于外围之人，还必须有后招，否则破坏了这万人大宴，那便也是另一场灾难。

慕晴忽地转眸望向北堂墨，似是想赌一赌般地用口形对着北堂墨说了几句话。

北堂墨点头，心中明了。

就在这时，左寻上前，也有些紧张地问："皇后，无碍？"

"无碍。"慕晴淡笑，然后把手向上抬了抬，道，"不过就是稍微被烫了下，本官急需去处理下。稍晚些，再与将军聊上一聊。"

其实此时，当由北堂风出言将慕晴带走。但是他却久久未开口，使得慕晴悄然望了一眼。但见北堂风面色淡然，平静如水。但是此刻正握着她的手，却愈发地用力。

北堂风，当是快要到极限了！

便是在这时，北堂墨拿了酒杯起身，开始与左寻侃侃而谈，以此来引开左寻的注意。柳相国见状，也顾不得苏慕晴的事，急忙抄了酒杯一同而去。乐声顿起，整个万人会场又陷入了欢声笑语中。

慕晴深吸口气，这才慢慢放平了心。看来对于柳相国来说，左寻果真是增强势力的一大重点。

如此一来，内围皇亲，被王爷引得开始做势力的明争暗斗，外围皇亲，则被那鼓乐之声和饮酒之礼麻痹了神经。而她手上的小伤，也让在场的所有人见证并非装模作样，使得那些敏感之人不会多加猜测。

此刻，必须即刻趁势离开！

"咱们走吧。"慕晴低语，而后紧握北堂风的手，让北堂风能稍微倚靠下自己的身子，以至于还能走得平稳。

北堂风点头，也没再反驳任何一句话，只是随着慕晴向着景丰殿外走去。

出了殿，慕晴借口将身后跟着的宫女太监统统打发走。待他们纷纷散去，慕晴才松了口气。

这时北堂风忽然脚下一软，紧紧地靠在了慕晴身上。那自他身上散来的淡淡寒香，仿若醇酒，竟让慕晴有了一分醉意。

慕晴猛地晃了神。

现在不是想这个的时候，现在必须将北堂风带回明阳殿。

这么想着，慕晴便转眸望向北堂风，"你还好吗？"

北堂风用力地闭眼，再睁开，只是狠狠瞪了慕晴一眼。

"看来还很有精神嘛！"慕晴嘲讽一下，却未曾停了半步，极力地向着明阳殿赶去。

"方才，处理得……很好。"北堂风有些断断续续的说，脸色是越来越不对劲，便是连呼吸都忍不住地加重。

"呵……谢谢皇上赞誉。"慕晴冷语。

北堂风狠狠吸了口气，当真是在忍耐。

该死的女人，平日里他虽对她恶言相加，但总归是她的救命恩人，如此恩将仇报，真是该千刀万剐了！北堂风再度狠狠咬合牙齿，眼中的怒意几乎快要遮不住。

慕晴稍一看，却也知道了个一二，低声道："嘴上说得好，杀意都写脸上了。"

北堂风蓦然转眸，低语："怎么会呢。"

"啧。"慕晴冷哼一声，便也没再与北堂风逗贫。在经过最艰难的一路后，慕晴终于见到了明阳殿，而北堂风见到这大殿后，也稍微舒展了眉头。只是此时的北堂风却未曾见到，慕晴那曾白皙的手背，早已红肿不堪。

到了门口，北堂风便用了最后的力气，冷冷望向门口的侍卫道："待会，谁也不让进，李德喜也不可以。"

侍卫听了后，纷纷有些愣住，而后便赶忙应了北堂风。

之后，慕晴便和北堂风进入了明阳殿中。慕晴刚关上门，身后北堂风就重重倒地，身子完全缩在了一起，表情痛苦不已。

"没事吧！"转回身的慕晴担忧地看着。

此时的北堂风，长发散落，脸色也变得苍白了许多。慕晴心头一紧，竟冷不丁地有些心疼。指尖抚过他的肌肤，仔细查看他每一处，竟发现他的症状有些熟悉。回想了一会儿，眉头忽然舒开。

若她没记错，这药就是当日在太医院被北堂齐灌下的那类东西，想来是柳惠蓉去太医院偷偷要来的，本想恶整她，却不料连累了皇上。

慕晴眯住眼眸陷入沉思，说道："臣妾，先送皇上上床歇息？"她望着他，

「129」

第九章　针锋相对

语气中少了先前的轻快。

"朕不用你管。"北堂风拧眉说道。

他果然是最不想让这个女人看到自己弱势的一面，只有这个女人……北堂风咬牙，想用力将慕晴推开，可他的指尖还没碰到她的衣角，反倒被她紧紧地握在手里。

"都什么时候了，还逞能……"慕晴蹙眉，真不知道这北堂风在纠结什么，"先扶你上床。"

慕晴二话不说，顺着他的胳膊，便要将他扶起。谁料刚一碰到北堂风，就见他拼了命地咬住下唇，仿若瓷般的肌肤上，愈发的红润，虽知他现在很痛，但……也确实很美。慕晴吞咽了下唾液，着实有些忍俊不禁。

"不许看！"北堂风低语，想要推开慕晴，却还是用不上力，反而被慕晴搂得更死。

慕晴转眸冷眼望了下北堂风道："大男人还怕看？"

"反正不用你管！"北堂风厉声而道，声音带了些颤，似是又怒气攻心了，"你……滚……"

这回，慕晴没再搭理他，坚持到床上，就是胜利。

待来到床边，却见北堂风已经半睁眼眸，带着一种诱人的迷离，仿佛有些恍惚不清。若是她动作再慢点，怕是得驮个失去意识的人走路——那才叫真困难。

慕晴撑在床边，疲惫地用袖口擦拭了下额角的汗水，而后坐在一旁看着这棘手的男人。

北堂风浑身轻颤，他紧闭眼眸，指尖时而捏动。他就像个孩子一样，大口呼吸着，埋在长发中轻哼。

"也没法请太医……"慕晴暗忖，因为在万人宴会前，但凡有医者靠近这里，都会遭到细作的怀疑，所以目前只能硬扛过去。不过还好，北堂风饮下的药并不多，至少不会伤及身体。但如何熬过这段时间，才是真正考验这个男人的事情。

那种痛，她是体会过的。

为了降低北堂风身上的不适，慕晴起身帮他一一褪去鞋子，外袍，最终只剩下了亵衣。回想着自己所知的医学知识，她便边念叨着，边找来了湿布。记得当时太医是让宫女将她的身子不停用凉水擦拭以抵抗药性，或许这样做能减缓北堂风的痛楚。于是慕晴耐心地将北堂风的亵衣一并撤去，卷起自己衣袖，开始专心为北堂风一遍又一遍擦拭身体。

每当看到他的脸色好转了些许,她的心都会稍稍安下。但究竟为什么会如此尽心地帮北堂风,究竟为什么要这么努力地去救他,其实她也不清楚,只是觉得如果她放任不管,自己的心就像被火烧着那般焦躁不安。

……

这样的时间持续了很久,当北堂风终于安静下来后,慕晴才稍稍松了口气。

她放下湿布,有些疲惫地坐在床边,时而用袖口擦拭着额角细密的汗珠。她知道,这个骄傲而自尊心极强的男人若是知道自己被他痛恨的女人摸了一遍身子,连最关键的地方都不能幸免,那一定会吆喝着要将她碎尸万段的。因此慕晴打定主意,待北堂风稍稍稳定后,自己就神不知鬼不觉得先一步离开。

可身子才刚动,就听到身后传来了少许的动静,她眉梢微扬,小心地回头看了看,谁料一上来就对上了那双几乎满是震惊的俊眸。慕晴眉心微动,心头也冷不丁地沉了一下。

慕晴吞咽了下唾液,发出咕噜的声音,然后尽可能的缓缓地,缓缓地起身,提了提了裙摆,想就这样无声无息地走掉。

而就在脚步刚着地的一瞬,慕晴只感觉自己的裙摆似是被一个巨大的力道狠狠扯住。她脸色顿时一僵,然后奋力地想要向前跑,但是身后的力道却越来越大,甚至就这样拖着那裙,一点一点地将慕晴这柔弱的身子往回拽。

慕晴大惊失色,心中大念:完了完了完了,她空有满腹谋略,在此刻什么都想不起来!如此之事,被北堂风逮了个现形,根本就是故意戳他软肋,死定了!

不能被他逮回去,一切等他想清楚,明白了她的苦心……

"啊……!"就在慕晴想要奋力一跑时,忽听自己的裙竟发出了一道撕裂的声音,紧接着她就感觉自己的裙子被一寸一寸地剥开,直到在完全不动了之后,那个力道才忽然加力,将她无情地扯回了床上。

老人们都讲,做将士的,不能将后背留给敌人。现在看来,这句话,千真万确!

便是在慕晴身子稳稳撞在床榻上的一瞬,便见北堂风冷冷地撑在自己身上,那双俊眸中,充斥着几乎将她冻结的冰冷。

"你对朕……是故意这么做的吗?"似是过了很久,北堂风才从嘴里挤出了这几个字,眉峰都在微微地颤动。

果然怒发冲冠,准备秋后算账了。

慕晴铮铮回望着他，也很不愉悦地说道："早知道不救你了。"

"你居然敢给朕下药……你……"北堂风大口呼吸了两声，猛地将那还带着他那炙热地温度的手抬起，死死扣在床上，"一次不够，还来第二次……苏慕晴，你就这么想让朕死吗？"

北堂风的声音有些发颤，甚至连字都是狠狠地挤出来，足以了解，他是当真气疯了。

慕晴有些莫名地看向北堂风，气不打一处来："药是不是臣妾下的，皇上查一下便知。何况我苏慕晴究竟何时对皇上下过毒手，麻烦皇上说清楚！"

北堂风冷笑，忽然扯住她的衣衫，便是在慕晴还没有反应过来的时候，便一把撕开，当那布料在床帏中静静散开的时候，他低声而道："与其用说的，不如让你自己想起来好了！"

听了他的话，慕晴的身子冷不丁地打了个颤，凝重而有些绷紧地问，"你……什么意思？"

这忽然的靠近，使得慕晴倒吸一口气，那张倾世俊颜，深深地印在了她的眼中。此刻在那她似乎已经刻印在心中永不会忘的冰冷双眸中，有着与往常不一样的怒意与执着。

这一刻，慕晴似是感觉到这个男人，不再有任何的犹豫，仿佛今日若不将她驯服，决不罢休。

第一次，慕晴的心被如此震动。

第一次，她开始有些胆怯了。

这个男人，是认真的。

"放开我！"慕晴低语，也不再用那轻佻的语调，转而用了一种与北堂风一样认真的语气说着。她双手用力，似是想要用尽力气脱身。可是她刚一动弹，她那纤细的手腕便被北堂风狠狠压在了小脸两侧，并且紧紧地扣在床上。

"你以为，你能像当年一样，从朕手里逃脱吗？"北堂风挑眉，唇角撩动了丝邪佞，看在慕晴眼里，却有着一种让她心头猛然颤动的惨然。忽然一怔，才意识到这个男人现在是处在混乱与清醒的交界中，仿佛带了一种醉酒后的冲动，一种丝毫不准备收敛自己内心的冲动迸发而出。

是了，平日里的北堂风喜怒不形于色，而现在的他，则满满都是对她的怒与恨。

似是根本不给她任何机会。北堂风紧扣她的双手，在凝视了她那双绝不服从的双眸后，便垂了视线，而后用那依旧红润的唇，轻轻咬住她那几近破碎的裙中的束结的一角。然后缓缓地向后扯动，那双俊美的眼眸紧紧望着慕晴，不允许她有丝毫的逃避。

慕晴紧紧咬唇，却无法逃离那几乎要将她吞噬的视线。

而他仿佛是在享受猎物的眼神与动作，更是让慕晴感觉羞辱万分。她狠狠舒了口气，想动一动，却还是被北堂风压得死死的。

她曾听人说过，皇上从小从名师习武，武功甚至在左寻之上。

如今她打不过他，也没法从他手里逃脱，唯有将他说服。

"北堂风！你敢动我！"慕晴又狠狠咬唇，当真有些气急，那双蓝晕下的眸，此刻仿若利剑。

北堂风忽然用力，将那丝带完全扯开，对着旁边稍微吐开说："只要你不闹。朕，还是会温柔些的。"

"你混蛋！"慕晴骂道，被他捉住的双手都握了拳，"若不是我，刚才你说不定都命丧黄泉了！"

"若不是你，朕也不会喝下那种东西！"北堂风接道，眼中也同时迸出怒意。

"我……"一时间，慕晴确实有些语塞，因为那杯酒也的的确确是她恶作剧才给的北堂风，随即冷笑了一声，道，"还不是因为皇上亲爱的妃子。"

"诸多借口。"北堂风语毕，便缓缓下压了身体，"你这张伶牙俐齿，还是做别的比较好。"

说罢，北堂风便压下身子，用他那炙热的唇，狠狠地封住了慕晴想要继续说的话语。

他吻得很霸道，却又充满了一种无与伦比的炙热，将她满身的躁动再度撩起，甚至有一种莫名的感觉竟在她身体中流窜，直到窜入她的每一根神经。

慕晴愤然，甚至厌恶自己，不知为何自己每次被北堂风如此对待时，身体都会不自觉地回应他。

她好恨这个身体，尤其是好讨厌这时的自己！不能沉溺，不能屈服，更不能对他有所回应！因为如果当真就这样沉沦下去，那么她……将再也不能主导自己的命运！

慕晴忽然深吸口气，索性在他更加用力地想要索取她那柔软的香甜时，狠狠咬下。北堂风只是稍微侧过，就躲开了她的这一攻击，他淡淡地笑了，这时才将唇缓缓收回，拉起的一抹银丝顺着他的动作缓缓抻开，又断裂，最后消失。

"你以为，朕，会傻到不提防你吗？"北堂风轻笑，舌尖撩过自己的唇，静静地俯视着一脸愤怒的慕晴，"你终究，也不过是朕的女人。"

第十章
火之记忆

　　北堂风哼动，而后缓缓将她的已经被彻底揭开的衣衫撩开，当那美若玲珑却带着浅浅伤痕的身体映在他的眼中时，他轻声而道："这些，都是朕给你的。朕要你一辈子都带着，永远也忘不了朕。"

　　"北堂风……不行……你放开我！"慕晴似是在做最后的挣扎。

　　无论如何，她终究是一个女人，无论心向如何，身体都不会听由自己摆布。她不可以，不可以在这个男人面前臣服！

　　"北堂风！"慕晴嘶喊，甚至更加用力地挣扎。

　　她不可以，不可以，绝不可以……臣服于他！否则，她会迷失自己，否则，她……会将那颗不曾动摇的心，丢掉，而她，亦会沦为这个男人后宫中，永远无法踏出这牢笼的金丝之鸟……

　　"北堂风，你不想要那东西了吗！"就在这时，慕晴忽然转眸大喊，那双利眸死死地凝视着北堂风。

　　而在听到这几个字后，北堂风确实停顿了一下，眼眸微眯，似是在深思什么。但很快，他却忽然扬起了一丝笑，低声道："朕想要的，早晚都会得到。那个东西如是，你，亦如是。"

　　北堂风说罢，便撑身到慕晴的身畔，长发微垂，几乎盖住了她所有的视线，仿佛这一刻她唯一能做的，就是望着他的双眸。

　　"你要是动了我，那个东西，即使我想起来，也不会告诉你！"慕晴狠狠而道。

　　"等你想起来，再说。"北堂风冷笑，似是根本不在乎。而他此刻最在乎的，便是眼前这个一脸倔强的女子。

是的，他在乎，他已经……在乎了她，太久，太久了。甚至最近愈发地在乎。

"北堂风！"慕晴几乎是用了撕裂的声音低喊，被松开的双手狠狠抓着他的手臂，"我真后悔方才帮了你！"

北堂风似是顿了一瞬，在那俊眸中滑动了些许无法看透的深邃："朕也好后悔，曾经相信你。"

一句话毕，他便低下了眸，再度了吻上了慕晴的唇，然而在同一时刻，慕晴的脑中却疯狂地闪出了一个似乎被封存很久的画面。

火……能烧着一切的大火……还有一个人……看不清他的脸……但是他似乎在说什么……

好后悔，曾经爱过你。

忽然间，慕晴的心头像是被狠狠撕扯了一般，将她从那阵噩梦中捏醒。

"不……不可以……"慕晴再度用力抓着北堂风的双臂，"你会后悔的！你一定会后悔的！"

北堂风低头，勾起浅唇："后悔？就算前面是地狱，朕也会拉着你一起走。"

就在那已经几乎快要无力挽回的瞬间，慕晴最后抓着北堂风，似是用着从未有过的神情说着，"求你……不要。"

便是在那个"求"字出来之时，北堂风的眸子顿时一缩，似是在莫名间滑落出些许的痛："你就……这么讨厌朕要你吗？"

慕晴微愣，似是也有一瞬的怔忪。

她的心，似是再一次地被他牵扯。

她想说些什么，却又好像一个字也无法道出。

见到慕晴沉默不语，北堂风的眸便由方才的哀伤，逐渐转化为了一种若火的怒意，冷笑着说道："今日，是你先招惹的朕。就算你讨厌朕。你也要好好履行你皇后的义务，做好给朕，传宗接代的女人！"

可就在话音落定的时候，门外忽然响起一个侍卫的声音："皇上！蓝姑娘在殿外求见……"

北堂风顿了下，眸子略瞥，而后用着充满怒意的声音道："朕不是说了，谁也不见吗。"

"蓝……蓝姑娘似乎等了很久了，卑职……怕是有急事所以……"

北堂风用着近乎凛冽到极限的眸子望向身下紧紧闭着眼睛，甚至已经将下唇都咬破几近心死的慕晴，他眉角微颤，逐渐归为了冷静。

"别让你的瑶儿等急了。"慕晴虽未睁眼，却还是用着一抹嘲讽的语气

说着。

　　北堂风漠然无语，许久后才冷冷说道："你说对了。朕的瑶儿，要比你重要得多。"说罢，他便倏然离开了慕晴，仿佛没有一丝的停留。

　　在那炙热的温度忽然消失的瞬间，慕晴猛地睁开了眼，用尽了全力般地呼吸，而后如惊弓之鸟一样将身体奋力缩起来，急忙向后面靠去。

　　她紧紧拥着自己的身子，可是不知为何，心情却并没有舒缓，反而有莫名的牵动。

　　是啊，他的红颜知己，比她这名存实亡的皇后，要重要得多了。

　　此刻的北堂风，似是已经恢复了些许的冷静。他捡起掉落在地的衣服，静静地穿戴着，甚至拿上了一件放置在明阳殿的披风，看样子是要拿给在寒夜里等待多时的蓝瑶儿。就在双手碰触到明阳殿的大门，即将拉开的一霎，他才终是侧了眸，冷冷地丢下一句："在朕回来前，你哪也不许去。"

　　慕晴只是冷笑一声，并未回答他。

　　北堂风不语，随即直接拉开大门离开了这座明阳殿。又将这里恢复成了往日的空寂。

　　慕晴长长地舒了口气，仿佛终于得了空隙。

　　她这一辈子，也从未被男人如此对待过，直到这时，她才真真切切地了解自己是一个女人。

　　"北堂风！"逐渐冷静下来的慕晴狠狠地咬着唇，一字一顿地低喊着北堂风的名字，仿佛也被他弄得气血攻心，不由得身子都发了颤，"为什么要用这种方式……践踏我的尊严。"慕晴大口地吸了几口气，双手拼了命地抓住凌乱的衣衫。

　　她必须走，必须趁着北堂风回来前离开这个地方！

　　至少也让这个男人，在今夜也好好地冷静下！

　　慕晴想罢，便匆忙地从床上跑下，随意地将那被撕坏的裙摆穿上身。未曾想过那不久前还端庄无比的衣，竟也会变得如此褴褛不堪。

　　她在桌上留了张字条，然后便踏着仓惶的步子离开了这座让她惊险千万的明阳殿。

　　出了门，这才感觉到夜空的冷风足以穿透她单薄的身体。她独自一人在这冰而寒的夜里安静走动，忽然感觉手背冷不丁地一阵刺痛。她抬起手，这才想起自己先前烫伤了肌肤。借着月光看了看，发现这些未曾及时处理的烫伤处已经有些泛白了。慕晴忽然笑了，笑中夹杂了些莫名的苦涩。

为什么她会奋不顾身地去帮北堂风，又为什么，会落得如此下场？

夜风轻轻地吹动，将她身上那碎裂的衣衫轻轻撩起，牵动了一分难解的孤寂。

第一次，自己做了逃兵。

可是如果时光再来一次，她又是否会选择帮北堂风？

或许……还是会吧。

难道这就是苏慕晴欠北堂风的，所以注定，她要为苏慕晴还债？

慕晴摇摇头，发出了一声自嘲的笑，而后停了步子，望向天上的一轮明月。

今夜的月，当真很美，只可惜，心境已不再。

正当这时，一抹偶然经过的身影引去了慕晴的注意，她侧眸，眼中映出了一袭贵蓝色华袍。衣角随着微风轻摆，很快就让她明白了来人是谁。她轻捏身侧的料子，唯独不想让此人见到自己如此狼狈的一面，于是挪步，想避开那抹深邃的视线，却在转身的一瞬被那人捉了腕子，重重地拉回到了原地。

"慕晴，你怎么了？"一句夜间轻唤，竟然止住了她所有的挣扎。心头不知不觉泛出些酸涩。她安静几许，知道无法逃避。终于长舒一口气，抬眸微笑道："天色已晚，王爷还没回府吗？"

北堂墨静静望着慕晴，琉璃色的眼中闪动着一种复杂的情绪，他低头看向她身上那破碎的衣，眉头紧皱，然后解下身上的外袍披在了慕晴的身上，将她那若隐若现的肌肤完全遮住。他静默不语，只是淡淡地说了句："本王送你回凤阳宫。"

慕晴知道万事偏偏瞒不过王爷。她垂眸叹息，如同迷路的孩子那般，被北堂墨牵着腕子离开。她时而将视线落在腕上那温柔而用力的手，总觉得有些似曾相识。

待到一处凉亭，北堂墨忽然放慢了步子，似是有什么人在前面阻了他的行路。慕晴心中疑惑，于是侧头看去，却见两抹如斯熟悉的身影，定睛看去，竟是不久前还紧拥着她的北堂风与蓝瑶儿。而蓝瑶儿，似乎正在轻吻着北堂风。

慕晴心头一紧，顿时变得无所适从。她忽地扯唇，流露出一丝苍白。

这个时候的遇见，还真是上天对她的嘲讽。她站在那里，显得突兀又狼狈。而胸口，也仿佛被什么东西堵住，让她即使用力呼吸，都无法找回自己。

冷风静静吹拂，似是将她单薄的身体穿透，那亭中之人，却仿佛在另一个世界，让她即使伸出手，也无法触及。

如此这般美好的天鹅交颈，又岂是她这一缕残魂可以觊觎的。

北堂风与蓝瑶儿本就是天造地设的一对。

他对她，不会强迫，不会粗暴，更不会折磨。

她对他，不会怨恨，不会反抗，更不会躲避。

就像方才北堂风所说的那样，他的瑶儿，要比她，重要得多。

苏慕晴对他来说，不过是还拿着一个秘密的女人，除此之外，再无用处。

这样应该是最好的，这样，北堂风便不会再动摇自己的心。

慕晴微微淡笑，眼中渐闪耀出一缕幽光。

北堂墨沉默，回眸看了眼慕晴，似是在等着她的抉择。只见慕晴轻轻咬唇，下意识地避开视线，然后反握住了北堂墨的手腕转身即走。北堂墨倒是不卑不亢，仅仅是遵从着慕晴的抉择。

在转身的瞬间，他像是感觉到了什么，静静地回了下头，果不其然地对上了亭中之人恰好侧过的眼眸。见到那一瞬的震惊与无法抑制的怒意，北堂墨淡淡勾唇，随着慕晴而走。长发带过，缱绻风中，轻柔地摆动在夜空之下。

"皇上……"还沉溺在北堂风吻中的瑶儿忽然被一种冰冷所袭，以为是北堂风厌恶这个吻，于是说道："瑶儿只是一时控制不住，所以偷吻了皇上，皇上若是不喜……"她的眼神微微有些幽怨，却渐渐发现北堂风好像根本就没有听到她的言辞解释，她抬头看向北堂风，又慢慢顺着他的视线望去。顿时眸子一颤，心中多了些怒意与不快。她咬住自己还微微肿起的唇，知道了北堂风从始到终就根本不在乎那个吻，而只在乎方才与墨王爷一同离去的苏慕晴！

可她刚要开口，去被北堂风扬手打断。夜风将他那紧束的长发略微吹动，将他此刻的凛冽凸现出来。他只是冷冷地说了句："瑶儿，你先走。改日朕再去见你。"而后在蓝瑶儿连一句话都还没说出来的时候，便径自离开了小亭。

蓝瑶儿怒上心头，却什么也说不出来，只能用力地敲打一下亭旁的红柱，心中暗怨苏慕晴又坏了她的好事。

当慕晴终于停下脚步的时候，已经不知不觉地回到了凤阳宫的匾前。自己究竟拉着北堂墨绕过了几座宫殿，连她自己都全然不知。一路上，她只有一个念头，就是快些走，走到再也看不到北堂风与蓝瑶儿的地方。她看似毫无波澜的神情下，掩盖了一层几乎快破胸而出的焦躁。

"谢谢王爷送了慕晴一程。"慕晴忽然开口，悄然与北堂墨拉开一段距离，微风拂在脸上，有着另一番的孤寂。

"本王以为你将本王忘记了。"北堂墨面带微笑，眼含流波，看来倒是并不在意慕晴方才的无礼，"对了，方才本王见皇后手被烫伤，不知是否有处理。"

慕晴心头一紧，冷不丁地看向北堂墨，着实被北堂墨的细心所撼。不自觉地，她垂眸看了眼手上的烫伤，勾动浅唇，心里再度溢出些暖意。

比起北堂风，王爷简直强上不止百倍，至少不会在这种情况下，去私会红颜知己。

脑中一闪而过的画面，令慕晴心口又添愤懑，赶忙甩了甩头，平静回道："慕晴这就回去处理。"说完，慕晴便没再抬头。

北堂墨凝望着慕晴，无奈轻笑，而后忽然靠近，温柔抚过她飞舞的长发，"天塌下来，还有本王在呢。不是吗？"

语毕，他垂眸看向慕晴，深幽的琉璃色中，倒映着她隐约的不安。他就像能将她看透那样，毫不掩饰地注视着她，引得慕晴忽然一愣，继而露出了笑容。

大约在半夜时分，慕晴终是告别了王爷，并拖着疲惫的身躯回到了自己的凤阳宫。随口问了几句上官羽将军宴上的情形，便也没再多话。

今天的她当真是累了，而且是太累了。无论是心，还是身。

为了洗去一身的疲惫，慕晴找来了小桂子打些热水，准备沐浴，也同时让自己清醒清醒。

慕晴一边出神地想着事，一边用指尖轻轻撩动着水。看着被自己指尖撩起的水中波纹，她微微出了神。而那水上的玫瑰花瓣顺着水波静静地在上面漂荡，仿佛找不到应去的方向。她轻笑，心情似乎稍有好转。而后褪去最后的衣衫，将长发撩起、放下。发丝带起的幻象，为她增添了一份坚强下的柔软。而后她轻轻踏入，激起一阵轻微的水花。

当那种温暖的触感淹没她心房的那刻，慕晴在水下紧紧地用双臂将自己的身体包裹，如同还在母胎中的孩子那般。仿佛只有这样，她才不用伪装自己，更不用担心有人将她狠狠拽出来。

只可惜，这一次，她却想错了。

就在慕晴刚刚放松了自己的一霎，门外忽然传来了李德喜的大喊："皇上驾到！"

水下的慕晴只是听到了细微的声音，正在她还怀疑自己是否听错的一刻，忽然有一双有力而修长的手臂，毫不犹豫地探入水中，在紧紧抓住她的手臂之后，便一下将她扯出。

若是美人出浴，当是一幅旷世美景，然而此刻的慕晴，却一脸狼狈。湿透的长发黏腻在晶莹剔透的肌肤上，艳红的花瓣流离失所地在水纹中摇晃。

此时，周围一片寂静，唯有自她身上的颗颗水滴还在规律地坠落着。

被狠狠拽出的慕晴当真吓坏了，她瞪大眼睛，满身赤裸地站在水中，任由冰冷的凛风刺过她的身子，也将贴附在她身上的湿润染上了一层冰冷。而眼前，正是那不久之前自己拼了命躲避的男人。

此刻他冰冷的俊容上看不出一丝的情绪，无怒，无哀，更无喜。他的衣冠整齐与她此刻的凌乱变成了鲜明的对比，更是将她此时的狼狈，毫无遮掩地凸现出来。

她望着那怒容的俊逸男子，颤动了下唇，低喃着那个名字，"北堂……风。"但脑中无论如何也不能相信——这个男人，竟然将她就这样从水里给拽出来了！

慕晴忍不住抽动了下唇角，奋力想要抽回自己的手臂，蓝晕下的眸中带着几乎可以撩起火的怒意。

"请皇上放手。"慕晴一字一定地说，被制住的手狠狠攥起成拳，拼命地用力想要扯回，可她终是力道不及北堂风，很快又被北堂风一把拉住。这一来一回反而使得她失了衡，险些跌倒。

北堂风冷哼一声，忽然将她的腕子向自己怀里拽动一分，令她猛地跌进了他的怀中，甚至将那带着柔柔香气的湿润染在了明黄色的衣袍上。

"你！"慕晴咬牙，抵住他的胸膛便想站好，可是却被他锁得牢牢的，根本无法动弹。

她还没说什么，他却如此粗暴对她。这个男人，简直不可理喻！

"苏慕晴，告诉朕，你是谁的女人。"忽然间，北堂风开口了，惹得慕晴的心头一紧，更是莫名其妙的紧。

这个疯子，不知道又在发什么疯了！

"我谁的都不是！"慕晴斜眸望着此刻正俯视着自己的男人，然而在刚刚对上他那双深幽的眸时，慕晴却冷不丁地怔了一下。

这个男人在生气，而且比之前的每一次都要生气，更是比方才在明阳殿时态度更加恶劣。

慕晴眯住眼眸，忽然讥讽说道："皇上当是在蓝姑娘那里欲求不满了。既是这样，那为何来折磨臣妾，何不直接宠幸了蓝姑娘，这样也让臣妾舒坦舒坦，不用每日都面对皇上的针锋相对！"

听了慕晴的话，北堂风忽然眯住双眸，沉默一会，低声说道："明明是你祸乱后宫，不用扯上瑶儿！要朕看，欲求不满的是你才对！"

"哈……臣妾祸乱后宫？"慕晴失笑，眸中射出碧光，"皇上还真会倒打一耙！"

"朕不管你心里放的是谁，但是你既然身为这南岳王朝的皇后，就给朕本本分分，否则，朕有的是方法让你老实。"北堂风冷冷而道，忽然用力捏了下慕晴的腕子，"朕的东西，就算毁了，也绝不允许别人染指。"

一阵几乎将她碾碎的痛楚猛地袭上慕晴，她紧紧咬牙，额角的湿润顿时混入了细密的汗珠。但是她却并不屈服，反而更加倔强地望着他。

先是和蓝瑶儿你侬我侬，然后又跑来她这里污蔑她。

无论为他做了多少，她在北堂风心里，永远是个只会祸乱后宫的妖后！

似是夹杂了方才的焦躁，她高高昂起头，有些气急败坏地说道："那皇上又如何？还不是在深夜与女子偷偷纠缠？臣妾，不齿！有本事，皇上光明正大地把人家迎进后宫！"

一句话毕，北堂风的眸子忽然缩动了一下，似是有一瞬的失神。

趁着这个机会，慕晴忽然用力地推了一把北堂风，终于使自己从她怀里脱离，狠狠地又落入水中。她随即向后退了好几步，双手环胸地将自己埋在水里，死死地凝视着面前的男人。

半响，北堂风倏然抬了头，方才的险些无法抑制的怒意慢慢敛回，他又缓缓靠近那浴桶，一把捏住慕晴略尖的下颌，冷冷道："你看见了？"

慕晴冷笑一声："那条路乃去凤阳宫的必经之路，皇上也不选个好地方，偏偏找个那么扎眼的地方让人看。不如，下次臣妾替皇上选，保证给皇上和蓝姑娘挑个你侬我侬的好地方！"

"你……！"北堂风狠狠咬牙，捏住她的力道又增加了几许，"朕要吻谁，要宠幸谁，你，有资格过问吗？"

一时间，慕晴竟有些不知如何回答，只觉心头好似被人狠狠揪动一把。

而后她笑了，笑得淡然，她一把捉住北堂风的腕子，道："臣妾当然不想过问。所以才绕道而行，怕扰了皇上雅兴。"

"这么说，你和祈亲王夜间私会，反而是朕的错了？"北堂风缓缓靠近慕晴，那种冰冷而压抑的气氛使得她的身子比方才更加地凉，甚至凉到了心底。

这一刻，慕晴也懵了一下，脑子飞速转动，似是在消化着北堂风方才的话。

为何又扯上了王爷？

可还没等慕晴想明白，北堂风却用指尖狠狠抹过慕晴的唇，随即略微贴近，在那稍一动弹便会吻上的距离，他用了一种仿佛极力压制住心头怒意的声音，一字一字地说道："好，既然皇后说是朕的错，那朕，就好好弥补你！"

一瞬间，北堂风便狠狠吻上了慕晴的唇，力道之大，竟然让慕晴的唇被撞出了淡淡血红。

慕晴一时怒意袭上，猛地向下退去，想要沉入水中摆脱北堂风如此霸道的纠缠。然而北堂风却完全出乎她意料的，随着她一同入了水。

慕晴瞪大双眼望着眼前正垂了眸，在水中疯狂吻着自己的男人，在她那倾城的眼眸中，忍不住地浮出了些淡淡的疑惑。

为何如此固执，为何不允许她闪躲，又为何如此执着。

如丝墨色的长发散在水中，仿若那缱绻蔓延的藻，缓缓地轻触她脸庞的肌肤。只是他脸上的怒意，好像被另一种深邃的情感替代。

他的吻稍微放了轻，不再用力，也不再强迫。反而像是用尽了一世的温柔，那种无形的柔软仿佛要将她彻底吞噬殆尽。他的寒香，毫不留情地将她包裹，让她无法逃离。

总感觉，这个男人如同毒药那般，让自己明明知道是不能碰触的禁忌，却每每还是会被他影响。

慕晴再度凝望了下他的眸，却不能理解他眼中此时渗出的那抹温柔。

他这是怎么了，他又是什么样的人，她为何如此捉摸不透这个男人。

忽然间，慕晴发现北堂风的吻渐渐地变弱了很多，就连慕晴都感觉到一种强烈的窒息感。

能够支撑呼吸的氧，已经到了极限。

若他还是不放开她，那便是在拿自己的命开玩笑！

难道，他当真想与她，就这么死吗？

绝不可能！

便是在慕晴抬眸，捕捉到北堂风那一瞬的扬唇后，她的眸子便陡然缩动，抓着北堂风一下子从水中站起。

水花溅起，染湿了周围一片。

"你这个疯子！"慕晴忽然大吼一声，满眼充满了怒意。

而北堂风在重重地咳嗽了两声后，却带着一种从容的笑："朕说过，要死，也会拖着你一起。"

"谁说过要你死了！"慕晴又是一阵狠狠反驳，再用力地舒了几口气后，便双手环胸捂住那不想让他见到的柔软，气哼哼地看向他处。

为何这个男人，总是会让她失去冷静，更是让她变得不再像自己。

这个男人，定是自己的克星，生来就是站在与自己相对的一方！

北堂风冷笑了一声，用袖口抹过自己湿润的唇，挑眉望着慕晴道："皇后竟然没下嘴咬朕，还真是让朕意外。"

一时间，慕晴当真有些怔了。

是，她当真是忘记了。只因那时候，她满脑子想到的，就只有这个愈发温柔的吻，以及那愈发微弱的呼吸。

慕晴有些闪躲，咬了唇，似是不想回答他的问题。可是在半晌后，她忽然想起什么，回眸看向北堂风，道："臣妾不明，方才皇上为何提到王爷？若是臣妾有错，整治臣妾便可，与王爷并无半点关系！"

好不容易心情略微好转的北堂风，在听到慕晴口口声声地唤着"王爷"二字时，在那双利刃般的俊眸中顿时又闪动出了冷冰。

见到他眼中的凛冽，慕晴蹙眉不解。她缓缓抬眸看向北堂风，而后又垂眸，似是在回忆着今夜的种种。

忽然间，慕晴的心口好似忽然有什么被打开那般，想了个通透。在她那倾城的小脸上，慢慢露出了些许冷笑。

"皇上看到臣妾和王爷了？"慕晴抬眸，轻哼一声，"千躲万躲，还是叨扰了皇上会美人。臣妾，感到万分抱歉。"

慕晴斜目而说，语气中却毫无诚意，使得北堂风的眉头微挑："在朕面前千般矜持，到了祈亲王面前却倒像是个女人了。"

这回，慕晴倒是不生气了。她转回了眸子，深深望着北堂风，忽然一笑道："皇上莫不是吃醋了？"

只见北堂风眸子顿时一缩，身子僵硬得不止一点两点。

在他那几乎何时都会保持冷静的俊颜上，显示出了些苍白，随即顿时皱起眉头："方才你没听清吗？朕，只是讨厌自己的东西，被别人染指。东西二字换成人，亦然。"

慕晴抽动了下唇角，满脸都是愤懑。

她就知道，对她根本没有什么爱意可言的北堂风，又岂会有那种情绪存在。

他把她当做东西，当做没生命，甚至名字是谁都无所谓的"皇后"这样东西！

"呵，那皇上可要听清楚了。臣妾，从未与王爷有任何苟且。虽然不知皇上为何总是针对王爷,但是臣妾可以明明白白地告诉皇上。"说到此,慕晴深深地吸了口气,而后靠近北堂风,一字一定道:"若不是皇上今日堵了臣妾的道,臣妾便不会遇到王爷,更不会让王爷带路从旁侧回宫。臣妾对王爷只是尊敬!希望皇上,不要再玷污臣妾与王爷的君子之交!"

在慕晴一口气未停,连续将这句话说完之际,周围的空气,好像顿时被凝结住。

她愤愤地看着他,而他,则同样冷冷地望着她。

此时,她的眼中只有这一个男人,而他的眼中,也只有这一个女人。

时间似是过了很久很久,她与他,都没再说话。

只是在浴房的窗子被忽然吹开,发出了一阵不小的响动后,北堂风却忽然走近,冷笑道:"比起瑶儿的唇,你的唇,还真是粗糙得很。"

忽然间,慕晴只觉得眼前忽然一黑,竟不知如何接话。

她的解释他听进去了吗?他为何什么反应都没有,然后直接跳到谁的唇更舒服?

虽然不知道北堂风究竟在想什么,但是……

混蛋!

从他嘴里,决然说不出让她高兴的话,每句都会戳中她的心尖,让她怒气攻心!

"那以后,皇上还是少碰臣妾的嘴,免得被刮伤!"慕晴狠狠道。

"朕,一定会牢记皇后的话。"北堂风回道,却不似方才那么锐利,反而语气中却多了些柔软。

慕晴皱眉,被北堂风无法摸透的心思弄得乱如麻。

都说女人心,海底针,要她说,北堂风的心,简直就是海中沙粒,比针还要难捉摸!

不过……若是她没猜错的话,或许……是因为北堂风听明白了她的解释?

那……他表达解释受用的方式,还真是特别。

特别的,让她恨得咬牙切齿!

"皇上,您要的东西奴才给您拿来了。"

便是在两人几乎又要陷入另一场僵局的时候,李德喜悠哉的声音忽然窜入。

慕晴一听,脸上顿时显出了笑意。李德喜这时候前来,刚好打断了北堂风的莫名其妙。

但是此刻的慕晴却因为太过放松而将自己仍然一丝不挂的事忘得一干二净，就在她想要跨出浴桶时，便感觉有一个不小的力道按在了她的肩膀上，忽然一下将她又按回了浴桶中，任由她如何扑腾都绝不松力。

慕晴愤然，想要出来，却被北堂风顿时回眸而射出的凛冽眼神给微微震慑了一下。

慕晴虽还是一脸不悦，却还是不自觉地乖乖地潜了回去。

这个男人，什么时候都一副要冻死她的表情，若是相处久了，希望自己不会被他感染，也变成这副不近人情的样子。

慕晴心中冷哼，然后却又感觉那放在她肩上的手，温暖无比，竟让她有些心跳加快，如同正被一种暖暖的绒包裹，仿佛有着与和王爷在一起时，不一样的安心。

慕晴猛地打了个激灵，用力地甩了下头，眼中滑动出懊悔。

她险些被北堂风的疯感染了，她岂会对北堂风心跳加快，怕是今日发生事太多，让她有些失控罢了。

"皇上，您要的东西奴才拿来了。"李德喜又道，然后将一个小盒子放在了北堂风手里，当他看到北堂风眼中很明显的驱赶之意时，他一惊，悄然望了眼他身后的浴桶，然后马上轻咳两声，一溜烟地跑了。

北堂风轻轻叹口气，这才回眸望向被自己一直压着的慕晴。

"北堂风，你……"

获了自由的慕晴本想说些什么，可是却见北堂风倏然一言不发的扯过自己的胳膊，稍微一挑，便将那小盒子打开。

他侧身半坐在了浴桶边缘，而后从那小盒中划了些药膏，眼看着就要涂在慕晴的手上。

慕晴一见，下意识地想到了那张炙热之床，眉头一皱，冷冷地看向北堂风，"皇上又想折磨臣妾了？那皇上还是快点，臣妾，今日没那么多体力陪皇上。"

北堂风顿了一下，他冷眼看慕晴，而后又将视线落在她手上，仿佛根本就不想和她斗嘴了。

只是当那药膏涂上之后，早已将脸都皱起的慕晴却忽然睁开了眸。

似乎一点都不痛，还有一股温温的凉风。

她侧目，望向自己的手，却见到北堂风一边为她涂抹着治疗烫伤的药，一边轻轻地在她手上轻柔吹气，似是怕她痛。

望着他那专注而淡漠的样子，慕晴的心冷不丁地揪动了一下，仿佛正有什么不该有的东西，悄然地蔓延。

原来，他是注意到了的。

意识到这一点，慕晴的心中隐隐发烫。

当那烫伤已经被药膏完全覆盖住后，北堂风便将那小盒子盖起，道："每日涂两次。你若不喜这药，扔了便可。"说完，他便从浴桶旁起身，甩了下略微有些湿的袍子，静静地转身向着外面走去。

慕晴捏着盒子，在想些什么，忽然猛地对着北堂风的背影淡淡说："爱国爱民固然重要，但总是彻夜批阅，身子会受不了，若是为了黎民百姓好，皇上以后更要爱惜自己身子。"

北堂风在沉默很久后，幽幽说道："朕，知道了。"刚要离开，却又停了步子，低声说了句，"方才，是瑶儿自己吻上来的。朕若早先知道，便是会躲开的。"说完，他便带着那缕寒香离开了凤阳宫。

慕晴静静地站着，微微有些讶异，甚至脸色都有些浮红。

和她解释什么的，为何要说得如此理所当然，就像是……真正的夫妻那般。

但是，就算没有蓝瑶儿的存在，北堂风却还有更多的女人，若是太在意他了，那她……是否会迷失自我？

慕晴静静地站着，看着水中倒映出的自己，不期然地流露出些许的落寞，桶中的水似是早已降了温，只是她的双颊却浮出了些许炙热。忽然一怔，她渐渐沉下了心。

只是这时的她还不知，她心中所担心之事，不久之后，便会让她真真正正地明白了心中应有的定位，真真正正地明白了，这份不应该有的悸动所带来的深刻而痛彻的感觉……

第十一章
断壁残垣

夜里，阵阵阴冷。慕晴辗转反侧了许久，终于忍不住从床上坐起。

总觉得今日一旦想起北堂风的事，就会扰乱自己的思绪。而她，也变得越来越不像过去的自己。

她双手抱膝，如静潭般的眸中闪动着幽幽月光。长发自肩上滑落，遮住了些许的光线，她轻吸口气，将脸埋得更深。而后有些焦躁地挠了挠长发，索性掀被下床，去外面透透气。

站在门口，慕晴却有些茫然。风将她额间长发静静吹起，带了一份无形的冷清。

皇宫之大，她该去哪里？

她对着手心吹了口暖气，又将衣服向内收了收。忽然抬了头看向一方，像是有种东西在莫名地牵引着她。她抬步，渐渐地向着前方走去。

慕晴就这样漫无目的地在皇宫中走着，先前还能见到一些巡官的侍卫，但不知怎的，随着她越往东走，能见到的人便愈发的寥寥无几。一阵阴风吹过，透了慕晴单薄的身子，她忍不住打了个寒战。她停下，总觉得心头堵得慌，于是抬头，竟发现自己来了一处从未见过的宫殿。

一座被烧的焦黑的凄凉之地。

"这不是皇宫禁地么。"慕晴喃喃自语，想到了刚来宫里时背过的皇宫图纸。她靠着墙边，小心翼翼地往里走去。地上的焦土在夜里显得尤其诡异，每踏一步都如同在感受着它燃烧时的炙热与痛苦。指尖拂过，发现这里处处破旧染灰，但若是仔细察看，会发现无论是灰掩盖下的壁画，还是殿中格局，都显示着它曾经是个极其精致而贵气的地方。

她来到床边，停下步子静静望着。指尖撩过那放在床畔不远的木案，感受着精致的雕纹，发现那案面所绘的竟是一幅龙凤同祥图。

　　金凤与傲龙，云中缱绻，共携于天。

　　龙凤共祥！

　　慕晴心中一惊，脚下一软忽然坐倒在地。她张皇地望着周围的一切，脑海开始变得混乱不堪。她颤抖着，用力按压着自己的头，却抑制不住突然连续从自己脑海闪过的画面。眼前破败的宫殿，似乎在脑海中被染回了最开始的色泽。周围宫女若云，来人络绎不绝。大殿中央，正有一红衣女子对镜点唇。身后还有一身形修长的俊美男子，正静静地将她高高盘起的长发轻柔放下。他动作温柔无比，仿若那女子，是他永世珍宝。

　　男子轻吻女人的脸颊，那样的轻柔，那样的深恋。他似是感觉到什么，渐渐侧眸向慕晴看来，可就在这一瞬，就在慕晴即将看到这男子的相貌的一瞬，周围身历其境的画面顿时如烟散去，取而代之的，又是这处处焦黑，弥漫着废旧气息的大殿。

　　慕晴深深喘息着，身上渗透了香汗。她低垂着头，努力想要再看眼方才的两人。但无论她如何努力，自己的身体都再没有任何的回应，如同她占用的身体，正抵触隔绝着那份回忆。

　　那女子是谁，那男子又是谁？

　　为何自己会有如此片段的记忆，为何自己又好似见过这座大殿。

　　慕晴猛地蹲在地上，双手狠狠地抱住头。

　　好痛，好难受，可是脑中已经混乱成一片，仿佛再也想不起来任何东西。

　　就在慕晴几乎快要崩溃的一霎，忽然有人推门进入。

　　毫无征兆的声音使得慕晴一惊，匆忙地爬起身，躲在了一旁的红柱后。而后她忍着胳膊的剧痛，紧紧贴在后面尽量放低自己的呼吸，生怕被来人发现。

　　当那人步伐站定，似是深深地吸了一口气，可同时，却带来了一阵让慕晴觉得微微有些熟悉的香气。她沉思继续，忽然抬眸，因为全天下能带着如此冰寒气息的，就只有一个人——南岳的帝王，北堂风。

　　这么晚了，北堂风为何来这废墟，他不是应当在批阅奏折吗？

　　她心头一缩，不由得屏住呼吸。

　　此时北堂风正独自走去窗边望着月色静默了一会儿，而后若有所思地吹着一支雕龙玉笛，笛声清幽，卷带着一抹孤寂。

　　慕晴微垂眸，静静地听着那低柔的笛声，本就不安的心莫名地又被捏紧。

这笛声，有些寂寞。尤其是回荡在这空旷的夜殿中，更是她有种痛从心来的伤。慕晴感觉有些心闷，于是侧过身，静静地看向北堂风。

月下，窗旁。

北堂风褪下一身黄袍，转而穿了一身盈白，月光伴着那抹幽静的蓝，将他修长的身影洒上了一片仿若流水的色泽。

他静静望着窗外，却看不清他的容貌。墨色及腰长发安静地垂在身后，俊逸若仙。他手握玉笛，轻轻地吹动着那支曲。笛上蓝穗安静地摆动，卷动着这份柔美的曲调。仿佛在一瞬，将这肮脏的地方映照出了一份刻骨铭心的美。

望着他的身影，慕晴似乎有些迷惑了，她垂了眼眸，心中划过一丝复杂的心绪。不自觉地，她向前挪动了稍许的步子。

她，只能在漆黑的角落，独独看着他；

而他，则在那明月照耀之地，独独看不到她。

他今日的淡淡忧伤，让她那铜墙铁壁的心，不自觉地扯开了另一片天地。

笛声止，北堂风缓缓地放下了手，静默地看向窗外的月，他神情平静，却透露着些不知名的痛楚。

忽然间，慕晴的胸口被一阵刺痛所袭。她紧紧捂住，连呼吸都开始变得微弱。为何这么痛，为何这么伤，为何看到他如此的神情，自己竟会失去了冷静。

慕晴紧闭眼眸，脑中回想着过去的种种，心中再度有什么轻轻蔓延。她想起北堂风一次又一次对她的出手相救，回想起他为她敷药的轻柔，也想起了他的那句"绝不会让她死"……慕晴开始有些无所适从，脑中变得一片混乱。

她这是怎么了，她为什么会想起北堂风的好，她与北堂风只不过是交易，她只要找到卷轴，然后离开这里不就好了吗？她在奢望什么，她在对北堂风有什么期盼……她的心，究竟是怎么了？

慕晴静默了很久，她深深地望了北堂风一眼，抿住唇，似是回忆着自己和他相遇的种种。

她静抬指尖，五指微分，从指缝里隐约透露着北堂风那俊逸而模糊的身影。她并不擅长情感，但是仔细想想，为何她会生北堂风与蓝瑶儿的气，又为何会因为他的醋意而有些许的高兴，虽然她十万分的不愿承认，可她亦不是逃避之人。如果自己的心真的偏向他、而北堂风心中也有她的话，那她……可以从这黑暗之地走出，走到他的面前吗？她这一缕区区残魂，又是否有资格代替苏慕晴，去爱这个男人？

想起不久前温馨的一幕，她忽然露出一抹苦涩的笑容，却也像是落下了心中大石。

原来，她早已不知何时在这个男人的身上，丢了自己的心。

明明警告过自己无数次，却还是不争气地步步走入这个男人设下的陷阱。

如此这般，她又是否还能全身而退？

终于，慕晴无奈地舒口长气。她蓦然起身，抬头望向那离自己只有咫尺之距的男子，似乎已经下了某种决定。

只要伸出手，便能碰触到他，碰触到这个自己过去总是抓不到的身影。犹犹豫豫不是她苏慕晴的性子，既然认清了自己，就鼓起了勇气去做，天塌下来不过就是再被他奚落一番。

慕晴抿了抿唇，而后抬头，一步步地向着北堂风走近。

"北……"她轻唤，可还没等名字出口，忽然自门口吹来一阵凛冽的风，随着那幽幽而入的香，一抹轻盈而美好的身影缓缓进入。

慕晴惊了一下，她眸子一颤，下意识地将手缩回，甚至连连退了好几步。直到又被那黑暗彻底掩埋，她才靠在墙边，望向那被月光洒过的门口，连呼吸都不敢大声。

而北堂风，亦然。

在见到步步进入之人时，他那俊逸的眼眸微微颤动了一下，似是微微带了些愠怒："惠蓉，你不知这是皇宫禁地？"

听到是柳惠蓉，慕晴心头一提，又赶忙向着身后靠了靠。

"惠蓉当然知道。"柳惠蓉又向前走了几步，轻轻停在了北堂风的面前。此时她那张平日里跋扈的脸，显出了一份淡淡的苍白，她深吸了口气，望向这偌大的宫殿，道："皇上，就那么爱那个女人吗？"

一句话毕，北堂风的眸子颤动了一下，而在黑暗中的慕晴也不由得轻颤了一分。

"你什么意思？"北堂风蹙眉，脸上多出了些不悦。

"永平王曾和臣妾提起。皇后，伤过皇上的心。"柳惠蓉幽幽而道，"臣妾本以为皇上已经忘了那个女人，可是皇上却夜里独来此处，臣妾……"

"够了。"北堂风忽然打断，冷冷地道，"惠蓉，这种话，不是你应该说的。"

柳惠蓉委屈地啜泣，拿着丝绢的手用力攥起："臣妾知道，臣妾前来，或许会被皇上误会成在背后说皇后坏话的毒舌女人，可是……可是臣妾是真的看不过去，心疼皇上。皇上知道臣妾向来是有话直说之人，皇上……对皇后的爱，已经满朝皆知！"

　　一语落定，北堂风的眼中突然闪动出一抹碧光，甚至还卷带着一份杀意，他眯住眼，冷冷而道："朕对所有人都一视同仁，你，苏慕晴，在朕眼里没有任何分别。"

　　慕晴忍不住地颤动了下瞳，倾城的脸上多了些许苍白。像是想起了自己先前的忧虑，她渐渐攥起袖中指尖，渐渐地化为沉默。

　　北堂风见柳惠蓉似乎没听进去，便不想多言，转身即走。可他刚一挪步，便被柳惠蓉从后面一把抱住，"皇上，忠言逆耳！您口口声声说不爱皇后。"柳惠蓉声带哭腔，抓着北堂风的纤细的指又用着力，"可是，除了纳妃那日，皇上就再没临幸过臣妾，就算是与臣妾共眠，也再不碰臣妾。而这后宫三千，皇上又碰过哪个女子……皇上说不爱皇后，又有谁会信服！"

　　一时间，北堂风的身子也冷不丁地僵住，俊逸的脸上显出了一份苍白的怔然。

　　是吗？他当真……很久没有碰过其他女人了吗。

　　就连他自己，都渐渐淡忘了。

　　而在不远处的慕晴也同是心头一紧，贴在肮脏的墙壁上的指，微微地攥起。她为何要在这里躲藏，她为何要听这番谈话。她明明可以走出，明明可以……

　　慕晴想着，便有些带怒地想要踏出。可还没等她挪动分毫，便被北堂风倏然大笑打断了，北堂风笑得凛冽，笑得连柳惠蓉都有些不知所措。

　　他双手扯开柳惠蓉的手，缓缓转过头，他望着柳惠蓉那苍白的小脸，指尖撩动，而后勾起柳惠蓉的下颌道："说了这么多。原来是想朕了，对吗？"

　　柳惠蓉一听，脸上倏然浮现出了些许红润，她轻轻地咬住下唇，想要将小脸侧过，却还是被北堂风一下子扳到他面前。

　　"惠蓉，以后朕的话，你最好坚信不疑。"

　　柳惠蓉有些委屈地低垂着眼眸，道："可是，皇上的确再也没有……"

　　"现在朕就临幸爱妃，所以不要再多心了。"北堂风说罢，放在她脸庞上的指尖忽然下移，猛地揽住她的腰际，将她的身子一下子贴在了他的身上。

　　"皇……"柳惠蓉瞪大双眼，下意识地低唤了一声，而后变成了一声撒娇般的啜泣，"皇上，你当真……要在这里……"

　　北堂风深吸口气，又看了看这黑漆的大殿，似是在深深地回忆着什么。

　　这里，有过他太多的回忆，也有过太多的痛苦。他应该能放下的，只要在

这里，拥有了与其他女人的记忆，或许就从此真的放下了。

北堂风用着那几近留恋的神情，又深深地望了几眼。半晌后，他缓缓低了头，靠近柳惠蓉的耳畔道："嗯。就在这里。"

"可这里是……"柳惠蓉大吃一惊，但很快，便化为了一种莫名的感动。于是她一把回拥住北堂风道："若是皇上在这里，那惠蓉……便相信皇上的……"

北堂风没有再说，而是浅浅勾动了唇。之后，他忽地向前将柳惠蓉横抱起身，走向正对着慕晴的大床上。

可那人不知，如此宠爱，却深深刻印在了慕晴的眼中，她无力地再度收回了步子，却安静得出奇。一种莫名的窒息与痛楚，仿佛一种无法漠视的毒，深深蔓延在了她的每一滴血液里。

好痛，好痛，痛得让她忍不住发笑。

忽然间，过去从未见过的画面疯狂地闪入自己的脑中，使得慕晴的呼吸顿时凌乱，甚至紧紧咬着牙，猛地抱着那撕裂般痛苦的头。

在那里，就在眼前的地方。

她和他，曾若神仙眷侣般共对诗词，甚至紧紧相拥，直到天明。

可便是在那模糊的面容渐渐变得清晰，当她霎时看到北堂风曾对着那与自己相貌一样的女子，耳边轻柔低语的那一刻，画面忽然撕裂不见。

一切，仿佛一种无法分清的漩涡，将过去和现在无情地搅动在一起。

她看懂了，她想明白了，那方才在脑海中盘旋不走的，正是原来的苏慕晴的记忆，而这座宫殿，就是苏慕晴的皇后大殿。

时过境迁，旧人早已不在。此时此刻，北堂风不仅否认了她的存在，甚至想连同旧时的苏慕晴一同抹杀。

就在这漆黑一片的地方，在这同样的地方。他怀里轻轻笑着的，他紧紧抱着的，是另一个女子。

是啊，如他方才所言，苏慕晴与柳惠蓉，没有丝毫的差别，不过就是北堂风牵制利益的存在。一样的可悲，一样的被这个男人玩弄在股掌之中。

而就在北堂风将柳惠蓉带到那张曾经属于慕晴深深记忆的床畔后，他单膝跪上，低垂着眼眸俯视着躺在那上，娇羞而笑的女子。他确有一瞬的停顿，也有过一时的犹豫，他曾经不想让任何人亵渎这个深藏在心底的地方。似是想要刻意避开心中的禁地，他静静地笑了，凛冽的看着眼前身段妖娆的柳惠蓉。他指尖滑过，轻轻地挑开她的衣衫，压下了身子。然后吻上了柳惠蓉的唇，一遍又一遍，炙热又疯狂，甜腻的声音阵阵回荡。

慕晴静静地站在不远处，却带着宁谧的淡笑，唇瓣似乎已经渗出殷红，仿佛不知道被身体的主人狠狠咬过了几次。她抬起手，轻轻地抚在胸口，似是想要将那来自心间的痛彻心扉尽数拿掉。长发垂落，遮住了她的一切神情。

她苏慕晴，何时成了这种多余到可悲的女人。

是啊，多余，多余到成为那画面之外，在黑暗中不能走出的人。

甚至多余得就像这夜间最不堪入目的灰尘，想走走不了，想留……留不下。

如何能逃开这撕裂般的痛，要如何，如何！

她想闭上眼，却还有那炙热的喘息。

她想捂住双耳，却还有那暧昧无比的气氛。

而在这一刻，北堂风早已将柳惠蓉的上衫褪下，他亲吻着她的脖颈，她尽力地讨好着北堂风。

慕晴紧紧咬住牙，指尖陷入掌心，将那刚刚愈合的伤口硬生生的撕裂。

然而这种痛，似乎轻到让她感觉不到一分一毫。

"皇上……轻一点，惠蓉，会怕……"这时，柳惠蓉轻语，满脸娇羞。

北堂风静静地望着，却没有回答，毫不犹豫地甩开长袍的下摆，然而就在这时，外面忽然响起了一阵惊天巨雷。

在那青蓝色的闪电无情打下的一霎，慕晴的眸子倏然一颤，似是终于见到了可以逃脱这痛楚的一丝狭缝，于是便在北堂风被引去注意的一霎，她不管不顾地从这大殿跑出。

她看够了，这场闹剧！

离开，她能做的只有离开！

只要离开，她或许还能再找回自己，找回自己这个身体中掩埋的灵魂。

否则，她一定会被那颗被狠狠撕扯的心，牵去方向，迷失了自己。

像是逃出一种痛苦的阴霾那般，慕晴在这夜间冰冷的皇宫中拼命地跑着。天上雷声阵阵，空中也在不停地打着闪，而那巨大的鸣声，几乎将这个夜空撕破。

忽然间，慕晴跌倒在地，狠狠地挫伤了她本就受伤的手臂，她狼狈地趴伏在地上，却好像失去了站起来的力气。

这时，冰冷的雨滴，一颗一颗地坠落在慕晴那苍白的眸上，唇上，脸颊上，手上……而后湿透了她的全身。

"苏慕晴！！"慕晴忽然咬牙低喊，双手紧紧握拳，一下又一下地用力打在冰冷的地上，甚至渗出了鲜红的血色，"你这个没出息的东西！"

慕晴狠狠地说着，绝美的眼中渐渐滑出了血丝，仿佛已经将心中的忍耐逼到了极限。她将手贴在胸口，用力地一下一下地抓着，恨不能将胸口的痛楚撕开，"你明明知道这个男人只是想要你手上的东西所以才对你百般温柔，你居然还奢望他的感情，你这个笨蛋！"

雨，越下越大，坠落在地上，溅起了点滴雨露。

前来寻找慕晴的上官羽见到她跌在地上，眸子一怔，赶忙跑过来想要将慕晴扶起："皇后娘娘……你摔伤了……"他有些讶异，发现这平日里雷雨不惊的女子，眼眸竟然红成一片，于是喃喃说着，"皇后，你……"

慕晴猛地一愣，一把推开上官羽，使得自己跌坐在了那冰冷的水中，她抬头，看向上官羽道："本宫，无碍。"

上官羽垂眸，转而望向慕晴跑来的方向，心中稍稍明了，于是口中低语："皇后娘娘……是因为皇上……"

简简单单一句话出，再度提起了慕晴的心。她沉默，眸子凝视着那颗颗滴落的雨水。

身上被雨水淋透，长发紧紧地黏腻在脸上。她起了身，眼神渐渐坚定，渐渐比过去的每个时候都更加的有着神韵。

是啊。她还有太多太多的事要做，她没有时间心痛。与其将自己陷入这场漩涡，不如早早想起密卷，然后从这场游戏中解脱，永远地离开这里，离开……这个虚假的世界。

忽然间，风雷骤起，在慕晴身后狠狠撕开一片天空，将方才那无比漆黑的夜瞬间扯开一块凛冽的光芒，如同连天地都在疼惜这个女子。

唯有她，在风雨之中，独自一人步步向前走着。

而在另一方，在那漆黑一片的大殿中。

北堂风似是被那阵惊天巨雷打断了所有的冲动，他深深地蹙着眉，似是连自己都不知道为何今日如此心绪不宁。

半晌，他才垂眸将柳惠蓉的衣衫弄好，在柳惠蓉一脸惊诧下，淡淡道："在这里，朕，果然没有这个心情。"说完，便起了身，整理好自己的衣衫。

"皇上！"柳惠蓉似是不顾身上衣衫还未完全整好，一步上前拦住了北堂风道，"皇上果然放不下皇后！"

北堂风深深地凝视着她，忽然扬动了一抹苦涩的笑，他抬眸，望向那破烂不堪的大殿，仿佛对着自己在说："或许，是吧。"

一时间,柳惠蓉难过得都快哭了,一把抱住北堂风的腰:"皇上,不在这里也可以,在惠蓉那里也可以!惠蓉会好好伺候皇上,以后,不要再想着那个女人了!"

北堂风静静地听着柳惠蓉的话,将手轻轻地覆在柳惠蓉的发上:"朕……"

然而,就在北堂风想要妥协,却还未将一句话说完之际,外面忽然有几个侍卫走过,声音纷乱,七嘴八舌的聊着天。

"看到了吗,刚才皇后在外面淋雨还跌倒,真狼狈呢……"

"是呢,从没见过皇后那样,说起来还真像是丧家犬呢。"

"哎哟,你不想要脑袋了……少说废话,赶紧巡视吧。"

声音淡去,唯有北堂风的眸,轻轻地缩动了一分,仿佛有那么一瞬,失神了……

皇后染了风寒。

次日一早,这个消息便不胫而走,几乎是在天还未大亮的时候就传遍了整个皇宫。有人送药,有人围观,而更多的,是在私底下议论纷纷,都说是皇后夜晚入了禁宫,所以受了上天惩罚。

凤阳宫中,慕晴一身紫衣,静静地坐在床边,青丝长发安静地垂在身后,多了一份恬静的柔美。她手拿上官羽为她从太医院拿来的汤药,轻轻地吹着。

"不过是被雨淋了,结果都传成那样子了吗?"听了上官羽的禀报,慕晴笑了下,眉眼间没有丝毫的怒意,"本宫还真是这宫人们平日里茶余饭后的话题呢。"

上官羽默默地站在一侧,不语地望着眼前稍有病容的女子。

如此大不敬的言语,若是换了其他宫的娘娘,怕是早就恼羞成怒,将放风之人揪出来乱棍打死。而这个皇后,不仅不怒,竟还能顺着调侃两句。

若是没有一定的胸襟,是不会这么处之泰然的。

他觉得越来越看不懂这个女子,可同时又觉得越来越看得懂她。他侧眸,看了眼桌上放着的永平王与左寻将军送来的一些上好药草,心中暗暗称赞着苏慕晴的本事,竟能与这两个傲慢之人相处平和。

慕晴托人谢了礼品,一一将桌上锦盒打开,看着那么多名贵之物,在眼中却没有丝毫的动容,只是平静地又将盒子盖上,转而拿起上官羽送来的汤药。她用手晃了晃碗,看着黑乎乎的色泽,一张小脸几乎扭在了一起。

从气味就闻出来了,这药奇苦。

上官羽似是看出了慕晴的心思，将一小包蜜饯推至慕晴面前，这才让她灿烂一笑，忍耐喝下了这些药。上官羽苦笑，有时候他为她的奇谋而赞叹，但更多时候，却又感觉她更像是个没长大的孩子。

就在这时，小桂子似乎又有些神色慌张地进来，手里还是拿了一个看起来更大一些的锦盒。他刚一进门，就说："娘娘，祈亲王府也送来了东西。"

"王爷吗？"慕晴眸子倏然一亮，几个大步便抱住了那个稍大的锦盒。她面带笑容，总觉得这一病，病得相当值得。

只不过不知王爷，是否能猜到她的心思。

她将那锦盒稳稳地放在其他锦盒的上面，然后小心翼翼地打开。在看到锦盒内与其他人无异的名贵药材后，慕晴的眸子倏然一瞥，忍不住叹了口气。

果然，连王爷也……

慕晴有些失落地，想要将盖子重新盖上，忽然从凤阳宫外面传来一个低沉而有着稳重的声音："皇后为何不将那些药拿出，再多看看呢？"

慕晴一惊，赶忙回了头，看到穿着一身青色贵袍，时时散发着一种威慑之气的男人缓缓跨入，慕晴唇角一扬，眼中顿时闪过了一丝流光："王爷……"慕晴低唤，心中忍不住地有些暖意，于是抿住唇，又回看向那放着名贵药材的锦盒。

当她把那些药一一拿出时，忽然发现在这药的下面，放着一个夹层。

"这是……"慕晴喃声自语，眸子一转，便用双手将那中间的一层轻轻拿开。原来在这夹层底下竟放着许多手抄史书，慕晴眸子顿时一亮，逐本拿出，开心地翻阅着，当真像是一个孩子。

从政之人，兵书其次，史书，才是最重要的必修之课。

而她，苏慕晴，尤为喜爱史书！

人都说，生病的时候，总是最脆弱的时候，也更是最容易感动的时候。而现在，她当真感动得心中泛着酸。忍不住感叹，最懂她的，果然只有他，只有这个时常为她雪中送炭的男人——北堂墨。

慕晴抱着那叠书，回身看向稳步踏入的北堂墨。在她那白净的脸上，还是忍不住地扬动了些许温笑。

总觉得，每每和王爷相处，都会让她那么温暖，甚至留恋。

她略微地行了礼，抬眸望向这俊美之人。他今日长发依旧散在后面，以青色钢环微微束起，带了一种安逸而不染尘世的美。

北堂墨只是垂了眸，而后将指尖贴在了慕晴的额上，略带不悦地说："还烫着呢，竟然就起身了。"

"又不是非要卧床的大病，多谢王爷为慕晴挂心。"慕晴笑语，而后站直了身子望向北堂墨，也望向了他那琉璃色的眸中。

这个男人仿佛有种魔力，让她总是忍不住想将心中所有的痛楚，都向他一一道出。

虽然她知道，她不能，也不会这么做。可是，就是那种安心，才让她有种找到归属的感觉。

"皇后也不是孩子了。"北堂墨略带宠溺地说着，忽然严肃地说，"若是皇后不听太医之言，好好休息。那本王，便把这些书拿走。"

慕晴一听，心中猛地一紧，下意识地将那些书向怀里收了收。而这细微的动作，却完完全全地落入了北堂墨的眼中。

他勾唇，忍不住地笑了一下。

慕晴见了他那薄唇上悄然显露的笑，便眯住了眼。

王爷，又在戏弄她了。

"好，慕晴，听王爷的。"慕晴说道。

"这才是好孩子。"北堂墨低声说着，声音却带了缓缓的柔，使得慕晴的心，忍不住紧了一下。

"王爷先坐，慕晴给王爷上茶。只是倒茶而已，王爷就别再戏弄慕晴了。"慕晴微笑着说道，眼中带着些清亮。

"好。"北堂墨收了笑，也没再多说，他微微点了下头，俊脸上始终保持着一份从容而稳重的儒雅。

然而，就在慕晴迈开了步子，想要走去偏房、抬脚迈过门槛的那一刻，因躺了多时的身子忽地有些发软，她一个踉跄，眼见着就要摔倒。北堂墨一见，急忙想上前扶住慕晴的身子。

就在他的指尖，马上就要抓住慕晴的一霎，北堂墨只觉得一个极大的力道猛地捏住了他的腕子，将他的手一把拽回。便也就是因为那一瞬的错过，慕晴狠狠地跌在了地上，痛得那本就苍白的小脸更是染了一层霜。她有些愤懑地咬牙，抬头看向将自己整治至此的人，眼瞳却忽地颤动了一下。

慕晴跌倒，北堂墨的脸上渐渐显出了些怒意。他尽可能地侧眸，看向身旁那制住他手的人。

此时，一阵凛风幽幽而起，将所有人的发都悄然吹拂了一丝弧度。

门口的李德喜忽然气喘吁吁地扒着门口，断断续续地说："皇……皇上……驾到。"抬眸后，却忽然止住声音，似是被这一触即发的情况所惊。

"就算这个女人摔死在这里，也只有朕，可以碰她。"北堂风将北堂墨的腕子狠狠甩开，带起了一阵凛冽的气氛，也同时渗透着一种无形的火药味。

"皇上这么做，未免太不近人情了吧。"北堂墨低语，琉璃色的眸中闪动着一丝愠怒。

"王爷才是，对朕的女人，也太过体贴了吧。"北堂风的声音也很低，甚至冰冷得让人战栗。

此时，北堂墨沉默着望着北堂风，而北堂风也沉默着回望北堂墨，在那有着几分相似的脸上，都带着一种说不出的阴冷。

"臣妾，不用任何人扶。"忽然的声音，瞬间切断了那种几乎凝滞的空气，使得北堂墨望向慕晴。而那脸上早已覆上一层冰霜的北堂风，也将眸子一转，冷冷地看向地上摔得狼狈的女人。仿佛在这一瞬，她便成为了这两个人眼中，无法转移的焦点。

此时慕晴咬着牙，狠狠地笑了下。她抬了眸，毫不闪躲地凝望着北堂风那双深不见底的黑眸，然后用双手吃力地撑在地上，使尽力气站起。胳膊上断骨处旧伤复发的地方，犹如被再次掰断，痛得她的额角都冒出了细密的晶莹。慕晴紧咬着牙，在唇上带着一种倔强的笑，然后稳稳站在了北堂风的面前。

她傲然望向他，不闪不躲，一双清亮的眸，透露着绝不服输的碧光："臣妾，给皇上，请安。"

北堂风静静地凝望着慕晴，那清凛的声音，使得他心中似是被什么东西划过，仿佛心中的什么地方，被割出了血。

昨夜侍卫的私语，让他一直挂心，才刚下朝，便急忙赶至此地，谁料一进门看到的，就看到她与北堂墨的轻声笑语。而对他，她却是如此忍耐，仿佛他，让她如此推拒。

焦躁，比往常更加浓烈的焦躁。北堂风蹙眉，齿间似是在用力地咬合。

而另一方，北堂墨缓缓攥起被北堂风甩开的手，俊脸上方才的笑容不知在何时竟悄然换上了一层从未有过的憾然，在他那琉璃色的眸中，也缓缓渗出了一种仿佛不想再压抑的情绪。便是在他唇瓣即将开启之时，离若白忽然进入，看到王爷脸上那与平常截然不同的神情后，他心中大喊不好，于是猛地跪在北堂风面前，大声地说："皇上万岁万岁万万岁！"

闻声，北堂墨的眸子蓦然收缩了一分，垂眸间看向了脸色苍白的离若白，他像是意识到什么，眼中的憾然也顿时被他尽数收敛。

渐渐地，他松开了紧握的拳，淡淡说道："皇上自是会照顾好自己的皇后，是臣，多事了。"他的声音，不急不缓，仿佛再也没有任何的情绪，而如此这般，才让跪在地上的离若白恍然松了口气。

北堂风冷冷瞥向北堂墨，没有回话，似是依旧在等待。

在这空气继而凝结了很久后，北堂墨才勾起浅唇，道："皇后，本王，就不打扰你与皇上了。"他轻吸口气，带着那凛凛的檀香，转过了身子，在他与北堂风交错的一瞬，他幽幽而道，"皇上。臣，告退了。"在他走过的时候，北堂风也侧了眸与他稍稍对望，眼神交汇的瞬间，仿佛各自有一道凛冽的气息散出，几乎冻结了一切。

待北堂墨离开了凤阳宫。离若白终于舒了口气，也请了安随着北堂墨一同离去。

刚一出门，离若白便发现王爷步子比往常要疾了许多，若白深深叹口气，心里清楚，今日王爷，当真生气了。若不是他及时赶到，怕是要出大事了。

跑了几步，离若白忽然停住，抬头望向前方站定的王爷。

凛风吹过，北堂墨静静地仰了头。他将双手摊平，深深地吸了口气，又将沉重的气息静静吐出，过了很久，他那俊逸的脸上才恢复了常日的冷静。

离若白见状，便赶忙上了前道："王爷，今日，您有些冲动了。"

"本王知道。"北堂墨冷冷说道，平日的温文尔雅似乎已然不在，却多了一份让人压迫的气息。

"他是皇上，王爷定要耐住。"离若白又道，然后放低了声音，接着说道，"而且，近日王府多了很多生脸，当是皇上忽然安插了很多眼线在王爷身边，似是想要绑住王爷手脚。现在的局势，对王爷很不利了。"

听了离若白的话，北堂墨勾起了一丝深邃的笑，眉眼依旧波澜不惊，仿佛对他说的东西早已了若指掌。而后他望向那天上被云稍稍遮着的烈阳，静静扬唇，略有深意地说："如此心焦，皇上，也不好过呢。"

第十一章 断壁残垣

第十二章
相国杀意

同一时间的凤阳宫内，却弥漫着另一种凝重的气氛。

北堂风像是在极力地控制自己的情绪，忽然上前抓起了慕晴的腕子，根本不给她任何反驳的机会便直接拉扯进了正房之中。大门紧关，声响巨大。他将慕晴直接扔在了床边，使得她站得不稳，重重跌下。

"皇上，您给皇后带的药……"就在这时，李德喜在门口大声喊道，似是意识到了北堂风眼中的怒意，想要多少替皇后解一下围。

然而北堂风却冷声说道："滚。"

李德喜一听，也是有些心惊胆战，似是从未见过如此愤怒的皇上。宫里的传言，他李德喜也多少知道了，皇上自然也不会毫无听闻。想来皇上昨夜可是一夜辗转，就连早上批阅折子也一直在出神。今儿个一下朝，皇上就赶去了平日里存放进贡宝物的藏月阁，当真是用心挑选了这些对风寒疗效比较好的名贵药材，这才晚了一会儿来。

可是现在……哎。

李德喜再度摇摇头，拿着东西走远了点。

北堂风冷冷走近床畔，而后用着一种慢然的目光望着慕晴，俊眸中带着一种碧色的光晕。

"臣妾又做了什么让皇上生气的事吗？"慕晴平静一笑，单手撑起上身，"如皇上的愿，方才臣妾自己起来了。除此之外，还有什么事，让皇上焦躁成如此吗？"慕晴勾唇，笑得凛冽，就如昨夜那般。

北堂风凝视着她，对于她忽然变化的态度，有了一瞬的疑惑，甚至……也有着一种猜测。

他该死的根本就不是因为方才那件事在生气，他也并非是如此心胸狭隘之人。那究竟是什么……是什么在如万蚁蚀心般啃咬着他的心？

他心中无比难受，肯定是这个女人做了什么让自己极为不悦的事，或许只是自己忘记了。

他现在应该狠狠地斥责她，以将心中的怒意尽数泄出。

可是，究竟要斥责她什么，就连他也不知道。

没有理由，没有借口，什么都没有！

他的心口，就是焦躁不已，就是被这个女人搅得乱七八糟！

对，他想起来了，是因为这个女人，在见了自己与惠蓉之后，竟然不闻不问。

应该愤怒的是她，而她却偏偏落得自在，甚至与北堂墨谈笑风生，仿佛根本一点都不在乎！

他没法说，也没法问，更没有任何理由去问！

他的心，很乱，乱到连自己都有些无所适从，明明这样是最好的，反正他与她已经再无感情可言，只能谈利益。可是……可是为何自己依旧那么不满足，就算是现在，此刻，这个女人把卷轴送到他手上，他……或许还是会怒不可遏。

为什么，为什么他永远也无法从这个女人的世界中逃离，哪怕受到了那样的背叛，哪怕这个女人一次次地将自己逼入绝境。

无法言语的愤怒与混乱，仿佛将他的心灼烧殆尽。

北堂风倏然握住了拳，当真一句话都没有说，只是那俊逸的薄唇，在极度忍耐下轻轻地颤动着。

从昨日和惠蓉在一起时，他就感觉到了，无论他与哪个女人在一起，脑海中全部都是这个女人的倾世容颜。

他……想要她！

疯了一样地……想要让她，彻彻底底地属于他！

忽然间，他压低了上身，一把揽住慕晴的身子，仿佛再也抑制不住心中的怒火，在慕晴的讶异下用力地吻住她那冰冷的唇。炙热的唇交缠在一起，他像是要将她彻底融化那般狠狠地吻着，根本不给她任何残留的空隙。

慕晴的心陡然惊慌，昨夜的画面倏然窜入脑海，一种从心底油然而生的排斥使得她再也没有平日的冷静。她极力地挣扎着，甚至不惜狠狠咬牙，使得两人紧紧相贴地柔软无情地卷入了一种浓烈的血腥。

北堂风的眸子颤动，转而变成了一股更加炙热的极端。他冷笑着，就算那血腥层层渗入，也无法阻挡他此刻想要将她占有的疯狂。他冷冷道："朕想要的女人，从来没有得不到的！"

语毕，他便用力压上了身子，在离她极近的距离，低声而道："对你来说，朕是什么，告诉朕，朕对你来说，究竟算什么！"

慕晴眸子一颤，似是再度回想起昨日那挥之不去的画面。

哈……他北堂风在她苏慕晴的心里，本是最最珍惜，最最无法割舍的男人。过去是，现在也还是，更不是一天两天说忘记就忘记的男人。全天下的女人，都恨不能爬上这个男人的床，只要能与他一夜相合，便能从此风云天下。但她苏慕晴，却不是委屈于靠自己身体，来取悦这个男人以求步步高升的女人！如果她应承了他，那么她就是甘心沦为柳惠蓉一辈，甘心永远成为这个男人手中的玩物！所以无论这颗心有多爱他，她……都不会臣服于他！

他对她算什么？算什么？慕晴紧咬双唇，而后字字铿锵道："皇上对臣妾来说，只不过是，'皇上'罢了。"

一句话毕，使得北堂风的眸子陡然一缩，甚至全身的动作都有了一瞬间的凝滞。

这一刻，北堂风想笑，想大声地笑，然而那唇角想要扬起的弧度，却迟迟未颤动。

在他心中的某一处，似乎裂开了，碎掉了。

"对你来说，朕是皇上？"北堂风低语，下一瞬间，他眼中一闪而过的伤却化为了更加炙热的火焰，"那么现在皇上想要你服侍，你又当如何？！"他邪肆而笑，忽然压上她的身子，那即将拥有她的痛楚，使得她瞬间明白了。

自己的这个身体，果然从未有人碰触过，甚至连北堂风，也从没碰过。

慕晴极力地撑着双臂，狠狠地抵在他的胸口，可因为风寒的缘故，却使不出任何力气。这时慕晴忽地勾动了一丝唇，从发上一把抽出金钗，狠狠抵在北堂风的胸口，坚定不移的神情则充满了不屈。

北堂风先是怔了一下，随即露出了一抹狰狞的笑："来，亲手刺穿朕的心脏，然后你也会和朕一同陪葬。来世，朕还会折磨你，让你永世不得翻身。"

然而慕晴却笑了，"皇上你错了。"

语毕，慕晴忽然将指尖一转，反而将那金钗最锋利的地方，对向了自己的颈。

这一刻，北堂风的眸似是狠狠地收缩了一下，仿佛也有了一瞬的怔然。

他以为，慕晴会威胁他，会再说些什么伤害他的话。然而慕晴却没说只字片语，只是毫不犹豫地，将那金钗一把插向自己的脖颈。

在那一瞬间，那血红色便染红了她白皙的肌肤。北堂风的心也猛地揪动了一下，几乎是用了最快的速度将那金钗甩到了地上。

金钗在地上滑了很远很远，而整个房间，都很静很静，静到能听到那金钗，渐渐停住的一瞬。紫色衣袍，与明黄的龙袍一同染上了慕晴的鲜红，北堂风怔怔望着，心头仿佛被狠狠拧开。

他似乎忘记了自己心中的愤怒，忘记了方才究竟要做什么，更忘记了慕晴所说的刺穿他心扉的话语。

他……只想找到东西，将那伤口止住。

此刻这个人，不是皇上，不是天子，只是一个单纯因为自己深爱的女人受伤而不知所措的男人。

北堂风脸上的怒颜瞬间消失，他有些仓惶地从床榻上下来，在屋中紧张地找着，而后二话不说，就将那床帏上的纱幔撕下，撕成了一条条。他一把将慕晴那柔软的身子捞起，紧紧地锁在他的怀中，然后什么都没说的，只是快速地用纱幔将慕晴的伤口层层包裹住。

这一刻，慕晴的脑中似乎有些空白了。

方才的她，并没有使劲，只不过是用了苦肉计以让眼前这个男人好好冷静下，而且她拿捏着分寸只是稍微刺上，可是未曾想，却看到了他现在的神情。

心，依旧会痛，而且比昨夜，更痛。

为什么，为什么北堂风要如此，为何总是要扰乱她的心。

若是他就这样放任她，或是就这样不顾一切地索要她，或许，她真的在下次睁开眼睛时，能做到挥剑斩情丝，从此对他绝望。

然而此刻，这个男人脸上再无表情，没有说一句话，只是异常认真地在给她包扎着伤口。

其实，那伤，真的不深，也不痛。

痛的，在她胸口之内，痛的，是她那还会跳动的心。

就在伤口止住流血后，早已将自己身上染上了红的北堂风，这才转了眸，有些苍白地望着怀中的慕晴。

他望了很久，很久，似乎在恨她的狠，也在恨她为了避开他而对自己如此决绝。

长发垂下，遮住了他那双滑动着淡淡伤的俊眸，他此刻太冷静，过于冷静，让慕晴的每一滴血液，都仿佛被凝结。

他当然知道苏慕晴不会如此了结自己的性命。

然而就在那一瞬，他的脑海中虽然明明知道一切，可他的心，还是慌乱了。

这个女人，果然是他北堂风的毒，无法散出，深入骨髓！

"朕，真想杀了你。"许久后，北堂风忽然开口，俊眸中果然迸出一阵碧光。而后他径自起身，任由慕晴跌倒在地上。他背对着慕晴，深深地吸了一口气。

慕晴心头同样一阵揪痛，被那似乎被验证的话语，割破了心房。

她对北堂风来说，果然只是一个抓着他命脉的该死的女人，甚至连柳惠蓉都不如。

似是过了很久，他才回了头，用着比方才凛冽十倍的语气说："朕说过，朕想要的女人，从来没有得不到的。你以为，你能用苦肉计，威胁朕几次？"北堂风垂眸，轻轻转动了下还带着血迹的扳指，"朕相信，你会有求着朕，要你的那天。"

说着，他便向门口走去，又忽然停住。他侧过眸，望着浑身是血的慕晴，他冷冷而道："昨夜你没看到最后，还真是可惜呢。不然，朕一定会更加兴奋。"言毕，他便甩开袖袍离开，留下了怔在那里的慕晴。

她紧咬下唇，用力地捏住双手。那滚烫而炙热地跳动，似乎还在流淌着痛，拔不出，也抹不掉。

忽然间，她笑了，其实，她早就活在死亡的边缘了，只不过，北堂风还没得到他想要的，所以还用一只手，轻轻地拉着她，免得她落入万丈深渊。

然而，如果有朝一日北堂风松了手，她应当是会被他推入千年古潭，永不轮回吧。

她本就不该对他有所奢望，这样，说不定还能找到一丝生还的机会。

慕晴深吸了一口气，忽然紧紧地将身子蜷在了一起，有着稍许的颤抖。

每当想起有一天，这个男人会亲手除掉自己……心，偶尔会很痛，很痛。

宫里的冬日，总是最难熬的。

左寻回归的喜庆，终是告一段落。难得热闹些的皇宫，也终是再度回到了沉寂。没多久，便迎来了左寻要正式回归边防的日子。

按南岳国的礼节，凡是大将军离宫，都要到最为正式的皇龙殿做最后的觐见，皇宫三品以上大臣也必须连同觐见。所以天还未亮，满眼惺忪的苏慕晴便被上官羽从床上喊了起来，半梦半醒地接受着上官羽及其他人的梳妆。

天，渐渐地明朗起来。

慕晴用力地伸了下懒腰，终于像是睡醒了那般，将上了妆的眸轻轻抬开。

今日的妆容，眉眼清亮，红色晕角带了些淡淡的威，长发高盘，其余长发顺肩而垂，美若倾城。她重重地吸了口气，带着一身冷傲与那不容任何人忽视的威严之感启程前往了皇龙殿。

可在半路中，慕晴却遇到了让她最为头疼的女人——柳惠蓉。今日的她，穿着彩衣锦绣，与她那庄重的凤袍不同，竟花得让慕晴感觉有些不舒服。尤其是想到几日前的夜里的那幕桃色，她的心情就不由得有些动摇。

慕晴蹙眉，又恢复了步子不再瞧她，着实没有心情去理会这个女人。

可那悠悠走来的柳妃一见到慕晴，那上扬的眉眼倒是多了些亮光。她当然也听到了宫里的传闻，早就想来奚落苏慕晴一番，今日的相遇，可谓是难得的机会。于是稍微加快了步子，直接与慕晴并肩而走。

两宫同行，空气也仿佛在这一瞬间被凝结住。

慕晴只是径自直走，而柳惠蓉则时不时地窥视慕晴那倾城的脸庞。

"听说姐姐前阵子病了，妹妹要伺候皇上，没来得及去探望姐姐，还望姐姐原谅。"安静了很久，柳惠蓉忽然开口，言语中多了些挑衅的味道，使得上官羽眸子一颤，似是也感受到了一种即将变换的气氛。

可慕晴却仅仅是轻笑，并未回答任何一句话，使得柳惠蓉的脸上微微多了些阴沉，故而进一步地说道："听闻那日，姐姐也去了废宫？"

慕晴的眸子悄然一颤，却还是保持着淡淡的微笑，依旧没有理会柳惠蓉的说辞。

柳惠蓉心头一焦，更是加快了步子，刻意超了慕晴半步，似是想在众人面前，以显示压在皇后之上。

慕晴自是明白她的意思，可却与她截然相反，反而放慢了半步，反而使得柳惠蓉显得毛毛躁躁，不若皇后来得落落大方。

身后上官羽轻轻勾唇。反其道而行之，向来是皇后最喜欢的方式，柳惠蓉毛毛躁躁的小孩子招式与皇后的满腹文韬、行事稳重相比，确实就是不堪一提。

柳惠蓉见众人眼神都看向自己，心中忍不住多了些怒意，却也只得跟着放慢了步子，再度找回了苏慕晴的步调。可她又岂能甘心，于是当她与慕晴再度齐肩的一霎，便用着略带暧昧的声音，淡淡而道："皇后那日当是看到妹妹与皇上了吧。"

提到那日的画面，慕晴的眸子顿时缩了一下，平静的小脸也多了几分苍白。而这一瞬间的变化，却让柳惠蓉看得实实在在，于是唇角扬起一缕笑意，紧跟着说道："皇上可是要了妹妹好几次，哎哟，妹妹这身子骨，姐姐可是看得到的,哪撑得住皇上那样,呵呵,你说对吗,姐姐。"

慕晴静静哎呦吸了一口气,袖中指尖早已攥住,身旁上官羽眸子一颤,这才明白了皇后那日究竟看到了什么,于是在那俊逸的眼中,也略微的滑动出了一丝冰冷。

忽然间,慕晴站定了脚,站在了原地。

柳惠蓉心中一喜,以为是自己终于小胜一筹,本想再加把火,却不料慕晴终于缓缓地侧了眸,望向那得意洋洋的女人,轻声说道:"好妹妹,我们到了。"

便是在听到慕晴说的唯一一句话后,柳惠蓉才愣了一下,跟着停住脚。

在这一刻,她才刚刚反应过来,自己竟然不知不觉的跟着苏慕晴的步子,已然站在了皇龙殿中,皇龙殿寂静无比,方才说的所有话无疑被这些王公大臣听得清清楚楚。

柳惠蓉一个哆嗦,差点摔倒,反而是慕晴一把手扶住了那有些发软的身子。她浅浅笑起,缓缓将眸子回过,红晕下的眸,对上了那被众人齐跪之人的那双,已经瞬间冰冷到几乎冻结的俊眸。

一身明黄龙袍的北堂风默默地站在正中央,眯起眼眸,而后缓步向着两人走来。想起那日与苏慕晴的争吵,北堂风的脸色也多了一分阴沉。

此时柳惠蓉羞红了一张脸,当真恨不能钻入地洞。一旁的柳相国脸色自然也是好不到哪里去,带了一分无名的铁青。

北堂风停了步子,却意外地站在一身清凛的苏慕晴面前。那阵冷清的寒香顿时划过,似是如同千根无形的针,缓缓刺入她心间。

慕晴自嘲地勾了下浅唇,有些无奈地摇摇头。

不得了啊,苏慕晴。自从那夜之后,这名为"北堂风"的毒,似乎比原来还要更深了,深到即使他一言不发地站在她面前,都会有种锥心的痛袭上心间。

或许要戒掉这个男人,并非一件易事。

心里虽是这么想,但是慕晴的脸庞上,却显露着一种毫不惊慌,反而稳如泰山的神情。她缓缓低头,以皇后之礼半膝而跪,行了句"万岁",也将周围大臣的注意从柳惠蓉身上悄然转回。

慕晴舒了口气,侧身看向周围的王爷及位高权重的大臣一同请安,只是当慕晴抬眸之时,却发现祈亲王北堂墨不在。她蹙眉,心头忍不住有些担忧。

见她眼中在寻着谁,北堂风心中一凛,将手伸到她面前,略微翻过,狭长的眸子始终凝视着她,一语不发。

慕晴望了眼他的手,又抬眸看向他那毫无情感的眸,心中又是一片焦躁。

自从那日之后，北堂风也再没来找过她，仿佛刻意与她的世界划清了界限。

而今日，似乎比那日，更加冷了。

半晌，慕晴才缓缓将自己纤细的指尖搭放在了北堂风的手上，来自他手上冰冷的温度，也随着指尖渗入血液，缓缓流入心间。

他蓦然一握，便转了身子，将慕晴带到了大殿的正位之上。他走得很稳，有着一种让周围人都不可小觑的威势。慕晴有些失了步调，忍不住抬眸看向身边的他。

北堂风，终究是手握大权的皇上，每每看到他在众人面前的一面，心头确实也会忍不住有些心悸。

待众人站好，小太监便来宣报左寻的觐见。今日的他，又换上了身为将军最为自豪的银甲，他手抱红翎战盔，一双仿若雄鹰般的眸泛着一缕碧光。在他身后，是带有将级的将士。他们随之而入，一身铜甲，看起来威武而傲然。

慕晴望着他们的眼神，略微有些发深，因为她知道，王爷是否会助自己，就看今日左寻的态度，若是他依旧不认可她这个皇后，那么一切就将化为泡影。

左寻站定，用着让那些文官都为之一震的声音道："末将，左寻，叩见皇上！皇上万岁万岁，万万岁！"说罢，他单膝跪地。身后将士连同而跪，声势浩大。

"平身。"北堂风轻语，俊逸的眸中也闪耀着一种绝对能够压制住左寻的威仪。

待起身，左寻便侧身，从一个小将手里拿过一个锦盒，双手高举到北堂风面前道："皇上，这个是末将离宫前，为皇上准备的礼物，望皇上笑纳。"

李德喜急忙上前接过，转身举给北堂风，他打开封死的扣，缓缓掀开那锦盒。

这时，不仅北堂风的眸子颤动了下，慕晴见到，眼前也是一亮。

龙身金甲。

历朝历代，唯有誓与皇上共进退的将军世家，才会为皇上定做如此金甲。

如此一来，便是左寻的誓言。

即日起，他左家世世代代，愿为北堂风，终身效命！

"很好。"北堂风低声说道，字字铿锵，带着一种不可无视的震慑。

便是在北堂风亲手将那锦盒盖子盖上的时候，这最终的觐见，也算是告一段落。

这时，所有的大臣也都是松口气，像是左寻十日前来宫的时候一般，带了

一些欢愉的气氛。北堂风的俊脸上，也扬起了丝丝笑容。

不知为何，当慕晴看到北堂风的浅笑后，心中也竟松了口气。

然而，左寻的觐见算是完成了，可是她却还在等。

等待，左寻最终的答复。

左寻似乎也明白，抬眸之际，看向了慕晴。那双鹰眼之中，透露着淡淡的利光，随即悄然地摇摇头。

这时，慕晴顿时深吸了口气，一张倾城小脸浮现了一丝凝重与苍白。

看来，左寻还是不打算承认这个皇后，就像来时那般，从始到终都没对她行过皇后之礼。

慕晴垂眸，眼中浮现了些落寞。

与王爷的约定，或许也……

如此的态度，看在柳相国眼里，便顿时松了口气，仿佛方才一直在担忧着什么，现在倒是释然了。柳妃更是勾起了唇，露出了一丝笑容。

她的左哥哥，又岂会向着皇后。

这时，左寻行礼，说道，"皇上，将士们归乡之情早已按捺不住，末将，便不再多留，尽快离宫了。"

北堂风点头，而后执起慕晴的手，缓缓地来到了左寻面前。他长舒一口气，轻轻地拍在左寻肩上，随即说道："好兄弟，我南岳大朝有你，朕，便不再担忧外患！"

"那，末将便告退了。"左寻说罢，又一次行了一个半跪礼。

然而就在他即将转身之际，他却忽然顿住了足，仿佛想起什么，道："对了，末将险些忘记了。还带了一样礼物送与皇后。"

此语一出，使得相国一派的人忍不住地嘲讽轻笑。

怕是这性子不大好的左将军，又要想出什么方法刁难皇后了。

他们，还真是拭目以待呢。

此时慕晴微微蹙眉，虽然心中失落，可她却也不会是使小性子的女人，于是上前，礼貌说道："多谢左将军费心了。"

左寻望着她，眼中似乎有着另一番深意，便是连嘴角悄然勾动的笑意，也让慕晴有些看不懂。这时，左寻从旁边拿起一个红色的锦盒，放在慕晴面前，然后亲手打开，使得慕晴的眸子顿时一颤。

里面，竟是一个玉雕！

在看清那玉雕上面的图案后，慕晴的眸子更是瞪大，满心惊讶，便是连北堂风的眸，也轻轻地缩动了一下。

柳相国和柳妃看不到那锦盒里的东西，于是微微对视了一下，似是不知道这左寻又想了什么法子。但他们却也不是太担心，因为左寻终究不过是……

然而，还没等那父女俩心中琢磨明白，左寻便忽然用双手拿红色锦盒，半跪于地。

就在同一时刻，所有的将士也再度跪下，仿佛是恳请慕晴笑纳那锦盒里的东西。

慕晴有些微微地怔然，她深深望着那玉雕，指尖有些犹豫地探出。当她终是将那玉雕拿出，并紧握于手的那一刻，包括左寻在内的所有将士，几乎都用着一种震慑天河的声音齐声呼喊。

"皇上万岁万岁万万岁……"

这时，左寻微微一顿，而后抬了眸，在那唇角扬起了一丝笑容之后，便也带着所有将士，同样用着那震慑天河的声音齐呼。

"皇后，千岁千岁千千岁！！！"

这一刻，声音阵阵回荡，而慕晴也将那玉雕静静拿于面前，指尖扫过，望向那飞舞于天的龙与凤。

这一刻，慕晴的心中仿佛有千万洪水澎湃而出，让她几乎快要落泪。

这一刻，慕晴忽然觉得，可以活着，当真太好！

这一刻，慕晴扬起倾城的脸庞，望向那皇城外的远方，唇角，扬起了一丝淡淡的笑。

唯有那声音，依旧回荡，仿佛盘旋于空中，久久不落。

皇上万岁万岁万万岁！

皇后千岁千岁千千岁！

而她，苏慕晴。

今日这皇后，终是得到将军的认可！

今日这皇后，终是有了她的第一方势力，不再孤立无援，任人欺侮！

而今日这皇后，她苏慕晴，当得了！

慕晴紧紧握着那玉雕，眼眶忽然有些湿润，一旁的北堂风方才眼中的冰冷，似是悄然滑出了些柔软。

慕晴深深吸了口气，铮铮地望着左寻，而后双手将他扶起，说道："本宫，定会好好保存此礼，多谢将军！"

左寻站好，俊脸上显出了一份笑容，便缓缓低头，道："那这一次，末将真要告退了。"

说罢，便行了礼，带着那一群将士缓缓向着殿外走去。

柳惠蓉怔在原地，尴尬得有些僵硬，于是转眸看向自己的爹爹。因为就连平时不懂局势的她也明白，左寻认可了皇后，便是亲近了祈亲王，那他们柳家辛辛苦苦维系的大将军这颗棋，便是被人家轻轻松松的凭借一场大局给收了！

只见此时柳相国紧蹙眉头，一脸阴沉，而那袖中的掌，早已紧紧攥住。他抬眸，看向那一身红袍的慕晴，而恰好在这一刻，慕晴也望向了他。

当看到柳相国那仿佛要将她刺穿的眼神，慕晴便扬动了丝浅笑，因为她在柳相国那个眼神中，读出了一个意思。

下一次，便不再是为了女儿讨回面子那么单纯而简单的事了。

柳相国，动杀意了。

同一时间，祈亲王府，院内。

一身简袍的北堂墨静静地在院中抚着琴，长发轻拂，在那俊逸的脸上，有着一种淡漠不争的神情。

这时离若白进了别院，低声对着北堂墨说了几句。

北堂墨闭眸而听，随即露出了一抹浅笑，"是吗，左寻送了龙凤雕玉。"

说罢，他便继续抚着琴，仿佛丝毫不感到惊讶。

半响，他才幽幽说道："房里有一个红色锦盒，下次进宫时，替本王，送与皇后吧。"说着，边露出一抹淡淡的微笑。

第十三章
初次爱上

送走了左寻，皇宫又恢复了平日的冷清，柳相国似乎在筹划着什么，慕晴心知肚明，却也有种拭目以待的从容。最让她感到欣慰的是，左寻的玉雕换来了王爷的一把竹伞，慕晴明白，王爷是决心成为她苏慕晴在宫廷中的助力。看来这场降将之争，她算是勉强合格了。

可是几日下来，北堂风却没有再来过凤阳宫，他像是还在为那夜的争吵而生着气，她虽也想过为那日的激烈行为道歉，可每每回想起柳惠蓉的话，心头就忍不住地发堵，以至于打消了所有的念头。

他不来招惹她，她也安安静静地专心为他回忆密卷的所在，如此相安无事，不是应该更让她开心吗？后宫佳丽三千，他愿意去宠幸谁，与她无半点关系，趁着这个机会撇清自己的心，或许也是一个绝好的机会。

虽然是暗暗下了决心，但几天后突然来的消息，却让慕晴有些措手不及。

宫里一年一度的祭祀大典要举行了。

原本祭祀这个词对于慕晴来说，或许更像一个普通的仪式，但是在某日李德喜对她解释了行程与含义后，慕晴整整三天没有睡好觉——祭祀大典当夜，皇上皇后必须在龙凤台上龙凤居中同床共寝，以向列祖明示，南岳平和，龙凤共祥。

最重要的是，在那一日，会有一位礼祀老者在外监督，但凡皇上或皇后有违祀礼，他就代替先祖动用皇法，无论皇上还是皇后，都会加以严惩。听闻一年前的北堂风就是因为放了礼祀大人的鸽子，而被礼祀大人狠狠教训了一顿。

虽然乍听之下，慕晴笑讽于北堂风的挨罚，但是回头想想，今年或许要挨板子的，就成她了。所以慕晴是无论如何也高兴不起来。

几天后的月圆之日，终于不可避免地迎来了祭祀大典。

在祭天仪式上，北堂风难得地再度与苏慕晴相见，两人的脸上都有着一种说不出的尴尬情绪，但是为了与百姓同庆，不得不装得恩爱异常。

从始到终，北堂风都被礼祀老者盯着紧握苏慕晴的手，慕晴总感觉他在用力，一路下来，她自己的右手好像都快失去了知觉。她知道他是有意为之，虽然气得齿间作响，却也无可奈何。

待终于行完繁复的各式大礼后，北堂风与苏慕晴都各自去了龙凤台上的两座行宫沐浴，雾气缭绕，让慕晴心绪繁杂。她想，北堂风现在与她的关系，可谓是僵持不已，再加上有了上次的经历，当是不会再对她强来。只是就这样待上一夜，是否会尴尬？总之，想个方法避开还是最好的。

长叹了口气，慕晴缓缓从浴池中走出，她披上了早先为她准备好的袍子，琢磨着只能走一步看一步了。

可就在慕晴要进入龙凤居内时，浴池旁的窗子却被谁推开，慕晴心头一紧，怕是来了贼人，于是小心靠近，忽然捉住探入的手，将溜来龙凤居的人狠狠锁住，一个用力拽入池中。

池水若花，溅湿了一片。慕晴定睛一看，发现那正在池中反复扑腾的人竟然是李德喜。慕晴一下愣在原地，脸上悄然挂起了歉意。

李德喜吃力地从池中爬上来，他甩了甩身上的水，见了慕晴，当真是冤枉得要命。他在水里捞了一会，然后将一件湿透的袍子拎起，看着上面不停滴下的水，李德喜长长地叹了口气："白拿了……"

慕晴尽可能压住心中不应该有的笑，轻咳两声，问道："这么晚了，李公公来这里是……"

一听问话，李德喜急忙抖擞了精神，对着慕晴回道："回娘娘，奴才是来送袍子的，顺便请娘娘多担待。"李德喜说着，眼中泛出了些笑意。

慕晴侧眸，有些听不懂李德喜的话，送袍子就送袍子，她能担待北堂风什么？

看慕晴有些疑惑，李德喜上了前，四下看看，而后凑近慕晴耳畔道："娘娘，今日可是个好日子，娘娘待奴才不错，所以奴才透露些敬事房的消息。"李德喜轻声一笑，再度压低声音，"奴才查了敬事房记录，皇上很久没有临幸过任何一位嫔妃了，或许会让娘娘无法招架，但如果娘娘能趁着这个机会与皇上共结连理，在宫中翻身指日可待了！"

慕晴眉头一蹙，总感觉脸上多了些铁青，真不知道自己为何还站在这里听李德喜这番奇奇怪怪的发言。她叹口气，一幅让她心情很不好的画面滑入脑间，于是冷冷说道："皇上可是刚宠幸过柳妃，你们敬事房的记录疏漏了，就是在前几天雨夜，说担待的话，也是柳妃担待。不过，你刚好可以去补上这个记录，说不定，敬事房还会感激公公。"慕晴说着，便淡哼了一声，准备从房里出去。

"不对啊娘娘，雨夜皇上回来，是奴才给皇上收拾的衣服，绝无临幸任何嫔妃，一定是娘娘记错了。"李德喜有些委屈地嘟囔着，"皇上明明在近一年都没宠幸过任何女人……否则，柳妃娘娘也不会焦躁成那样了。……哎，算了，娘娘不信的话，就当奴才没提过吧，反正这袍子也不能穿了，奴才就先告退了。"说罢，李德喜又重重叹口气，从窗子返回。

慕晴从始到终都一动不动站在原地，在她的眼中，似是闪动着一抹淡淡的动摇。

如果李德喜的话是真的，那么那一夜，究竟……

……

龙凤台上龙凤居，不似皇宫其他地方那般冰冷，时而被烛光映衬一层暖色。

穿好亵袍的慕晴无声地向着房内而走，沾了水的长发轻轻地搭放在她身后，略微浸湿了她身后的衣衫。一路上，她都在沉思，脑中似是有些微微的混乱。叹口气，她侧眸轻望，发现这里处处都有着龙凤盘旋的图案，或缠绵，或嬉戏，总之一片祥和。不知不觉，慕晴的心再度有些不稳，似是微微受了些影响。

从刚才开始，她脑海中就一直嗡嗡作响，那夜的片段毫不间断地在脑海中闪过，还有北堂风那日走前最后的一句话。

忽然间有些不明白了。如果北堂风想要卷轴密卷，大可引诱她，甚至与她示好让她放下戒备，如今却说了那句话，就像是……就像是因被误解，而有些恼怒，所以干脆耍了孩子气的任性之言。

慕晴努力地呼吸，心绪乱成一团。

慕晴脚尖一顿，下意识地搜寻着北堂风的身影。可首先映入眼帘的，却是礼祀老者正在龙凤床旁做着仪式，只见他双手叠加，口中阵阵念叨着什么。慕晴甩甩头，继续看向他处。

这时，月下。幽静的光逐渐顺着窗畔洒入，撩起了一阵夜的宁谧。

北堂风一身明黄雅袍，静静倚靠在窗边，仿佛看着那一轮明月在出神。他的长发同她的一样，稍稍有些湿润，但是已经散下的发，却将他本就俊逸的脸庞，显得更加神秘而蛊惑。

她是第一次见到这样的他，竟不知不觉将视线停留，有些出了神。半晌她晃了神，这才恢复了冷静，于是走近，也在他不远处稍稍地靠了墙壁，与北堂风一起等那老者的祈福。

夜风轻入，将两人的衣袍微微地吹起了稍许弧度。老者祈福的声音，回荡在整个房中，似乎成了这里唯一的声音。

安静，太过安静，以至于在这两个倚窗而站的人中间，逐渐渗出了些尴尬的气氛。

"风寒退了吗？"就在这时，北堂风忽然开口，眸子悄然掠过，做了稍许的停留。

慕晴心头一紧，却只是淡淡一笑。

"退了。多些皇上关心。"慕晴低语，声音中透露不出任何的情绪，依旧在回想着李德喜的话。

"是吗。"北堂风说罢，又看向窗外，两人之间似乎在一瞬间，又陷入了一种无形的尴尬。

仪式结束，老者终于回过头，咳嗽两声道："仪式已经结束，望皇上和皇后，早些休息。老臣，就在外面为皇上皇后守夜。"说着，那老者便撑着玉拐，缓缓向着外面走去。慕晴心头一紧，有些怅然地凝视着老者离开的背影，眼中流露着轻微的不安。

北堂风冷不丁地回了头，对上了苏慕晴有些彷徨的眼神后，他蹙眉，冷冷说道："这么想走，大可跟着出去。"

慕晴一听，有些莫名地回头望了眼北堂风，见他神情带怒，知道他还在为前几日的事烦心。她静静一笑，竟然没有反驳北堂风的话，只是幽幽地望着地面，沉默而平静。

一时间，周围的气氛顿时凝结，别说是同床共枕，就是连站在一处地方，都不经意地带了些寒意。外面的老者忽然大喊，示意龙凤就寝，北堂风眉头一蹙，也有些被动，却也没法反驳。

见慕晴今日有些不对劲，北堂风便是以为苏慕晴对于与他同寝之事极为排斥，他心头有些焦躁，深邃的黑眸中闪动着淡淡的愠怒，于是用指尖捏住她的下颌，缓缓说道："给朕宽衣。然后，服侍朕入寝。"

慕晴心头顿时一僵，抬头望着北堂风微微有些茫然，仿佛方才北堂风说的话，她是一句也没听进去。北堂风挑眉，凝望着慕晴有些动摇的双眸，胸口缓缓流动着焦躁的情绪。

今日的她，有些不对劲。为何他，会因为她，如此焦躁？

慕晴深深回望着北堂风的眼，总觉得，那如黑夜般的宁静，竟让她心绪不宁。她一惊，急忙躲开了视线，轻点头，缓缓应了句："嗯……"于是伸出双手，从身前靠近，轻轻地为北堂风解着衣袍，距离拉近，发上的香气阵阵地缱绻在北堂风的身边。

北堂风身子一僵，反倒是他有些手足无措，凛冽的俊脸上渐渐显出一份警惕。

如果是往日的苏慕晴的话，一定会顶嘴，可今日……

长袍褪下，只剩下一件简单的明色亵衣。慕晴站直了身子，却并未抬头看北堂风。她紧握着衣袍，看似冷静地走向一旁的衣架。

北堂风沉默地又望了她一眼，着实有些疑惑，望着望着，竟也出了神。

她长发散后，随着动作而轻缓地摆动着，透了水的青丝，如墨般美好，亵袍松袒，腰间紧束，将她绝好的身形毫无保留地显露出来。北堂风眸子一颤，多了些动摇，随后径自进了被褥，不再多看一眼。

慕晴挂好自己的衣服，看到北堂风就这么睡下后，这才长舒一口气。或许就这样平安地过一夜，也未尝不可。忽然身上一冷，似是感觉到远处老者的视线，慕晴打了个哆嗦，赶紧随着北堂风的步子钻到床上。

"老臣替皇上皇后，熄灭烛火了。"那老者说罢，便在这房里走了一大圈，用着有些微喘的气息，将那火烛一一灭掉，随后便撑着玉拐，慢悠悠地又走回门口了。

慕晴见老者走，这才放了心。

或许是紧绷的神经终于松懈下来，慕晴忽的被一阵寒冷所袭，刚沐浴完的身子冷不丁地打了个寒颤。

冬末春初的夜，似乎还是有些冷的，身下的褥上时而传来慕晴因蜷缩而擦起的声音。她有些不敢回头，怕万一惹恼了北堂风，再将难得的沉寂打破。她蹙眉，用纤细的指尖小心翼翼地摸索着，想找到能盖在身上的东西，可刚碰到被子的一个角，她便被卷带着浓浓寒香的温热暖被所包，慕晴身子一僵，总觉得有些反应不过来。但是很快，她便垂了眸，眼中流露出些幽蓝的光。

她往被中缩了缩，轻轻捏住被角，竟真的安下了心。

半晌，她悄然地将头侧过，望着背对着自己的北堂风，她有些微微地出神。

此时的他，安静得出奇，连呼吸都如此地轻柔，身后的长发，静静地垂在他的身侧，也垂在了她触手可及的地方。

慕晴侧了头，看向那依旧安静而沉寂的背影，眼中流露着轻微的黯淡。

莫名间，慕晴又看得有些出神，脑中再度回想起李德喜的话。

或许是忽然知道真相，让慕晴的心有了些许的彷徨，她本能地呼吸着清幽而至的寒香，本能地感受着心头轻轻的抽痛。

皇上，已经一年没有宠幸过任何女子了。

她搞不懂了，在北堂风的心里，她究竟是一个什么样的位置。其实，她一直有一个疑惑没有解开，就是为何北堂风不用更强硬的手段来逼问她，而是选择等她自己想起卷轴所在？

最重要的是……他从来没有催促过她，就如同在给他自己一个借口，一个守护这个曾背叛过他的女人的借口。

但这一切的假设，又是否真实存在？皇上，真的会有情吗？皇上，难道不是必须割舍掉一切的情感，谁能换给他江山，谁就能得到他的爱怜，等到直到价值用尽，便会将她们这些棋子弃若草芥吗？

他应该是更加可怕而禁忌的男人，如毒似鸩，愈饮，愈伤。

这个男人，不能碰，不能想……否则一定万劫不复。

明明，是这么告诫自己的……

可是……

她轻轻探出指尖，轻柔地撩过那在他身后安静垂下的墨色长发，有些发凉，却又无比柔顺，她想轻轻地放下，却又不禁留恋这缠绕指尖的温度。

"为什么要说那样的话将我推之千里……现在这样，又如何能利用我？"慕晴垂眸，忽然开口，望着指尖上的发，脸上看不出任何情绪。

北堂风的身子忽然一紧，俊脸上先是惊讶，随后也化为了一丝平静。

李德喜这个奴才……何时才能不再出卖主子？

慕晴忽然长叹口气，似是对自己妥协。她苦涩一笑，渐渐地探出双手，几经犹豫，还是从后面轻轻地抱住了北堂风，指尖滑过他的腰际，终是将他完全的拥有。

北堂风眼瞳猛地一缩，往日的冷静仿佛在一瞬间消失不见。他垂下眸，望着那还带着些许颤抖，却紧握着他衣衫的指尖。

慕晴垂眸，将脸轻轻地埋在北堂风的后背上，清凛却幽静的寒香此时却让她如此安心。

多少次的濒死，身边都充满着这股香气。

多少次的绝望，都被这个人狠狠地拉回。

多少次的梦里，都是这个男人孤寂的身影。

啊……原来如此。

原来看到他与别的女人在一起，心中阵阵揪痛的感觉……就是嫉妒吗？

究竟从什么时候开始，竟然已经……这么喜欢了。

苏慕晴再度叹口气，指尖稍稍用了力。

她，苏慕晴，第一次爱上了。

大概……是这样吧。

就在这时，慕晴忽然感觉到原本还映着微弱月光的眸，顿时被笼罩在了一片漆黑下。长发轻垂，静静地在她身侧摆动，将月光的幽蓝零零星星地透出。

慕晴一怔，抬眸望去，发现此时北堂风正撑身在自己的上方，且正用着深邃得无法看透的视线望着自己。

身子一僵，心中那让慕晴为之痛苦的动摇与悸动，再一次深深地纠缠着她，不知应该做些什么，本能的只是静静地回望着他。

这时，北堂风压下身，仿佛是在尝试般地缓缓靠近她的唇，她紧抿唇，仿佛连呼吸都不敢。

就在那唇，即将贴在她柔软的唇瓣的那一刻，慕晴终于忍不住，狠狠闭上了眼眸，甚至微微侧脸，一张倾城小脸显出了一种无措，一种心就要破胸而出的无措充满了她的全部。

可是在北堂风的眼中，这一幕却成了一种无声的躲避。

空气几乎顿时凝结了一层冷霜。北堂风止住了一切的动作，他望着她那侧眸的样子，深邃的黑眸中，淡淡闪动着冷漠："不要轻易抱一个男人，如果不想被吃得一点不剩的话。"撂下了这句话，北堂风忽地往旁边一侧，直接越过慕晴而从床上走下，那份归为沉寂的冷漠，如同从未想过要碰她的唇。

慕晴猛地抬开眼，脑中还是一片混乱。她侧眸看向那抹修长的身影，独独明白了一件事——北堂风，好像又误会了什么。

北堂风静静地走向一个木雕长柜，从中取出一套黑色绣袍，利索地穿上，缠好墨色束腰，又将两鬓的长发以钢环束于脑后。在他转身之间，使得慕晴的眸子也为之一缩。

北堂风，竟没有穿龙袍，反而穿了一身贵家公子的衣衫。他俊逸的脸庞，配上这套服，当真让她的心，再次为之一动。

见了他的衣装，她便明白了，忽然有些不知道说些什么，只是垂眸静默，半响开口："皇上，不再等等礼祀睡熟，再出宫吗？"

听了她的话，北堂风确实顿了一下，他转了眸，深深地望向慕晴："你还真是对朕了若指掌。"

慕晴淡笑，也从床上下来，而后静静走向北堂风。望着他那俊朗的身姿，她轻启唇，又有些犹豫地合上，最后只是淡淡地道了句："臣妾恭送皇上。"

北堂风本是在挂着玉佩的指尖倏然一停，抬眸望向慕晴，半晌才道："嗯。"说罢，他便径自向着门口走去，长发顺着他卷起的微风轻轻飘起，卷动了一丝寒香。

他与她，就这样面对着两个方向。

慕晴没有回头，只是静静地吸了一口气，又呼出，仿佛有什么话想要说出口。忍了半天，她终是叹口气，在北堂风即将离开的时候问道："臣妾可否与皇上一起？"

走到门口的北堂风忽然停了脚步，他没有回头，忽然一凛，说道："烟花柳巷。不方便带女人。"说罢，他便再也没有回头，继续迈开步子向着门口走去。

慕晴站在原地，当真是愣了。

烟花……柳巷？

"啪"的一声，心头似乎有什么东西因愤怒而震碎了。

窗外微风，轻轻地吹进了屋中，将她披在身后的长发又撩起了些许，同时也将她那单薄的衣袍拂动了些婉转的弧度。慕晴轻轻地用双臂搂住自己有些瘦弱的身躯，忽然自眼中迸射出一缕火光，总觉得自己方才就像个无知少女那般。她咋舌，牙齿咯咯作响。居然会对这个男人动心，简直就是她苏慕晴的耻辱。

慕晴再度长叹口气。

夜，真的深了，现在才发现，这没有北堂风的龙凤居，真的空得有些寒冷。

此夜，独自难熬。与其去琢磨那个将自己丢在这里独自逛烟花柳巷的恶劣男人。还不如趁着所有人都以为她在这里未曾派眼线盯她时，做点正事吧。想到这里，慕晴便缓缓垂了眸，当再度抬起的一瞬，便换上了一副与平日的她一样的英气。

她有预感，一场足以将她致死的阴谋，已经开始织网了，而且这张网应该还很大。所以，她没有功夫去思考心中的动摇，她现在应该做的，就是在这预感的满天大网中，找到最根源的那点。

然后……

慕晴轻轻地抬起头，望向那明亮的月，她伸出五指，张开，当她看到那若隐若现的月光顺着指缝流入后，她便猛地将五指攥住，狠狠地，用力地。

慕晴缓缓地将手收回，重重地吸了口气，便向着北堂风离去的方向而走。

……

凭借着利索的身手，慕晴勉强算是逃过了祭祀老者的眼线。身着从柜中翻出的另一件男服，径自往山下走去。待到半山腰，上官羽忽然出现拦住了慕晴的去路，原来是早先见过王爷，说是有纸条交付。

慕晴有些疑惑，借着月光反复看过，发现王爷给她写的纸条只有"南城"二字，她不解，于是问向上官羽。

上官羽想了一会儿，而后告知慕晴："南城前段时间闹有饥荒，后来皇上调拨了许多银两赈灾。但已经有官员上奏南城危机已解，不明白为何王爷又提及此地。"

慕晴垂着眸，指尖反复摩挲着纸条上的两个字，纸上沙沙作响，渗透出一种神秘。

忽地将纸条捏住，慕晴抬起红晕下的深眸，微微一笑，道："既然王爷指明了一条道，有神还是有鬼，去了便知。"长袖轻甩，她带着满面从容的与上官羽一同向着南城出发。

同一时间的祈亲王府，北堂墨静卧床边借烛读书，唇角露出了一抹深邃的笑容……

第十四章
南城阴谋

南城，深夜。

慕晴策马一路来到了王爷给她提示的地方，然而刚一靠近，便有一股难闻的腐臭味所袭来，使得慕晴忍不住地蹙了眉头。她骑着马在城门口稍微转了几圈，想先看看这周边的环境及地形，然而却发现此城无人看守。这使得她更为疑惑。

这南城，诡异得很，而这股难闻的气味，又是从何而来。

这时慕晴身下的马却忽然停顿了一下，转头就想要往回走。慕晴蹙眉，用力扯住缰绳，在马儿于原地打了几个圈后方才站稳，可站归站，却像是受了惊吓，看起来死活不想再前行。

她回头，看向同样从后赶来的上官羽，结果发现竟连他的马儿也不愿靠近半分。

慕晴深思了几许，下了马，借着月光悄然前行。可越是靠近，慕晴就发现那股难闻的味道越是浓烈，让她忍不住不寒而栗。忽然间像是被什么绊了一下，还好她反应相对敏捷，这才能稳稳站在了侧面。

可当她低头看清那方才绊倒自己的东西时，眼眸倏然一缩，下意识地吸了口气。

为什么……会是一个人的手？

慕晴赶忙回头，当看到那堆积如山的尸体后，便也忍不住惊了一下。

那腐臭的味道，怕就是从这些已逝的人身上散出的，而且看来也有些日子了。

竟然会死这么多人？

可是这城，真的有这么多人曾住在这个城里吗？

慕晴蹙眉，转头又看向那封闭的城墙，"南城，会是一座死城吗？"摇了摇头，又回看了下那堆积如山的尸体。

这些尸体的数量，都快赶上一座小城的人数了。若不是南城已沦为死城，那便是……南城里的人，远远超过一个城可以容纳的人数。

这里面，可有些不对劲了。

慕晴眯住眼眸，轻甩衣袍便往南城的大门口走去，可刚要推，却又停住指尖。

她向后跨了一步，俯视着那地面，脚尖扫了扫。

这城门，好久没开过了。

"不对，这门进不去的。"慕晴冷静地在门口站了一会，而后直接向着那尸山走去。

等回到了原地，她抬头仰望，半晌，便合十了双手："我今日冒犯各位，来日一定多添香火，为大家祈福超度。"说罢，她便收了手，一步爬上那尸山，使得身后的上官羽的眸，都忍不住缩动一下。

试问世上有多少女子，有如此胆量？

他长叹一口气，便效法着慕晴的动作，也跟了上去。

翻过那密密麻麻的尸山，慕晴便见到了一个石做的小门。她来到门口，用脚尖扫了扫，当看到那被反复划出的痕迹，与已经变为殷红的血迹后，她便抬了眸子，"这才是真门。"慕晴轻喃，小心翼翼地将这小门推开。

小门被推开了，一种犹如地狱的声音渐渐传来，随着门缝的拉大，慕晴的眼瞳也渐渐放大。

南城之后，到处都是瘦骨嶙峋的人，无论老人还是孩子，几乎都横躺在房外，密密麻麻。

她慢步走进，警惕地看着周围那仿若幽魂的人，心头不停地涌动着一种无形的痛。

这不对，这种违和感是为何？

而就在这时，便是连上官羽都微微有些惊讶："娘娘，东厂里面留有南城卷宗明明写着——南城，初时有灾，已有银两拨入。百姓安居，天下安定……绝不是现在这样。"

"哦？"慕晴低语，安静地看向四周，"这也能叫做百姓安居，天下安定？人间地狱这四个字都轻了。"说完，她再一次地缓缓回了头。

南城，果然和她想的第二种情况一样——全部都是人，人多到，死了……都不会有人看见，等到死去，就会被当做草芥，直接丢在后面的尸山上。

这个人数绝不正常，那么这些百姓，决然不是南城的人。

可究竟是从哪里进来这么多，又是如何在这里生存的？

那个问题，尚未知晓，但有一点她却清清楚楚——南城，已经是灾民聚集之地了。

再不安抚这些灾民，他们就很有可能变成暴民揭竿而起了！若是时机恰好，只要内乱一出，晋国必挥师而下，攻打南岳。

历来亡国，大致都是四个字：内忧外患。

所以眼前这让人心寒的一幕，便是埋在地下随时会吞噬一切的火药。

究竟是何人，瞒天过海；

究竟是何人，作孽至此；

究竟是何人，不惜……屠民，亡国！

就在这时，慕晴忽然看到一抹熟悉的身影自不远处走过，那人穿着披风，看不清脸，可是不知为何，那纤瘦的身子，总是让慕晴觉得一阵眼熟。追了几步，却无果而终，只是在一块枝子旁发现了一块布料。慕晴思忖几许，便将布料塞入怀中。此时慕晴还想要继续追赶，却在这时冲来一个暴民，疯了一样地要抢她身上的东西。慕晴心中叹息，追人之事只好作罢。

上官羽一见有人捣乱，赶忙上前阻挡。慕晴本想帮忙，身后却忽有一人一把掩住自己的嘴，而后一个转身便被狠狠拖入漆黑的狭缝。

他在身后拥着她，紧紧地，仿佛不给她任何离开的空隙，只能听到两人不规律的呼吸，慕晴攥拳，侧目相视，脑中飞速地判断着此刻的情况。

这个人，究竟是想救她，还是也想把她大卸八块？如果是后者，那她当真是走运圆满了。

于是她一个咬牙，用手肘奋力撞身后之人，那人却似身手不错，巧妙地躲过了这一攻击，反而将她紧紧地锁在怀中。唇瓣轻移，来到了她的耳畔，然后用着凛冽而低沉的声音道："不想死的，就别乱动。"

慕晴单眉略挑，总感觉这声音有点熟悉。香气缭绕，虽然微微透着凉意，却也同声音一样让她感觉似曾相识。而且貌似在不久前，还充斥在自己身边。慕晴眼瞳突然一缩，狠狠地对着身后之人的脚背踩去。在那人一声咋舌后，她终是得了自由。猛地转了身望着那人，眼中先是讶异，然后是一抹"果真如此"的烦躁。

那人冷冷地哼动一声，回了眸，也借着月光看向慕晴。只见黑亮的眼瞳顿时一缩，显出了一抹怔然。

一个是应该身处龙凤台的皇后，一个是只身去寻花问柳的皇上。此刻，却在八竿子打不着的地方相遇了。

"啧。"北堂风冷不丁地哼动一声，听到四周又发出了响声，于是又将慕晴扯回了夹缝中。此处只能容纳两人，她与他紧紧相贴，距离相近到能感受到彼此的气息。寒香凛冽，阵阵席卷着她的心。慕晴深吸了口气，清亮的眼中多了些烦躁。北堂风俊美的眼中也同样闪动着一缕愠怒，压低声音，冷冷说道："擅自出宫，罪加一等。"

慕晴的右眼略微地眯动了一下，想起来在宫里被他丢下的耻辱，于是桀然一笑，道："皇上寻花问柳的地方还真是特别。"

北堂风眸子一凛，这才想起出宫前对苏慕晴的说辞，侧过头凝重地看向外围："只是路过。"

路过……吗？

慕晴冷笑一声，但是垂眸间却有一份复杂的情绪渗出。

北堂风果然是想避开，当初对她穷追猛打的是他，现在躲的还是他，只能说……男人的心，她猜不透……莫非……

慕晴右眉轻扬，抬眼看向北堂风，深幽之眸中闪动着淡淡蓝光，"皇上不会是在报复臣妾无意间躲开了皇上的吻吧？"

一语落，北堂风的身子似乎微微僵了一下，他转过视线望向慕晴，黑耀中流露着一些无措与沉默，随后淡漠回道："朕是不会做这种幼稚之事的。"说着，便将脸再度侧回，清风吹过，竟再看不到他的表情。

"原来如此。是臣妾多想了。"慕晴也同北堂风一样看向他处，发丝拂过的脸上也没了方才的笑容，北堂风偶尔瞥过，眼中悄然透露着一丝动摇。

"你我的衣服，太显眼了。"慕晴忽然开口，抬眼看了眼北堂风，而后忽然下手将自己衣衫的下摆三下两下撕得乱七八糟。剧烈的动作，使得手肘好几次都戳在了北堂风的胸口，甚至还险些破了他的相，北堂风终是忍不了，一把抓了慕晴的腕子，道："你给朕小心点！"

慕晴顿了下，冷冷地看了他一眼，道："若是打到皇上，欢迎皇上打回来。"

说罢，她便一把抽回自己的右手，继续撕扯着衣服。

北堂风的眉角如有若无地抽动着，心里纳闷着不知自己又如何惹到这个女人，此刻见她这势头，仿佛手中被撕成条状的布料就是他北堂风。他有些不悦地低头看了慕晴正在撕扯的那件衣服，默默为这可怜的布料哀悼，谁料俊眸忽然一僵，再度捉了慕晴的腕子："这是朕的衣服吧？"

慕晴低头看了眼，悠悠一笑："臣妾说呢，难怪那么不好看呢。"说罢，她便又将那衣袍撕得更加彻底，然后蓦然靠近，一把环住北堂风的腰际。

北堂风眼瞳一颤，狠狠捏住她的双臂，说道："你想做什么？"

慕晴只笑不答，指尖从后面扯住了一个小角，只听"唰"的一声，也将北堂风的衣服撕碎。

布料被撕开而泛起淡淡的线绒，轻轻飘在北堂风面前，他尽可能地沉住气，努力闭着眼，仿佛这是他克制住将这个女人丢出去的欲望的最后一个方法。

慕晴刻意无视了北堂风所有的表情，待处理完衣服，便抓住了北堂风的手，以他做支撑费劲地侧下腰，用那纤细的掌心在地上各处涂抹。

因为此地狭窄，她拽着他保持身体不倒，他尚能明白。

但她在地上，在泥上胡乱涂抹……

向来注重仪表的北堂风眸子猛地一颤，似是明白了慕晴接下来要做的事情，于是赶忙想甩开那双紧握着自己的手。可最终还是晚了一步，在慕晴抬起上身的一霎，便将那满手的泥尽数贴在了北堂风的俊脸上，她面带笑容，从容不迫地胡乱涂抹着。

"涂匀了好看。"见那一脸脏兮兮的且已经全身僵硬到说不出话的北堂风，慕晴当真忍不住笑了，而她越是忍不住露出笑，北堂风的身子就越是僵硬。

他也不是傻子，之所以容忍这个女人如此无礼，是知道这个女人是想通过这种方式隐藏在这些难民之中。但是，他堂堂一国之君，向来衣冠楚楚，绝没一丝凌乱，被这般对待，他还真是有生以来头一次。

"废话真多。"北堂风冷冷说道，全身上下透露着一种不悦。

"那臣妾，不说，不说了。"慕晴淡淡地勾动下唇，确实不再说话，直到将两人身上都涂满了泥色，她才长长舒口气，站直了身子。

在这个过程中，北堂风始终静静地望着眼前忙碌的人儿，俊逸的眼中顿时闪过一缕冷静的碧光。

其实他真的很想知道，这个女人为何会出现在这里。北堂风眯住眼眸，陷入了深思。

一切完备，苏慕晴与北堂风便找了机会从夹缝中走出。北堂风本是要将苏慕晴塞给上官羽自己独自先行，谁料还是没摆脱她这个执着的女人，只得硬着头皮与她同走。慕晴望着北堂风前走的背影，心中有些事情渐渐明朗。

连北堂风都不惜变装夜访南城，怕是朝堂上，当真有事了。而且根据上官羽的说法，一定有人将这隐患瞒而不报。否则，北堂风也不会在排除掉所有眼线后才悄然来此。

至少此次的目的，他们两人算是达成一致了。王爷绝不会无缘无故提示她南城，定然是有事与她有着莫大的关系，虽然她还没有发现任何蛛丝马迹，但至少先跟着北堂风看看，说不定会有什么收获呢。慕晴深吸口气，见北堂风要拐弯，便也急忙小步跟上。

没过多久，满身脏兮兮的慕晴与北堂风便慢步来到了一个看来与寺庙有几分相似的地方，里面躺满了熟睡的人。

这里一片死寂沉沉，让人有种不寒而栗的诡异。一抹忽然蹿出的人影使得慕晴的眸子冷不丁地一颤，便是连北堂风也多了几分警惕，下意识地将慕晴揽入怀中。慕晴心头一紧，扬眸看向北堂风。她与他稍加对视了一下，在那幽静的眼眸和平日里冰冷的俊眸中，都不由得流动着一种无声的怔然。

北堂风松开手，而慕晴也似乎读懂那份眼神，两人终是达成了一种共识——进去一探究竟。

慕晴想罢，便向前走了一步。忽然不知从哪里刮来一阵阴风，使得慕晴冷不丁地打了个颤。

这个地方，还真是冷得让人难受呢，尤其是夜里。

慕晴用双手搓动了下手臂，才刚将手搭垂下来，自己的柔荑便被一双温暖的手紧紧握住。

慕晴愣了愣，本想将手抽回，却还是被强硬地握紧直至屋中。

废旧的祠堂内，阴暗潮湿，墙角处结着一些苍白的蜘蛛网，黏腻着一股废弃的苍凉。地面上躺了很多人，无论是大人还是孩子。时而可以看见一些喘着微弱的气息靠在墙壁上，两眼无神，甚至判断不出是生还是死的油尽灯枯之人。

慕晴的心头忍不住地揪动着，方才还有着活力的小脸上逐渐褪去了血色。

人间地狱，名副其实。

望着这些人，慕晴下意识地回握了北堂风的手，仿佛真的被心中的酸楚淹没。

方才在祠堂走动的黑影忽然又缓缓出现在不远处，北堂风与慕晴都下意识地顿住了足，小心向那边看去。

莫非真有鬼魅？两人不仅暗忖。

夜风轻起，一束月光顺着漏瓦逐渐洒下，隐约找出了黑影的真颜。慕晴眯住眼定睛望去，终于将那神神叨叨的人看清。原来根本就不是什么鬼魅，而是一个活生生的人，一个好像还在念叨着什么的干瘦之人。

那人用脚踢了踢方才那靠在墙边的人，低声道："哎……又死一个……"

北堂风一听，滑了眼看向被这人踹开的尸体，又将眸子滑回看向那还算是有精神的男子，他忽然扯了慕晴的手，上前问道："你是这里的人？"

那人一见北堂风，便被他那发自身心的威严之感吓得连连倒地，哆哆嗦嗦地望着他道："你……你们是谁……"

"朕……不。你起来，我有话问你。"北堂风说道，俊逸的眼中滑动着利光。

慕晴一见，当是瞬间把脸都皱在了一起。

北堂风，果然还是皇上，虽然她想赞叹他的威震四海，却还是不禁觉得在他身上泛出的光耀在此地格格不入。于是深吸口气，抢在北堂风前面用力回握了一下他的手。她侧眸轻望，探出纤细的手轻轻挡在了北堂风的胸口，示意着让他先等等。

北堂风顿了一下，见那在地上哆哆嗦嗦的人，便也明白了她的意思，只得径自后退了一步，将问话这件事交给这个看起来游刃有余的女人。

得到北堂风的默许，慕晴心里还是稍微松口气的。她上前来到了那人身旁，"哎哟，不要怕，我们也是实在遭了灾，逃难到此。我家这兄长，生来就爱扮贵相，其实胆子小得很嘞，你看他进来，还一直要抓着我的手，不然连夜道都不敢走嘞。"

北堂风一听，眉心紧拧，平静的俊眸中顿时射出了压抑的利光，他蓦地松开慕晴的手，看起来像是有些愤懑。

慕晴余光瞟了眼他，为防他秋后算账，于是用口形道：计策，计策而已。

说归说，慕晴的眼中却悄然划过缕笑意，看在北堂风眼里，不由得渗出了些无奈，他转身挪了几步，脸上浮现出淡淡的宠溺。

地上哆嗦的人听了苏慕晴的说辞，这才乐开了花，撑了身子道："我说嘛，上来就吼，原来是个傻子。"

慕晴猛地倒吸一口气，下意识地又看了眼北堂风，只见他凛冽地看着那人，静静凝望着她，平静无波的脸上，有一种无形的杀意。慕晴心中干笑，赶忙用眼神圆场，心中不住地念叨：祸从口出的实例还真是处处可见，兄弟，你间接犯了死罪了。

慕晴晃神，赶忙打断那人还想叨念的话："那个。我们刚来，有个事想问问您。嗯……"

慕晴说到这里，稍微瞟了眼北堂风，当看到北堂风眼中的一缕凝重后，慕晴便猜测到他想问的话，于是接道："听闻给这南城的赈灾款已经下来了，怎么这南城，还是什么都没有啊……"

"哎哟，什么赈灾款，屁都没有，也就是皇帝老子打了个谎，说得好听，连根毛都不拔，他……"

"哎哟，这祠堂好冷。"慕晴忽然开口，打断了那满嘴怨气的人。

当然，现在北堂风究竟是什么表情，她已经不想看了，应当是足以冻死一片人吧。

"冷……？嗯，是很冷。"那人说道，随口又说，"哎哟，说来，我们虽然遇灾，但原本也不至于落魄至此，能来这南城，也是因为听说有赈灾款下来，于是拿了盘缠想来讨讨生活，可你知道吗，这刚来时，这南城真的连粮食都没有，后来……哦对，后来又来了一批看起来很富裕的商人，说是来卖粮食的。哎哟，那粮价根本不是我们这些小老百姓买得了的。但是啊……来都来南城了，哪还有盘缠去别的地方，最近的就是京城了，可是那些兵爷见我们穷，根本不让我们进。所以没办法只能折回，用了最后的盘缠从那些奸商手里买了高价粮食。等粮食吃完，我们也没银两了，那些奸商也消失了……哎。只能在这到处都是死人的地方，慢慢等死了……"

那人后面说的话，大致都是对朝廷、对那些奸商的埋怨，那些话也似乎随着祠堂里的冷风，渐渐飘散。

慕晴静静地蹲在原地，满脸凝重，这时她回了头望向北堂风，表情似乎也同她一样。

有人用赈灾款诱来灾民，封在城中对京城闭塞消息瞒天过海，然后又用奸商抬高粮价赚走了灾民的活命钱。

这种人，天理难容……

慕晴明白，北堂风亦明白。更是明白，能有如此只手遮天能力的人，定然在朝堂之中位高权重。

若非柳相国，便是……祈亲王。

看来这把棋，果然不仅仅是瞄上了她。

柳相国与祈亲王，也必有一亡！这南城之事，必定会掀起一阵巨大的风波。

……

离了祠堂，慕晴跟在北堂风身后，似是如此远的距离，都能感受到北堂风

心中的沉重。被人瞒天过海的滋味，终究是不好过的。于是慕晴上前，想稍微和北堂风说说话，可刚要开口，北堂风就先张口打断："现在朕没心情。"

慕晴唇角略有抽动，索性不再开口，逐渐放慢脚步退在了他的身后。

北堂风渐渐顿了步子，月光静静地洒在了北堂风俊逸的身上。他抬头，望向那明月。带着些阴冷的风，缓缓吹拂在了他的身上，却吹动了一世的孤寂。

慕晴垂眸，似是忽然想到了方才那人说的话。

是啊，无论眼前这个男人用尽多少个日夜，到头来，却有人在他眼皮之下只手遮天。

"过来。"这时，背对她的北堂风忽然开口，使得慕晴微愣。她知道此时北堂风绝没心情与她争吵，轻颤下眼眸，缓缓上了前。没等脚步挪近，北堂风忽然回身，用着那么深不见底，却又带着一种痛彻的眼神静静地凝望着她，仿佛是在压抑心中即将泄出的情绪，他忽然上前将她拥入怀中。他用力地抱着，也没有说任何一句话，唯有那耳畔轻柔的气息，仿佛是在传达着他此刻的心情。

慕晴微微有些惊讶，眼神中却在下一瞬闪现了些柔软。于是她也沉默着，轻轻地回拥了北堂风。

她知道，这个男人……今日是真的累了。

……

这个拥抱，持续了很久，微风时而撩过，吹动了他们的发丝。天色渐浅，夜间的蓝也渐渐地转了淡。慕晴已经记不清北堂风是何时放开的她，只记得在那一瞬，她看到了北堂风眼中的冷静与坚定，幽光凛然，带着层层杀意。她知道，这一次，北堂风绝对会将欺凌他子民的败类狠狠揪出，无论他是谁。

而后，他一言不发地独自向着南城大门走去，即将推门的时候，他突然回了头，道："趁着天没全亮，赶紧回龙凤台。"

慕晴一怔，似是恍然想起那件还没完成的事。

她干笑了几声，赶忙追上前，却忽在门旁看到一块撕开的布料，慕晴眸子一转，随手将那布料塞入衣中，然后也出了这阴冷的南城。

天色，逐渐地划出了苍白的色泽。北堂风一路拉着慕晴向着龙凤台上走去，脚步略微有些发急，慕晴悄然看了眼他的脸色，便可以想象一年前他究竟受了怎么样的责罚。无论方才在南城发生了什么，现在最可怕的敌人，还等着他们呢。

大约走了小半炷香的时间，他们终是回到了龙凤台。见周围还没什么人，这才稍稍松了口气。

慕晴抽回被北堂风握紧的手，疲惫地擦了擦额角的细汗，见北堂风还是一步不停息地往前走，慕晴不由得感叹自己穿越过来的这个身体的娇弱程度。于是深吸口气，再度前走。然而她刚走几步，却忽见前面的北堂风站在原地不动，初阳下照出的俊逸的身子略微显出了一丝僵硬。

慕晴站直了身子，顺他的视线看去，顿时也像他一样僵在了原地，甚至下意识地往北堂风的身后缩了缩，仿佛看到了什么极为恐怖的事。

不多时，便从前方传来了玉拐砸地之声，随后便有一个低沉而带怒的声音道："皇上皇后，回来得可真早。老臣，等候多时了！"礼祀老者撑着玉拐，一步一步扎扎实实地向着两人走去，缓缓行礼，"老臣，给皇上请安。皇上万岁万岁万万岁。"

北堂风眼眸微垂，只是淡淡地回了句平身，他迎风而站，若有所思，而后浅声说道："照祖宗法来吧。"

"既然皇上如此说了，那就不要怪老臣无礼了。"老者说罢，便微微眯住眼看向慕晴，随即清了清嗓子道，"天已快亮，皇上还请先上朝。待午时过后，请皇上与皇后再来龙凤台，领老祖宗家法。"

"好。"北堂风淡漠地点头，看了眼身旁也同样在看他的苏慕晴，俊美的眸中流动着一抹看不透的东西，"你先回凤阳宫。剩下的不用你管。"语毕，北堂风便向山下方向迈了步子，与慕晴交臂之际撩起了一阵淡淡的微风，卷起了她身后略微束起的长发。迎合着初阳，带起了一种平静的柔和。

慕晴见状，略微有些不悦。

这个男人还真当她是不经风雨的笼中金雀了？她冷哼一声，脸上浮现着一抹烦躁。

如果北堂风真的冷静的话，以目前的局势，丢小棋保大局才是最好的方法。

此刻朝堂不稳，在这个节骨眼，皇上绝不能被罚，更不能将昨夜皇上出宫去了南城之事透风给臣子打草惊蛇。而且王爷也已提示南城之事将与她有关，所以在明白其中关联之前打草惊蛇，于她，也决然不会是好事。

慕晴用指尖轻卷一缕发丝，陷入了思考，慧黠的眼中闪耀着一种从容而妖冶的幽光。随后撇过头看向毫不动摇的礼祀老者，轻轻的颤动下如羽睫毛。

北堂风救过自己多次，此次还他个人情，也算是弥补对他的丁点愧疚吧。

这时，慕晴便深吸口气。看老者的架势，是绝不会退让分毫，虽然礼数是由他坚守住了，但国将不国还谈什么礼？不及时变通，就算是好心，有时也会

误国误民。

看来，她得让这位礼祀大人，好好明白这个道理。

慕晴安静了一会儿，随即上前了几步走至老者面前，道："礼祀大人，本宫有一事相询。"

老者将两只手叠在玉拐上，抬起那张严肃的脸："皇后莫不是想要免罚。"

"既然做错，受罚是理所应当。"慕晴抿了唇，而后又道，"本宫只是想请教礼祀大人，皇上未能完成祭天大礼，大人是否会当真会罚皇上，又当真会昭告群臣？"

"罚，那便是历来的规矩！而臣子是皇上的手足，亦是监督皇上治理天下的眼睛。皇上有违祖规，理应让群臣督之。"老者说罢，便又用那玉拐狠狠地捶了下地面，发出了震慑的声音。

"此罚不能免，此昭不能除？"慕晴又问。

"绝对不能！老臣受了先帝之命监督皇上，岂可凭你一言而更改！！"老者狠狠说道。

"原来如此……"慕晴喃喃自语，而后长叹了一口气。

先礼后兵，若是前者说不通，便只能……

对这老者，她当真不想，但是为了稳住大势，她不能不做。

她忽然扯动了一抹笑，蓦然抬头一改方才的沉默，而后步步向前，来到老者面前。

这一刻，老者眯住眼，在那略微有些浑浊的眸中，多了些疑惑。

这个皇后，方才还不声不响，似是不多说话的小女子，现在竟然还敢和他搭话了。

这时，风起，撩动了慕晴身后的发丝，她长长地叹了口气，语调中带了些漠然。她忽地敛住所有的神情，再没有任何闪躲地望着老者，道："请问礼祀大人，国之根本，是什么？"

礼祀蹙眉，先是被她那利刃般的言语弄得有些怔住，随即眯眼，低声而道："国之根本，当然是百姓。"

"那如何治理天下，如何得百姓民心呢？"慕晴又问，言语中没有丝毫犹豫。

此时，礼祀的眉头皱得更紧，于是回道："自然是皇上大统，天下大统！"

"那么本宫再问，皇上一统江山，最怕的是什么？"

"当然是百姓动乱，群臣忤逆，敌国强攻。"

"说得好。"慕晴淡语,眼眸中闪动着一种深邃。

这时,她微微停顿,看向远方朦胧雾中的景色,仿佛是在想着什么。

见慕晴陷入沉默,老者便以为她是黔驴技穷,于是嗤之以鼻地笑了,严肃的脸上写满了对慕晴方才那些字面上的东西的轻视。

他还以为皇后能说出什么东西,原来也不过如此。

看来,今朝皇后,也就这点本事,离前几朝的皇后,差得太远了。

老者高昂起头,又轻轻地用那玉拐砸了下地,仿佛毫不在意地说:"如果,皇后就是想说这些,那么……"

"且慢。"这时慕晴忽然打断老者口中的话。随后她笑了,并缓缓将方才看向他处的眸子转回。而当她再度抬起,再度看向面前老者之时,却骤然换上了一层截然不同的气势。一种早先时候被她层层收敛起来的慑然,仿佛在一瞬间将周围的空气都凝结成一阵难融的冰霜。

忽然一阵风来,将她身后的长发瞬间凌乱地吹起,发丝疯狂地舞动,将她那闪耀着一抹碧光的眸显得更加不容小觑。

老者眸子一颤,似乎被她那双仿若利刃般的眸深深吸去,或者说,被她那种与方才截然不同的气势所震。

这……究竟是怎么回事?!

这个皇后,究竟是怎么回事?!

便是在老者惊讶地站在那里时,慕晴却缓缓勾动了下唇瓣,长袖埋起的指尖缓缓上移,忽然没有丝毫犹豫地,强势地指着老人,字字铿锵:"礼祀大人,你可知罪!!"

老者一听,先是一片震惊,仿佛在她那一句问罪之下,当真化解了他方才的所有从容。

为什么,在她的面前,他这当了六十年的祭天礼祀,竟然险些说不出话。

忽然间,他好像有些明白了,眼前这个女子,不再是年纪轻轻的女子,而他也不再是以为年长之人。

这时,在他与她之间,只有两个身份。

她,是当朝皇后。

而他,则是她的臣子。

老人紧紧咬住牙,眯起了眼睛。

不对,他吃的盐比眼前的女娃吃的米还多,又岂会被她气势所震。于是他愤怒地狠狠砸了两下玉拐,"凭空捏造!满嘴胡言!连皇上都不敢和老臣这么说话！你不怕，老夫上奏皇上，废了你这忤逆之后吗？！"

慕晴忽然大笑，随即眯住眼眸而道："国都要亡了，我要这后位有什么用！"

老者眸子一缩，更是愤怒不已。

亡国？亡国！

这个妖女竟然敢在他面前，说如此大逆不道之话！

岂能容她逍遥！

"你……你竟敢！"老者当真气得不停喘息，几乎连话都说不出来，只得用那玉拐不停地敲击着地面，发出凌乱的声音，"你凭什么说我南岳大国就要亡！皇后你小心说话，说错一个字，老夫就要你再也不会说话。"

"为什么亡国？……哈。就是因为礼祀大人口中的，墨守成规的陈词滥调！"慕晴冷语，随即又上前一步，步步走稳，同时也步步紧逼，使得老人都忍不住地向后退了两步。

当退无可退之时，慕晴扯唇，声声说道："礼祀大人不分青红皂白，便给皇上妄下定论。礼祀大人，你罪孽深重啊！"见老者一时哑口，慕晴便接道，"既然礼祀大人不知何罪，那么，本宫为礼祀大人，一一道出！"

随后慕晴又一步一步地退回，忽然手指那身后云雾之下的满城天下，铿锵而道："此时，天下百姓，水深火热，皇上为百姓而出宫，为天下而涉险，但礼祀大人竟为此而要将皇上陷于不义，乃第一大罪！再者，皇上登基年月尚早，朝臣瞒天过海、口蜜腹剑者，尚存，在此时礼祀大人将要将皇上一点小错昭告朝臣，使得野心者足以用此当做口实将皇上一军，礼祀大人将皇上陷于危难，乃第二大罪！使得百姓与朝臣皆乱，内忧外患，引来城外虎视眈眈的晋国大军压境，乃第三大罪！"

慕晴冷哼一声，"大人所言国之根本，竟被你一时的墨守成规，一夕之间毁于一旦！无知亦是罪，你，可知罪！"

老者呼吸开始愈发地急促，便是捏着玉拐的手也开始不安地松开用力，而后蹙着眉，摇着头，"你……你这妖女，休得胡言！老夫在此六十年，又怎会……"

"六十年，山河变换，这天下的规则，也早该变变了！"慕晴一口气说完，而后深吸一口气，又静静吐出。随着气息倒出之际，慕晴便缓缓地抿住了唇，而她那一双带着幽蓝利光的眸，却依旧深深锁在老者身上，望着他那此刻有些混乱的眸。

慕晴，沉默了。

更确切地说，她在等，等待这一番反其道而行之的大逆之言的结果。

而老者，也沉默了。

只见他也似慕晴那般，深吸了一口气，随后紧闭双眸，叠放在玉拐上的手，也用力地捏住玉拐上面的玉球。

这一刻，整个龙凤台陷入了一场从未有过的寂静，便是连自耳畔撩过的风声，都那么清晰可辨。

这场凝重的气氛，似乎过了很久，很久。

而慕晴，也凝视了老者，很久很久。

她似乎在等待着最终的结果，又似乎在等待着一个时机。

就在老者，又重重地舒了口气，正缓缓将眼眸抬开的那一瞬，慕晴的眸子忽然一颤，仿佛正是在等着这一时刻。

"老夫真的老了。或许你说的，有道理……"老者低语，垂下的眼中放出了些柔软。

他却是很想更激烈地驳斥她，但是，他却无话可驳。

这女娃儿，不简单啊……

"哎……"老者长叹一口气，缓缓地看向渐渐亮起的天，眼中闪过一缕哀痛，"难道，老祖宗定下来的规矩和如今的南岳王朝，当真只能选其一而行之吗？根本就选无可选，看来老夫还是解甲归田的好。"

老者说完，苦笑了一声，而后将方才紧握的手轻轻搭放在慕晴的肩上，道："你说得没错。这天下百姓，比规矩……要重得多。"

说完，老者又深深地叹了口气，随即撑着玉拐，缓缓地向着里面走去。

有违了老祖宗规矩，他便再没资格当这礼祀。

六十年啊，终于……

"礼祀大人，且慢！"就在这时，慕晴忽然开口，而后赶忙上前了两步，淡淡而道，"慕晴并非要故意顶撞您老人家，若非情势所逼，更是不会口出妄言。所以，慕晴希望礼祀大人，继续留在龙凤台！"

老者忽然笑了，随即缓缓侧了头，道："女娃，你说得对，这两条路，选哪一条，老夫都已是罪人。如今老夫不罚皇上了，就是破了老祖宗规矩，又如何留得龙凤台……不过，这也是老夫的事，与女娃无……"

"有的！"就在这时，慕晴唇角一勾，忽然开口，"还有第三条路！"

老者一愣，缓缓回了头，有些不解地望着慕晴。

只见此时，慕晴忽然对着老者以双手扬动袖袍，蓦然在老者面前行了个南岳国最为重大的礼。

老者的瞳，也跟着她忽然的大礼，而顿时缩动。

"唯有一法，能保全皇上，稳住天下，且不忤逆祖宗定下来的规矩。"

老者听完，顿时一惊，撑着玉拐匆匆来到慕晴面前，有些颤抖地扶起正在行礼的慕晴，道："何法？"

慕晴稍稍舒口气，随即抬眸，一字一字地说："以凤，代皇。"

此语一出，老者的身子猛地僵了一下，"若是执行祖法，皇后本就有罚，还要再加皇上的罚。你一纤弱女子，又岂可如此莽撞！"

慕晴忽然笑了，笑得灿烂："南岳王朝，龙凤既然共祥，当然也要有难同当。而且大人不知，慕晴这身子骨，早就练成铁打的了，扛得住，死不了。"

他垂了眸，化为淡漠一笑，随即问道："皇后，是为皇上而做到如此吗？"

慕晴又笑，继而说道："慕晴代罚，与皇上没有半点关系。唯一的理由，就是慕晴认为，大局，重于一切。"

看着慕晴的笑容，老者有了一瞬的沉默。本以为她一番唇枪舌战只是为了为自己免罚，未曾想过，她竟是为了这天下百姓，为了这动荡时局，而自己当车，来了一个丢车保帅。

天下之人，有多少能做到如此。

他，当真从未见过如此女子。

这一瞬，他忽然觉得，皇上能得此皇后，乃南岳之幸。

有朝一日，定能龙凤共祥！

于是，他终是长叹口气，折服于慕晴。随后他缓缓转了身，继续蹒跚走向龙凤居。到了门口时，老者倏然停住，随即微微侧眸，道："那皇后，便随老夫来吧。皇上的罪，便由皇后你，来赎吧。"说罢，他幽幽进入。

门外的慕晴，深深地舒了口气，仿佛方才那紧绷的神经，终是有了些放松。她回身，看向身后的万里长河，眉眼间悄然流露出一抹流彩："北堂风，你可千万，别辜负我的一番苦心啊。"慕晴轻笑，而后进了龙凤居，对着老者微微一笑道："那么大人，用刑之前，可否让慕晴沐个浴，以便养伤。"

说罢，她便微微而笑，反而将这空荡荡的龙凤居，染上了一片暖阳。

第十五章
书中文字

皇宫，正殿。

刚刚行完早朝的北堂风屏退了周围跟随的下人，独自一人沉默着向殿外走去。朝堂上的虚与委蛇今日看起来更加的让他感觉到心寒。他忽然停了步子，有些疲惫地靠在后殿的墙壁上，闭了眸，深深地吸口气。

天下大事，传到他耳朵里的有几分是真，又有几分是假？原本他还以为真多于假，但经过昨日，他才知道自己究竟有多天真。

在这皇宫，大臣们看似忠心耿耿，实则都各有鬼胎。明哲保身，厚黑之道，又有哪个臣子不潜心研修呢？

对他们来说，与皇上，当然可以有福同享，却不一定会有难同当。这就是皇宫，这就是朝廷。没有人情，只有权力，这里是天下，最黑暗的世界。

因为包括他北堂风在内，都是最冷漠的戏子。

其实，如果有一天他不再是皇上了。想必也没有人会与他……同甘共苦了吧。

北堂风眸子缓缓地滑动了一抹冷漠，随后长长地叹口气。

许是一夜未眠，太累了，还是留些体力，准备待会的责罚。北堂风冷笑一声，便抬了眼缓缓向着后殿走去。

才走两步，忽听身后传来了李德喜急匆匆，慌忙的叫声。北堂风顿了足，回身望去。只见李德喜单手扶墙，大口地呼吸着："不好了皇上，奴才刚才被龙凤台的礼祀大人叫去了，然后看到皇后正在替皇上受罚。"

北堂风眼瞳蓦然收缩，仿佛在这一刻停滞了时间。

"苏慕晴！"在一声低喊后，北堂风忽然抬眸，俊眸中闪过了一缕焦躁的

碧光，他拨开李德喜，急速地往殿外走去。

焦躁……异常的焦躁……一种，比一年前更加焦躁的心情。

不应该的，他不应该再被动摇了……

明明是……不应该的。

龙凤居中，洋洋洒洒地透着些光亮，吃力地呼吸声，在房中规律地徘徊着。

慕晴趴伏在长条木架上，大口地喘息着，在那苍白的额上，早已布满细密的汗珠。她双手紧紧握着那木架的两个前腿，纤细的指尖因为握得太过用力而早已泛了白，甚至连她的掌心上，也磨出了层层血痕。

她苍白地笑笑，想要抬起有些恍惚的眸。

不过是六十板子，不过……就是比上回多了二十板子而已。

可是为何，却这么痛，痛到心坎里。

或许，是这身子被养娇贵了，所以老天才让她再找回那种撕裂的痛楚，让她永远不要因为一时的悸动忘记自己是谁。

她苏慕晴，虽是皇后，却也不过是个，替了原来的苏慕晴的……孤魂野鬼罢了。

"皇后，已经打完了。老夫去叫人扶你回去吧。"礼祀说道，看着慕晴虽然早已因为忍耐而将唇瓣咬破，却还扬动着淡淡笑容，他忍不住地垂了眸，多了些感叹。

眼前这个女娃，身为女子，却比男儿更刚强。

就算再痛，也会用笑容来遮掩，绝不向痛苦臣服。

"不用了，慕晴……自己能走回去。"慕晴拧着眉吃力笑语，双手撑了那木架，却被一阵激烈的痛楚所袭，她眉心轻拧，指尖忍不住地用了力。这时忽有人自身后低喊自己的名字，如此熟悉，如此让她……感到心满意足。但同时，她却有些不敢回头，因为她知道，自己一定会对上一张发青的脸。而且，还会再一次地将自己最丑陋的一面暴露给他。

也罢，反正自己在他面前，向来都是伤得面目全非，也不差这一次。

慕晴叹口气，侧眸向身后看去，果然看到北堂风一步跨入了龙凤居内。

此时的他，还穿着一身明黄正装龙袍，当是刚下朝就直接奔来。在他仿若刀刻的俊脸上，仿佛冻结了一层厚厚的冰霜，便是连进来时带的那阵风，都好像还染着寒冷。

这个男人的眼神，看起来好像要将她这遍体鳞伤的人碎尸万段呢。

还真是……暴君呢。

慕晴扯起了唇，转眸悠悠一笑道："臣妾给皇上请……"

"你给朕闭嘴！"北堂风蓦然打断，视线下移看了眼她身后那斑斑血迹，而后转了眸，紧紧凝视着礼祀道："礼祀，朕尊你为老臣，也敬你一丝不苟，而你竟然悖逆祖宗规矩，你有何颜面对朕的列祖列宗！"

礼祀轻轻捏动了下那玉拐，而后抬眸说道："老臣认为，皇后之言，并无不妥。龙凤既然能够共祥，自也可以有难同当。凤代龙罚，天经地义，并不悖逆祖宗任何的规矩，反而还顺了祖宗定的这龙凤共祥的大义。"

苏慕晴说，龙凤共祥，有难同当？

北堂风的心忽地被捏紧，好像在一瞬间，有什么原本在心中屹立不动的铁则，悄然地崩塌着。

怎会有人与他有难同当，怎会，怎会！

莫名地，北堂风眼神有些乱了，乱在心里，乱在地每一滴血液中。

北堂风狠狠地眯住眼，本想再说什么，可当他看到慕晴正吃了力地想要起来时，他的眸子却顿时一缩，冷冷望着慕晴，道："李德喜！"

李德喜听了后，马上小心翼翼地进来，看到满身血渍的皇后，也是吓了一跳。

"将朕的龙顶轿抬来，朕亲自送皇后回宫。"北堂风说罢，一步一步地走到慕晴的跟前，忽然捏住她的下颌，硬声而道："苏慕晴，你再给朕乱动一下，朕便让你再挨几十板子！"

慕晴眉头一蹙，几次想将自己的下颌脱出北堂风的手，但每次又被他强迫拽回，于是道："皇上可说笑了，臣妾不动，难不成皇上还要照顾臣妾起居不成？"

此语一出，除了慕晴面带轻松地笑了笑，所有人都是一脸铁青。

这句话，当真是能让皇上直接拖出去斩了。

然而更让所有人都为之一惊的是，北堂风这次竟然没有否定，而是半眯着眼眸看着她，那种极其安静的沉默，使得慕晴的笑也显得尴尬。

于是她清了清嗓子，再度凝重地看着他。这时北堂风忽然开口说道："好，朕今起照顾你的起居。如果这是你所希望的话。"

一句话落，所有人都惊得说不出话，连平日里跟在北堂风身边的李德喜都有些惊慌失措。

然而在李德喜小心翼翼地窥视了北堂风的脸后，他的脸色便顿时一沉。

不对，皇上……是认真的！

当然，傻在那里的不止李德喜，便是连慕晴也真的愣在那里，除了眨眼什么都想不出来。

若非是她方才听错了，那就是北堂风的行为举止已经超越她所能理解的范围了。她不过是一句玩笑话，北堂风竟然当真了？若是今日北堂风真要待在她凤阳宫，那么受罪的不还是她？于是慕晴眸子一颤，马上摇摇头道："皇上平日忙碌，这等小事就不烦劳了。"

"该处理的事，今日朕都已处理妥当。唯一的事，就是你。"说罢，他便转头看向李德喜道，"李德喜，你还站着做什么，去让人把轿子抬来。"

李德喜听后，连连点头，一溜烟从龙凤居跑掉。

这时，北堂风才再度看向一脸惊讶的慕晴，他先看了眼她的伤，又看了眼她那双诧异而慌乱的眸，随即忽地上前，一把将她横抱起来，便是在慕晴咬着牙，忍受着那因为挪动而产生的剧烈疼痛时，北堂风在她耳畔淡淡说道："忍着点，回去便好。"

说罢，他便再没多停留，向着外面走去。

礼祀在龙凤居望着北堂风抱着慕晴渐行渐远的身影后，他那张向来都严肃的脸上缓缓多了些笑。

他双手合十，面向云天："先帝英明。龙凤共祥，天下永祥。这个皇后，定会是我南岳国的一颗福星啊。"

凤阳宫。

当北堂风将慕晴稳稳放在了床上之后，他便转身去了门口，在和李德喜又交代了什么事后，然后一个重力将凤阳宫的大门关上。

慕晴趴伏在床上，始终一脸铁青地望着北堂风的一举一动，总觉得现在不仅仅是后方疼，连头都疼得像要裂开。

皇上照顾皇后，闻所未闻，或许北堂风就是想在礼祀面前道一句"龙凤共祥"。

不过，龙凤台已下，当是不用再如此了吧。

于是慕晴淡淡而道："皇上，礼祀已经不在了，您还是早些回去歇息吧。"

然而，就在慕晴将那句话说完之际，北堂风蓦然转身。他轻轻倚靠在那被关紧的门旁，深深地凝望了眼前的她很久很久，随即淡漠地说道："你难道不知道，'君无戏言'这四个字吗？"

此时，慕晴猛地僵在了那里，而后缓缓转头再度看向北堂风，半晌，才从那苍白而颤动的唇中,喃喃而道:"难不成……你……你真的要……"

只见北堂风冷漠地勾动了下唇角,道:"朕,真的要。"说罢,北堂风便向着慕晴方向走去,边走便将自己的正袍扯开,随后放在了凤阳宫的圆桌上。

慕晴见他步步走来,心中顿时一惊,忍不住有些慌乱。

此时的她,满身都是弱点。先是一夜未眠,头脑有些混沌,再来是才受了罚。若这时候北堂风对她不利,她还真就是任他宰割。

想到此,慕晴的身子忽然有些僵硬,下意识地往床的里畔缩了缩。

见到她在那里挪动,北堂风忽然有些失笑,但是在他那张俊逸的脸上,却还是有着无法遮掩的怒意,而后,他顺手拿上了桌上李德喜从太医院找来的创伤药,随即望向慕晴:"是谁给你的权利,替朕受罚?"北堂风说道,眼中透着一抹复杂的深邃。

慕晴失笑,摇摇头:"皇上若真受罚,带来的后果,怕不仅仅是这创伤药可以抚平的吧。"说完,慕晴便滑了眸看向北堂风,随即扯唇一笑,"皇上欠了慕晴一个人情。"

北堂风沉默着看向眼前的女人,当真有些焦躁了。

其实,她说的一点错都没有,今日若非她受了罚,这格局或许很快就要刮起一阵变革。

这,绝对比皮肉伤,来得严重得多。

这个人情,他确实欠下了。

北堂风安静下来,缓缓滑动出落寞的神色,慕晴的心口又是忍不住地一揪,不敢多看他的脸,心口愈发加重地跳动,让她恨不能将那失控的东西一把从胸中拽出。

北堂风长舒了一口气,忽然滑出了一抹让慕晴为之讶异的轻柔的笑,"朕今日会不计前嫌好好对你的。谁让朕,欠了你一个人情。"

说罢,他便缓缓靠近。

慕晴眉头一皱,总觉得心里不安生。

北堂风竟然对她笑了,可是却让她觉得全身发冷。

忽然间,慕晴倒吸一口气。

等等!北堂风拿的是创伤药,看样子是要亲自给她上药,但是……但是她挨了板子,伤的地方可是……

慕晴一惊,赶忙回头,却见北堂风已经坐在了床畔,也坐在了她的身边,幽幽而道,"朕,要给你上药了。"

慕晴眸子顿时瞪大，唇瓣微颤。

像是刻意忽略了苏慕晴苍白的脸色，北堂风淡淡扬唇，开始径自解开慕晴的衣带，慕晴一愣，赶忙用双手紧抓自己的衣衫，略微有些慌乱地说："不劳烦皇上了！臣妾自己能上药！"

"你自己能上吗？"北堂风挑起单眉，然后捉了她的柔荑，缓缓地向后拉动，直到慕晴的关节有了微微的酸疼，他才停了动作，"看来你自己，不太方便。"

慕晴紧紧咬唇，感觉到北堂风再度开始扯动她衣带的时候，她又一次地抓住衣衫，说道，"臣妾宫里尚有下人，当真不劳烦皇上了！"

北堂风有些快要失去耐性地舒了口气道："你的意思是说，朕还不如太监和宫女？"说罢，北堂风便不再与慕晴闲聊，抓了她的手一把扯开。见慕晴还有再抵抗的意思，便干脆用自己的左手，牢牢地将慕晴的双手压在上方，不给她一点动弹的机会。

"北堂风，你……"就在慕晴当真紧绷到极限，甚至都快要上脚的时候，只觉身后一凉。

忽然间，慕晴怔在了那里，她紧紧咬住下唇，终是在愤恨地叹口气后，缓缓将自己的脸埋在了枕中。

果然，此时的她，只能任由他宰割。

这时的北堂风，望着那皮开肉绽的伤，俊逸的眸忍不住轻颤一下。

去年的三十板，已经让他几天无法上朝，而此时这个女人，竟为了保住他的立场，挨了整整六十。

是为了保住他的立场，是为了他……

不知不觉地，在那冰冷已久的心中，有着什么东西，悄然流出。

滚烫的，炙热的。

北堂风深深叹了口气，移开视线看向门口，在平复了心中稍许的痛楚后，才微微转回。他收回抓牢慕晴的手，拿过药瓶，拔了塞子，开始将那白色细粉轻轻地撒在了慕晴的伤上。

细粉融入血痕，渐渐消失不见。慕晴虽没说话，头顶上纤细的指尖却猛地攥起，痛得狠狠捏住被单。

北堂风默默地望着，下意识地稍稍放缓了洒药的速度，"很疼吗？"北堂风问。

似是过了很久，将脸埋在枕中的慕晴才缓缓摇头，然而与之相反的，那攥住被单的手，却愈发的用力，用力到指尖上已经泛了青白之色。

当是，很疼，很疼。

不知不觉，他的心的某一处，也开始隐隐作痛。

这个女人自他微服回来后，永远都不会在他面前表现出柔弱的一面。她总是会激怒他，总是竖起满身的刺不允许他有任何的靠近。

为什么这样的女人，竟让他忍不住的揪心。

这样的她，太过刚强，给他的每一次记忆，都如此的强烈，甚至强烈到，让他都快要忘记，当年的她……究竟是什么样子？

苏慕晴，不应是一个温柔女子吗？至少，他的记忆里，是如此。

北堂风转了眸，又将注意放在那伤口上，却又隐约看到了新伤上，被埋藏起的旧伤。

那个伤，是他予她的。

冷不丁的，北堂风又陷入了一片失神，似是回忆起数月前，她独闯飞霜殿的场景。

北堂风倏然轻轻笑了，凛冽俊逸的脸上，多出了或许慕晴从未见过的温柔。

待上完药，北堂风将慕晴的衣带又系好，轻吸了口气后，低声说道："好了。"

慕晴久久未动，只是在她感觉到北堂风渐渐从床上起来后，才蓦然松开抓得都已经快僵硬的指尖。半响，她缓缓抬起了已经泛了血丝的双眸，"多谢皇上好意。现在皇上可以回去休息了……"慕晴低语，声音无波无澜，似是还埋在方才的剧痛之中没有缓过。

此时的北堂风静静地将药放回桌上，不慌不忙，不紧不慢，甚至好似没有听到苏慕晴的话，反而在整理好那些药罐后，还把自己的长发微微束起，仿佛骤然变了一个样子。

慕晴愣愣地望着，眉头是越来越深。

药也上过了，气也出过了。

这……这个男人不会真想在她这凤阳宫，照顾她这万年弃后吧。

"哈……"慕晴失笑，但是平日里从容不迫的脸上当真显出了很多的别扭。

他对她，明明只是利用，既然如此……就不要做这么多让她无法放手的事。

慕晴看向他处，心绪着实复杂，北堂风静静凝望着她，眼神中竟露出一抹爱怜。他静默，而后凑近，忽地在她耳畔落下一吻，细腻的声音如烙印般刻在慕晴心中，使她不自觉地瞪大双眼。他离开，眼中闪动着幽光，他蓦然侧眸，似也没有想到方才自己会亲吻这个女人。以往平静的血液中，仿佛有什么东西，正渐渐渗出，炙热而滚烫的。

慕晴也同样转过眼眸，心中乱成一团，略显呆滞的神情持续了很久。北堂风望着她此刻有些羞怯的神情，倒是让他心情好了许多。他起身，一边单手调整着自己袖口上的扣环，一边将那床帏纱幔挂在了两旁。慕晴猛地回神，如同惊弓之鸟那般望着他每一个动作。

北堂风眉心微蹙，视线忽然滑下，凝视着慕晴那不安地扬起的眸，淡淡说道："别看了，小心把脖子扭断了。"

慕晴皱眉，心中好似噎了一口闷气，"皇上放心，臣妾的脖子不会轻易就断。"慕晴眯眸而说，但不说还好，这一说，她真觉得脖颈的某一处微微有些酸楚，于是冷不丁地蹙起眉头。

想来是视线追了他太久，当真有些僵住了。

慕晴狠狠地咬住下唇，几乎将脸都皱在一起，总觉得今日的自己太过失控，平日里所有的从容都被北堂风打破。

"啊……"就在慕晴想得出神的那一刻，忽然觉得自己的脖颈好像起了一阵痛楚，让没有任何准备的她终是下意识地唤出了声，她下意识探出手去按压痛处，却碰到了那冰凉的指尖。心头蓦然一紧，迅速将手弹开。

北堂风静静地帮她揉动着酸楚的地方，俊脸上没有一丝多余的神情，仿佛一切都是那么的自然，他很专注，生怕弄痛这倔强的女人，"自食其果。听朕的话对你不会有坏处。"北堂风说道，虽然言语中有些斥责的意思，但却并不像平日里那般冰冷带刺，反而多了些柔软，使得慕晴再一次不知所措。

今日的北堂风，似乎也同她一样有些不对劲，至少……比昨夜不对劲得多。

"皇上，午膳备好了。"随着一声轻报，李德喜推门而入将几碟子菜一一放在圆桌上，看到北堂风陪在慕晴身边，他的眸子也忍不住地颤动了一下。

这……真的是皇上吗？

就算是过去的皇上，也从没有……

不经多想，李德喜赶忙识时务地从房中退出，又将这份宁静留给两人。他舒口气，脸上竟多出一份欣慰之色。

屋内的慕晴不知不觉已经放松了身子，垂下眼眸，静静地感受着北堂风轻柔的碰触。望着她第一次收起"利爪"如此乖巧的样子，北堂风那方才紧抿的双唇下意识地扬动了些弧度，虽然很轻，很浅，但是却灌注了层从未有过的情绪。

如此时光持续了许久，见身边人儿已经有些困意，北堂风终于松开了慕晴。她心中似乎对方才的温度有些许的留恋，她转眸看向她，而后仿如一只疲惫的猫儿那样半梦半醒地趴伏在床上。

北堂风转身去了一旁的桌上，望了眼那些菜，最后拿起一碗白粥。他挑选了一些觉得适合的菜品，回身来到床畔，刚想叫醒慕晴用膳，却被她安静的睡容引起了注意。他看了眼手上的膳食，又原封不动地将其放回，就连他自己也没再多碰那些食物。

这时他来到她的木雕柜前，静静地看着她上面摆放的书籍，用指尖一一掠过，轻声地念着那些书名："鬼谷子的《捭阖策》、《易经》……"北堂风倏然笑了一下，"还真是符合这个女人的口味"。

他随手挑选了一本，便走回圆桌旁的椅子上，优雅而安静地开始研读。

此时，窗外正午的暖阳逐渐将这间屋子洒下了一片金黄，然在北堂风的身上，多了一份无声的宁谧。他靠在桌旁，一手搭放在书上，一手静静地翻着书页，当看到慕晴卡住的书签和一些文字批注后，便会不自觉地多看几眼。

这时慕晴好似被房中的光线照得有些难以入眠，轻轻睁眼，却刚好看到正在研读她书的北堂风，眉头蹙紧，忽然一惊。

人家都说，知笔记，知心境。她千不该万不该，就是在书上写了许多自己的想法，如果当真被北堂风看到了什么不能看的，岂不是自讨没趣？于是突然清咳了两声，大声道："皇上，臣妾饿了。"

闻声，北堂风不动声色地笑笑，似乎听出了她语气中的焦躁。他的视线依旧停留在某一页书上，俊逸的眼中透着深邃。忽然一把合上，对着慕晴道："好，睡饱了，便与朕用膳吧。"

见他合了书，慕晴这才松了口气，像是虎口脱险。可就在慕晴以为北堂风会将那本书放回之时，他却忽然对外面喊了声："李德喜！"

慕晴一怔，心头有些不好的预感。

这时，李德喜带着笑地推门即入，北堂风则将那看了一半的书直接放在李德喜手上，道："去把这本书，放到朕的明阳殿。"

李德喜蹙眉，低头看了看书目。

《易经》？

这本书皇上不是从小便读过不下数十遍了，而且不只在明阳殿，便是连飞霜殿都放了好几个完全版本。

怎么又要？

"还不快去！"北堂风说道，便将李德喜从凤阳宫轰走了。

出了门的李德喜感觉有些摸不着头绪，一边走着，一边也随手翻翻，忽然看到一页书签掉下，于是捡起，可在看到里面的批注后，竟然瞪圆了眼睛。

这一页，乾卦。

所有的"龙"字，都被圈了起来，而在旁边似乎写满了"北堂风"三个字。

李德喜恍然大悟，又将那书签塞回。

这书，怕是皇后的吧。想罢，便踏着轻悠的步伐，向着明阳殿而走。

同一时间的慕晴在见到此一幕后，脸色顿时变为铁青，一双手用力攥起，仿佛是在忍耐着内心炙热的爆发。

该死，她想起来了，那日在想着怎么对付这缠人的男人时，自己竟然有些出神，所以下意识地在旁边写了几个名字。

慕晴紧紧咬住下唇，又猛地将脸埋在了枕中。

她根本无从解释，解释了，也只会越抹越黑。

现在的北堂风，定然以为她因为思念他，所以深情款款地写下他的名字。

她……再也不想面对北堂风了，就算不被他折磨死，也会因他而羞愧致死。

就在慕晴几乎快被自己弄得身心俱裂的时候，北堂风却将她的挣扎一一看在眼里。

其实他是知道的，知道在看正书时，即便想到他也绝对不会是什么好念头，但是看到她亲手写下他的名字，便忍不住想多看几眼。

不为其他，只为……这个女人，从来都没有写过他的名字。

想到这里，北堂风便再度拿起那碗，心情颇为愉悦地来到了慕晴身边，缓缓勾唇而道："既然皇后说饿了，那就用膳吧。朕昨夜未睡，也有些累了，用完膳，朕便要休息了。"

慕晴一听，猛地将头抬起，莞尔一笑，如同看到了希望那般说道："皇上要回宫休息？"她心花怒放，笑意都毫不遮掩地显在了脸上，反而使得北堂风难得的愉悦被一下子浇熄。于是他忽然靠近，仿佛是在报复她的开心那般，在她耳畔幽幽而道："你听好了。朕，是要睡在这张床上。"

忽然间，慕晴的心颤了一下，她笑容尽失，而后艰难地扯动唇角，"这张床……是指……"

北堂风忽然一笑，道："昨夜没完成的，今天……朕会补上。"

慕晴眼瞳一颤，干声说道："臣妾宁可皇上回宫休息……"

简单一语，令北堂风顿时敛住了所有的笑意，慕晴忽然感觉身后有股阴冷寒风，她收紧指尖，对上了北堂风透着威慑的视线……

……

自从不久前慕晴对着北堂风说出"其实你回去也可以"之类的话后，她便深深地体会到了什么叫做"史上最难以消化"的午膳。慕晴抽动了下眉心，看着眼前面带阴冷笑容的俊美男子，当真是一点都笑不出来。他看来确实在温柔地喂她粥喝，但哪怕有丝毫的抵抗，他也会用金纹玉勺将她的双齿撬开，强硬地让她喝下他喂的粥。

这算是强权吗？这根本就是强权！

但是相对的，她却同时感受到北堂风今日那渗透进骨子里的怪异。他好像总是在若有若无地将她引入浮想联翩，不将她戏弄到满面通红决不罢休。看他此时，就在喂苏慕晴喝粥的同时，轻轻地舔舐了下自己的唇瓣，丰润上点缀了些许水光，看起来确实让从未观察过男人的她冷不丁地打了个激灵。

但是有一件事苏慕晴却失算了。她本以为公务缠身的北堂风先前只是说了一句戏言，谁料在黄昏之后，竟当真差了李德喜将自己的折子一一送入凤阳宫中。慕晴张口又闭口，已然有些瞠目结舌。而后怔怔地看着北堂风将剩余的外袍褪下套在了她展放凤袍的架子上。

慕晴心头一抽，脸上不禁浮现了些阴霾。想来，这男人今夜是当真不打算走了。

"今日你有伤在身，朕就不让你服侍了。"北堂风理所当然地说道，而后将几本今夜要处理的奏折往她身侧一扔，拉下帷幔，缓缓上了床。

慕晴冷不丁地倒吸一口气凉气，眼中多出警戒，她咬住牙拼了命地想要扭过头紧盯这男人，但是只能保持趴着动作的她，却只有有限的几个弧度可以挪动。

"你还当真要把脖子扭断吗？"北堂风忽然开口，随后双手一动，便将慕晴"端"向了床里面，淡淡一笑，"你要是永远都这么趴着，朕或许会省心不少。"

慕晴听着，心中莫名焦躁。昨夜之事还未与他算账，本来想保持高调的姿态，此刻却是丑态百出。如此一来，她也就只有被他百般羞辱的份，于是有些闷闷地说："那皇上可别让臣妾好，最好多打几次，要是不小心打残了，干脆

皇上就搬来凤阳宫,别走了。"慕晴说道,而后将头扭向另一边。可这回北堂风倒是没说话,仅仅将自己的右手轻柔地搭放在慕晴的发上,那股突然窜入的暖意,让慕晴眼瞳轻轻颤动一下,她压低呼吸,转眸看向他处。

　　自己究竟是从什么时候开始,对这个明显"利用"大于"感情"的男人如此依赖了?

　　她有些懊恼,却也因着渗入血液的暖意渐渐平静下来。

　　这样的时间过得很安静,奏折翻阅的轻微响动则变得尤为响亮。她侧眸倾听,心中数着北堂风批阅的数量。忽然有一种罪恶的想法,就是去扰乱这个男人的平静。她侧眸,透过微光仔细凝视着北堂风,竟被他那股幽静的气质所吸引,不禁挪不开视线。

　　忽见北堂风眉心轻蹙,当是遇到了什么难题。慕晴小心翼翼窥探了奏折上的内容,赫然看到"南城粮商"四字。心头一紧,不由得想到了昨夜那疯癫男子提到的粮商。

　　慕晴百思不得其解,下意识想了解更多,于是用双手撑起身,小心翼翼地向前挪动。谁料忽听奏折被合上的声音自脑上响起,一声低沉的声音飘至慕晴耳畔:"后宫干政可不是小罪,朕的皇后难道不知吗?"

　　慕晴心中咋舌,却也无从辩解,只是脸色有些发闷地又缩回远处。

　　不了解时事的她,犹如被人封了眼耳,如今连偷看都被逮到,果然是时运不济。

　　北堂风静静地看了她一眼,半垂的眼眸透露着一抹深邃。他又将奏折打开,如在自言自语般淡淡说着:"南城粮商,返回南城,不索任何钱财便将自己囤积已久的粮食都发了。"

　　慕晴一听,冷不丁的懵了一下。一方面是因为北堂风竟将消息透露给她,一方面是因为这奏折的内容——按正常思维,若是单纯的无良商人,在粮荒时囤积居奇才是他们惯用的招式,难得囤积至此,竟没有高价在周边城卖出,反而发给了难民。

　　是良心发现?抑或是别有居心。

　　慕晴心头却愈发的沉重,总觉得有种隐隐不安。

　　北堂风收回放在慕晴身上的视线,脸色亦有些凝重。虽然南城百姓在他出巡的第二日就有了粮食当是极好的事。只不过,这人世间又岂会有那么多好事呢?

　　这事情,看来不简单。

屋内似乎更静了，渗透着一种温温的气氛。慕晴与北堂风都不发一语，下意识地看向他处。屋外时而有风吹过树叶，敲在窗上沙沙作响。看不清的月光将房中染上了一片幽蓝。如此尴尬，让慕晴暗暗在揣测着北堂风的心，想着他是否是因为不想欠她人情才会来照顾她。她轻轻叹口气，打算睡了，在这么下去，想必会将她磨疯。

北堂风注意到她轻微的挪动，不自觉地心中有些躁动，犹豫了一下，忽然抓住慕晴的腕子。慕晴心头一紧，缓缓侧眸看向北堂风。

"今日，谢谢了。"北堂风低语，这一声帝王的感谢，让慕晴眼中闪过一缕淡光，因为她知道，像北堂风这种心高气傲的男人，是绝不会轻易与人道谢，甚至有可能……这是他一生中的第一声谢谢。

这一瞬间，似是有什么隔在两人中间的东西在悄然崩开，慢慢瓦解着，凋落着。那原本绝无交集的世界，似乎正有一道微光渐渐交叠。

北堂风像是落下一块心中大石，轻轻地舒了口气，他欲将手拿开，却被慕晴忽然间反捉。北堂风眼瞳一缩，即刻回头对上了慕晴的眸，而这一瞬，也让他的心蓦然跳动了一下。

此刻的苏慕晴脸上充满了平静，在那亮黑色的眸中，填满了一种执着和决定。这样的眼神，过于刺眼，仿佛是他多年未曾触及的真挚。他动了动腕子，却发现自己竟被这个女人牢牢抓住。

"如果我将卷轴回忆起来，并原封不动地还给你……"慕晴开口，毫不躲避地看向北堂风，"北堂风与苏慕晴，是否可以……重新认识，认识这个新的苏慕晴？"

一语落，北堂风的眼瞳猛然缩动一下，看着眼前的她，心头竟有一种久违的东西满溢出来。他望着她，愈望愈深，似是想看到这女人的心底深处。他犹豫了一下，而后轻轻伸出指尖，如羽毛般滑过她的脸庞，蓦然挑起下颌："大可不必这么讨好朕。朕原本就打算在你想起来后放你出宫的。"北堂风收回指尖，眼中渐露出冷漠。

慕晴微怔，脸上露出了焦躁与怒意。这个男人以为她此刻如此坚定的说法，只不过是为了得到一份免死圣旨吗？！未免，太看不起她了！

慕晴忽地咬住牙，忍着身上的极痛忽然撑起身跨坐在北堂风身上，双指用力地扳住北堂风的脸庞，望着他深邃的眸，她字字铿锵地说道："这一吻，是告诉你，苏慕晴今日起誓绝不背叛北堂风！"说着，她倾下脸，轻轻地吻了北堂风的唇，唇瓣刚离，她便接道，"这一吻，是告诉你，昨夜拒绝并非是因为讨厌你，而是因为我从未与男人如此亲近，所以内心有些胆怯所致。"她拉近距离，又是落下一吻，而后贴近他，淡淡说道，"最后一吻，是想告诉你。无论过去的我对你是什么样的心情。但是现在的我，对皇后之位，对卷轴秘密一点都不关心，我只关心一个人，那就是北堂风。虽然有些冤枉，但我会代替过去的我还清欠你的债，然后……再爱我一次。"说罢，她忽然重重地吻上北堂风的唇，这一次再不像方才那样蜻蜓点水，而是更深，更炙热的吻。北堂风眼眸愈发地睁大，平日里冷静的一面好像如此轻易地就被这个女人打破。他望着她，几乎失去了思考，视线移过她为他受的伤，眼中更是有种动摇与挣扎。其实，在今日来凤阳宫的时候，他的心就已经动摇了，他是知道的，也感觉到了，在他的内心深处，还是会为这个女人而心疼，还是会因为这个女人的一举一动而焦躁。

原来如此吗？原来……他始终无法真正去恨这个女人。

或许这些日子，他只是在等待一个借口，等待一个……可以原谅这个女人的借口。否则，逼问她的方式，千千万万，他又岂会选择此时这条道路？

北堂风突然淡淡地笑了，先前痛苦的神情逐渐化为了一抹无奈与平静。他抬起眸凝视着她，仿佛是已经从方才的迷茫中挣脱。慕晴望着他，明白他已有了决定，于是回以温温淡笑。她撑了身子，想离开他的唇。可就在唇瓣分离的那刻，北堂风忽然揽回慕晴的身子，然后狠狠吻上她的唇，舌尖炙热，充满了渴望，也充满了肆虐与疯狂，如同有一份已经近乎沉重的感情在这一刻脱开了枷锁。

一吻即离，他缓缓将手移向她纤细的脖颈，稍加用力，使得慕晴的脸色微微有些不好，而后他凑近她的耳畔，用着一种近乎疯狂的声音低语："朕的爱很沉重。如果你想要，朕会如你所愿。但若你再次背叛朕欺骗朕，朕会亲手杀了你。"

慕晴轻轻扯唇，对着被乌云微遮的月，幽幽而道："若再背叛，由所爱的男人动手送下地狱。苏慕晴……求之不得。"

北堂风静静地望着她，冰冷而满是杀意的脸上渐渐染上了一层柔，他缓缓倾下上身，终是在她的唇上落下了轻柔的一吻。如同一种无形的约定，烙印在了她的身上。

夜风阵阵，吹动了一丝凉意，空荡的房中，仿佛仍有一个声音回荡。

"再有背叛与欺骗，朕会亲手……送你下地狱。"

第十六章
陷入杀局

南城外。

一个穿着黑色斗篷的人站在月下，月光若流水般洒在那人的身上，显出了一份幽蓝的诡异。旁边潺潺流水，因为顺了南城的尸山，散发着淡淡腥臭，可是那人却似闻不到那般，依旧安逸地站在那里，像是在等待着什么。

"贵人，我们来了。"自不远处传来了一道谄媚的声音，使得那人轻轻挪动了步伐，似是与之熟识。

风起，将那人一身黑袍不停地吹拂起来，掀动了些许衣料飞舞的动静。

那说话的人捏着鼻子走来，不情不愿地说："哎哟，爷，这里多臭啊，为何不换个干净点的地方？"

那人听后，冷冷地笑了，而后一巴掌打在了说话之人的脸上，仿佛是故意压低声音道："混蛋。我的话，什么时候容得你反驳。"

忽然间，大风掀起，将那人脸上的斗帽吹下，露出了一个凶神若鬼的面具，使得还跟随而来的几个人惊得赶忙缩了回去，乖乖地不敢再多言。而那被他狠狠扇了一巴掌的人，也匆匆站到一边，不敢再多话。

"你们和我一样，死后，都会下地狱。所以……还是早点习惯，这里的味道比较好。"那人又一次地笑了，使得那几个人面面相觑，确实感觉有些毛骨悚然。

这时，那人又将帽檐掀回，冷冷看向那污浊的河水，道："我让你们办的事，怎么样了？"

听到问了正事，几个人才悠悠笑了，其中一人说："您就放心吧，那些粮食，我们可都按您的吩咐，先是积压，待那些贱民饿死不少后，便将这些囤积

很久的粮食,发给他们。现在,很少量的第一批已经发完了。后面,才是真正的够一个城这些上万人吃的粮食,一举送出。"

"很好。"那人轻轻笑了,用指尖轻轻摩挲了下脸上诡异而恐怖的面具,"三日之后,你们照着我的话,一边发粮,一边将这句话喊出来。"

"什么话?"其余人问道。

那人望向天上明亮的月,随即稳稳走了几步,当一阵微风吹过,伴随着那周围树叶层层飞舞的声音,那人开了口,缓缓道出了一句仅仅几个字的话,众人脸上纷纷露出讶异之色。

"你们只管办事,其余的,我来处理就好。"那人说罢,便从怀里掏出厚厚的一叠银票,而其他人一见,眼睛都直得发亮。

那人嘲讽地冷笑一声,随后向着与他们相反的方向走去,随后便将那银票重重地塞在其中一人的脖颈里,"办完这事,以后,别让我再看见你们。"此人冷冷笑了几声,单独向着其他地方走了。

剩下的几个人虽然对那人要他们说的话一脸疑惑,但是看到那一大叠银票时,便不再管别的。

反正,对于他们来说,只要银票到手,一切都无所谓。

趁着祭天大典,柳惠蓉终于能悄悄回了一趟相国府,见到久违的父亲,平日尖刻的脸上难得摆出些笑容。别看柳相国平日里总是绷着一张阴险的脸,面对手心上的明珠,却也是笑脸满满。这一晚上,相国府可谓是上上下下忙成一团,就算哪日来了宾客,也不见得会有如此待遇。

柳惠蓉边吃着自己奶妈亲自下厨做的八珍豆腐,一边赞说着龙凤日难得的自在。柳良杵一定,脸色自是不好,"胡闹,祭天日,你觉得很开心吗?那可是龙凤之日!"见柳惠蓉脸上渐露委屈之色,柳良杵赶忙又收回方才的怒容,轻柔地将手搭放在柳惠蓉的头上说,"爹爹就你这么个女儿,肯定不会委屈你的。"

柳惠蓉丢下筷子,柳眉紧蹙:"哼哼哼,爹爹就会说。爹爹每次都说,后位就快是惠蓉的了,可到现在,惠蓉都还是个妃子,哼。"她看向一旁,摆明了埋怨柳良杵下手不够狠。

"这还不是你自己不争气,笼络不住皇上的宠爱。"柳相国冷哼一声,随即滑出了另一抹高深莫测的笑容,"这一回,爹爹不会再诓你了。"

柳惠蓉美眸顿时一亮:"爹爹莫不是又在哄骗惠蓉?"

"爹爹终究是个当朝宰相,虽然不能直接参与后宫之事,但是扳倒一个女人,倒还有些能力。"说完,柳相国便轻轻地抚了抚柳惠蓉的发,道:"女儿长大了……爹爹也……"

话还没说完,忽然有一抹人影打断了柳良杵。他示意柳惠蓉噤声,自己则定睛向院内看去。忽然眯住眼眸,喊来侍从,"来人,将贵妃送回宫。"

柳惠蓉一脸茫然,满眼都是莫名,不明白她这饭还没吃完呢,怎么自己的亲爹爹就开始赶人了。她闷哼一声,回眸看向渐入堂中的身着黑斗篷的人,于是愤愤舒了口气,跺着脚上前狠狠道:"你是哪里出来的,爹爸现在在和我说话呢!"

那人无声无息地站在那里,仿佛根本就不理会柳惠蓉。

"你!你竟敢无视本官!"历来跋扈的柳惠蓉,生气地一把拽下了那人的斗篷帽檐,但在看到那令人毛骨悚然的面具后,便吓得直接跌坐在地上,"爹!你看这个人……"

"惠蓉,不得无礼,听爹的话,赶紧回宫!"柳相国忽然厉声而道,使得柳惠蓉气得都快掉泪,随后气哼哼地跟着侍从离开了。

待有些吵闹的柳惠蓉离开后,柳相国才将眸子转向眼前之人,蹙紧眉头,"你为何这时候来我府上?"

"呵……这时候不来,又岂会看到柳相国慈父的一面。"那人幽幽而笑,"你要我办的事情,都已经办妥,三日之后,便会掀起一阵巨大的暴风。"

"很好!"柳相国忽然说道,随即从椅子上坐起,背着双手左右踱步,最后才站定,"若是这次成了,我一定不会亏待你!"

"相国大人只要遵守与我的约定即可。"那人冷笑,"不过,相国大人还真是阴险毒辣,果然不愧是'国之栋梁'。"

"多余的话,你给我收回去。否则,你想要的那个人,就会提前死。"柳相国冷笑。

那人忽然凝重气息,袖中的双手紧紧握起,"别忘了我知道你那么多东西。若他死,我会要相国你陪葬的。"

"哈哈哈……"柳相国大笑几声,"你还是,先自己能好好地活着再说吧。不送。"

那人愤愤地甩开袖袍,又将黑帽戴上,随后便带着一身凛冽离开了相国府。在走出大门的一霎,那人转了眸子看向还站在大堂中央看起来心情甚是愉悦的柳相国,他勾唇一笑,似是有一个小簿子从袖口溜出。

随后，那人便如鬼魅那般消失在了夜中。

次日一早，屋外天晴鸟鸣，一片晨时美景。凤阳宫的砖瓦上便被初阳洒下了一片安详。

自昨儿个对北堂风进行了如此大胆的发言后，慕晴心中始终在不停打鼓。对于接下来与北堂风的关系，又忐忑，又期待。他会对她绽出一丝笑容吗？还是说会一如既往地冷漠淡然。

不过想归想，北堂风天还未亮就去上朝了，以至于慕晴今日到现在都没机会见上他一面。她独自一人在房间里，想来无事，就准备看看书打发下时间。

这时上官羽进房，看到皇后今日心情不错，这才稍稍松了口气。想起她因为被礼祀责罚而受的伤，上官羽心头没来由地就会有些自责。责备着自己若能快些行事，或许也不至于让皇后挨了这么多板子了。

慕晴虽未抬头，那阴郁的气息也让她知道了来人是谁。她叹口气，平静地说道："进来了为何不说话？"

上官羽有些踌躇，然后上前，问道："娘娘，伤口可还疼吗？"

慕晴顿住，抬眸看向上官羽凛冽而妖冶的脸庞，不由得笑出了声。心中着实没想到外界传言的冷血的上官大人竟还是一个怜香惜玉的男子。她摆摆手，随意回答："皇上拿来的药都不错，好了许多。虽然还不能随意坐着，但是稍加行走倒是可以了。"慕晴说罢，便撑身来到上官羽面前，看着他刻意避开的视线，无奈笑笑，"陪本宫去院里走走可好？"

上官羽有些怔然，却也点了头，搀扶着慕晴一同出去了。

凤阳宫的院子与其他宫的院子稍有不同，在慕晴的督促下，将那些花花绿绿的招蜂引蝶的易败之花统统换作了生命力极强的叶草。宫人们对于苏慕晴的这一懿旨感到十分不解，但慕晴自己却似乎乐在其中，仿佛是透过这些叶草看到了一些更为深奥的东西。而她，对这些植物也相当细心地料理。

可是今日，苏慕晴却没有去修剪这些染了金色的绿，反而是静静地凝望天上若隐若现的浮云，她淡笑，眼中滑动着深意："身在深宫中，说不定哪天就看不到这天上的云了。"

"娘娘寿比天长。"上官羽说，脸上微露不悦。

"套话。"慕晴截断，悠悠笑起，却在下一瞬敛起笑容，从怀里掏出一块锦丝布料顺着袖口悄然递给上官羽，然后凑近上官羽耳畔低声说道："宫里眼杂，帮本官查查这块料子的主人。"

慕晴收回指尖，脸上浮现了一抹凝重。这块布料是祭天那一夜在南城发现的，因为碍于北堂风在身边，她始终没敢掏出来。这块布料以手感来判断当是名贵之物，甚至有可能是宫里的东西。如果她猜地不错，这块衣料的主人定然和南城之事脱不开关系。只要顺藤摸瓜，说不定还能拽出背后的主谋。

上官羽指尖捻过衣料，眉心不由得锁住，而后点了头，并将衣料塞入怀中，面上同慕晴那般不动声色。

回了正房，苏慕晴略微有些疲惫地靠在冰冷的墙，柔光洒在她的身上，将她映衬得无比安静。她略微眯了眯，唇角绽出抹淡笑。总觉得这凤阳宫的眼线比她的下人要多上几倍，被多双眼睛盯着的感觉，当真不好到了极点。目光瞥见桌上的笔墨纸砚，忽然让她来了兴趣，或许在还算能够一片祥和的时光里练练久违的书法，也不失为一种享受。

于是慕晴召唤小桂子要来了笔墨纸砚，才写了一会儿，墨就不够用了。小桂子搓了搓手："娘娘，墨不够了，奴才去拿东西研磨。"他开口，然后捧着墨盘向外走去，可才走到一半，却忽然被什么人狠狠撞倒。

小桂子踉跄倒地，手上的墨汁也如长了眼睛般正正地撒了面前人一身，抬头一看，瞬间惊得说不出话。来人竟是柳相国及柳妃娘娘！

"奴才该死！"小桂子赶忙跪下磕头连连，仿佛是受到了不小的惊吓。慕晴却与之相反，继续不慌不忙地写着手上那笔字，下笔刚劲有力，让人动容。

"姐姐还真是不知礼数啊。"柳惠蓉忽然开口，一双眼中流露出一种无形的轻蔑。

慕晴微笑，顿住了手上的笔，蓦然一勾，摇摇头说："好丑，好丑。"

听了慕晴的话，柳惠蓉当真气得够呛，愤愤地看了眼柳相国。不过柳良杵倒是比她要沉稳得多，一边压下柳惠蓉的手，一边道："皇后娘娘，听说您受伤了，所以臣，特意来看看娘娘。"

慕晴抬头，好似这才注意到他们，恍然说道："啊，原来是相国和贵妃。方才本官在研习书法，所以没注意到两位，还请……哦，对了。"慕晴顿了一下，"方才说的好丑，也只是说本官的书法罢了。"

柳惠蓉蹙眉，撇开头。

柳良杵将带的一个锦盒拿过，轻轻放在了慕晴写书法的桌上，"娘娘，这里是极为珍贵的药材，盼娘娘早日康复。"

慕晴眼睛滑过那锦盒，唇角勾动笑意。

她与柳家向来水火不容，此时来拜访，当是另有所图。

于是她抬了头，轻悠说道："谢谢相国大人好意。但明人不说暗话，相国大人不妨直说，这一大早来我凤阳宫，究竟是想要什么？"

此话一点明，这凤阳宫中的气氛顿时被凝结住，柳惠蓉蓦然回眸，还跪在地上的小桂子也眸子颤动，仿佛都是因为这句话而惊讶。

见所有人都紧张起来，慕晴倒是从容地笑了。对小桂子用了个眼色，示意他先行退下，然后便正视了眼前的父女俩。

有时候，有些事，不如直接挑明了来。这样，反倒比来来回回地推来推去要好。

当然，究竟是挑明还是隐晦地说，还真得要看眼前的，究竟是什么人。

像柳良杵这种心照不宣的，就算挑出来，想必也无所谓了，反而可以看看他的神情。

柳良杵安静了半晌，脸上的笑意已不知在何时收敛，他迈开步子向着慕晴走去，看到慕晴面前的纸上写着一个"又"字后，便蓦然勾唇，也拿了一支笔在旁边加了两笔。

两笔落定，使得整个凤阳宫似乎都陷入了一种前所未有的紧绷。

又字填框，乃是凤。

慕晴忽然抬眸看向柳良杵，在她那眸中也闪动着幽幽碧光。

她好似明白了。柳良杵今日之行，就是想做最后的谈判。而他们想要的东西，便是她苏慕晴的皇后之位！

慕晴舒口长气，将笔轻轻放回笔架。她蓦然抬眸铮铮凝视着柳良杵，毫不避讳地对上了那双老谋深算的深眸。总觉得，一直隐藏起来的东西，就快要破土而出。

柳良杵不同于柳惠蓉，能当上相国自是有城府之人，而且能与王爷成为敌对势力的人，更不会是一个逞口舌之快的莽夫。她只不过是想小试一二，柳良杵竟然当真挑明了，若非他有十成的把握，绝对不会这么做。

想必，柳良杵已经下手。而她的脖子，或许已经不知不觉架在刀刃上了。

然而，无论平日里研读了多少谋术，她却不是神算子，而是一个活生生的人。这宫廷之事尚能知晓，但宫外之事却闭塞得很。对于柳良杵究竟动了什么撒了什么样的网，她竟没有头绪。

只知道几个极为零碎的片段……

南城饥荒、南城偶然看到的戴黑斗篷的神秘人、南城粮商突然放粮。

她一定还有什么最关键的东西不知道。不过现在，她绝对不能露出一点声色，免得……打草惊蛇。于是缓缓舒了口气，看向柳良杵道："呀，相国，想要本官吗？"

一句话毕，柳良杵的眸子便忍不住地收缩一分。未曾想这个女人竟能在这么短的时间内偷换了他的意思，同时也给了他一个警告——皇后，就是苏慕晴，苏慕晴，便就是当朝皇后。

好一个睿智狡诈的女人。柳良杵暗忖。

"其实有些话，我想，不必我多说了。"柳良杵忽然换了称谓，老谋深算的脸上多出了一副冷漠之相，"我就是来给皇后一个机会，若是皇后即刻答应让贤后位，那我，定会善待皇后。而且，我也一定会启禀皇上，给皇后一个以后都可以安稳的生活。"

"以后都可以安稳的生活吗？"慕晴微微一笑。

官宦的巧言令色，她都见过不止一两次了。想必柳良杵说的安稳之地，怕是那深不见底的地狱吧。

"那本官，可要多谢相国好意了。"慕晴说着，便靠近柳相国，然后用那双带了利刃幽光的眸铮铮地望着他道："不如，相国和本官，一起去那地方，如何？"

"你！"柳相国眸子顿时一缩，狠狠地甩开袍子。半晌，才恶狠狠地说，"皇后不要敬酒不吃吃罚酒！"

慕晴摇头，"相国也不要，玩火自焚啊。"

"哼！"柳相国奋力冷哼一声，拽起柳惠蓉的手就往外走。临到门口，柳相国侧了眸，"本想让皇后去得安稳些，现在，就别怪我了。"说罢，便带着柳惠蓉离开了。

慕晴深吸一口气，重重地靠在一旁的墙上。

虽然现在气势上绝对不能示弱，但是……这即将迎来的死战，她现在却当真没有头绪。

只知道，此局一定是先除她，再直指王爷。她现在不能让王爷帮忙，定要为了大局，保存王爷的实力。所以现在她必须独自奋战，与这只手遮天的相国一战到底。

不过……她在明，柳相国在暗。

当看不到暗处那蠢蠢欲动时，便只有一个方法可以破局。那就是等待着那

些躲在暗处的幽冥自己浮出水面。便是在它们想要吞噬掉自己的瞬间，才是他们完全暴露的一霎。

只有那一瞬间可以破局。

否则，她就真的要卷入这无底洞了。

当然，这场破局之法还有一个最大的隐患。如果当那藏于暗处的局被抬出来后，她却无力来破，那么等待她的，或许是比地狱，还要残忍的结局了。

都说人人想当官想掌权，但只要进了这个核心漩涡，再想出去，真的太难太难。这个漩涡里，没有好人和坏人，也没有正义英雄，只有成王败寇，而王，就是英雄！历史也将由胜者书写。

若是她苏慕晴真的输了，那么……或许将会被杜撰成为千古妖后，百姓唾骂。

她有种预感，这将是一场不同以往的生死结局。而那种将死的不安感，似乎已经沁入她的每一滴血液。

"哎呀……"慕晴长叹一口气，而后重重地伸了个懒腰。

与其现在愁眉不展，不如洒脱地好好活着。

屋外忽然刮起了一阵清幽的风，吹在这春意盎然的地方，碰落了一片片的无根之叶。

"落叶归根。"慕晴轻轻念着，脑中回忆着这皇宫的种种。

也该是整理整理一切的时候了，免得若是真走了，走得仓促，又会留下满身的遗憾。她应该趁着这风雨之前的宁静之时，去营造些美好的记忆。如果，到时候老天真的要她死，她也会人走留香，将自己在这里活过的记忆，深交过的朋友，一一刻在自己的脑海中，不想忘却。

慕晴将手静静地捂在那丝丝抽痛的胸口处，感受着那依旧在跳动的心。

若是她最后失败告终，活不下来，便也给那个人，一份最后的回忆……

换了一身较为正式的衣裳，慕晴第一次对着镜子亲自填补妆容。粉红胭脂点绛唇，轻抿几下，便比方才要艳丽得多。她双手扶镜，仔细地凝视对面的自己，总觉得还是有些陌生。如此倾国倾城的女子，是否才是北堂风念念不忘的她。慕晴舒口气，忽然有些忐忑，想来自从到了这个世界，虽然北堂风暗中处处帮她，可是他却从来没做过什么自己认为温柔的事，北堂风心中所爱的，究竟是现在这个与他只接触了几个月的女子，还是曾经相濡以沫的结发之妻？

她挪动指尖，掩盖住镜中自己的脸，心中不由得有些发闷。最后整理了几下衣带，她提着裙摆静静地出了门。

按照北堂风的惯例，下朝之后一定会在飞霜殿处理公事，对于这个地方，若说她没有丝毫的阴影，那绝对是骗人的。

她站在正门口，凝望恢弘大气的宫殿。两旁缠绕的金龙，似是要将来者吞噬殆尽。她用力地深呼吸几下，刚要迈出第一步，便见北堂风带着李德喜正从飞霜殿走出。

正午烈阳，他身上明黄的龙袍显得格外尊贵，眉目间烙印着凝重，似是国事遇到了难题。慕晴脚尖轻顿，又渐渐地缩了回来，心中顾虑此时邀约会不会有些不合时宜。于是动了动指尖，索性转了身准备晚些再说。可身子才刚动，她这纤细的身影便落入北堂风的眼中，北堂风眼瞳轻颤，启唇想要唤她，却加快了几步忽然上前一把握住慕晴的腕子。

慕晴心头一紧，因着身子还有些痛楚无法站稳，以至于在回头的瞬间狠狠地跌入北堂风的怀中。长发随风飘起，如绚烂多姿的墨藻，卷带着一份幽凛的香气，令北堂风的眼瞳微微多了些雾气。

"伤还没好，为何跑来这里？"他开口，如平日般语气冷漠，可是只言片语中却渗透着过去没有的关切。

慕晴手扶在他的胸口，第一次觉得这样的怀抱是如此安心。她淡淡而笑，抬起红晕下的眼睛，毫不闪躲的视线让北堂风的眸子再次划出了些动摇，尤其是在看到今日的她，竟然穿了正装，让人无法不动容。

北堂风静静回眸看去，欲将手松开，忽地又被慕晴握紧。他回望向她，总觉得今日的她有些莫名的焦急，就好像想赶在什么事情之前见他那般。

"不知皇上政事是否已处理完，可否陪臣妾去御花园走走？"慕晴开口，脸上浮现了些真挚的迫切。虽然不知她为何如此，可是单单从她为他受的伤还未痊愈这点，他也便不会拒绝她。他有些无奈地舒口气，看向她身后的方向，"不然朕找人抬着你去御花园？"

慕晴眉心一蹙，轻推了下北堂风，"一点点皮肉伤，还不至于靠担架行路。"

"担架？"北堂风略有疑惑，却也没有追问，上了前凑近慕晴，忽然带了一种不经意的蛊惑，"朕还没有完全信你昨日的话，你就急着想与朕谈情说爱了吗？"

慕晴挑了右眉，不置可否，只是唇角噙着笑意，淡淡而道："臣妾只是路过此处想邀约皇上赏花，若是皇上公事繁忙，臣妾就不多打扰了。"慕晴侧眸，脸上的笑意尽失，正要离开，却再一次地被北堂风拽回来。他单手揽着慕晴的腰际，一手轻挑她的下颌，凑近，低语，"此时正值冬季，朕的皇后还真是会选好时候赏花。"

"冬季也有倔强不灭的花。"慕晴绽起一抹笑，顿如暖春，竟让北堂风看得有些失神。他微垂了眸，如渊深黑中透着一丝安静，忽然间觉得这个女人，竟让自己觉得有些璀璨得睁不开眼。

莺莺燕燕处处皆有，冬季倔强而不灭的花，当真让他有些期待。

现在这样的苏慕晴，或许……

他略有深意地看向了远处，忽然用力将慕晴横抱，慕晴惊讶之下手忙脚乱地揽住了北堂风的脖颈，然后有些愤愤地看着他。

北堂风轻舒一口气，迈了前走，落下了轻语飘至她的耳畔，"朕，还真想见见这冬季之花。今日，破例陪你。"

慕晴扯唇，下意识地将脸埋在他怀里，伴着清凛的寒香，让她突然有种莫名的感觉。从太医院那时候开始，她或许就在不知不觉地在向他任性了。那时起就有一个总也抹不去的声音时常在她心中响起——只要这个男人在自己身边，她就会好好地守护住他。

冬日的御花园，确实不似盛夏那般艳丽。苏慕晴初次来此便已是腊月，故而也就对五颜六色的花丛没有任何的印象。只是今日天气尚好，温度渐暖，因着春季快到的原因，此地倒是有种新生的感觉。慕晴从北堂风怀中下来，静静地看着这略微有些寂寞的花园。

这里确如北堂风所说，并没有什么可供观赏的花类，可见的色泽不过一二。她叹口气，指尖轻抚仅剩的残叶，喃喃自语："还真是没有可赏的花朵。"

北堂风停下步子，亦是安静地在慕晴身后凝视着她。花朵含苞未开，四处满是青绿，金色的暖光柔和地洒落在眼前一身红衣的她身上。风轻轻吹动，弥漫了些微凉的香气，他唇角微动，淡淡地说道："无碍。朕想赏的，已经看到了。"

慕晴微顿，蹙眉回望向北堂风，"皇上怎可独享，也让臣妾看看。"

北堂风深望着她，走近，忽地从后面揽入怀中，"那是只有朕才能看的。"

"小气。"慕晴闷哼，脱离了北堂风的怀抱，忽然想到什么，于是喜悦回眸，"皇上，您笛技甚好，可否教臣妾一二。"

北堂风蹙眉，忽然想起自己不久前在废殿里吹笛的夜，心情不由得多了些沉重。但很快，他便敛住了所有的不快，道："好，如果你想要的话。"说着，便从怀里掏出了那蓝穗玉笛，指尖一转放在了慕晴手里，"你先吹看看"。

慕晴用指尖滑过这雕龙蓝穗玉笛，心中划过了一丝暖意，终是有机会可以试试这支在梦中出现的笛。雕龙玉笛的做工极其精良，在每一个细微的地方都有着细密的雕纹，纹路自然大方，当真如同盘柱天龙，外配上这条上等的蓝穗，倒是与北堂风的气质略有几分靠近。

她凑近唇，轻轻吹动，本以为会如那夜听到的悦耳笛声飘入，谁料却是空吐出一口气。北堂风静默地看着，竟忍不住地笑出了声，当自己察觉到时，发现苏慕晴已经用着难以置信的眼神凝望着自己。北堂风眉角轻颤，将眸子转向他处。

慕晴摩挲了两下玉笛，心中飘过一丝暖意。平日北堂风总是冷漠少言，方才是她第一次见到他的笑容，竟是如破冰之阳般沁人心脾。

北堂风忽从后面环住她的身子，修长的双手轻覆在慕晴冰冷的柔荑上，"这样。"他低语着，声音中透着些刻意的蛊惑，同时引领着她的手缓缓将玉笛移向唇边，"慢一些，气息要稳。"

被北堂风如此碰触，慕晴的身子仿佛都僵在了一起，从他身上传来的寒香，如绳索般将她圈圈缠绕，甚至令她无法呼吸。慕晴心中大念不好，随着自己认清心中的情感，似乎就已经被北堂风制住了。

倘若在这场游戏中，北堂风并非出于真心。兴许会让她站得高摔得狠。她动了动眼，悄然窥视了北堂风，总觉得自己还是看不透这个男人，一点也看不透。

之后不容多想，在北堂风严格的指导下，慕晴终是将笛声吹起，声音悠扬，如丝飘散。慕晴心中喜悦，眸子忍不住地颤动了一下，脸颊泛起的微红，如熟透的青果，让人忍不住想尝上一二。

北堂风后退了一步，从旁侧凝望着眼前女子，眼神如深渊般沉寂，似是在深思什么。忽听李德喜一声"军机大臣求见"打断了他深入的思路，用指尖松了松眉心，他又重新看向慕晴，"皇后，朕还有要事忙。若你喜欢，笛子就赠予你了。"北堂风冷冷说道，似是在刻意压制住心中渐起的焦躁。

放下手中的雕龙玉笛，慕晴回身望向一身清凛的北堂风，晕角下的眸变回了原来那种仿佛可以看透一切的清澈与冷静："多谢皇上相陪。"她走近，略微地行了个礼。

"嗯。"北堂风点头，看她的眼神却依旧夹杂着一抹复杂。微风吹动了明黄的衣角，落在她眼前轻微地摆动着，转身时撩起的长发，仿若丝纱，飘渺得如同远在千里般的遥远。她静静低垂眸，直到感觉那抹寒香离自己愈来愈远。她攥紧玉笛，第一次感觉到手里的这样东西是那样的冰冷。

是了，人不在身边，笛子也不过是样物件罢了。

她蓦然抬眸望向北堂风那即将消失的身影，捏着玉笛的手，用力又松开，像是心底仍然遗落了什么那般。这种突如其来的空落的感觉，隐隐作祟，钩扯着她的心。

在自己奋力一搏之前，好像还有一件她想留在记忆中的事。

还有一件……

清亮的眼瞳顿时颤动，她忍着身上的痛，忽地向北堂风跑去。长发丝袍随风缠绕，如画卷中走出的仙子，美而不娇。

探出指尖，蓦然抓了北堂风的手，却也似乎用尽了这残败身体的最后一丝力气。

北堂风就这样毫无征兆地被她忽然的力道强拉了回来，转眸间只感觉到自己冰冷的唇被一种温暖的柔软所包围。这一刻，她与他是如此的相近，如同在分享着彼此最后的温暖。他感觉到她的唇，带了些许不经意的颤抖，似乎有些胆怯，可却又霸道得让他无法避开。

她深望着他，吻得越来越深，仿佛是想将他的一切刻印在心中。也让他，第一次慌了手脚。

他紧紧抓住她的手臂，稍稍用力似是想将她从身边推开。

她看得出，今日的他，虽然破例陪她，但这一吻，多少能感觉出他偶尔闪避的意味。可或许此时的相交已是最后的光景，她不允许他有任何的逃离，至少……在这一刻。于是慕晴轻轻蹙动了眉头，双臂环住了北堂风的腰际，瞬间再度拉近了两人的距离，使得那个吻，更深，更深。

这时，似是有什么东西，在北堂风胸口中疯了一般地涌出，冲破了他的理智，也冲破了他精心竖起的冰冷，他忽然紧紧拥住慕晴，也深深地回吻着她。周围的一切仿佛都在旋转，一切都仿佛都变得不再重要。

在这个世界，只有他与她。

就在北堂风快要沉落在那仿佛夺取他一切神智的吻中之时，慕晴却忽地双臂用力，将他推离了自己。她连退两步，深深地喘息着，紧紧咬着自己的唇瓣，而那锐利的眸子也紧紧地锁在北堂风倾世俊颜上："别忘了苏慕晴。"慕晴忽然笑了，而后从他身边轻轻跑走，如同转瞬即逝的昙花。

北堂风先是一怔，随后喃喃轻语："朕，不会忘记的。"

已经背离北堂风的慕晴唇角微微绽出笑:"如此,便好。"

当上官羽找到苏慕晴的时候,发现她因为伤患未愈几乎疼得晕倒在回凤阳宫的路上。脸上带着虚汗,嘴角却还噙着笑。他着实因为这不听话的主子而无奈,却也不能多说什么,只是将她抱起,继续往行宫走去。

半路上,慕晴忽然揪住上官羽的衣角,见上官羽缄口不言,于是忍不住笑了:"上官你今日心情甚为不好?"

"如果自家主子能少让奴才们操心,奴才也不会如此了。"上官羽闷闷而道,下意识滑下视线看向慕晴。

慕晴轻咳两声,刻意避开了方才的话题,忽然想到什么,道:"对了,你可知宫中藏书都在何处?"

上官羽顿步,刚要启口,却又好像有所避讳,直到对上了慕晴利刃般的眸后,才无奈回道:"御书库藏书甚全。"

慕晴心头一紧,总觉得这个地方自己脑海中尚有记忆。哼动几声,忽然想起在她刚进宫被逼记忆宫中所有行宫之时,唯有这御书库被管事太监一言带过,似乎刻意忽略这个地方。这也难怪如此爱书的她,总是因为无书而发愁。

慕晴盈盈一笑,心中已有了决定。柳良杼的阴谋不知何时发起,与其在凤阳宫中对着空屋发呆,不如埋在书堆享受最后的宁静。最重要的是,她还想趁机查一些东西,以助自己早些回忆起卷轴之事。于是她侧眸看向上官羽,眸子中闪动着幽幽蓝光。上官羽自是知道她的意思,惆怅了一会儿,便不得已转步向御书库走去。

皇宫,御书库。

当停在书库大门口的时候,慕晴轻轻地顿住了步子抬头望去。这里,连空气中都缱绻着一股书香,可也同样带着一种古味,一种近乎腐朽的气味。整体看来,也算是一个行宫,只是安静得没有一丝的声音。大门尚未积土,当是有人管事。她向前走了几步,握住铜环用力地敲击了几下,震动不小,瞬间打破了这里的沉寂。

这时,门开,随着厚重的声音响起,一个鹤骨鸡肤的老太监顺了门缝映出。他扫了眼慕晴,口中喃喃自语着什么,而后用力地抹动了下有些昏花的眼睛,在看清慕晴衣角上绣着的凤图后,他惊恐万分,战战兢兢地低喃:"老奴……给皇后娘娘请安……"

慕晴即刻上前扶住老人，眼中透露了些柔软："公公不必多礼，本宫只是来找一些书，看完便走。"她笑如暖阳，让老人黯淡的眼中渐渐滑动了些光辉。一旁上官羽望了这一幕，脸上亦多出些柔和。

"这里许久没人来过了。"老太监有些感慨地说道，"不知娘娘想借什么书，老奴为娘娘带路。"

慕晴眉眼微眯，心中早有定夺。于是上前一步，字字认真地说道："南岳，北堂五十六年至今的，全部宫廷史卷。"

老太监脸色顿露惊恐，像是想起什么沉重的回忆，"皇后娘娘，老奴守了这书库几十年了，没有人敢来询问这段历史，是因为皇上下了圣旨。"老人家说道，便抬头看向慕晴，"谁再提起北堂五十六年之后的宫廷史，一律问责。"

"哦？"慕晴立刻机警起来，"一点都不许透露吗？"

老太监有些为难，踌躇半晌，才郑重说道："难得娘娘会来御书库，如果是初卷的话……或许……"

"初卷足矣。"慕晴唇角微扬，眼中淡出清幽碧色。

老太监深叹了口气，点点头，踏着摇晃的步子回身带路。慕晴紧跟其后，脸上透着些深思。在南岳究竟发生过什么事会让北堂风那么在意那段历史？而这一切，又与卷轴，与苏慕晴有着什么样的秘密？

或许，她很快就会知道了。

……

走了好一会，老太监才将慕晴带到一个巨大的檀木柜前，老太监先请慕晴稍后，随后自己战战兢兢地用双手扶着梯子向上攀爬。待到最高处，他从里面掏出了一册被金丝纹布所包住的书。然后又同上来时的步子那般缓缓下来。他将册子放在慕晴手上，道："这段历史是皇上自己都不愿回忆的。虽然只是初卷，却也足以让皇上心生痛楚。"说完，便与上官羽离开了书房。门声响动，周围再次陷入一阵寂静之中。

慕晴用指尖抚过有些泛黄的册子，脸上透露着一种凝重。她知道里面或许藏存着一些令她找到密卷的蛛丝马迹，但同时也知道，或许当她打开这有如被诅咒的尘封之史后，又会从苏慕晴本身的记忆中，回想起什么。但是如果此刻不看，或许她将一生也无法想起密卷所在之处。

唯有试试看了。

眸间闪过利光，慕晴像是下了某种决心那般谨慎咒将那册子拉开。陈旧的墨味缓缓飘出，清脆的书响回荡四周。

她用指尖在上滑动,不愿意漏过任何一个细节,但当她看到"北堂风"三个字的时候,心头猛咒一缩,"怎么会是这样……"她低喃,有些不能相信所看之言。指尖垂下,弥漫着一种颓废。

北堂五十六年,皇子风少聪慧,因伴青芒而生,被视为不祥。其王皇后李贞神思恍惚,于北堂五十六年腊月初三,弑子未遂。此后皇子风性情大变,对任何人,难以信之。

后面的几页,不知被谁撕去了,找遍初卷,关于北堂风的也只有这一句。也难怪老太监肯让她看了。不过或许老太监并不知,虽然她没看到关于密卷之事,却明白了另一件让她豁然开朗的事。

慕晴笑起,肩膀轻颤,而后转为大笑。她轻拭了眼角因笑泛起的湿润,然后将初卷合上。清丽的眼中,透露着一抹复杂而苦涩的情绪。

始终等在外面的上官羽安静地站在不远处,老太监自是不会走远,只是弯身摆弄着周围有些发枯的草叶,见上官羽神情有些凝重,便出声问道:"老奴隐约记得在一年前偶尔见过皇后一面,却不是这般气质,上官大人难道不觉皇后好像变了一人?"

上官羽眉头轻锁,并没搭话,心底却也稍有认同老太监的话。但皇后经历劫难,心绪变化也无可厚非,况且世上又岂会有变了一人这种虚无之事。

老太监轻轻笑了,继续掐动烂草,口中自喃:"人老了,看的东西多了。人是会变的,但是心不会变。一年前的皇后看似温婉,但气息凉薄,应是个寡情的女子。而今这位,看来清凛,却是一个重情义之人。"

上官羽疑惑地看向老太监,但老太监却转而哼了小曲,对于方才的事再也不提。上官羽垂眸深思,当真受了些老太监的影响,忽然见到慕晴从房中出来,却发现她的脸色有些苍白。

伤口发疼,慕晴忽然觉得脚下有些发软,上官羽急忙上前扶住。慕晴摆摆手,嘴角勉强扬起一丝笑,"本宫没事,别大惊小怪。"她看向老太监,发现他早已不知何时看向了这边,"初卷已经看完了,多谢老人家。"声音很轻,却透着真诚,让老太监再度确认了心中的想法——这个女子,绝非一年前那凉薄之人,只是究竟是谁,就只有上天才能知晓了。

告别了老太监,上官羽搀扶着慕晴往凤阳宫走,清风阵阵,撩起了些沉寂。见她有些过于安静,上官羽忍不住地想找些话,不料却先一步被慕晴截断:"上官,以你对皇上的了解,如果现在我对皇上表述忠诚,他会相信吗?"声音清淡，如羽飘摇。

上官羽微怔，回道："皇上经历与人不同，对人极难信任。何况一年前皇后有叛在先，皇上当是不会那么容易就旧情复燃。……不过这只是奴才愚解，还望娘娘不要放在心上。"

眼眸垂下，慕晴轻轻扬动了笑，顺着风看向远处，竟然有些莫名的嘲讽。

上官羽说得没错。自己的母亲背叛过，唯一深爱过的女人背叛过，面对这样的女人，只言片语的爱，是决然不会相信的。若是换作她，也绝对不会相信。

此刻才明白，或许她对他的真挚，只不过是让他能顺水推舟更好地利用她找回密卷。

她哼笑了几声，松了扶着上官羽的手，径自一人向前面走去。缱绻的青叶在空中飞舞，撩过她的长发，如同孑然一身的孤凤，绝美，却有些淡淡的寂寞。

看来她需要，一个人冷静冷静了。

飞霜殿内，沉寂异常。扔开方才兵部尚书送来的折子，北堂风深深地吐了口气。

空荡荡的殿里，唯有几名毫无声息的侍卫。他指尖捻动着手上的扳指，眼神略微有些深邃。这时李德喜走近，询问北堂风是否与苏慕晴一同用晚膳。仅仅是提了名字，便让北堂风的心头忍不住一紧。沉默半晌，他只是轻轻摇动了下头，李德喜看了北堂风略有孤寂的眼神，着实不能明白这看起来已经与皇后重修旧好的皇上，为何依旧是这副不曾卸下心防的感觉。他踌躇着，终是无奈退去。

独自落空的北堂风垂了眸，用拇指抹过不久前被苏慕晴吻过的唇，心绪似乎有些复杂。她身上的香气似乎还残留在他身上，碰触过的炙热也不曾退去，虽美好，却又如同一种刻骨的毒般搅乱着他的心。他深吸口气，静静望向殿外斜照进来的深色夕阳，喃喃自语："不能再深陷了……已经，不可以了。"

同夜，宫外。在不远处的南城，好像正有着什么东西要从地下涌出。整个南城都笼罩在一片死寂之中，城内外不停飘出的尸臭，如同一种地狱般的气息般卷裹着灰暗的天空。呻吟声、痛哭声、嘶喊声、哭泣声不停自城内传来，就连乌鸦沙哑的叫声，也撕扯进这片阴暗潮湿的地方。

连日来的封锁，使得南城上千万的百姓饥寒交迫，多日未进食的身躯或许熬不过明日。

这已经是这座城的极限了。南城，即将变为死城。

当最后的一缕朝阳缓缓升起，将这片绝望之城照出了一抹光线之时，南城后门忽然被人最大限度地推开，随后鱼贯而入地进来了许多与此地格格不入、全身上下透露着铜臭味的商人。他们像是正要往高处运送什么东西。将死百姓一见，求生的本能忽然萌生，他们顿时像是疯了一样地向着这群人冲来，纷纷伸着手在渴求最后的一份救助。

那些衣冠楚楚的商人看到这些肮脏的难民，厌弃地哼动，像是对落水狗一样将他们狠狠踢走，还时不时地回头咒骂几句。

经过了很长一段时间，商人们终于将这些大包运上南城高台，他们起身擦汗，眼中映出了不知何时已经站在那里的黑衣人。那人安静地凝视前方，似是在享受着如此腐臭的气息。

其中一人搓动双手，谄媚地与黑衣人说了两句。但黑衣人并没有理会他，而是看向这台下仿佛泥沼中的冤魂般的百姓，久久地望着，望着。

"天，快亮了呢。"半晌后黑衣人忽然开口，语气冷漠，像是在故意压低心中淡淡的哀伤，他转而看向那被挤得满满的袋子，略有深意地低喃，"人一辈子追求名利权势，倒头来，还不是为了生存……"说罢，此人忽然捏住了一个大袋子上的捆绳，一把扯开，泛着黄金色泽的粮食突然如流水那般从袋中渗出，他冷笑一声，低喊道："把粮食给我架起来！"

声音落定，包括搬运的人在内的所有人都忽然处于一种亢奋状态。他们奋力将大包的粮食堆放在高台的侧面，袋口朝向所有的百姓，蓄势待发。

百姓兴奋不已，如同看到了生存之望，于是都像是疯了一样地嘶喊着，甚至人踩着人向着高台爬去。

"是粮食！"

"有吃的了！"

"不会饿死了！"

四处充满着本能的疯喊，为了粮食不惜将他人踩在脚下的样子让黑衣人带了一抹复杂的心绪。他缓缓地背过身，不想再看如此的人间地狱，缓缓扬起手，然后极为干脆地落下。

这一瞬间，得了令的高台上之人顿时兴奋起来，他们也喊叫了几声，然后如同施舍畜生那般将那粮袋口处捆绑的绳子全部拉开。

伴随着朝阳的升起，那如同瀑布般的金色的粮食便缓缓撒在了台子下那些百姓的脸上，身上，甚至数量多到能将最底层的人掩埋其中。百姓疯狂地伸出手接着，张开嘴接着，恨不能真的将这些粮食一粒不落地全部存入自己的肚中。

这些人在饿到极限时，好像没有了理智。

黑衣人背身负手而站，沉着地听着身后疯狂的咆哮与嘶喊。

见粮食已经发了一半，几个粮商忽然想起了那黑衣人前几天夜里说的话。于是四目相对，忽然齐声对着下面的百姓喊了一句话。

这句话，让所有正在夺粮的人纷纷一惊，顿时造成了一方混乱，众人纷纷狂躁着，有愤怒的，也有感恩的，更有不能相信的。

正是在整个南城都陷入前所未有的暴动的同时，黑衣人静静转回了身，喃喃而道："有道是，有仇要报仇，有恩要报恩，对吗？"

百姓愣住，望着那些仍然在铺天盖地散发的粮食，他们忽然就像是被牵住了所有的意识那般大声地回应着："对！！有仇要报仇，有恩要报恩！！"

"你们，是不是想从这肮脏的死城出去？"那人又说，仿佛是将这南城的气氛掀到了极点。

"要出去，要出去！！！"百姓开始欢呼，并用一只手狠狠地向上方举动着。

那人缓缓扬动了一抹笑容，而后从台上一步一步地走下，渐渐来到那群疯狂的人中间。百姓纷纷给这人让路，仿佛没人敢靠近。

就在这时，这人来到了那久未开启的大门前，忽然大喝："来人啊，给我把这门撞毁！"

话音刚落，那些方才还在搬运粮食的人纷纷来此，一下又一下地撞击着那大门，声音阵阵，渐出裂痕。百姓一见，忽然变得更加亢奋，然后疯狂地上前跟着那些人一起拼命地撞击着。

黑衣人站在一旁，静静地看着他们，垂下的眼眸闪动着一缕绝情。

没过一会，整个门便被重重地推倒了，落在地上，扬起了一片厚重的灰尘。

众人兴奋着，嘶叫着，因为大门的倒塌，将预示着南城从此不再是死城！

他们活下来了，他们不用死了！同时在这些几近疯狂的人心里，也只剩下一个名字。

望着眼前的混乱，那人忽然笑了，忽然甩动了袍子转身面向皇城方向，指尖一指，大声说道："在那里有仇报仇，有恩报恩！"

百姓听后，即刻随着那人的话疯狂地喊了起来，他们望着他手指的方向，然后疯狂地跑去，也瞬间将黑衣人淹没在人海里。便是在他们全都若洪水那般涌入不远的那方时，黑衣人勾唇一笑，又将那帽檐戴上，悄然转身向着相反的方向而去了。

同一时间,相国府。

天还未亮,柳良杵就起身在院子里悠然地听着小曲,摇头晃脑,嘴中阵阵哼唱。

忽有一雪白的鸽子顺瓦飞入,轻轻停在了院中石桌上。柳相国眉眼一弯,晃着有些肥硕的身子来到桌旁一把捏住了信鸽,将它翻过,并从它的脚上小管里拿出一张小纸。他摊开,自上到下自己读了上面的字,忽然将那纸捏起,在那张老谋深算的脸上渐渐露出了一抹无法掩饰的笑容。

在一阵大笑后,柳相国忽然将眸子抬正。他敛住了一切的笑意,阴冷而道:"好戏开始了。苏慕晴,这一回,谁也帮不了你,北堂墨如是,皇上,如是!原本没想如此,怪只怪你与本相作对,蛊惑了左寻踏错阵营!"说罢,柳相国深吸口气,又继续哼动小曲,依旧是摇头晃脑,却好似比方才少了一分闲逸,多了一分……无法遮掩的,杀意。

另一面的祈亲王府亦不平静。

一身白衣的北堂墨原本正在房里静静地撩拨琴弦,指尖滑过,却掩饰不住心中的焦躁。

忽然间中弦断裂,崩成两半,他修长的指尖划出了些许血红。北堂墨缓缓地抬开琉璃色的眼睛,眸子下滑,看了眼那断裂的琴弦,眉头锁,又转而看向自己受伤的指尖。他在沉思着什么,随意地探出舌尖,缓缓舔舐掉了指尖的鲜色,如在品尝一种绝美的味道。

断弦乃不祥之兆。

北堂墨索性从椅子上慢慢站起,负手来到了门口。他看向那有些压抑的天,俊眸中闪过一缕幽光。

好像有什么事情,要发生了。而且,还是大事。

此时离若白忽然匆匆进入,看到他那焦急的神情,北堂墨的眸子更深了。闭眸听了离若白的探报,北堂墨倏然抬起双眸,便是连薄唇都忍不住地开启。他看向不远处的皇城,渐渐陷入了沉寂。

这一局,有人刻意把所有人都摒除在外,无人能帮忙解围。

这一局,若走错一步,皇后,凶多吉少。

清晨，有些微凉。不知怎的，一大早慕晴就一直觉得有些不安稳，她独自站在凤阳宫的院外，仿佛是在感受着风中微微带来的死气。

自从那日从御书库中回来后，这几天就没见过北堂风的面，李德喜倒是过来打过招呼，说是皇上国事繁忙近日暂且不入后宫。虽然是这个理没错，但慕晴心里知道，北堂风也在有意无意地避着她，想必也同她一样想要冷静冷静。

这样也好，这样便不会因为感情的事冲昏头脑。

"娘娘，起风了，还是回去歇息吧。"这时上官羽从偏房出来，手里拿了一件披风，然后静静盖在苏慕晴身上。本想就这样转身离开，却被慕晴一把抓住。

上官羽微愣，不知她有何意。

慕晴紧紧蹙动着眉，清亮的眼中有些繁复的心绪。晨风渐起，将她鬓角的发丝微微吹起，撩起了一种无形的寂寥。她转身看向上官羽，低声问道："上官，你觉不觉得，今天这风，好像格外冷。"

上官羽不解，抬手感受了一下："奴才觉得，与平日无差。"

"是么。那便是本宫多心了。"慕晴唇角却噙着悠悠笑意。她抬眼看向偌大的天空，迎风而站，"上官，本宫忽然想上一次这皇宫高台。可否同行？"

上官羽望着慕晴，也有些感触，总觉得，这几日的皇后好像因为什么事情总是惴惴不安。于是也没多说什么，只是点了头，带着伤还没全好的慕晴，缓缓去了宫里最高的地方之一——南岳高台。

南岳高台，是一个可以将京城全部景象尽收眼底的地方，这样俯瞰天下的辉煌，慕晴偶尔也会来此感受一下。总觉得只要待上一会，就会觉得心胸开阔不少，连平日积攒的烦恼也会一扫而空。

她站于风前，闭眸呼吸，发丝凌乱地飞舞在空中，仿佛将变成灵动的绝美仙子。上官羽静静地站在一旁，竟也有些看得痴了。晃过神，他赶忙收了心态看向他处。

忽然的一阵冷风阴阴袭来，令慕晴感到一阵发寒。忽然捂住自己的心口，察觉了一份异样的窒息。这种极其不好的预感，要比过去每一次都要剧烈。

"出手了吗？"慕晴若有所思，看向那渐渐被云朵遮住的朝阳，"今日天气不佳，心绪烦躁。如若有事……"

上官羽忽然打断慕晴思绪，他眸子一缩，手指前方而道："皇后，您看那是什么？"

慕晴心头一沉，抬眸向着上官羽所指方向看去，脑海中似乎有什么预感的地方静静闪过。

南城……南城！

为什么会忽然想到南城？

"奴才这就去查。"上官羽说罢，便转身要走，然而刚一动弹，却被慕晴忽然拦住。她站在远处，轻眯着眼像是在仔细聆听着什么。上官羽见状，也跟着闭眸听起，总觉得，好像有什么声音，像是什么人在喊着什么……

"是在喊杀吗？会是暴民吗？"上官羽说着，于是更加用力地侧耳，"若是暴民，要赶紧通知皇上镇压。"

"不对，不是暴民……不是……"慕晴依旧静静地听着，脸色逐渐有些发白。

这时，微风轻起，吹拂在了她白净的脸上，静静的，凉凉的，撩起了一阵无形的阴霾。

上官羽点头，随即又细细去听，可就在那声音愈发明显之后，他便倏然抬起了眼，一张俊脸上显出了一份前所未有的苍白与僵硬，而后即刻看向身旁的慕晴。

这一刻，慕晴的脸上也有着一种近乎复杂的笑容，她一个失力，跌坐在地上。她笑着，笑得苍白，纤细的指尖紧紧抓着袖口的衣料。她好似又有些神情恍惚，口中喃喃重复着方才听得真真切切的呼喊——皇后，万岁万岁万万岁。

第十七章
捧杀之计

"柳良杵不愧是当朝相国……"慕晴轻闭眼眸，脸上虽有难色，却仍然镇定自若，"还真是给我挑了一个特别的死法。"她轻笑，慢慢地扶着围墙站起身，不远处脚步阵阵，打乱了高台的宁静，她连看也没看，便知道来人是谁。

由皇上直接调配的锦衣卫最高统帅——锦衣卫指挥使，沈云之。

随之而来的，还有皇宫精锐侍卫，不多不少几十位，押她这皇后刚刚够用。

她倾身趴伏在墙边，平静地欣赏着初次见到的这些锦衣卫，心中残存的一丝暖意也被瞬间夺取。

不过自从看过了御书库的史料，她也就不惊讶于此了。此时京城四处有乱民滋扰，皇后万岁的字眼震满天空，稍微有所轻视，说不定她苏慕晴当真能举了大旗叛乱称王。没有当场让人将她毙命，已经是皇恩浩荡了。若是她没想错，待她被扣下，平日噤声不言的大臣们，终于有了机会可以拿着快要落尘的奏本上来将她好好地弹劾弹劾。

只是她虽看得清这场大势，看得懂北堂风的心思，但心头，却还是被刺过丝丝凉意，有一点点痛，也有一点点麻木。

北堂风，果然是不相信她，对她的亲昵与关切……果然只是海市蜃楼般的虚无。

她轻轻地探出手，想要抓住飘散而过的风，只是手握紧了，它却消失不见。

慕晴长舒口气，掸了掸双手，重整了精神看向正缓缓向自己而来的锦衣卫。

她忽地想起什么，侧身对上官羽道："上官，前几日本宫让你查的那衣料可有结果？"

上官羽脸色犯难地摇摇头："那块衣料看似宫中之物。关于是具体何人的，因宫中人数尚多，尚未查明，还需些时日。"

"时不我待。"慕晴轻轻咬唇陷入沉思，见沈云之已经带人开始蹬阶，于是赶忙压低声说，"上官，若本宫能化解此劫尚可，若是失败，你则再不可提起苏慕晴这个人，定要与我划清界限。否则会受牵连。另外，若是有机会，私下将衣料交予王爷，或许会有所帮助。"

上官羽心头沉重，似是忽然想到什么，于是说道："还有一事，娘娘。东厂与沈云之那里不同，东厂掌握着大量的密卷，在入宫时，东厂早已将每位宫人镶有一种特别的粉末，名为踪迹粉。人均不同，无论被撒上此粉之人逃到天涯海角，都绝逃不出东厂的手心。这个，或许能帮得上。"上官羽从怀里掏出一个小瓶放在了慕晴手上。

慕晴眸子一颤，唇角绽出一抹笑，忽地紧紧握住，"将这个，也一并给王爷。另外……"慕晴垂眸沉思，淡淡而喃，"与王爷说，宫里无论出什么事，都请王爷暂时别贸然行动。因为这场局，似乎盯上的不止我一人。"

上官羽微愣，随后重重地点了头，还没等回话，高台后面的大门突然在一声巨响后被人推开，不消多时，几十名黑红束袍的锦衣卫便将高台重重围住。他们顺开一条道，留给了最后步入的沈云之。此人面上极冷，仿佛不食人间烟火，若说上官羽带了丝丝阴冷，那这沈云之则是一种强硬，仿佛他的一切行为都不允许任何人有任何的反驳。

慕晴忍不住掩唇淡笑。

北堂风的人，果然都是一派冰冷之相呢。

想起他，慕晴的心中有着暖意，却也不经意地夹杂了些寒冰。如果她能有幸从这风口浪尖上活下来，她还真想温一壶酒，和北堂风好好调侃调侃。

慕晴长长地吸了一口气，她仰头看向天空，眸中闪动着幽蓝淡光。

北堂风重兵押送，她并非淡定到毫无怒意，当真有那么一瞬间想着坐上这顺水小船举兵造反好了。但是……

慕晴微微一笑，长长的睫毛上添染了些轻柔。

北堂风既然已经去过南城，想必早有准备，他之所以不急着出手，就是让她苏慕晴来摆平这件事。他，是在考验她的忠诚，考验她是否会再一次地背叛他。

慕晴以指尖轻轻转动了头发，语气带了些宠溺的自言自语："若是摆平了这场局。你可一定要向我赔罪呢。"慕晴哼笑一声，重新站直了身子面对沈云之。

只见他略微地行了个礼，随后冷冷说道："皇后娘娘，属下乃锦衣卫指挥使沈云之，皇上有令，让属下护送皇后回凤阳宫养伤。"他的语气果然如慕晴所料，没有丝毫的情感可言，冰冰的，让人有些难受。这时他抬了眼眸，侧身让开一条道。慕晴知道，这条道只会通往凤阳宫，也只能通往凤阳宫。

慕晴毫不在意地与他们来到高台大门，上官羽则被沈云之不客气地拦下。他冷冷地看着他，只是低声说了句："缇骑大人，皇上下旨。从即刻起，你便不再为皇后办事。晚一些就去飞霜殿复命吧。"

上官羽眸子微微一颤，不由自主地看向即将离去的慕晴。慕晴只是莞尔一笑，在那笑中，带了一份的感谢与离别。

上官羽心头不由得一紧。皇上将他收回了，从此以后，便与皇后再无瓜葛。难道连这一点皇后都早已了然于胸了吗？

望着渐渐消失的背影，上官蓦然咬唇。去飞霜殿复命固然重要，但是在这之前，他还要帮皇后将这最后一件事办好。上官羽想着，便将那布料与踪迹粉握在手里，向着相反的方向走了。

回到凤阳宫，慕晴倒是悠闲自在地在房中待着。她站于窗前，扶窗看着院中四处走动的锦衣卫，平日里一起打耍的太监们也不见了踪影，想必是被他们抓去问话。她还是第一次被人如此大规模地护送回来，不，确切地说，是软禁起来。现在她这凤阳宫，可是连只蚊蝇也飞不进来。而她，自然也不能出去。

微风拂过微白的面庞，她指尖转动发丝，眸子渐露了些深邃。

她确实没想到柳良杵的动作会这么迅速而且动静会如此之大，他这一招，古来至今鲜少有人能破，连她都不得不赞许一二。

这一招，乃是皇权捧杀，是政治陷害，为的就是借皇上之手，将她陷入万劫不复之地。

历史长河，多少功臣大将死于捧杀之计。只因功高盖主，朝廷难容！

最重要的是，谁也不能替她说话，谁要是替她说了哪怕一句，便会被扣上连同谋反之名，这也是她千方百计不让王爷有所动作的原因。

她被软禁，手脚被困。唯有王爷可以与柳良杵相互制衡，王爷有事，将会是满盘皆输。所以，王爷，绝对不能被牵连其中。

不过……

"北堂风接下来会怎么做呢……"慕晴轻声自喃，垂了眼，心中微微有些发沉。心念着为何柳良杵偏偏想借了他的手，还不如找人来暗杀她来得痛快。

如此这般，不但伤了身，更伤了她的心。

习惯剑走偏锋的北堂风想用何方式，慕晴虽不甚清楚，却也能将那些大臣上奏的方法猜出一二。因为往来此计，大致都会用一种惯用方法来平息。

首先，会暗地将被捧杀者赐死。

再来，对外宣称此人病逝。

最后，再将他以英雄之名，风光大葬，使老百姓安心。

如此一来，百姓虽然会哀痛几日，但是在风头过去之后，也就烟消云散不了了之，更没有机会给捧杀者谋反的机会。

话说回来，平日里北堂风虽然万般保她，但他终归是一个谋大局的皇帝。小打小闹自是不说，但谋反的罪责却已经越了雷池。不知如果当真无法破局，北堂风会不会亲手将她送下地狱。

"生与死，就看当下了。"慕晴闭上眼眸，渐渐陷入深思，回转的潮流在脑海中奔腾，千万浪潮，只待一触即发。

柳相国用了这么大的一步棋来对付她，却不料终于给她机会看清他在暗地里布下的所有妖魔鬼怪。

现在看来，南城放粮，是有人打着她的旗号来的。

先高价卖粮，赚上一笔后，再将难民围困南城。常人若是在濒临死亡之时，忽然有人前来救济，而且救济分量还是让人震撼之多，那么定会让这些濒死之人变得疯狂，甚至会将救济他们的人，捧为天神。

"我苏慕晴……也当了回万岁了……"慕晴轻睐眼眸，眼中透出一抹威慑，"凡是局，便一定有方法破。"眉心轻蹙，指尖微微捏紧了窗棂。

她唯独算不准的就是时间，只看自己在北堂风心中的信任，是否能让他……再留些时间给她。

这次的赌局，关乎性命。

正像苏慕晴所想的那样，此时的上书房挤满了大臣，随着外面隐约传来的万岁之声愈发强烈，这些人的脸色便愈发地慌张了。他们有人不停用小妾绣制的丝绢擦额角的汗水，有人用力捏着趴伏在膝盖上的官袍，手心溢出的汗，将那层银蓝渗透成了藏色。见北堂风稳步走入，所有人都慌忙地起了身迎驾，似是得了救星。

当北堂风凝望着他们焦躁的面庞，眉心微微蹙动。他甩开龙袍侧摆坐于上座，四名太监都忽地将房内所有的窗户一一封闭，响声凌乱，光线逐步被遮掩。

不多时，整个上书房就陷入了一片漆黑之中。周围重兵把守，将上书房堆成了极度机密之地。

几盏明灯亮起，火光幽幽，将大臣们的脸映出了些暖色。北堂风轻转扳指，神情严肃，俊眸中滑动着深邃的光晕，却好似并不慌张。

此时众臣一一跪地，齐声而奏："皇上，请下旨将皇后赐死！"

北堂风缓缓闭了眸，唇角噙出一抹漠然的弧度："然后呢？爱卿准备让她怎么个死法？"

"皇上，臣建议今夜就让锦衣卫在凤阳宫，以毒酒赐死。"其中一名大臣说道。

"皇上，臣建议用'贴加官'之刑，如此一来，皇后死若溺水，便可以此昭告天下。"这大臣说时，还用手稍加作摆。

北堂风单眉轻挑，泛出一声闷哼。毒酒尚不说，"贴加官"则是极其残忍的死法，与苏慕晴敌对的大臣，当真比比皆是呢。

这时北堂风似是想到什么，突然抬了眸，借着火光，他扫视着面前的每一位大臣。忽然厉声问道："公孙太傅为何没来？"

众人一听，便纷纷看向周围之人，却不见皇上所说这人。

公孙太傅，乃是皇上登基之前先帝委派的给北堂风的太傅大人，一生耿直，且一心为皇上着想。先帝曾言，若是皇上有犹豫不决之事，可问过公孙太傅。而且，公孙太傅还有先帝的遗诏，可以先行替皇上决断，先斩后奏。

北堂风眯住眼，黑瞳忽然一颤。他急咬着牙，单手扶额，感到心中一片焦躁。而后二话不说地甩袍起身向外疾去。

众臣纷纷对视，随后都化为一抹笑。

看来，公孙太傅，已经先一步下手了。

天色逐渐转暗。慕晴坐在桌前，视线动也不动地在沉思着，左手指尖轻轻地在玉镯上滑动，一圈又一圈。她抬眼，看了下这已经变成暗蓝色的天际，清亮的眸中渐渐划出一缕幽光。

若是北堂风决议动刑，怕是当天色全暗之时，她便会死于非命。

慕晴轻轻蹙眉。越是这时候，越要冷静。

现在，城外百姓还并未暴起，约莫着还有一天的时间。到了明日这时，若皇宫还没有任何动静，怕是暴民就要在京城造成动乱了。

一日时间，还有一日。若是在一日过后她还没想出任何法子，那么她就会承认败落，为他南岳的江山自己去找北堂风领死。

但在这中途随时可能发生的暴乱，则是臣子们最担心的事。让他们等她一日，简直就是在赌命，北堂风或许会答应，但臣子们定然要快刀斩乱麻，除之而后快。所以现在最大的问题，她极有可能等不到明天，就会先死在自己人手里。

"悲哀啊……"慕晴抬眸，看向那空寂的天，心中渐渐变得沉重，因为他人的杀意对她早已是麻木到不痛不痒，唯独北堂风，这个多次将自己救出水火的男人，会不会亲自手握利剑刺入她的心口。她起身，又深深地吸了口气，紧握着袖口的指尖都泛了青白。

同时，她心中也在惦念着这皇城外的另外一人。

无论她生，还是她死，柳相国下一步，定然将那亏空的赈灾款的罪名直指王爷，然后趁着这个机会，将王爷势力也连根拔起，从此便可以只手遮天。但相国却不知，雁过会留痕，人走会留香。她相信，她托上官羽给王爷的那两样东西，定然会帮王爷在最后关头一下翻盘。对付柳相国，唯有一招：作茧自缚！

她真心希望还能活着看着那操纵政权、为了一己私欲鱼肉百姓的柳相国，彻底倒台的一瞬。

如此，茗雪在地下，便安心了。

正当这时，凤阳宫外忽然听到了些许说话的声音。慕晴眸子一亮，胸口顿时多了些喜悦。或许，是北堂风来了，只要能见到他，并有机会争取一日时间，而若是将那一日争取到，她便还有一丝机会！

于是慕晴加快了步子，想上门口去迎。可当门开，当那外面之人缓缓走进之时，慕晴那双方才还带了些喜色的眸忽然轻动了下，唇角微扬，原先紧握的双手，也缓缓地松开了……

或许慕晴要辜负你了……王爷。

祈亲王府。

北堂墨忽然觉得心口有些发疼，他静静地闭着眼睛，等待着婢女将为他套上最为正规的外袍。在将他身为王爷才能佩戴的虎形雕玉发环扣上之后，他蓦然抬眸，琉璃色的眼中闪动着悠悠流光。离若白在一旁焦急劝阻，用尽各种方式挡住北堂墨出府入宫的道路。但北堂墨始终一言不发，仅是扬起右手，轻轻地调整着袖口的一角。

"备马，进宫。"在一切都准备好后，北堂墨便低声而道，语气中却不见丝毫波澜，使得一旁的离若白更如热锅上的蚂蚁。

见北堂墨要踏出府门，离若白急忙横臂挡在北堂墨前面，道："王爷不能去！这场局很明显是冲着王爷来的，刚好让皇后先挡上一挡，如果皇后不幸被害，王爷也多了一个口实，好拆了相国的阴谋！"

　　"本王自有定夺，让开。"北堂墨低声而道，平时淡漠俊逸的脸上此刻却带了一份冷漠和威慑。离若白眸子一颤，脸色更加难看，于是再度上前挡住北堂墨，"王爷不要再迷恋皇后，若白看得出，王爷定是对皇后动心了！不可以美色乱心，王爷，大局为重啊！"

　　北堂墨冷冷地吐出一口气，刀刻般的脸上浮现出了一种极为冷漠的低笑，随后一把将离若白拨开，冷冷俯视着狼狈倒地的他道："愚蠢！什么是大局本王比你看得透。你若敢再阻挡本王，就别怪本王不顾多年主仆情谊。"

　　离若白的眸子竟冷不丁地一颤，因为王爷此时的眼神，决然不是在开玩笑，那绝美而狭长的眼中，迸射着一道利刃般的蓝晕。似乎是在告诉他，若是胆敢再多说一句，王爷当真会将自己斩于刀下。

　　见离若白傻在了那里，北堂墨这才把视线收回。他几下将长发高束，一把推开王府大门。临走前，他半回了眸子看向离若白道，"若白，有时，救人不在于求情。"说罢，他便回了神，骑上府门外的一匹骏马大喝一声向着皇宫策马而去，便是连即将抬来的轿子，也不想坐等。

　　过了好一会儿离若白才忽然晃神，他匆匆来到了王府门口，望着北堂墨渐行渐远的身影，他狠狠攥住了拳。于是也找来了一匹马，追随北堂墨而去。

　　慕晴静静地站在院门口，脸上挂着盈盈笑意，眼神也渐如水面般平静，仿佛已经知道接下来等待她的结果。在她面前的是一位眼神锐利尖刻的鹤发老人。此人身形虽然不高，但是只要站在原地，便有一种巍峨之势，更带着一份不宜相近的凛然。慕晴虽然未曾见过此人，但那顶戴花翎却让她将一切了然于胸。

　　此人官阶正一品。若是她没记错，正一品有如此年龄，却气度如此刚强之人，这满朝文武里只有一位。当朝正一品太傅——公孙敬。

　　此时皇上未曾赶来，来的却是当朝太傅公孙大人，一同而来的还有双手托着青铜酒杯的太监。如此这般，又有谁能看不懂究竟是何意。

　　慕晴垂了眸，缓缓勾起唇角，不经意地笑出了声。

　　她苏慕晴的命，就到此为止了吗？

　　看来，这就是北堂风最后的决策。唯一算错的，就是他连亲自动手这件事都懒得来做，还要代劳他的太傅大人。

"皇后娘娘，皇上为了赞扬娘娘母仪天下，便特赐皇后娘娘一杯上好的美酒，请娘娘品尝。"公孙敬亲自端上，然后将那酒杯放在了院中的石桌上，道："那么，娘娘，请吧。若是这刚刚温好的酒凉了，那味道，可就变了。"

慕晴垂眸，随即便回了身来到了公孙敬身边，眸子一滑看向那青铜杯中的酒，唇角微微绽开一抹笑："本宫一生，确爱喝酒，能在最后再品上这一杯陈年佳酿，还真要感谢皇上的大恩大德呢。"

"皇后知道皇恩浩荡就好。"公孙敬冷语，随后单手拿起杯子，"还是那句话。皇后，请吧。"

慕晴深深吸了一口气，又吐出，随后她看了看这苍白又阴暗的天空，倾城的眼中流动着一抹悄然的伤痛。原来，她在他心里，也不过就是一个失去了利用价值的乱臣贼子罢了。

也罢。如此毒酒，倒也在她的预料之中，不过是比自己期盼的早了一天而已。

"最后，皇上还能赐我美酒作伴，值了！"慕晴忽然扬起了一抹笑，俏丽的脸上连一丝丝恐惧都没有，笑得不羁，笑得美艳。于是她挽起碍事的长袖，拿着酒杯晃了晃，望了酒中映出的倾城绝美的容颜，她微微一笑。

苏慕晴，她终于也跟着她一起下入黄泉了。只可惜，无颜面对茗雪，无颜面对那些，信错了她的人！

这一刻，在慕晴的笑颜中，渐渐抹动这一抹哀痛，她愿这穿肠毒药，痛不欲生，也好让她向那些死去的人，赎罪。

慕晴深深地吸了一口气，拿起杯子放于唇边，就在那透明的液汁已经快要贴在慕晴舌尖的一霎，她用余光略微地瞟了眼公孙敬。

忽然间，她顿住了动作，慧黠的眼中迸射出一种冷静的思考。

公孙敬即使极力掩饰，但她还是看得出他此刻甚为着急，仿佛想赶在什么之前让她将毒酒喝下。难不成是怕她此时就登高一挥，怂恿暴民血洗京城，还是怕她飞天有术，长了翅膀飞了？

不对，都不对。慕晴眉心一紧，渐渐陷入沉思。

他是想赶在一个人来之前让她喝了这酒，是想赶在有人阻止前让她命丧黄泉。

赶在谁之前，谁有本事拦住公孙敬？

她忽然眼瞳一缩。因为当今天下，唯有一人。

她沉默半晌，渐渐将酒杯从唇边移开，而后将杯子放回桌上。杯底碰到桌面，发出了清脆的响声，见公孙敬蓦然锁了眉心，慕晴更加断定了公孙敬的心虚。

"公孙大人，为何皇上不亲自来送？"慕晴忽然开口，使得公孙敬的眸子也微微一颤，于是回道："皇上政务繁忙，自是没空闲与皇后花前月下，品尝美酒。况且，老夫乃皇上太傅，由老夫亲自送酒，皇后觉得分量，不够吗？"

慕晴垂眸，冷笑了一声，"这酒，果真好酒。人都说，品酒先闻味，我还是想，先闻闻，如此也能享受享受，这美酒的香气。"说罢，便将青铜杯放在鼻下，轻轻闻过，不紧不慢。

这时她忽然露出了惊慌之色，指尖悄然一扬，便将那杯中的所有酒都倒入了丛中，而后用力地吸了一口气，脸上显出了一种凌乱。她哀怨地回头，脸上显出一份淡淡的歉意："抱歉，太傅大人，慕晴手拙，不小心将这酒打翻。既是美酒，可否再请大人拿来一杯，这一次，慕晴一定好好品尝。"

公孙敬的眼眸却倏然抬动，干瘦的脸上显出了一份焦躁和怒意。

都是从政之人，这个女人的手段，他看得出来！

虽说他心中也佩服她能一眼看出是他公孙敬先斩后奏，但是即便如此，他也决不能让这个女人活着走出凤阳宫！

于是公孙敬忽然低喊："先帝遗诏，老夫可以替皇上决断先斩后奏！现在，老夫要替皇上除孽！锦衣卫指挥使沈云之听令！"

"属下在。"不远处的沈云之冷冷回道，似乎并不情愿听皇上以外之人差遣。

"你乃受制于皇上，此刻，老夫便是替皇上下令。"公孙敬说罢，便仰起头看向面前那一身凛傲的人儿，指尖一挥，"将此妖后即刻处死！"

慕晴警戒地眯住眼眸，微微谨慎地向后退了三步，单眉一挑，道："看来公孙大人连官话都懒得与慕晴再说，现在，直接来硬的了。"

慕晴眼中透着幽光，渐渐映出了将她重重围住的锦衣卫的身影。她动了丝唇角，悠悠而道："处死一个女子焉用这么多人？看来公孙大人，还真是怕本宫有三头六臂呢。"

"废话留到黄泉路上吧。"公孙敬说道，"行令吧。"

沈云之轻蹙眉心，半垂的冷眸透出一道厉光，轻启唇，只是淡淡地说了句"杀"。

几名锦衣卫接令而去，纷纷抽出身上佩刀以防慕晴抵抗。慕晴倒是还不在意，迎风而站，从容地呼吸着即将袭来的血腥。只是忽然这么有人气，总觉得有些不习惯呢。

只叹是福不是祸，是祸躲不过。该来的人，还是没让她等到，而她苏慕晴，或要留步于此了。

在那些锦衣卫纷纷举刀之际，慕晴忽然笑了，大笑不止，而后深吸口气，平复了心中所有的情绪。她负手而站，望着远处悠悠而道："记得给本官留个全尸。"说着，便看着周围脸色冰冷僵硬的锦衣卫，绽开了一抹如暖阳般的笑容，"还有别伤着脸。呵……本官，好歹是皇后呢。"

言毕，她敛了笑，只是用指尖指向胸口，用力一戳："麻烦各位，一刀入心，给本官个痛快。"她高傲地仰起头，闭上眼，平静地等待着即将到来的那刻。

几个锦衣卫见到，多少被她那一笑感染，倒也不想皇后在临死还要遭受折磨。可是皇后身份可大可小，谁也不敢先出头给皇后这一刀，心底都是怕被皇上翻了旧账碍了升官之途。

沈云之垂眸，轻蔑地哼动一声。他带着一身凛然上前拨开那些不敢动刀子的锦衣卫，道："既然如此，属下亲自送皇后一程吧。"

慕晴没有睁眼，只是淡淡地说了句："有劳了。"

沈云之不动声色地从怀里掏出一把皇上御赐的银蛇匕首，轻触慕晴的心窝："这刀入心，望皇后早登极乐。"

随着这声冷漠的祈福，沈云之手上尖冷匕首忽然用力向下刺去，慕晴闷哼一声，顿有鲜红色泽渐渐染上了她的衣裳，如同正在绽放生命的玫瑰。

其实，也不是那么的疼，不是吗？原来，死亡，也不过就是一瞬的事。

这时，风起，将她脸庞的发丝凌乱地吹动，缱绻空中，卷起了一种淡淡的凉意，仿佛预示着一种来得过早的结束。

她好像，又想起初见茗雪时，那指尖暖阳般的温度，还有她那美若天仙的倾城一笑。还有和自己赌过两杯药的永平王北堂齐。看起来阴冷无情却重情重义的上官羽，傲慢却又忠直的左寻将军，一心为南岳江山守了六十年的礼祀大人……还有好多好多人，还有好多好多的记忆。

还有……王爷。

想到这个人，慕晴的眉角微微颤动了一下，似是带了一份心痛的遗憾。她轻吸了一口气，凉凉的，似是沁入心底，又带了些苦涩。忽然想起初见王爷时，那让她一生都无法忘却的记忆。

那一刻，在那暖阳之下，她第一次见到他。他的俊美，他的沉稳，他的温柔，她永生难忘。如良师，如益友，只可惜，缘分太短。若有来世，她还愿与他再次相识相知，只愿那时，不再是这深宫别院，而是那自由自在的天空。

最后，在她的脑海中静静地闪过一抹身影。那人一身明黄，绝美无双，他侧身静立，像是在等待着她。慕晴微微有些愣住，笑容也多了些苦涩。她颤抖地用指尖抚过灸热而鲜红的心口，总觉得有种超乎一切的痛在撕扯着她的神经。

风，又缓缓地撩起，带动了一份唯美的疼痛。她忍不住偷偷睁开，想再看一眼这已经稍微有些放晴的天。在视线渐渐变得模糊的一刻，仿佛有一个熟悉的声音在耳畔响起。只可惜，已经有些……听不清楚了。慕晴渐渐地闭了眼，松开了捏住匕首的指，缓缓倒在了地上。青丝飘扬，黏腻在血泊中，染上了一层痛彻。

"谁敢动她！"一声令喝骤响在凤阳宫之中，众人皆怔。沈云之自是不敢多留，赶忙抽回了握着匕首的指，人群散去，卷带着艳红的女子静静地躺在那边，恍如熟睡中的婴儿。北堂风眼瞳顿锁，眼中迸射出一抹极度的怒意。身后追随的李德喜见状，即刻捂住嘴，低声在北堂风身边说了句去请太医，便匆匆赶离了凤阳宫。

北堂风不发一语，忽然用牙咬住衣角，而后将龙袍的边缘撕扯而下，在场所有人都顿时跪地，唯有他没有丝毫动摇。

"皇上！！龙袍不可破啊！！皇上！"公孙敬大喊，却被北堂风凛冽的眸子遏制，他脸色发青，只能僵在原地不知如何是好。这样的皇上，是他从来都没有见过的。

"对于朕，也不过就是一件衣服罢了。"北堂风低语，而后将龙袍金布慢慢擦拭慕晴胸口狂流不止的鲜血。指尖疼惜地抚过怀中人儿苍白的脸庞，他蓦然起身拔剑相指："是谁给你们的权力敢动用私刑！"

一句低喊让所有人都全身发悚，连沈云之都不由得跪地，被北堂风突然的威慑震住。

"先帝给了臣先斩后奏的权力。"公孙敬昂头回答，虽也有胆怯，但丝毫不认为自己有错。

北堂风眼眸轻眯，渐渐有一股阴冷而危险的气息弥漫。他扯动下唇角，字字清晰地说道："别忘了，朕，才是当朝的皇帝。若是公孙大人如此怀念先帝，朕，不介意送你下去陪同！"最后的一句话，北堂风说得充满了杀意，不禁令公孙敬身子一颤。他知道，皇上是当真会开杀戒。袖中鹤骨，渐渐攥起。此时周围人全部伏地大声齐呼:"皇上息怒!皇上息怒!!"

一语震天,回旋在凤阳宫的上方,最终连公孙敬也缓缓跪下,艰难地说着:"皇上……息怒!"

李德喜带来的太医们刚一进来,就顿时吓破了胆。见他们踌躇不前,北堂风低哼了一句:"若她今日有性命之忧,你们,全部陪葬。"说罢,他蓦地甩回御剑,冷冷看向那些太医。太医们身子一哆嗦,纷纷低着头跑到慕晴身边,他们额角渗透着汗水,谁也不敢对皇后有丝毫的懈怠。

不然,看这情况,连他们都会一起陪葬。

"皇上,还是先将皇后带回屋中诊治。"李德喜小声说道,暗暗为苏慕晴担忧。北堂风点头,一语不发地来到慕晴身边。凛冽的眸中再度映出那抹苍白的面容,北堂风的心头似是忽地被什么东西划过。

这是一种,从未有过的焦躁。就是连当年被这个女人背叛,也未曾如此心痛。

他伸出双臂,小心翼翼地滑入慕晴身下,然后将她如掌中珍宝那般抱起。气若游丝的慕晴侧头相靠,脸上的神情安详了不少,北堂风见她眉眼轻动,眼中滑出些复杂的思绪,于是低声轻责:"平日狡诈多计,今日却不等朕来,该罚。"言语虽冷,却渗透着淡淡的宠溺,仿佛全天下,唯有他才能如此敕令于她。

慕晴指尖轻动,苍白的唇勉强才淡出细声:"臣妾都要死了,皇上还要骂臣妾……"

"都要死了,你还要与朕顶嘴。"

她勉强扯动了丝笑容,脸上有着淡淡的苦涩:"慕晴死,皇上可有一丝丝的痛?"

话音落定,北堂风的眸紧紧地缩动了一下,眼中有着飘忽,随即化为了黯淡。

风起,将两人的长发轻轻吹动,似是扬起了一种无形的寂寞。当风止住的时候,他才用着好似平淡,却又似乎蕴含着一种深刻的情感般的声音回道,"你若死,朕会很痛。"说罢,北堂风便再也没有看慕晴,而是将凤阳宫的正房们一脚踹开。

察觉到皇后还有一息尚存,门外之人纷纷松了一口气,庆幸能捡回一条命。沈云之侧眸望向一脸僵硬的公孙敬,心中忍不住地闷哼,转了身,带着众锦衣卫重新回到凤阳宫外围。

公孙敬知道沈云之早便知道皇上会龙颜大怒所以有意刺偏，于是他也是冷冷地回看了他一眼，心中有些不快。而后看向地上染着的血红，如陷深渊。忽然觉得现在的皇上，已经不是多年前自己一手传授学识的少年皇子，而是已经手掌天下的君王。他望天，深深地叹了口气。

或许，他真的是老了。

在经过太医们七手八脚的包扎后，终于是勉强保住了苏慕晴的性命，看着被端出的还沾染着血红的银蛇匕首，北堂风不由得轻蹙下眉头。他记得，这是他登基时御赐给沈云之的，未料现在却插在了自己心爱女人的心口，还真是有种莫名的讽刺。

心爱？

忽然闪过的字眼让北堂风的眼眸轻轻晃动，他看向床上已经稍稍平稳的女子，竟下意识地以手抚住胸口。一颦一笑都好像被她扯动的这种感觉，似乎比过去更加浓烈。他略微有些失神，看向自己仍沾了慕晴血的手。炙热的感觉尚未消失，心头的焦躁也没有减少。

北堂风紧紧皱眉，缓慢将手掌握拳。颤抖着，用力着，最终渐渐地垂在了身侧。他回身望向宫中阴云散去后的夕阳，脸上透着一抹复杂的情绪。忽听慕晴轻哼了一声，北堂风赶忙来到她身边，太医于他耳畔详细地说了情况，这才让北堂风稍稍松口气。

见没什么事了，太医们便纷纷出了正房，大门轻掩，遮住了透进的光线。

北堂风坐在窗边，扬起指尖似是想要为她顺过黏腻的长发。安静下来后的他忽然又隐约听到皇城外连绵传来的万岁声，指尖顿住，却还是抚在了她的发上。

慕晴梦中呓语，毫无征兆地抓住了北堂风本想收回的腕子，她有些焦躁地蹙紧眉头，这才缓缓地睁开了疲惫而沉重的眼眸。透过雾蒙蒙的水汽，慕晴好不容易才看清在自己身边之人，不过凭借着那熟悉而心动的寒香，她早已知道了这人是谁。

她静静地勾动了唇，指尖却没松一点力气：“是我还没死，还是皇上殉情了？”她绽出一抹笑，看似悠哉地说着。

北堂风眉心一蹙，忽然弹了下慕晴的额头，清脆声落下，令她顿时打了个激灵。见她反应还算利索，北堂风这才滑出了微微的笑：“看来，阎王爷没把你调教好，还是这么没大没小。”顿了一下，他露出了些无奈，"看来，只有朕能接受你。"

慕晴略微一怔，没承想自己走了一趟鬼门关，醒来后竟是如此夫妻平静的对话。她的脸上有着疑惑，眼中的流光轻轻闪动。

北堂风若有似无地避开了她的视线，愁容落面，像是在为什么事踌躇。慕晴以为北堂风在担忧外面万岁之事，于是自嘲一笑："慕晴知道皇上还是不信任慕晴。大局为重，杀鸡儆猴，还是解了这恼人的白布，让我驾鹤云游好了。"说着，她便开始径自拆解身上的好不容易被太医缠好的止血带。北堂风心头一紧，蓦然扯住她的手厉喝道："住手！"

慕晴微愣，视线掠过他撕得有些痕迹的龙袍，眉头一舒："这是……"

北堂风忽然有些焦躁，他毫不留情地扯开慕晴的手，冷冷说道："你还是多关心自己吧。但起谋反之心，朕还是会随时杀了你。"

慕晴抬眸对上了他的凛然之眸，渐渐地冷静了下来，"皇上果然还是不信任我。"

"知道便好。"他说道，而后起了身，沉默了一会儿，低声问道："自己落下的摊子自己解决。朕，再许你活一天。"说罢，他起了身，索性转过不再看向慕晴。便是在指尖快要触及大门的时候，他轻微顿住，仅是淡淡说了句，"朕，只是不想丢了宝贵的密卷罢了。"

慕晴眼瞳忽然颤动，就在北堂风马上就要离开的一霎，她忽然喊住他，然后轻声问道："温柔对我的皇上，冰冷对我的皇上，扬言要杀我的皇上，说自己只是利用我的皇上，对我说要重新开始的皇上还有……居然肯为了我撕碎龙袍的皇上。我已经看不懂了，究竟哪一个才是北堂风，哪一个，才是你？"

北堂风安静地沉默着，半晌，只是侧眸凛冽地望了一眼慕晴："朕只给你一日，有时间想这些，不如多想想怎么破局吧。"他冷哼一声，便再没回头地离开了正房，渐暗的幽光洒入房中，撩起了阵阵冷风。

慕晴半靠在床上，轻声低喃："破局……吗？"眼中忽然划过一丝柔软，唇角噙起淡淡微笑，"既然知道这是陷害我的局，说明这个人，明明是……相信着我的。"

门口的北堂风无力地靠在门边，俊脸上渐渐浮现了些忍耐与艰辛，他双手握拳，骨节都泛了白，长吸一口气，看向了渐暗的天空。

这种焦躁，已经让他变得不再像他了。

忽然想起早些时候被自己招去上书房的大臣们，北堂风不禁感到有些头疼，想来必须在回去之前想好打发这些人的说辞，免得又吵吵着要给苏慕晴

"贴加官"。

他出了院子，看到仍然立于院中未走的公孙敬，眉心不禁锁成一个"川"字。他虽对公孙太傅心怀敬意，但苏慕晴心口那一刀，也不是让他说忘就忘的。至少现在还不想看到他。

他沉默良久，这才向前走去，公孙敬听了动静，即刻踏着恭谨的步子走来。见皇上龙颜稍平，心中明白了苏慕晴并未归天，冷不丁地在脸上显出了一份可惜的神情。北堂风又岂会不知这老人家是怎么想的，于是只于交臂的瞬间才侧眸冷说了一句："你先回府。"

公孙敬脸色犯难，却也不敢在这个节骨眼违逆皇命。他抖抖身上官袍长袖，随着北堂风一同出了凤阳宫。

上书房外，几名大臣见皇上久久不回，便决定去凤阳宫一探究竟。

他们急匆匆地走着，嘴边商讨着如何制裁这逆天妖后："不知道这公孙大人赶得及处死皇后不。但是这次，就算皇上不想杀，咱们也得下手让皇后归西。"

"没错，如此一来，柳妃娘娘就能顺理成章地成为正宫，呵……到时候，相国顶天，我们也算是立了功了。"

"就是说，哼，到时候，看看祈亲王那一派要如何再兴风作……"

然而，就在第三个人刚刚说完之际，忽然有一个人赶忙拉住了那话说一半的人的胳膊。

被拉之人险些摔着，于是有些不耐烦侧过头说："啧，李大人，你这是……"

那李大人紧张吞咽下唾液，一脸苍白地望着前面，半天才从嘴边挤出一个"王"字。

"王？"另一人同样疑惑，忽然身子一颤，小心将身子转过，蓦地有些腿软，赶忙轻咳了两下。

月下，冷风悠悠。一身藏蓝正装的北堂墨面无表情地站在他们面前，仿佛是等了很久那般。夜风缓缓将他的发梢吹起，带动了一丝丝的凉意。他忽地扯了唇角，渐渐将眸子抬开，眼中流光转动，带了些慑然地望向有些僵硬的柳派大臣们："各位大人，这么晚，还在皇宫散步吗？"他浅浅勾唇，却让人不敢靠近。

"王爷……"其中一位大人眸子一转，便也压低声音道，"王爷才是，这么晚来宫里，莫不是为了皇后的事。"

"皇后？皇后……有什么事？"北堂墨淡淡而问，语气不急不缓，怎么看也不像着急的样子。

如此神情，使得那几位重臣微微有些迟疑，面面相觑。

以平时来看，王爷定然与皇后是连成一线，可是皇后有难，王爷却如此安逸自在。难道王爷早已铺好了一条路，也可能这是另一个局，而皇后，也根本不会有事？

要真是局中局的话，那么……带头者，无论是哪派，都可能会是第一个被弄死的。

"这……"那李大人微微陷入深思，而后稳住气息，对着身边几人道，"别着急，王爷定是来拦咱们去觐见皇上。王爷，也不过是故弄玄虚罢了。"于是那人上前，接道，"王爷，若是没什么事，我们就先走了，我们身上，可还有些要紧事要办。"

"当然可以。"北堂墨悠悠而道，随后便带着那抹淡漠的笑容，站在原地，仿佛是等待着那几位大人先走。

几位大人有些不知所措，但还是干脆快速地向着凤阳宫方向走去。

然而当他们刚刚走过北堂墨的一霎，北堂墨却忽然冷漠地侧目而道，"三里城的妓院、襄城的盐船、雒城的兵器库……"

只是短短几个字，却让那几位大人猛地停住了脚，方才还有些气势的眸子，此刻亦变得凌乱无比。

他们几人，自是比任何人都清楚这几个字的含义。试问这朝堂之中，又有几个人的手是绝对干净的？

北堂墨听见了他们停下的脚步声，安静地挪步至他们面前，抬眸间撩起一阵寒意，"若是几位大人不急，那就来和本王谈笔生意，如何？"说着，便从袖中拿出了几个看来很重要的账簿。

几人一见，均是讶异不已，顿时不知如何是好。只是他们做事向来天衣无缝，这连对妻儿家小都不曾提及的东西，为何会出现在王爷手里？

北堂墨淡淡地笑了，手上一挥，便将这几个账簿扔回他们手里，几人匆匆扬手去接。账簿到了手，几人便如锅上蚂蚁般地即刻翻阅，脸上的色泽是愈发地铁青。

一看之下，这确是他们平日里走过账的簿子。

之后，几人纷纷对视，脸露为难。

他们明白的，王爷手里，一定是原版，而这个，也不过是抄写本罢了。这

笔生意，谁也不用提，谁也不用说，王爷的意思，他们也全都明了了。

如果敢去给皇上施压，将皇后即刻处死。

那么，下一个死的，就是他们。

"我……还有些事，就不在宫里多待了，失陪失陪。"其中一个人终于熬不住，赶忙溜边走了。其他人见了，也有些待不住了，连头也不敢抬地行了礼，随后纷纷消失在了宫中。

北堂墨轻吸口气孤身站于原处，望着那天上的一轮月，他敛住笑意，脸上显出一份凛然。

这个世上，不是求情才可以救一个人，有时候也必须以恶制恶。至少他北堂墨就最喜欢一句话——你们有多恶毒，我，就会有多卑鄙。

北堂墨的唇角扯得更深，随后便转身离去，长风吹起蓝袍，裹于空中，缱绻着如墨长发，如画中人般神秘俊逸。

想来皇上已经替苏慕晴摆平了凤阳宫的事了，剩下的，就该看她自己的造化了。

可是当北堂墨才刚刚动了步子的时候，他却猛地刹住，像是有什么人阻挡了他的去路。他扬眸，顿将空气凝结了一层冷霜。

不远之处，正有一抹身影正向他走来，也同样用着冷漠而深邃的眸子凝视着自己。

北堂风。

北堂墨冷笑一声。还真是，遇见了不该遇见的人呢。

"祈亲王半夜入宫，少见呢。"这一时，北堂风先行打破了此时的寂静。他傲然而站，俊逸的脸上显出了一份不可小觑的慑然。

北堂墨唇角扬动着淡淡的笑，他上前一步，视线撩过北堂风的龙袍："满身是血、衣衫不整的皇上，也不多见呢。"

语落，两人相视而站，凝滞的空气取代了一切的话语。

此时夜风静静吹动，将两人的衣袍与长发都撩起了些许弧度，同时也深入了一丝不易察觉的凉意，沁入肌肤，吹入心底。

过了许久，北堂风这才迈开了步子向着北堂墨方向走去。与他交臂之际，他停住，侧眸而望："皇兄，当是为皇后来的吧。"

北堂墨眸子微颤，随即笑了："难得皇上还会称臣一声皇兄。不过……"说着，便也侧了眸，对上了北堂风的那双带着利刃碧光的俊眸，"皇上，说对了。"

北堂风的眸子也顿时一缩，仿佛是多了一份更加冻结一切的凛冽。

"北堂墨，朕，才是皇上，你，不过是一个……"北堂风说着，便靠近了北堂墨的耳畔，于他耳边低声说道，"永远都必须臣服于朕的，败军之将，罢了……"

一瞬间，方才刚刚停息的风瞬间刮起，将两人的长发顿时凌乱地吹起，如同缱绻在空中疯狂舞动的墨藻。而也就是这一刻，北堂墨那琉璃色的眸子也顿时一缩，几乎是所有的笑意都从脸上脱去。

他没有再看北堂风，也任由他带着笑意地从自己身边走过，袖中的双拳紧握，骨节都咯咯作响。随后他忽然笑了，笑得让任何人都看不透，便是在蓦然转身的一霎，他对着北堂风道："若是没有臣，皇上以为，凭一己之力，真能保得了皇后吗？"

猛地，北堂风顿住了足，俊脸上蒙上了一层冷漠和沉重，仿佛是有什么东西，一下便击中了他原本无懈可击的心扉。

"还有……"北堂墨浅浅勾唇，边用指尖摸动着自己的白虎玉佩，边淡淡说着，"臣恳请皇上，别再往臣的王府里塞人了。地方，可不够大呢。……如此阵势，可会让臣觉得，皇上，在提防臣，或者说……"北堂墨缓缓微笑，而后转了身，在这一刻，他收敛了一切的笑容，只是用着一种近乎冷漠的态度，且边走边说，"皇上因为臣而不安……"

此话一出，北堂风蓦然转身，望着那已经缓缓离开的北堂墨，眸子愈发的深了。但很快，他亦静静地笑了，没再接一句话便径自向上书房走去。

身后岿然不动的气势让北堂墨轻蹙眉心，眼中流露出一抹复杂的情绪。而后，也不发一语地向前继续走去。

待到深夜时分，北堂墨才终于来到了宫门前。见到不远处的一抹身影，这才想起似乎来宫之前曾斥责过离若白，想来等在那边的当是这个不知轻重的小子了。无奈笑笑，他加快了些步子。

可当北堂墨走近之时，却发现来人并非离若白，而是近来跟在皇后身边的上官羽。他眸子一蹙，心中多了些警戒。

上官羽应了一声，便从怀中掏出一个被丝线黑绢布重重裹住的东西。他走近，将此物交予北堂墨，而后道："王爷，奴才是来替皇后送一样东西的。"

北堂墨沉默稍许，接了下来，竟是一块碎布和装着亮粉的小瓶。在详解了两样东西的来路与用途后，北堂墨便知晓了慕晴的意思。他唇角轻勾，蓦地握紧，深幽的眸中滑动着一抹看不透的蓝光。

第十八章
运筹帷幄

深夜的凤阳宫格外安静。平日里太监们的玩闹争吵声，今日也都落寞成了脚步巡视之声。慕晴独自沉思着破解这场闹剧的计策，时不时地还会用余光瞥向被北堂风留在凤阳宫的江听雨。据他言，北堂风是让他来协助她破局，顺便监视她一举一动的。说来江听雨确实轻功了得，性子也着实诡异。一个时辰里，他偶尔会倒挂在房梁上，自上而下地望着她，偶尔又会坐在她的床上发呆，时不时地用着一种想要撕裂她的眼神望着她。

总归一句话——江听雨虽然长得极美，但让人完全摸不透规律。有些行为看起来像夜里正在等着找乐子的猫，随时可能在被他外貌吸引的同时，被悄然地割伤。

要和他相处一日一夜，还真是有些刺激呢。

不过这倒也无碍，她向来不讨厌怪人，对她来说，门口那些循规蹈矩的木头，才是真正惹人不快的魁首。

当然，在他们眼中，正房里的她和这江大人，怕也早沦为"奇葩"之列了。

一个是让众大臣无可奈何的诡计多端的妖后。

一个是让皇宫侍卫无计可施的神出鬼没的鬼魅。

这两个人凑一起，还真是一道风景。

慕晴想事想得有些无趣了。她瞥了眼正在她桌上专心画人皮面具的江听雨，索性走到他面前，边看着他描画易容用的人皮面具，边痴痴地发着呆。

李德喜端菜进房，刚一推门，就险些跌倒，一张老脸被眼前的画面吓得刷白。

天……天啊，这大晚上的，这……这是要吓死人啊！

李德喜赶忙揉揉眼睛，希望自己是看错了。

烛火旁，微光照映。一身白衣的男人在专注地画着栩栩如生的人皮面具。身旁同坐一身红衣的女子，她双眼发直地看着那绘出的面具，偶尔还会露出微笑。

李德喜吞咽了下唾液，本想唤几声皇后，但每每靠近，都被这种诡异的气氛给吓了回来，于是赶忙把东西放在一旁，灰溜溜地跑了。

年纪大了，对他来说，还是少靠近这两人为妙！

当一张皮画完，江听雨满意地拿起，放在他与慕晴之间，他透着面具眼瞳的位置看向慕晴，唇上一扬，道："皇后这样悠闲可以吗？天，可没多久就会亮了。"

慕晴用手肘撑着桌子，也透过那两个空洞的地方看向另一面的江听雨："江大人，少画了一点哦。"说着，便用指尖轻轻滑到那面具的某一处，停下，稍稍用了力，使得这边的江听雨看清了那点。

江听雨饶有兴趣地挑起右眉，随即将面具翻过，又开始加工他的作品。

慕晴起身，忽地看到了桌上摆放的深夜佳肴，眼前豁然一亮。尤其是盯上了一旁本是给江听雨送的酒后，更是让她的馋虫忍不住出来。

慕晴眨了眨眼，着实对何时送来的酒菜感到有些茫然，不过她倒也无所谓，好酒好肉干吗放着不动。于是慕晴才不管那三七二十一，拿了酒壶，直接就将那美酒灌入肚中。

一旁江听雨见，笑眼中滑过一丝光晕。

嗜酒皇后，还真是前所未见。

就在这时，慕晴却忽然抹了下唇，兴奋地说了句："好酒！"她豪爽地将酒放在江听雨的面前，一仰头，道："尝尝。"

江听雨望着她，又望了酒，随后接过轻轻地抿了一口，蓦然蠕动了下眉，直接吐了："难喝。"说罢，他便悠哉地又溜达到别的地方去了，看起来甚是无聊。

慕晴便勾唇浅笑，也同江听雨同样悠哉地走到了床上，三两下褪了外衣，就这样躺床上毫无防备地准备睡了。

江听雨见到，侧过头凝视了一会，一双狭长的眸中显动着一缕不解，却又不似普通人那般会感到莫名。

可为何从方才开始，他江听雨有多悠闲，她这个明天就要处死的皇后就有多悠哉。

这个皇后究竟，葫芦里卖的什么药？

或者……想给谁看？

这时，他忽然像是听到了什么，于是脚尖一转，利索地藏匿于暗处，几个闪步，悄然来到了被重兵把守的锦衣卫所在的外围的内侧，他贴墙，仔细聆听。眉头微微一挑，判断出是有人来打探虚实。

只见大门好像开了个缝，一名锦衣卫探头探脑地往凤阳宫内窥探，见左右无人，便小心翼翼地往里走去。

江听雨见状，便躲得更深，仿佛消失在了这深夜之中。

江听雨一路跟着这鼠胆锦衣卫，见他趴在慕晴门口明目张胆地窥视，便心中嘲讽了此人的手法拙劣。

果然是在阳光下当惯了正义的人，根本不知道夜里生存的人究竟是如何做事的。他冷笑，心中低骂了句蠢货。

之后那人再度溜出，偷偷跑到一个脸熟的玉面太监面前说些什么，那小太监神情淡漠，看起来颇有一番城府。

虽然距离稍远听不清谈话，但是却清晰地辨出了银两碰撞的声音。他嘲讽一下，闷哼一句："原来只是被收买了。"

江听雨自己想了想，忽然觉察到这太监的来历——柳惠蓉身边最得宠的心腹太监。眉心一紧，顿时将苏慕晴方才奇怪的行为想明白了。

看来，皇后早就猜到会有人来打探，因此刻意睡下以掩人耳目，以此行事便可以由明转暗。

江听雨轻笑，舌尖舔弄了下自己的唇。

这个皇后，有趣，有趣。

想到这里，江听雨又缓缓来到了正房中，他静静地看了她一会，随后眸子一划，便扬动了些冷笑。不过，他只是旁观者，才不像那条上官狗儿般忠心。皇后接下来要如何行事，他只管用眼睛记下就好，其余的，都与他无关。

总之，他一定会好好看着，看着这只枭视狼顾的凤鸟，究竟是可怜地被撕成碎片，还是反将那些野狼，咬得一块肉都不剩。

同一时间。得了郑荣传报的柳惠蓉心情极佳，转而将一个小纸包交给了郑荣。之后从座上站起，望着窗外的天色，忍不住的笑出了声。

爹爹果然没骗她。

一日时间就想破了爹爹的局，简直异想天开！

但是以防万一，她还是先下手为强，如此才能让苏慕晴……绝无翻身可能!

就在江听雨与柳惠蓉都各有所思的时候,床上看似已经熟睡的慕晴却悄然睁了眼。她转眸看向江听雨,又看了眼自己正房的大门,眼中透着深思。但没过一会,她便绽出一丝笑,再度闭眸,仿佛从未醒过。

次日清晨,宫里弥漫着一股雨后清新的香气。枝叶露水轻轻落下,滴在水洼中,引起圈圈波纹。

慕晴对着铜镜,在盆中轻甩了下沾水的柔荑,而后用力地将长发束到脑后,鬓角两侧,不见丝毫碎发。随后闭上眼眸,沉下了气息。

江听雨半身坐在梳妆桌旁,右手拇指掠过红颜小碟,他侧眸,左指轻柔挑起慕晴的下颔,饶有兴趣地俯视着眼前的倾城女子。而后捻了捻指尖,将染上的艳红在慕晴的眼角轻轻抹开,收力一挑,绝美无双。

慕晴睁眼,红晕之下,带着一份不可小觑的深邃,她轻笑,同时伴着一份不会认输的坚韧。

今日,或是一个新的开始。抑或是,最后的结局。

无论如何,她苏慕晴,都会全力以赴。

总之今日,前来阻她的牛鬼蛇神自不会少,只不过兵来将挡水来土掩,绝处亦能逢生。

若是天来阻她,她便逆天而行。

若是鬼来阻她,她便噬鬼而动。

垂眼安静稍许,她倏然起身,轻甩七彩凤袍,一身清凛地站于凤阳宫中。眼神透着明亮,闪动着慑然之光。

天不救我我自救,世不容我我自容!

人一生,短短暂暂,生有何欢,死有何惧。

但既然生,就要生得天地鸣动。

若要她死,也要死得轰轰烈烈!

在深深地吸了一口气后,慕晴才再度闭了眸。在她的脑海深中,飞速地思考层层策略。忽然抬了眸,她望向不远处正同样望着自己的江听雨,说道:"江大人,帮本宫摆一盘棋吧。"

江听雨倒是无所谓,仅仅是身子一滑,便将旁边用作摆设的棋盘拿过。他走到她的木案前,将棋盘放在边缘处,一个向前推,便将桌上所有东西都稳稳地推于那一头。

顿时间,她的整个桌子都被这木制棋盘占满。

慕晴轻甩袖，单手背于身后，静静来到了这盘棋的旁边。她双指叠起，捏住了一颗白棋，在指尖上把玩稍许后，却又放下，转而拿起黑棋。

江听雨在一旁看着，眼中满是兴趣，当真对这个女人有所期待。

只见慕晴将手上的黑棋在棋盘上的几个位置都做了些许的停留，每每摇头，又将手收回。忽然又看到什么位置，眸子倏然一亮。于是唇角一勾，便将这颗黑棋放在了上面。

棋子碰盘，发出了清脆的声响。

再之后，慕晴便迅捷地以那棋作首并将其余黑棋尽数摆起。可是如此棋局，却让江听雨眯住眼眸，甚是不解。

此棋局并非按照平日里围棋的规则而走，皇后反而将黑子围作一圈。

难道，这黑子围圈，便是皇宫？

慕晴唇角略勾，看了眼面前深思的江听雨，随后才又将视线落回棋盘上。

没错。

盘上黑棋，乃柳相国营造的局。

她此刻，就是要将这盘局，明明白白地摆出。

有时候，当人被压力、气势、局面所影响之后，便会越陷越深，越来越看不清这件事的核心从而害怕，彷徨，甚至绝望。殊不知，如果明明白白地放在眼前，就当是下一盘棋一样。

或许，突破口，就在眼前。

不过，这么看来，这盘局还真是有些困难呢。

慕晴拽动着衣袖，指尖轻轻滑过每一颗棋子。

此时，城外难民，已经是柳相国的囊中之棋，他们已经被柳相国，玩于股掌而不自知。

这圈棋，看似很难摘除。

再来……

慕晴眯住眼眸，将指尖滑到内围的几多棋子。

臣子，昨天再没闹事，当是不知被谁给抑制住了。

此棋，废！

慕晴冷哼，拿起三颗黑棋，毫不犹豫地从棋盘上摘下，扔回了远处。而后又看向另一个方向。

这颗棋子，是南城见到的黑衣人。若是她没猜错，这颗棋是柳相国用来扳倒王爷的，所以柳相国不会轻易为了她苏慕晴而启用，因此……

慕晴捏了棋子，从棋盘上拿下，放在了桌上。

此棋，暂废。

然后是柳惠蓉。

慕晴将指尖放于额下，轻轻地拂动，本想将这颗棋拿下，却还是犹豫少许，最终还是将它留在了棋盘上。

柳惠蓉生性冲动，昨夜来探的，或许就是她。虽然可能只是妨碍她的小把戏，动不了大局，但是……小人物亦难防。

有时候越不起眼的小人物，越能坏了一整盘棋。

因此，此棋，暂留。

最后，是中立派的大臣。

以公孙敬为首，还有江听雨，最后是锦衣卫。如何运用他们，则成为了这盘棋的关键。若他们明是中立，实则却是柳相国派的黑棋，则她便一下陷入了危险境地。

但如果他们当真是中立，当真只是忠于皇上，而没有二心的一派。

那么……

慕晴再度咬唇，似是思忖着什么，随后一个勾唇，便将纤细的指尖一下插入棋子筐里，随后抓住了一把白棋。

要不要，再来赌一把？

如果他们与柳相国并无交集，那么……

慕晴像是忽然下定了什么决心那般，忽然将手拿出，指尖微转，便将中间的几颗黑棋，换成了白色。

她扬动了一抹笑容。

若是他们真心忠于皇上，那么她苏慕晴，便有棋可用了！

……

初阳渐渐升高，映照出了此刻慕晴专注的神情。在又兜兜转转地几番调整了棋盘后，她站直，将掌心合并置于棋盘中心上方，而后深深吸了口气，半晌，她缓缓将两手向左右两侧拉开。

一盘崭新的布局重新映在了慕晴眼前，也让旁边江听雨的眸子微微颤动一下，原先那轻佻慵懒的眼神，顿时多了一分讶异。

这盘棋，变了，全变了！

原本片片黑棋，此时，却混入了方才绝对没有的白色。而且，都是在最关键的位置。

善谋之人都知，布的局越大，调动的人越多，漏洞就会越深。

此时的皇后，怕就是想用最简单的方式，最关键的人物，找出此盘棋中的漏洞。

然后，一击即中。

江听雨眸子一转，似也陷入了思考。

看来，若是放任皇后一日，说不定，真让她想出了破局之策。

慕晴望着这盘已经重新布好的棋盘绽出笑意，倾城的眼中，映出了满满的黑与白。

她的视线，从上而下，从左往右地游走着。仿佛是想将这盘棋的每一个地方都看得清清楚楚，仔仔细细。随后她将指尖点在中间的一颗白棋上，向左滑动，然后摇头，又向右滑动。

如此一来一往，使得江听雨又有些看不明白。

这皇后，究竟想要如何，他为何一点也猜不出来。

忽然间，慕晴所有的动作都定住，一双绝美之眸定格在了某一个地方，随后唇角一勾。而后她好似又想到什么，赶忙跑到身后的木雕书柜上，指尖从左到右，一一滑过，仿佛是在找着什么。忽然抽出一本南岳史典，她眸子一动，一声不发地急速地翻阅着。

一旁的江听雨看着，长长地叹了口气。他依旧挂着笑，看向房外已经开始迫近正午的阳。

昨夜回去的朋友，想必马上就要回来了。

就不知在他们来之前，皇后是否能想到破局之策。

若是来不及，就算皇后有诸多算盘，可能都也只是壮志未酬身先死了。

想着，江听雨又双臂环胸，却在转眸间看见她好像将视线停留在某一页，动也不动。

江听雨蹙眉。

难道，真让皇后给想到了？

可是无论如何，在这皇宫之中早已布满了柳相国的眼线，就算想出策略，但要想避过柳相国的耳目来平息祸乱，想必，当是不可能的吧。

就在这时，门外忽然传来了一个陌生的声音打断了屋内的平静，一听之下，当是来送饭的小太监。

慕晴顿时抬起眸子又看向江听雨。而江听雨也同样眯住眼眸望向门边。

慕晴忽地合上了正在翻阅的书，发出了一声不小的响动。

"来得正好。"她开口，随后走到江听雨身边悄然问道，"江大人，你消息很广，所以本官想问一个问题。"

江听雨挑眉，有些慵懒地说："皇后何必客气。"

"今日，柳妃是不是上禀了皇上，晚些时候会出宫探望柳相国。"

此语一出，江听雨的眸子顿时收缩了一下。

皇后被软禁凤阳宫，甚至都没有外人靠近。

她，究竟是怎么知道的？

慕晴见江听雨那微微颤动的眸，便心生了然。而后微微一笑，双手三下两下便将那盘棋全部混淆，甚至用力到将不少棋子都推在地上，发出噼啪声响。她即刻拿起旁边的毛笔在一张纸上写了好几个"何"。

写罢，她随手将毛笔丢开，然后对着外面大喊一声："本官要吃，本官要吃！！"

一边说着，一边将利索发髻弄乱，同时跟跟跄跄地跑到门口。她亲自拉开大门，见到那拿着食物的锦衣卫，便如发了疯般大喊："吃的，本官要吃！！"慕晴灿烂地笑着，竟直接用双手抓了菜往嘴里塞，甚至因为噎住而咳嗽了两声，然后不顾形象地将嘴里的吃的又吐了出来。

锦衣卫见到，一张脸都扭在了一起，他悄然地看了眼桌上的凌乱，以及……写满"何"字的纸。他眸子一划，匆匆拿了一杯水递在慕晴面前道："皇后娘娘别噎着，喝口水润润吧。"

凤阳宫正房里的气氛顿时被凝结住。慕晴在这一瞬扫过了江听雨及锦衣卫两人的视线，心中暗暗明了，想来这杯水中暗藏玄机，否则也不会如此窥视着她的眼神。但若以为她当真是逆来顺受的主，那位柳大小姐也未免有些看走眼了。于是唇角一勾，蓦然将那杯水一饮而尽。江听雨轻轻垂了眸，心中思量着苏慕晴也就到此为止了。

锦衣卫暗露笑意，小声说了句："那么，不打扰娘娘了，属下告退。"他转身离开，还不忘特意拿走了方才慕晴用过的杯。

当大门紧闭，一切看似又恢复了先前沉寂。

慕晴忽然有些不稳，江听雨急忙上前搀扶，心中开始为她倒数。谁料指尖还未碰到她分毫，却被她赫然拨开。江听雨微怔，眼看着苏慕晴匆匆跑到墙角处，将一口水吐了出去："这柳惠蓉还真是下了血本，没少放料。才沾了一点，就有点头晕了。"慕晴冷哼，本想要拿一旁的茶水漱口，指尖一顿，却又将茶水放下。

夜晚之前，还是不要碰凤阳宫的食物为妙。

慕晴收回手，用袖口轻轻沾了沾湿润的唇角，回身看向有些茫然的江听雨，然后将指尖轻点在唇上，低声地说着："嘘。"

江听雨顿时一怔，终是明白了这位皇后娘娘为何假寐，原来不仅要骗过外人，还要治治他。他闷哼，先前悠哉的神情尽数消失，若玉雕般的俊脸上，显出了些阴沉。

好一个螳螂捕蝉黄雀在后，这一次，是他失算了。

慕晴绽出笑容，找来了湿布，一边擦拭手上沾染的油渍，一边回眸对江听雨道："江大人，虽然本宫与你不熟，但今日能一起相处也算缘分。"她便将手上的湿布扔回盆中，然后静静地走到江听雨面前，"本宫知道，江大人只为皇上办事。其余的事，江大人是否参与，也只看兴趣如何。所以……"慕晴悄然靠近，于江听雨的耳畔低声说道，"若是江大人为本宫保守秘密。那么本宫，一定会给江大人，一场很有意思的狩猎。"说罢，慕晴便再度回到桌旁对着满是代表柳相国黑棋的棋盘轻弹了几下。

随后，她望着江听雨嫣然一笑，用指尖将零星的白棋摘开，就在最后一颗棋被拿起的一瞬，慕晴倏然用左胳膊，将棋盘上所有的黑棋一下子全部扫光，随后抓了一大把白棋，从上而下，若瀑布那般，渐渐撒在了棋盘上，声音轰响，令江听雨眼眸一颤。

当最后一颗棋落定之后，满盘再也不见任何一颗黑棋。

一盘白色，铮铮而立。

这一刻，慕晴缓缓转眸看向江听雨，而江听雨也似是在思考什么那般看着这盘棋上的一片雪白，随即轻笑了一声，便也悠悠走到了慕晴身边。他从棋子筐里拈出一颗白棋，先是扬起，放在了自己的面前，随后便将那颗棋稳稳地落在了棋盘之上。

一声落定，干脆利落。

慕晴的唇上再度勾起了一丝弧度。

随后，她便看向那屋外的暖阳，笑容愈发地深了。

如此连环计，会让疑心重的柳相国聪明反被聪明误，知道宫里消息后，绝不会再轻举妄动，也就给了她喘息的机会。

水能载舟，亦能覆舟。

这一回她倒想看看，柳相国这叶舟，能不能承受住自己掀起的狂风巨浪了！

"苏慕晴疯了？！"

正午的清音宫，忽然传出一声惊喜的叫喊。树上难得落脚的春归之鸟，都被这声尖叫惊扰得四处飞散，彻底撕破了整个清音宫上方的寂静。

从容不迫的玉面太监郑荣微微点头，稳而不乱地说道："回娘娘，买通的锦衣卫，是这么回禀的。"

"怎么说的？苏慕晴她……她怎么疯的？"柳惠蓉放下手中正喝了一半的粥，而后抓着郑荣的双臂，有些激动地问着。

"回禀之人说，在送午膳的时候，看到皇后衣衫不整，言语疯癫，桌上棋盘乱成一片，而在宣纸上也写满了'何'字，当是因为受不住逼宫的危机，所以有些神志不清了。"

柳惠蓉一听，捏着郑荣双臂的手，也忍不住地加了些力道。

太好了，太好了！她等到了，她终于等到了这一刻！柳惠蓉心中激动不已，眸子忽然一转，赶忙摇头，"不对，苏慕晴向来狡猾多诈，若是她装疯怎么办。嗯……"柳惠蓉想想，似是又想到什么，急忙问，"那药粉呢，给苏慕晴吃了吗？"

"回娘娘的话，那送去的锦衣卫说，是他亲眼看着皇后娘娘喝的。"

"太好了。"柳惠蓉解气地说了一句，狐媚的脸上显出了一种得意，"无论她苏慕晴是否真疯，这无色无味的迷药下肚，定会让她睡上一天一夜。"说着说着，柳惠蓉便将双手摊平，高昂着头，深吸一口气。再次抬眸之际，便已经换成了一副狠毒的凌厉，"苏慕晴，本宫虽不能直接杀你。但皇上亲手杀你的滋味，想必更不好受吧。哈哈哈哈……哈哈哈！"

柳惠蓉癫笑不止，随后一把拽上了外袍，"郑荣，本宫已经得皇上的准，随本宫一同去相国府。边喝酒，边等着苏慕晴的死讯吧。哈哈哈……"说罢，便摇摇摆摆地向着门外走去。

身后郑荣静静地垂了眸，望着柳惠蓉的背影，清秀的脸上却好像有着一份淡淡的轻蔑。

但也只是一瞬，便悄然消失。

并没了解到宫里情况的相国府中此时处于一种焦躁的状态。柳相国将手上的一颗红色药丸已经捏了大半个时辰了。旁边一身利索衣装的心腹时时进言，希望能促使柳相国做一个万全之策。

"相国，宫里属下都已经打通。现在时间不多了，在今夜之前要即刻动手才好啊。"

柳良杵冷静沉思，心中仍然在犹豫要不要冒此风险。首先他根本不觉得苏慕晴会想出破局的方法，其次若是送去药丸本身就是一种危险，尤其是江听雨这号危险人物还在凤阳宫守着，他们更是举步维艰。若是败在这上，那才真是得不偿失了。但是……如果能够成功，苏慕晴便绝无翻身余地。

干脆一不做二不休，让苏慕晴，一败到底！

"那你快去快回。"柳良杵开口，心腹眼前一亮，即刻应声而走。可刚一转身，他便与奔跑而进的柳惠蓉撞了个满怀。顿时便有一声尖锐的大喝自院中响起："哪来的冒失鬼，竟敢撞本宫！"

一见是自家大小姐，心腹自是不敢多言，连忙低头道歉并给这刁蛮贵妃让了条道，自己随后而行。

不过骂人归骂人，这柳惠蓉倒是心情转变得快，在转头看向柳良杵的时候，一双怒目瞬间化为了璀璨，她兴奋地向堂中小跑同时大喊："爹爹！你知道吗？苏慕晴疯了！"

一句话毕，柳相国眸子顿时一缩，他撑着侧桌便起身，声音提高了几分说道："你说什么？苏慕晴疯了？"

"是啊！"柳惠蓉说到此，心情更加愉悦，上前跑了两步挽住柳相国的胳膊说，"爹爹果然没骗女儿，这皇后之位，果然快是女儿的了。"

然而，不同于柳惠蓉的满面春光，柳相国却是一脸铁青。因为在他心中的苏慕晴绝对不会是能被他吓疯的主，或许这反是一个诱他上钩的局！于是心头忽然一紧，急速地甩开了柳惠蓉挽着他的胳膊，追到院子里喊："回来，别去皇宫！"

还好黑袍心腹没走多远，听了柳相国的声音便赶忙收步回来待命。

"相国，究竟……"他不解地问道。

柳相国摇头，脸色却甚是难看："苏慕晴生性狡诈，怕是故意伴装疯子，诱本相国去一探究竟呢。咱们做多错多，暂且按兵不动。"

"那怎么办，相国大人，如果就这么放任……岂不是……"那人脸色瞬间同相国一样难看，陷入了一种不安之中。

"爹爹，急什么，您还不知道您女儿的聪慧吗？"柳惠蓉忽然上前，仿佛得意似的说道，"爹爹尽可放心，女儿也曾想过，若苏慕晴是装疯又如何，所以特意派人喂了她点迷药，还是看着她喝下的。就算这妖女有三头六臂，现在估计也睡得正香呢。"

柳相国一听,眸子顿时一亮。

虽然他不认为自家的女儿多么善于用计,但是……这一招有备无患,倒是给了他喘息的机会。

"不要进宫了。"柳相国倏然扬动了唇,看向一轮明月,"若是照惠蓉的说法,当是苏慕晴本想装疯,诱本相国前去一探究竟。可却没发现在她使出这招的同时,却被惠蓉下了迷药。爹爹说得可对啊?"他看向柳惠蓉,眼中露出些赞许。

"就是这个意思。"柳惠蓉狐媚一笑,随后在那利刃般的眸中,滑动出了狠毒的幽光,"这一回,苏慕晴插翅难飞了。只要再过几个时辰,若是锦衣卫没有解禁,那么就说明苏慕晴计策失效,等着明日良辰吉时,死于非命吧。"柳惠蓉笑得得意,眉眼露出了一道弯痕。

柳相国也笑,右手微微地顺了几下胡子。

看来惠蓉,也有长进了。他们柳家,终于要出一位正宫娘娘了!

第十八章 运筹帷幄

第十九章
风晴之约

今日北堂风刚巧出宫办事，到了傍晚时分，这才刚一回来，就听说了苏慕晴疯了的事，倒是不像李德喜那般慌张，正在更衣的他，反而平静得出乎意料。

不多时，早已久候北堂风多时的公孙敬也来了明阳殿，看样子是要坚持与北堂风一同去凤阳宫听皇后所言的对策，总之就是担心北堂风若是知道了苏慕晴疯了，心上再一软，偷偷平息谋反之事，那可就大事不好。

北堂风自是明白，于是也就没阻止。他随意地拿上一件避寒的外袍，就与公孙敬一同起驾去了凤阳宫。

快到大门口时，锦衣卫们纷纷聚来给北堂风行礼，北堂风侧眸看了眼正房，于是对着沈云之问道："听说皇后疯了，可有此事？"

沈云之早知皇上会问起，于是将今日送膳太监的所见所闻一一相报。

北堂风认真听着，脸上却毫无表情，只是在最后接了句："你们没进去确认一下吗？"

"回皇上，下面的人也是刚向属下禀报，还未来得及进去确认。"沈云之又说，脸上依旧是没有任何表情。

"那朕亲自去。"北堂风轻挑眼眉，由沈云之带路，然后与公孙敬一同跨入了正房的大门。

苏慕晴，究竟又在耍什么把戏了？

与传言截然不同的是，此时凤阳宫正房里整整齐齐，连一丝凌乱的痕迹也找寻不到。

包括沈云之在内的锦衣卫见了，也都是一脸的疑惑，不明这些谣言从何而来。北堂风轻哼一声，看了看杵在一旁像是在看好戏的江听雨，随即捕捉到一抹纤细的身影。

他二话未说地就带着公孙敬往里走，本想跟进去的锦衣卫却被江听雨生生拦住，然后"啪"地一声将大门关上，阻隔了那些人一切的视线。

锦衣卫面面相觑，着实有些不爽，但他们倒也不敢和皇上的心腹直接顶抗，于是在有些不悦地冷哼一声后，转身向后退去。

但在这些锦衣卫中，正有一名锦衣卫神色慌张地左顾右盼，他擦了擦额上的汗水，而后悄悄地从门口溜出。正房门被拉开一条细缝，江听雨静静地凝望，而后便用舌尖，舔舐了下唇。

皇后说对了，他江听雨，只听命于皇上，其他只看兴趣。

不过……若是有人敢对皇上有二心，他……就一定会让这个人知道，什么叫做，生不如死。

于是他缓缓笑了，悄然消失在了凤阳宫中。

悄悄逃离的锦衣卫边跑着边紧张地从怀里掏出一张字条，一个狠心将手指咬破，然后以血在那字条上面写了几个字——皇后装疯。

他学了几声鸟叫，很快便有清音宫的太监前来收条。像是刻意等待条子传出，江听雨过了很久才轻轻来到了他的身后，忽的倾身凑近他的耳畔，道："果然是柳家的人呢。"

锦衣卫一听，吓得一哆嗦，想要回身相望，却忽然感觉一阵撕裂般的痛。很快，他就发现自己眼前一片漆黑，什么也看不见了。

这人嘶喊，双手紧紧捂着双目，满脸都是血。江听雨从容微笑，那血渍他分毫都未沾染，只是在修长的指尖上，慢慢滴落着血液。

"虽然我讨厌狗，但是，我更讨厌不忠的狗。"江听雨悠哉转身，舌尖轻轻舔掉指尖的红，"身为锦衣卫，就要对皇上忠心，这只是给你们个警告罢了。"江听雨冷哼一声，再度消失在了这皇城之中，唯有那地上哀嚎之人，依旧在哭泣。

然而这一切，却落入了也向这边走来的沈云之的眼中。他望着地上哀嚎的人，脸上仍然没有一丝情绪，只不过将刀掏出来，瞬间将那个哀鸣之人的喉咙刺穿，使得那人再也不会喊叫。

这一刻，沈云之的脸色却更加的凛冽，望着江听雨消失的方向，他的眼眸缓缓眯起。

这个人有二心，他也同样看出来了，本欲来私下处决，却见到有人还比他先动了手。打狗也要看主人。无论这个人是否该杀，但能杀他锦衣卫的人的，只有他。

而后，沈云之便将刀一把塞回刀鞘，又向着凤阳宫走去。

一只信鸽缓缓飞入相国府，被相国的心腹稳稳抓牢，几下便拿出了信鸽腿上绑着的字条，看一看，竟有斑斑血迹落入眼帘。

柳相国见心腹眼神凝重，也放下酒杯低声询问。

心腹微微一怔，赶忙回了柳相国："啊，没什么。来信的人应该是情况危急，来不及找笔墨，然后咬破手指写的。"

柳相国有些焦急，等不及这人念出，便将那字条一把抢过仔仔细细默读。心头忽然一紧，随后便悠悠笑起，"哈哈哈……果然是装疯，想引诱咱们去凤阳宫呢。"柳相国摸了摸胡子。他来到大堂，对着正吃桂花糕的柳惠蓉说道，"闺女，我们果然没猜错，苏慕晴她是装疯。"

柳惠蓉微微顿了下口，狐媚的眸向上挑，"躲得过初一躲不过十五，料她再狡猾，也不会料到被我们识破，同时还被我们摆了一道。"

"是啊。"柳相国走到柳惠蓉身边，然后举起杯子，道，"来，闺女，庆祝你终于要登上皇后大位了！"

柳惠蓉也笑，轻轻端起桌上的杯子，高高举起，"到时候，女儿一定揽住大权，帮爹爹把皇上媚住。"

"好闺女。"柳相国说着，便将手上的酒一饮而入，随后重重地放在桌上，"只要你登了后位，咱们柳家的势力，就更不容小觑，到时候谅他北堂墨再有三头六臂，也要败于我之下了！哈哈……"

"爹爹说的是呢！"柳惠蓉笑得灿烂，也将小酒杯中的液汁一饮而入，然后轻轻擦拭了下唇角，接道，"从此我们柳家，就要权掌天下了！"

说完之后，两人都纷纷笑了起来。仿佛这一刻，他们已经不再担心有任何的变动。

只等着，苏慕晴那即将到来的死讯了。

然而同一时间的凤阳宫，却有着别样的画面。北堂风与公孙敬的视线站在被一阵漆黑所掩埋的房间，很快便有一阵微微火光引起了注意。

烛火旁，慕晴穿着七彩凤袍，装束异常整洁，正在凝视着他的眼睛比平日更要冷静与清亮，如此这般神情，丝毫不像疯癫之人，更是不像绝望的将死之人。

"苏慕晴，不知是你疯了，还是朕疯了。"北堂风挑眉，露出了一声冷哼。

他就知道，就算天下的人都疯了，她苏慕晴却绝对不可能疯。

因为，她只会把别人逼疯。

慕晴嫣然一笑，刻意想了想，然后假装恍然大悟地说："啊，对。听说凤阳宫外在传臣妾疯了。"她故作哀愁地摇摇头，"也不知道是谁从凤阳宫打探到的消息，然后放出这等谣言，如今臣妾被软禁在这里，也没法出去辩解，若是那些不知轻重的人造了谣，皇上可莫要相信啊。"

北堂风轻哼一声，看向他处。

若是他没猜错，苏慕晴定是用了一招顺水推舟之计，为的就是蒙蔽了对她下局的人。

"罢了。"北堂风淡淡勾唇，在那俊脸上却显出了一份安心，狭长的眼眸中忍不住地多了些柔软。其实在进房之前，他虽然料到这是苏慕晴使的计策，但是心底不知为何还是有着丝丝焦躁，此刻看她无事，还真是心头落下块大石。他凝视着她的神情，见她眼中闪动着微微亮光，便知她对破局之事已经有所思量了。忽然间觉得，她的狡诈，还有些可人之处。

"约定的一日即到。若是有什么好的平息之法，便拿出来看看。若是朕觉得此法只是敷衍或者不可行之，那么……"北堂风眸子划过一缕黯淡，"你还是要死。"

慕晴轻轻垂眸，唇角缓缓勾起笑意，随后转身，从桌上拿来了一个字画轴，然后将其双手举于北堂风面前。

此时她收回了所有笑意，神情变得极为凝重和认真，随后一字一定的说道："请皇上打开画轴。臣妾想的法子，就在里面了。"

北堂风静静地看了眼，然后抬手接过画轴，解开捆在上面的绳子，蓦然一拉。顿时有几个大字映入眼帘，使得他眼瞳为之一缩，便是连公孙敬都倒吸口凉气。

"皇上，请助臣妾一臂之力。"慕晴幽幽而道，似是早已料到会有如此冰冷的反应。本以为马上会迎来几句狠话，却不料只是听到北堂风轻声而道："苏慕晴，你是打算让朕倾家荡产吗？"

如此轻描淡写的语气令慕晴有些怔住，她抬头看向北堂风，眼里尽是不解。但是相对的，一旁的公孙敬可是怒火攻心了，他一把拦在前面，大声喊道："皇上不可！臣认为，此法不可行，有违这宫廷之法！身为皇后，又可能是反臣，怎么能……"

"宫廷之法吗？"北堂风蓦然打断，抬眸看向苏慕晴此时那丝毫不肯屈服的眼神。他淡淡轻笑，将那画轴卷回，然后将它保持原样地放回了慕晴手中。他负手，若有所思地在房中走动，一步两步三步，轻若无声。

这一时，慕晴的心着实提到了嗓子眼儿。

因为她想的方法，对北堂风来说当是铤而走险。对于南岳，若是她当真有贼心，那么……南岳王朝，顷刻间便会覆灭。

在他眼里，她是背叛过他的女人。就算有情，她也看不透北堂风，看不透她在北堂风心中究竟是一个什么样的地位。

所以她是否还能为自己博命一回，只能看这个男人，肯不肯相信她了。

"皇上，请即刻处死妖后！"见皇上沉默不语，公孙敬又在身后进言，他看向苏慕晴，狠狠说道，"皇上是绝对不会这么做的！你死了这条心吧！"

慕晴不语，捏着画轴的手却悄然地在用着力，发出了窸窣的声响。

"皇上！！"公孙敬心中焦急，于是再喊。

"太傅。"就在这时，背对着他们两人的北堂风忽然开口，他轻吸了口气，才再度接道，"你，能想出比这个更好的方法吗？"

此话一出，公孙敬便立刻僵在了原地。

北堂风便缓缓地勾唇，蓦然回身。在那初月幽光下的眸仿佛世间最美的刃，让人恐惧，却又美得摄人心魄。他微微启唇，缓缓说着："苏慕晴，别让朕失望。"

慕晴眼瞳一颤，抬头对上了他的深眸，然后微微扬动唇角，说道："慕晴绝不会让皇上失望。"

北堂风上了前，轻轻地将手搭放在她的肩头，轻缓说道："放手去做吧。"便是在最后一个字落定之际，在慕晴的唇角绽开一抹暖阳的笑，她望着北堂风的眸，也多了一份柔光。随后重重跪地，第一次对着北堂风行了如此大礼，然后用着沉重而没有半分轻率的声音，一字一字地说："苏慕晴，叩谢圣恩。"

公孙敬长长地叹了口气，心口闷到了极点，着实不能猜透皇上的想法。既然皇上已经做了决定，自己也不能再过多地纠缠，不然，也不过是自讨没趣罢了。唯有，走一步看一步了。他转过身，气哼哼地看向他处。

慕晴右眉微挑，不禁多了些轻笑。脚尖轻动，转而来到了公孙敬面前，唇角一弯，便将手上的卷轴举给了公孙敬。公孙敬微愣，知道这个烫手山芋自己是甩不掉了，他冷哼一声，不客气地拽过，然后说："既然皇上都允了你，若你需要，开口就是。不过……"公孙敬眯住眼睛，"不过，如果你心怀二心，老臣定会手刃于你！"

"当然。"慕晴说道，倾城的脸上没有丝毫的动摇，随后她便靠近，在公孙敬耳边低声说了什么。此时公孙敬倏然睁大了眼眸，陷入了更深的沉默。半晌，待他冷静地站回原地，不禁再度对这苏慕晴审视了一番，看着那此刻没有丝毫恐惧，反而笑得轻柔灿烂的看似娇柔的人儿，他的眸子愈发深邃起来。

这个女人，不简单啊……

于是他深吸了一口气，回望了下身旁的皇上，随即静静低头，道："老臣知道该怎么做了。先行告退。"说罢，他便向北堂风行了礼，即刻转身出了凤阳宫正房。

当门再度关上的一霎，便只剩下北堂风和苏慕晴。

一时间，周围的空气渐渐蒙上了一层暖色。北堂风想要抬手检查下慕晴的伤口，才刚刚碰到，慕晴的身子冷不丁地颤动了一下，或是因为疼，又或许是愈发地在意这个男人的碰触。

北堂风稍作停顿，反而将手覆在了慕晴的发上，眼神渐渐有些深幽。这时慕晴忽地握住北堂风的手，静静问道："你当真不怕我谋反？"

北堂风眼睛掠过了被她紧握的指，低喃了一句："你反不了朕的。"

慕晴蹙眉嘟囔了几句："原来不是因为相信我，而是因为特别自信。"她有些失笑，但看着北堂风的眼神却有着别样的暖色。

口是心非的男人。

"朕知道你去过御书库。"北堂风忽然开口提及那日之事，让慕晴心头猛地一紧。她并没有急着回北堂风的话，而是静下心来等待着他接下来的发言。

北堂风沉默半晌，忽然有些无奈地叹了口气，眼中的流光轻晃，像是在沉思着什么。半晌，他才对她说道："如你所想，朕并不相信你，也还没有对你旧情复燃。但是……"他重新正视了她，指尖挑起她的下颌，"若是你能平定朕的江山，朕会提早履行与你的约定。就算，没有密卷，也是如此。"

慕晴眼瞳陡然一缩，她有些疑惑地看着北堂风，当真是有些猜不透了。她走近，然后轻笑，"按照皇上的深谋远虑，其实早就有了应对之策不是吗？既然不相信我，仅是利用我，如今连密卷都可搁置不理，那么皇上冒着如此大风险给我自救的机会，究竟是为了什么。"

"一定要知道吗？"他低语，声音平缓无波。

"一定要知道。"她回应，眼中的执着让他动容。

他轻轻吐了口气，忽然上前将慕晴一把揽入怀中。夹杂胸口的痛楚与灸热的暖流令慕晴一时有些无法动弹。他凑近，下颌抵在她的肩头，温热的呼吸有些紊乱地染在她的耳畔，带了些淡淡的潮。他像是有些无奈地叹了口气，单手滑入她凉薄而松软的发中，他像是沉醉于她身上的香气，眼神渐渐有些迷离。

　　"皇……"她语塞，像是呆住一样张着双手，不知是回拥他，还是就这样放下。

　　"朕用了一天的时间在想你的事情。也想明白了，原来朕只是想给自己一个，重新深信你的理由。慕晴，效忠于朕，爱朕，然后……永远不再背叛朕。好吗？"他的声音很轻，很淡，有着些许的沙哑。慕晴很想看看当北堂风说这句话时的神情究竟如何，但最终，她亦静静地将脸埋在他的怀中，低声说："皇上是在向我告白吗？"

　　"告白？"北堂风有些不解，轻声回问。

　　"没什么。"慕晴淡笑，侧眸而视，忽然有些略微的黯淡，"如果，你所认识的苏慕晴已经……"

　　然而，还没等慕晴将这句话说完，李德喜在外面低唤北堂风的声音却蓦然打断了她，她心头一紧，着实不知自己为何脱口而出，她轻轻地挣脱了北堂风的怀，仰头凝望着北堂风，随后扬唇一笑，"皇上还有事要处理吧。臣妾就不多扰了，皇上所言的奖赏，还是等臣妾将这只国之蛀虫揪到皇上面前后，再做定夺吧。"

　　北堂风微怔，眼神掠过一丝暗光，本能地察觉出了慕晴心中像是隐瞒了什么。他没有逼问，只是随着她的力道松了手，他凝望着她，眼神有些深邃，于是淡淡道："好。一切，等你能活下来，再做商讨吧。"声音忽然有些莫名地发冷，令慕晴心头有些寒意。她目送着北堂风推门离去，指尖抚向又有鲜血溢出的胸口。

　　"我不过是一缕残魂，你原本所爱之人也早已死去。如此真相，是否会让你，痛不欲生？"她渐渐地用指尖关上了大门，双手环抱着纤细的身体，眸子有些发深。

　　自己陷得越深，就越不能向先前那般毫无顾忌地爱你。

　　因为归根结底，她，不过只是不应存在于世的……孤魂野鬼罢了。

　　慕晴双手掩面，沉默了少许时间，未曾遮掩的唇角，忽然绽出一抹亦正亦邪的笑。

　　当她再度将手拿开的瞬间，红晕下的眸中闪耀着碧色光晕，如同刀刃。

既然她本就是一缕残魂，那么根本不用怕死，既然想得那么混乱，不如什么都不想，既然心情那么不好，就干脆找个人发泄。

很好，现在她苏上校心情差极了。

柳良杵，算是……倒霉了。

你用连环招，我有反间计。

也该是她，亮剑的时候了。

南城，地下秘密牢房。

此处极其封闭，不见天日，时而有水声作响，听来有些瘆人。忽然爆出一声巨响，紧接着便进来了好几个拿着利刃的侍卫。

"啊……啊你们是什么人！你们知不知道这是谁的地方！"在见到如此之多的人后，这聚集在底下的一些人像是热锅上的蚂蚁那般，疯了一般地到处抱头逃窜。

"离爷，这后面有暗道。"一个侍卫在走了一圈后，便过来报告。

这时，有几个有勇气的外形看起来像土匪那般的人，拿着大刀站在这些侍卫的面前，警惕地前后挪动着："你们敢闹事，回头等我们的爷来了，让你们吃不了兜着走。"

"就是知道这是谁的地方，我们才来。"伴随着一个冷漠而清幽的声音，一身雪白的离若白缓缓走出，面无表情地看着那几个看起来还想搏上一搏的男子。

只见他浅浅勾动唇瓣，抽出剑柄，而后毫不犹豫地就向前走去，剑尖划地，露出了些许的火光。

剑起之际，离若白便只用了三个回合，便将那几个人全数击倒，而后一脚踩在一个人的胸膛上，冷冷俯视道："把关在这里的人，交出来。"

"我……我不知道你说什么！"被踩的人一边喘息一边说。

"是吗。"离若白冷冷而道，剑锋一转，便毫不留情地割下了那人的胳膊，瞬时间血液飞溅，染满了离若白那毫无血色的脸庞。

一声嘶叫响彻整个地下牢房，使得周围的所有人都不寒而栗。

"人在哪？"离若白又问，同时将剑尖一滑，便放于脚下之人的另一个胳膊旁。

在感受到那冰冷的剑锋开始逐渐下移时，那人疯了一样地摇头。

"不知道，也是罪。"说完，离若白便忽地下手，只见那人的胳膊也顿时

被割下，而后又是一阵死绝般的嘶喊，很快，那人便昏厥过去，似是没了意识。

见他没了知觉，离若白轻轻蹙眉，这才将扎在地下的剑拔出，眸子一滑，便有些没耐性地看向周围的几个人："我向来没耐性。只数三下，如果没听到我想要的，你们会比他更惨。"

听了离若白的话，几人都迅速跪下，不停地给离若白磕着头，也同样在疯了一样地说着什么。当那几个字飘入他耳畔的一霎，离若白那被血液沾满的脸上，渐渐浮现了一抹冷漠的笑容，然后即刻转身离开了这飘卷着血腥味的地方。

深夜，城外码头。海风吹拂，将雕椅之上雅坐的一袭蓝色贵袍之人的长发微微吹动而起。

这几乎让所有人都离不开视线，却又没人敢靠近的绝美而淡漠的男人，正不紧不慢地静静地饮着茶。

此时一个人正附于他耳畔低声说了什么，原本正在轻划茶盖的指尖缓缓停顿，在那俊美的唇角上略微地扬动些弧度："告诉若白，别玩得太久，记得给本王，留条活口。"随着一声淡漠的笑容，北堂墨又恢复了饮茶的优雅而从容的动作，只是在那俊美无比的眼中，透露着一道足以破坏一切的锋芒碧光。

"是，王爷。"在听完北堂墨的话后，那报告之人便匆匆离去，又将这份夜中的幽静，还给了这慨然一身的男人。

没过一会儿便有几个侍卫将一个穿着黑衣斗篷的人带了过来，而后用力将这人推倒在地，使得那人因为站不稳重重撞在了地上，甚至磨伤了脸颊。

这个人就这样倒在北堂墨那白色轻靴的前面，那份肮脏与北堂墨的优雅清淡形成了鲜明的对比，然而两人所散发出来的气息，却好似与衣衫相反。

黑衣之人在见了北堂墨后，竟然在瑟瑟发抖。

北堂墨不紧不慢地放下茶杯，微微垂头，俯视着眼前趴倒在他脚前的人，"好不容易易容的脸，划伤了多可惜。"就在这时，北堂墨轻轻开口，用指尖将那黑斗篷的帽子缓缓拉下，在看到那张熟悉的脸庞后，他先是有一份讶异，随后便笑得更深了。

这张脸，他是见过的，是宫中的宫女，前些日子和凤阳宫的人甚是亲近。本是没有在意她，但是那日在听过上官羽的话后，便开始隐约调查出入凤阳宫之人。由于有踪迹粉与碎布的帮忙，可算是让他将这暗沟里的老鼠拽了出来。

"既然被你抓住，要杀要剐悉听尊便！"黑衣人愤愤而说，将脸瞥向了他处，似是不想再受北堂墨仿佛在看着一样东西一样看着自己这张脸。

"你这性子，本王喜欢。"北堂墨淡淡而道，从怀里掏出一块白绢，将那人脸上蹭上的沙土，轻轻抚开，而后指尖忽然用力一挑，便强迫这个人看向自己。

北堂墨渐渐敛住笑意，绝世俊美的眸中透露着一份足以冻结一切的杀意，"别生气。本王只是想来告诉你，被柳相国关押的你的爹爹，本王替你找到了。"北堂墨说罢，便缓缓松了手，然而却在同一时间，用那丝布将碰触过那人的指尖，缓缓擦拭，随即便冷漠地将那块丝绢随手一松，任它顺风而飞。

黑衣人的眸子却顿时一缩："找……找到了？"便是在这人一阵茫然之后，她突然像是明白了什么，于是疯了一样地想要起来，嘶喊道，"谢谢王爷，谢谢王爷！王爷是大善人！告诉我在哪！他在哪！带我去见！"

"别急。"北堂墨淡淡的笑了，眼中透露着一种怜惜之情，而后亲自起身将那人扶起。

便是在那人，战战兢兢地直视着北堂墨，恨不能感激得磕头时，北堂墨却倏然拦住这人，微笑着说道："本王从来不认为自己是大善人。所以，本王想问问，若要本王将他还给你，那么……你拿什么和本王交换？"

"如果……没有呢？"那人微微有些愣住，似是脸色有些发青。

北堂墨微微惋惜笑了，随后用手缓缓抚过这人的长发，而后用着那听起来温柔且淡雅的声音说："那么，他会死。"如此悦耳轻柔的声音，却包含了如此狠毒的几个字，使得那人眸子顿时锁住，深深吸着气，仿佛是被一种恐惧所袭，于是猛地抬眸说："不对！你不会杀的！我还有利用价值！哈……对，柳相国，柳相国都没有杀我！王爷在骗我，在吓唬我对吗！"

听着那人激烈的声音，北堂墨却始终用着淡然的眸子静静望着他，随即长叹口气，缓缓转了身："哦，是吗。"他淡淡而道，语气中听不出任何的情绪，于是他便摇摇头，向前走去，仿佛一点都无所谓。

那人在看到北堂墨当真一点都无所谓地离开后，心头一惊。

第一次，第一次感觉到，自己的爹爹会真的就这么死了！

那种由心底产生的恐惧之感，与和相国在一起的完全不一样。

是了，祈亲王和柳相国不一样。

祈亲王绝不会让任何人威胁到他。

所以祈亲王真的会下手！

想到这里，那人忽然失了一切的冷静，在一片混乱之后疯了一样地跑上前，大喊道，"王爷，别走……别走！！求求你，别走！！我有！你想到的东西！！我有！！"说着，便从怀里掏出了一个簿子，跪在地上一边打着哆嗦，

第十九章　风晴之约

一边用手将这个簿子高举头上。

"王爷……这个东西，是相国想要扳倒王爷用的，被……被我偷出来了！这个……给王爷，求王爷放过我爹爹！"

这一刻，北堂墨静静地停住了步子，一张俊美而淡漠的脸上扬动着一种从容的笑，只是略微扬了指尖，便有人将那簿子拿过，放在北堂墨的手上。

他默然地翻了几下，俊逸的眼中顿时闪动了一缕碧光，唇角的笑，也愈发的深邃了。

果不其然，赈灾款都被柳相国吞掉，怕是连给慕晴布局，用以打通各路的钱，也都是这赈灾款中抽出的。

"愚蠢之人。"北堂墨淡淡而道，一把合上了那簿子。抬头看了眼快要升起的太阳，那向来隐藏起来的淡漠的眸中，渐渐闪动了一缕足以吞噬一切的利光。对他来说，真正的好戏就要开场了，而他这贵宾席上的观众，又岂能缺席？

于是扬眉，转而离开了码头，长风吹起了他的长发，也吹动了一份透骨的寒彻。

待北堂墨走后，很快便有两个侍卫架住了跪在地上还在打着哆嗦的黑衣人，她抬眸望向北堂墨愈走愈远的身影，心中渐渐有些嘲讽。

柳相国啊柳相国，你算计一生，但又如何能斗过这个男人。

这个男人，才是真正无情残酷的人啊！

三个时辰后，天色渐亮。

这一夜的不平静，终是在初阳升起的一霎，归为了沉寂。洗去所有空气中的污浊，增添了一分鸟语花香。

画了眉，慕晴对着铜镜又看了自己一眼。

今日，该是收网的日子了。

在镜中，慕晴缓缓地扬动了唇角，看向屋外那渐渐明朗的天空："最后一战了……"慕晴深深吸口气，又深深吐出，随后撑桌而起，甩开袖袍来到正房门口。她将指尖缓缓贴在了门框之上，感觉被清晨的凉风染得有些冰冷，她咬牙，蓦然推开了眼前的大门。

刺目的阳光瞬间扫入她眼帘，她尚有一丝的不适，于是用袖口轻轻挡了下。终是将前方看清的时候，便见到十位衣冠整齐的重臣都在她的院子里早已等候她。

这时大臣们纷纷退开两侧，公孙太傅双手端着一套衣服，缓步来到了慕晴面前。

她与他齐站，静静地凝望着眼前的太傅，随后视线一滑，看向他手上的衣服。于是探出双手，小心翼翼地接过。

"皇后托老夫办的事，已经都办妥了。"公孙敬开口，虽然脸上还是显出一分不悦，可无论如何，他也都是皇上的臣子，已经在这个节骨眼，他倒也不会再阻碍皇后。

"多谢公孙大人的这套衣服。"慕晴微微一笑，借着暖阳，笑得灿烂，使得公孙敬也有了一分的失神。

都说这个女人，是满腹计谋的妖后，然而此时她的笑容，却又如此的干净。

"不谢。"公孙敬低声而道，随即让开了一条道，随着众臣也跟着后退，慕晴缓缓向前迈了一步。这一刻，风起，将她身后的长发，凌乱地吹动了起来，也同样将她的衣袍吹至摇摆，如同散在空中舞动的荷花。慕晴紧紧地闭了眼，半响才再度将眼眸抬开，红晕下的眼眸顿时换上了一副凌厉之色。

风起云涌，吹动这个女人的一身清凛。

人生博弈，总有一输。

政治斗争，尤为残酷！

今日，无论是为了茗雪，还是为了被践踏的南岳百姓，她都会拼死一搏。这一次，若不是她苏慕晴大败登上断头台，便是他们柳家，从此退出政坛，再也无法翻身！

只见慕晴微微勾动了丝唇角，甩开袖袍，再也没有丝毫犹豫地迈了步子向着凤阳宫外走去。

相国府。

天，终是大亮了。

柳相国对着镜子，将自己的相国袍子整整齐齐地穿上，时不时地也动手微微调整，似是想将自己最俊朗的一面在今日好好展现。

"本相国，可还有当年的俊朗啊？"柳相国带笑而道，心情甚是愉悦。

"相国才貌不减当年啊！"柳相国的心腹在旁边一边看着丫鬟们给他整理衣装，一边不停地吹捧，脸上堆满了谄媚之色。心里暗暗琢磨着，若是过了今日，相国当真扳倒王爷一步登天了，那么自己的好日子也就来了。

"你要学着点。"柳相国不屑地说，"这官，可不是好当的。对了……今日，苏慕晴那里有什么动静吗？皇上有没有下旨什么时候处决？……嗯，这边还有点褶，弄平点。"

柳相国一边说着，一边狠狠瞪了眼给他整衣服的丫鬟。

丫鬟一惊，赶忙低下头为柳相国整理好，生怕自己再遭了罪。

"听说今日，皇上太傅出宫去抚慰百姓去了。"

"抚慰百姓？"柳相国抬眉，冷笑一声，"这时候，除了皇后的话，那些乞丐是谁的话都听不进去。"

"啊，那要是皇后出宫……"

"不可能！"柳相国没耐性地打断，"首先，她昨天是什么都没想出来，不然太傅也不会这么急着出宫了。其次，皇后没有皇上的准许，本就是不能出宫的，再加上外面呼声这么高，皇上怎会放任皇后出宫，那不是等着把江山给皇后了。"

"可是，皇上万一……"

"没有万一。你难道不知道吗，就在不久之前，皇上还下了'罪责圣旨'，可见对皇后厌恶至极。所以，你说的那个万一，不可能，绝对不可能。"柳相国说着，便又对着镜子左右照了照。

那心腹虽然还是心有疑惑，但是既然柳相国说了是这样，那还会有假吗？于是赶忙谄媚上前，说道："相国说的是，相国英明啊！"

"相国大人，官服已经穿好。"几个丫鬟小声说道，随后退到了一旁。

"嗯，都下去吧。"柳相国说着，便用左右手纷纷甩了甩长袖，又来回欣赏一番。

"这身官服，真是百看不厌呐，哈哈……"

柳相国说罢，便出了房门，绕过庭院，悠悠来到相国府门口早已备好的轿子前，缓缓坐上，道："随便去哪家茶馆，本相国要去看看，太傅大人，是怎么平乱了。"

"是，相国大人。"轿夫说罢，便齐抬轿，向着京城走去。

轿中的相国悠然自得地坐在里面，时不时地哼着平日里爱听的小曲。

今日，晴空万里，真是好啊，好。

同一时候，祈亲王府。

已经穿好一身冰蓝贵袍的北堂墨在院中轻轻地把玩着笼中的金丝鸟儿，微风吹拂，将他的发丝吹动了些许的弧度，却显出了一份寂静的美。

已经重新换了一身白衣的离若白来到了北堂墨身边，低声说道："王爷，待会要出去吗？"

北堂墨微微扬唇，又用声音逗弄了下鸟儿，随之使得笼中发出了清脆可人的叫声："待会，本王最喜欢的凰鸟，要开一场戏了。本王，又岂会错过。"北堂墨说着，便将那笼子放下，回眸望向整装的离若白，"身上的血腥味，还是没洗掉。"

离若白一愣，赶忙低头闻了闻，而后蹙眉说道："王爷，属下……闻不到。"

"嗯……"北堂墨思忖了一会，随后拍了拍离若白的肩膀，若有深意地说，"或许这就是，身在其中，麻痹了嗅觉，所以浑然不知吧。"

说着，北堂墨便扬起了淡淡的笑容。

离若白听了，自是明白王爷的意思。

想着一夜里究竟发生什么还浑然不知自得其乐的，怕是只有柳相国一人了。

无论相国是否能扳倒皇后，他已经输在王爷面前了。

之后，北堂墨向着旁边走了几步，他与离若白交臂而过，随后背着手望向那已经大亮的天。

"今日，天气甚好，使得本王又忍不住想弹上一曲了。"语毕，北堂墨便将视线缓缓下移，而后蓦然甩开袖袍，道，"走吧，出府。免得错过，一场好戏呢。"

离若白低声应了，随后便赶忙先一步出府替北堂墨备轿。

院中北堂墨，笑容愈发地深了，看着那笼中扑腾的鸟儿。

今日，你会给本王一个什么样的惊喜？

语毕，北堂墨便踏着更加怡然的步子，向着府外走去。

第二十章
清君之侧

皇城门外，所有的难民就这样横躺在地上睡了一夜。一条街上，萧条不已，仿佛是京城的所有百姓都不敢出门，更是不敢来做生意。鸣鸟时而从他们头顶飞过，撩起了一阵寂静和悲哀。忽然一声巨响使得门外百姓像是被什么震动了一下那般，纷纷揉动着惺忪的睡眼，向着城门口望去。

"那是什么……"

"谁出来了……"

"怎么回事？"

城中百姓都议论纷纷，探头探脑地往那门缝中看。

随着厚重皇城之门，慢慢被拉开，宫内宏大的景象也渐渐落入了所有人的眼里。那些人一见，便有人兴奋地喊着："皇宫，那是皇宫！我看到皇宫里面了！！"

"是啊！看到皇宫了！"另一个人也兴奋地说着。

这时忽然有一群衣装利索的锦衣卫骑着棕榈骏马飞奔而出，先一步开道。马蹄狂奔，最前面的沈云之一身红黑相间的锦衣卫服，手执长鞭，脚蹬铜镫，黑帽下的长发随风飞舞，在那面无表情的俊脸上，有着一份足以压住他人的气势。

在他之后，数十名锦衣卫也跟着策马而出，刻意分开两侧，意在清出了一条无人之道。

这一刻，几乎所有的百姓都被那狂奔而出的锦衣卫镇住，甚至连话都不敢多说，只是呆呆地望着，脚步不由得向后退去。那被深深围住的皇城，便由这里，开了一条宽敞大道。随后锦衣卫便不再向前，马头调转，守在两侧。前面的沈云之亦然，忽然拉住缰绳，在听到一声马儿嘶喊后，便利索地转身，望向正欲第二波出来之人。

百姓见状，也都纷纷随着沈云之的视线望去，很快便见另一行骏马缓缓而出。

但这一次，不似方才锦衣卫那般策马狂奔，反而有条不紊，循序渐进地向着前方走来。

见了这条队伍，所有的百姓也都是惊讶万分，纷纷张望。因为这一回出来的，是在这南岳大朝所有位高权重的大臣。他们均穿着藏蓝官服，红裤黑靴，上有顶戴花翎，神情不急不躁，看起来各个气度非凡。

"快看，是大人们，他们全是当官的！"一个年轻人喊起，一脸兴奋。

平日里的他们，就算是击鼓，也不过是见一见县衙的九品芝麻官。

说来百姓这一生，又有几次机会能见到如此阵容，更是有几个人，能有机会一睹摄政大臣的风采。

这时忽然又有一匹骏马缓缓而出，所有人见到，都为之一惊，随即化为了更加兴奋的神情。

民间传闻，深受百姓爱戴的当朝一品太傅公孙大人，竟然在这队列之中。

难以置信，难以置信！

马上公孙敬侧睁看向身旁百姓，方才还一脸严肃的神情，缓缓地放软了下来，于是便快马加鞭，又向前了一分。

"大人们都出来了，应该不会再有……你们看，那是什么？！"

就在所有人视线都集中在那些大臣身上之时，忽见有一辆纱帐马车从内缓缓驶出，一下便将所有人的注意吸引

引去。

他们面面相觑，窃窃私语，都想不透最后出来的马车里的人是谁。

是皇上吗？

可皇上自有龙顶金轿，也不会用纱幔围之。

那么会是谁？

就在这时，忽然自皇宫之上响起了阵阵鼓声，仿佛是刻意让全城的百姓都安闲不住跑来围观。

鼓声随风飘散，几乎染满了京城的每一片土地，全城百姓果真都忍不住地丢下手中的活，跑过来围观这如此的旷世奇景。

究竟会是什么人，究竟会是什么事？大家纷纷猜测着。

"快看快看，宫门关上了！"就在这时，那先前大喊的年轻人再度喊起。

便是在同一时间，方才还大敞的门，终是被宫门侍卫重重关上，再度将外面的一切与里面彻底隔绝。

马蹄阵阵，车辇向前。这行声势浩大的官队，似是正向着某一个方向赶去，引得百姓都纷纷跟上，几乎忘记了今日来此究竟是为了什么。

大约行了半炷香的时间，官队终于一片空旷之地放缓了速度，随着沈云之用力勒紧缰绳，所有的人即刻停在了这个地方。

百姓不解，于是向着不远处看去。

一阵微风拂过，眼前之地显得尤为空旷，只在旁边有一座看起来有些萧条的茶楼，似是接待来往宾客的。

那是一片足以容纳几十人的高台，周围的一片也好像是被人私下里布置过，一片喜红，映入了所有人的眼中。

"是过节吗？还是有什么喜事？"

"是哪位将军又打了胜仗吗？"

众人见此，更是议论纷纷，将这高台围得水泄不通，足有不见结果，绝不离开的架势。

这时众官齐下马，唯有那带帘的马车从侧旁斜坡直接推上高台。

风吹摇摆，将那盈黄的纱幔吹起了丝丝弧度，百姓好奇地想顺缝向内看去，却只见衣角，不见容颜。而这偶起的风，也同样像是在预示着什么那般，将这台上的淡淡灰尘，吹拂不见。

这时公孙太傅手拿一道金龙卷轴，走在了众官之前。他凝重地看着眼前的这些百姓，清了清嗓子，说道："老夫乃太傅公孙敬，特带皇上圣旨前来。"

圣旨？

究竟是什么事，竟然还烦劳了这么多大臣来此？按说平日里贴张告示不就完事了。听了他的话，所有人都再度讶异不解。

公孙敬悄然看了眼纱幔后的人，叹口气后，又回头看向百姓："不过在此之前，还容老夫先将规矩办了。"

公孙敬很是认真地将早已备好的另一张纸拿出。

在事情开始之前，要按例说些官场套话，这也是老祖宗定下的规矩。虽然便是连他自己也不喜欢，但……惯例，不可免。

可规矩是规矩，却十足地吊起了百姓的好奇之心。

只见公孙敬深吸了一口气，眯着眼照着纸上自己连夜准备好的词一一念出，如此这般连皇天后土都要感谢一遍的致辞，使得那些本就云里雾里的百姓，更是摸不着头脑。

这公孙大人究竟想做什么？以往只有极其重要的大事，才会做如此循规蹈矩地念词，而今日本就无事，却还弄得那么正式。

简直就是匪夷所思！

然而，便是在公孙敬又开了口，说了一番冗长而必要的套话之际，近处的一间茶楼上，却也有着另一番不平静。

明明该是最没人的时候，今儿个茶楼，却人满为患。

最重要的是，茶楼的一层竟然一人都没有，包括店小二在内，几乎所有的人都集中在了二层。只因为今日，竟有两位当朝一人之下万人之上的人物前来，使得包括掌柜在内的所有人都成了热锅上的蚂蚁，慌乱地准备着所有的茶食。

"没想到，向来繁忙的王爷，今日竟然有如此雅兴来这么偏远的地方喝茶。"柳相国带笑而道，可是言语之间却透露着一份难掩的虚伪。

"相国大人，看起来也很有雅兴。"一身银蓝的北堂墨轻轻笑起，眼睛却瞥向茶楼外那正在滔滔不绝地照规矩办事的公孙敬。

柳相国见北堂墨看似根本就对自己毫无意思，不由得眯眼心生不悦，却也随了他的眼神，一起望向不远处的公孙敬。

"爷，茶备好了。"店小二战战兢兢地在两人面前弯腰说道，似乎连头都不敢多抬。

"不如，我们坐一桌？"北堂墨微笑而道，且伸手做了个请的动作。

"免了。"柳相国略带傲慢，而后便转身向着另一方走去，可就在他转身的瞬间，却露出了一抹诡异的笑容。

北堂墨，你能安然喝茶的日子，怕也只有今日了。

见到柳相国直接拒绝了邀请，北堂墨倒是毫不在意，反而唇角的笑容更深。而后他便双手撩起蓝袍，坐在了茶楼二层外侧长椅上，静静地望着下面要发生的一切。

同时柳相国也在他的对面隔了一桌的地方，撩袍而坐，转眸看向外面。

也不知道，这公孙敬究竟在搞什么把戏，神神叨叨的，如此动作都没人知会他一声。

不过……

柳相国转眸看向正带着微微笑意望着下面的北堂墨，不由得发出一声轻蔑的嘲讽。

不过，北堂墨好像也被摒除在外，否则也不会在这茶馆坐着了。

"王爷，这是……"跟在北堂墨身边的离若白实在是被这情景弄得有些茫然，然后悄声问："王爷您可知其中玄机？"

北堂墨轻扬指尖，示意离若白暂时禁言，而后只是淡淡地说道："本王是猜不透这个女人的，静静看着便好。"

离若白点头，又退到了一边，在抬头之际，刚巧看到公孙敬把那大事礼节做完了。

柳相国也对着心腹使了个眼色，使得那人点了头匆匆离开了茶楼。

北堂墨自是将那人的离开落入眼帘，随即用指尖点了杯中的水，在桌上以浑厚的字体写了几个字。

一触即发。

离若白一愣，发现相国身边的心腹不在时，便也马上在心中做着思量。

王爷在桌上写了这几个字，绝对不是没有原因。

看起来，相国已经将人安插在了这些围观的百姓里，想来马上就要起一阵不小的风波了。

也就是说，乱事即起！

这场浩劫，在所难免！

皇后，对手已经出招了，身在皇宫的你，等于无眼无耳，这宫外之事，可要小心应对了。

茶楼下的公孙敬终于做完了冗长的说辞，百姓忽然振奋，再度染起了一片浪潮。

这时公孙敬的脸色略显凝重，像是要做一件什么铤而走险的事那般。于是深吸口气，看向身后的纱帘。

盈黄帘中之人点了头，不急不缓，与略显焦躁的公孙敬截然相反。

公孙敬静默稍许，也重重地点了头。随后转回原位，眸子抬起的一霎，便换上了一副与方才截然不同的样子，而后将圣旨一把抻开。

就在周围百姓下意识地想要跪拜，等听圣旨的一霎，在那人群中有一个人，悄然用着诡异的眼神望了下茶楼上的相国，随即忽然双手张开，大声喊道："我们要见皇后！我们要见皇后！杀贪官，见皇后！我们不要听圣旨，我们要皇后为我们做主！"

话音落定，仿佛一切都归于了沉寂，北堂墨的眸子微微抬起，柳相国滑动了丝笑容，便是连公孙敬在这一刻，也顿时颤动下了眉角。

像是一支绷在弦上的箭忽然松了力道那般，所有的百姓都蓦然起身，像是忽然意识到自己竟然被这些官员妨碍了原本要做的事，顿时被那人引导的气氛所感染，于是跟着他大喊："对！我们要见皇后！我们要皇后替我们做主！只有皇后是对我们好！皇后！皇后！皇后！……"

瞬时间，所有的百姓都像涌进城时那般开始疯狂地叫喊，甚至开始推那些围在外圈的锦衣卫。就连不远处的弓箭手都已经在暗处准备好，以防暴乱。

"本该镇压，却偏偏挑起。"茶楼上的北堂墨眯住眼眸，用那修长的指轻轻摩挲下了自己的下颌，在那琉璃色的眸中，渐渐滑动了些深邃："慕晴啊慕晴，你这一招反其道而行之，究竟是想如何？呵呵……"

相国倒是面带笑容地边喝茶，边顺着自己的花白胡须，暗暗等着看好戏。

再过不久，这些暴民就要起来了，如果公孙敬也压制不了，公然亵渎了皇上。

这一局，便以此完美地结束了。

苏慕晴啊苏慕晴，你在宫中是不是已经绝望地独饮了？

不打紧，等一切结束了，柳相国自会再送一壶好酒，送她一程！

就是不知道，她还等不等得到这壶酒，或许，当他再次进宫时，这个女人就已经……

惠蓉啊惠蓉，皇后之位，已经是咱们柳家的，囊中之物了！

想罢，柳相国的笑意便更深了。

茶楼下方，高台之上，实在有些招架不住的公孙敬赶忙下意识地退了一步，侧脸靠近纱帘，说道："老夫已经按照你的话做了，然后如何，然后如何！还在等什么！"

纱帘动了动，将空气撩起了一丝炙热。里面之人倒是不同于外面的官员，落得轻轻淡笑，而后不急不缓地说道："大人别急。时候……已经差不多了。"

这时帘角被细指捏住，忽然被一把拉开。那人脚尖轻踏，带着轻柔而不失稳重的步伐缓缓从轿中走出，背了单手，稳稳站于地上，瞬时便掀起了一阵威严的震慑。

随着一阵凌厉的风自空中撕过，随着那轿中之人昂首站于台上的最高处，身后长发顿时被凌厉地吹起，卷动如藻。

一瞬间无人再动，亦无人敢再动！唯有那稳重而铿锵，却又不失轻柔的声音，响彻在这满城的上方。

"本官在这里呢。"声音落定，慕晴缓缓抬起了眼眸，在那红晕之下，顿

时带出了淡淡碧光。

皇后，皇后，真的是皇后？怎么可能，怎么可能？！

所有人的视线都被眼前的这个凛然的女子所引，便是连下面方才一直在嘶喊的人也惊讶地站住，甚至忘记了要做什么，要说什么。

众人皆惊，唯有那倾国倾城的人儿，轻轻地扬起了一丝笑容。

"好家伙……"话音落定的一刻，北堂墨本欲饮入的茶水差点便呛了他，甚至下意识地将那份惊讶之词脱口而出，在琉璃色的眸中闪动着深深的惊喜。

任谁也无法想到，这个女人，竟然当真出宫了！

这简直，简直就是不可能之事！

便是连他向来运筹帷幄的北堂墨，都不由得再一次因她而惊讶。

她究竟想做什么，她究竟想要如何做，他当真一点都猜不透。

看着看着，北堂墨忽然笑了，笑得再不掩饰。

他就知道，这个女人，永远都不会让他感到乏味！

身边离若白看着北堂墨，也是满面惊讶。明明是绝对不可以出宫的时候，皇后竟然真的出宫了，最重要的是，皇上竟然允了皇后出宫。

这……这一切究竟是……

"怎么可能！她怎么可能在这儿，怎么可能！"

同一时间，先前从容的柳相国因过度惊讶而猛然起身，打翻了茶杯，将那身威严的官服染得脏污不堪，再也不见早些时候的整洁。在那黯淡的眼中，充满了难以置信，更是充满了慌乱。

一切的一切，都被打乱了。

一切的一切，都不再按照预想的方向前进。

这一切……怎么可能，怎么可能会发生！

风起，撩动了一阵无形的炙热，仿佛将空气中的一切都燃烧殆尽。所有的人都屏住呼吸，难以相信地望着眼前一身清凛的女子。

此时的她，面带淡淡微笑，倾城的脸上平静无波，见到所有的暴民都一脸惊诧地望着自己，慕晴便再度向前走了一步，轻甩袖袍。

"皇后，在此。"慕晴淡语，波澜不惊。

北堂墨却轻轻地眯住眼眸，想要将什么看仔细，忽见她身上穿的衣衫，琉璃般的眼珠轻轻颤动了一下。此时她竟没有穿皇上所赐的五凤吉袍，而是上有顶戴花翎，胸前绣制仙鹤祥图。

这……竟是当朝一品官服!

北堂墨蓦然从座椅上起来,双手扒着围栏的边缘,眸中闪动着更为璀璨的光晕。

有意思,有意思!

这个世上,还从未有任何一个女子,能让他有这种感觉。

这时的慕晴,像是感觉到什么,微微扬眸,刚好对上了北堂墨那双狭长而俊美的眼。她优雅一笑,似是早知王爷会在此处,而后便低了头,正视面前所有人。

"她真的是皇后吗?皇后怎么会穿官服……"

"是啊,皇后是不许出宫的,怎么可能出现在这里!"

听了周围人的话,那挑事者赶忙抓了机会,又在底下喊,"这人一定不是皇后!"

周围百姓又开始有些犹豫不决,不知该信谁。

总归来讲,真正的皇后,鲜少有人见过,所以对于他们的反应,慕晴一点也不意外。于是抿唇一笑,忽然又转为了大笑,使得那些百姓都一时间无法摸到头绪,便是连一边的公孙敬也一头雾水,不知道这皇后是想要做什么,琢磨着莫不是当真被局势给吓疯了?

于是公孙敬使了个眼色,让弓箭手随时准备。

这时慕晴忽然止笑,极其认真地说:"你说得也对,本官现在,还就真的不是皇后!"

一句话落,百姓愣了一下,连那挑事之人也为之一慌。

这……这是怎么回事?

明明是女子,为何称呼自己为本官?

还公开说自己不是皇后?

"啊,我想起来了……万人将军宴……"就在这时,一个人忽然开口,惊喜地看着周围的人,"她是皇后,是皇后啊……我在万人将军宴做过杂役,见过皇后真颜……她就是当朝苏皇后啊……"

这人说完,人群中那窃窃私语的声音便更加地激烈,似乎是一时难以相信。

"皇后!皇后!皇后!"见是自己的恩人,这阵热浪般的呼喊便再度响彻了天空,几乎将那遮日的云震碎。

公孙敬蹙眉靠近,来到慕晴身边低声说道:"你还真想谋反不成?"

"大人勿急。"慕晴淡淡一笑,几步上了前,后官威十足地说:"本官乃

皇上特派当朝一品官员苏慕晴,本官有一言想道,不知各位是否愿意倾耳一听!"

百姓微愣了一下,虽然不明白皇后是什么意思,但是只要是皇后现在说的话,他们自然会字字牢记,绝不忤逆。于是几乎是在一瞬间,这地方所有的百姓都顿时没了声音,安安静静地等着慕晴。

公孙敬冷哼一声,撇头看向他处。

然而与公孙敬不同的是,北堂墨的眸子却愈发是深邃。

虽然公孙太傅因为他说话百姓就不理会,而苏慕晴说话百姓却认真聆听感到很是恼怒。但是作为旁观者,如能将眼前一切的迷雾散开,却会发现一件很有趣的事情。

方才的暴民,已经被热血冲昏了头,恨不能冲上高台将那些官员拉下,根本连公孙太傅开口念圣旨的机会都没有。而此刻,所有的人都安安静静地听着,连一丝响动和反驳都没有。

正所谓要想平乱,除非武力,否则需要言语,更是得让倾听的人,真心接受所说的内容。否则无论辩才再好的官员,遇上一个字也听不进去的暴民,怕也只是毫无用武之地了。

以方才那种局势来看,这一道屏障,极难突破。

公孙敬突破不了、锦衣卫突破不了、这里所有大大小小的官员都突破不了。然而却被苏慕晴的顺势而行,轻轻松松地给破了。

"接下来,会说什么呢……?"北堂墨轻轻勾唇,眼中透露出了些许期待。

见方才纷乱的百姓终于安静了下来,慕晴才稍稍松了口气。眸子一转,便换上了一副柔弱的笑容。她回身从方才的纱帘中,拿出一个中等大的盒子,回了身说道:"本官听闻,各位为了等本官出官在皇城已经一天一夜,故而本官于心不忍,所以将毕生的积蓄都拿出来。"慕晴淡笑,看到百姓望着自己那盒子好奇发呆的样子,便再度开口,"为了谢谢各位对本官的爱戴,所以本官决定出个谜,若是谁能猜出,本官便将这盒中之物,全部送予那猜中之人。"

百姓一听,无不被慕晴的话所打动。

只是猜谜罢了。

难民之中,还是有很多文人雅客,若非遇到天灾,也不会流落至此,如果能凭一己之力再获发家之本,有何不可,有何不可!而且,既然是皇后让他们猜谜,如此小的要求,又岂会拒绝。于是便有一高个之人高喊:"皇后娘娘,您出题便是!只要是皇后娘娘说的,我们都听!"在他说完之后,又有一矮个的男子也同样高喊:"没错!皇后娘娘出题便是!我们都听皇后娘娘的!"

随着此二人的高呼,所有的百姓先还是有些迷茫,这一下便彻底地被血液冲了头,也跟着高喊起来。

听了那沸沸扬扬的声音响动,公孙敬蹙了眉。这么紧张的时候,竟然弄起那么不对路子的事,简直莫名其妙。要他说,这时候就应该是好好地劝说这些乱民,让他们知道谁才是最大的恩人。

猜谜?呵……小孩子把戏!

公孙敬冷哼一声,看向他处,随后压低声音,用着不屑的语气说道:"可别是谋反之词啊,皇后。"

慕晴一听,险些笑出声。暗忖着这位忠心耿耿的大人还真是喜欢给她扣高帽子呢。于是摇摇头,轻声笑道:"玩乐之中,自有玄机。您看好了便是。"

公孙敬清咳两声,又站回了原位,双手紧握放于身后,倒是想看看这苏慕晴有什么把戏。

茶楼上的北堂墨单手撑在桌上,一边挑眉勾唇,一边看向对面脸色依然没有恢复的柳相国,"相国大人,一起猜猜吗?"

柳相国一听,脸色更是铁青,一边擦拭着身上方才沾上的水,一边冷哼道:"多谢王爷好意,本相国没这闲情!"

"那太可惜了。"北堂墨淡淡而道,心情愉悦地看向下面的慕晴。

他知道,此时局势如同在弦上的箭。若是她想不到法子,没能说服百姓将那声"皇后万岁"收回去,一旦不小心触及了这些难民的反叛之心,那么……乱事便会一触即发。等不到她回去,这些大臣,或许就命悬一线了。

"可要慎之又慎呐。"北堂墨自语,随即便拿起桌上的茶杯,轻轻饮了一口,而后又看向柳相国道,"这里的大红袍不错,相国大人难道不尝尝吗?"

听了北堂墨的话,柳相国当真是险些七窍生烟。于是狠狠地瞪了北堂墨一眼,道:"王爷喜欢,就多喝一点吧,免得以后喝不到!"

北堂墨侧眸浅笑,只是略有深意地说了句:"那还真是可惜了。"说完,又将视线投向下面的慕晴,没再看一脸铁青的柳相国。

"皇后,您让我们猜什么谜?快些出题吧!"高个子的人又喊道,看起来乐在其中,"皇后可别忘了奖赏啊!"

周围人也纷纷笑起,仿佛无声无息地将不久前那暴乱的气氛抹去,反而换了一副喜气洋洋。

慕晴单手抱着盒子,在台上向左两步,又向右走两步,随即不惧危险地步

步向着高台之下走去。

沈云之一见，心中立刻多了份警戒，就在慕晴想要从他身侧走过的一瞬，他下意识地拽住慕晴的腕子，冷冷而道："踏出这步，便没有锦衣卫可以保护娘娘了。"

慕晴淡淡一笑，将沈云之的手从腕子上拂去，只是微微摇了摇头，没有丝毫犹豫地踏入了那些百姓的中间。

当她入圈的一霎，所有的百姓都为之惊讶，甚是不能相信高高在上的皇后，竟能当真走下高台与他们这些平民百姓站在一起。

众人不敢乱，只是随着慕晴的步入纷纷让开一条小道，直到慕晴来到了不远处的茶馆。

她先是抬头看了眼上面的王爷，淡淡一笑，然后找来了掌柜，要了一把木雕椅，而后凭一己之力搬到了一片空地之上。

这片地，是没有做任何点缀的土地，当椅子放上的时候，四个椅脚不由得陷入土中。而后慕晴在众人的注视下，随手捡了一根小木枝，在地上重重地写了一个"王"字。最后那一笔落定，慕晴利索地收笔。

众人被皇后这一系列莫名的举动弄得果然是一头雾水，怎么也猜不中她的想法。

慕晴倒是不慌不忙，眸子扫过眼前所有的百姓，随后轻轻退了一步，掀动官袍下摆，稳稳地坐在了那木雕椅上。而后用着那稳而不慌的声音，微笑着说："这，便是题，请各位好生猜一猜。"说完了这句，她便陷入沉默，仅是面带微笑地望着所有的人。周围撩起了淡而温雅的风，将她鬓角边的发丝轻柔地吹起，却将她此刻红晕下清澈的眸显得更加倾城美妙。

"王？"

"这是什么意思？"

"是拆字吗？"

此题一出，所有人都陷入了一片困惑之中，有的挠头，有的闭眸沉思，更有的索性也不想了。茶楼上的北堂墨也微微蹙眉，陷入了慕晴给的谜题之中。

王？

北堂墨想着，又沾了些水，在桌上反复将这个字拆开又合并，却还是不得其解。

"究竟有何深意呢？"北堂墨自语，沉思着，长长地叹息着，而后望向一旁也在发呆的离若白道，"若白，你看呢？"

若白一愣，又看了眼茶楼下写着的"王"字，只是困惑地摇着头，仿佛也同他一样，如何也猜不透。

　　北堂墨收了视线，再度看向慕晴。

　　此题不易猜，百姓真有能在这么短，又这么焦躁的状态下想出此题之解的吗？

　　还是说，这个小女人，又散了什么迷雾？

　　……

　　正在这一片寂静之时，忽然有一个年轻人大声道："皇后娘娘……不，大人，是王侯将相吗？"

　　慕晴抿抿唇，随即安静地摇摇头。此时的她，指尖轻点木雕椅把一下，似是在数着什么，这一小小的动作，却也看在了北堂墨眼里。

　　"那是地上之王？"又有人答道。

　　慕晴依旧是沉默着摇摇头，同时又在木雕椅把上轻轻点动了一下。

　　这时，茶楼之上的北堂墨好像是忽然想到什么，蹙紧眉头，望着那地上的"王"字。

　　这一谜题，确实如那人所说，或许连同这片土地，也是这谜题中的一部分。

　　王和土，王和土……

　　北堂墨蓦然一愣，又赶忙看向下面的慕晴，从上到下，从左到右，从那些官员，到慕晴身上的官服，到那片特意挑选的土地，再到地上的那个"王"字。

　　只见他的俊眸倏然一颤，而后又沾了水，飞快地在桌子上将这几样都放在了一起。

　　原来，原来不仅仅是那个"王"字！

　　原来，在这里的一切的一切，都是这道谜题！

　　是什么，是什么？

　　北堂墨的唇角越来越深，眸中的笑意也越来越浓。当那最后一笔落定之际，他安静地笑了。

　　整整齐齐的两行字，使得一旁看着的离若白的眸子也倏然颤动了一分。而后他讶异地看向北堂墨，轻轻吞咽了下唾液，随即用着试探的语调小声地道："王爷……这难道就是……"

　　北堂墨轻笑两声，侧眸看了慕晴，恰好慕晴也仰头看向了他。便是在看到北堂墨那带笑的容颜，及以口形缓缓念动的几个字后，慕晴蹙了眉头，长叹一口气。

王爷果然是王爷，如此雕虫小技，又岂会难倒他？不过，无妨，猜到才好，就算猜不到，她也会想尽办法让百姓猜到的。

　　想着，慕晴便闭了眼，感受着那轻微拂过的风，陷入了阵阵沉思。

　　劝退百姓，只在于一个字"劝"。

　　若只是口头上的劝，那她苏慕晴现在的一句话，这些百姓虽然会听她的话喊着"皇上万岁"，可心底依然继续喊着她"皇后万岁"。那她，便是劝败了，怕是百姓刚一离开，她苏慕晴就有可能死在这乱箭之下，退一万步讲，也会盖个什么"病逝"的头衔，直接地府见了。

　　所以，今日的一劝，务必要让所有人，打心底归顺于皇，从此不再有二心。

　　而这"劝"说之言，便就在这谜题之中了。

　　当谜题揭晓之际，便是真正箭在弦上之时！

　　想到这里，慕晴便再度深深吸口气，轻轻扬唇，仿佛根本不担心百姓猜不出来。而她这轻悠的一抹笑，看在北堂墨眼里，便解读得透透彻彻，于是宠溺地笑了下，回头看向离若白道："这个女人，看似都是在赌，却从未赌过。"

　　离若白听后，满脸的不解。北堂墨只是略有深意地笑了下，转眸看向那百姓，淡淡而道："一定会有人猜出来的，本王与你，赌一把。"

　　离若白舒了口气，也随之看向下面的所有人。

　　看似在赌，却从未赌过。若是他理解得没错的话，王爷的意思是……皇后的赌命之局，都不是轻率为之，而是将一切都了然于胸。要算得多远，才能做到这一点……皇后，真的可以做到吗？

　　难道，在那些百姓中有……

　　……

　　半炷香时间已经悄然流过。放在木雕椅把上的指，已经点了不少次了，再点一次，便满第三十下。但就是在这第三十下的时候，却有个另外的玄机。只要再来一个答案，无论对与否，都会像是崩开的弦那般，让已经僵持了半炷香的沉寂，全部打破。

　　只要再有一个答案，只要再有一个答案……慕晴垂眸，心中默念。

　　忽然间，那先前第一个答了谜题的年轻人再度冲到前面，大声喊："大人，我知道了！谜题是天地玄黄，唯我是王！"

　　慕晴忍不住轻笑了一声，随后缓缓抬起了自己的眸，慧黠的眼中，显出了不同以往的认真，"错了。"慕晴第一次开口，而非摇头否决，就在这两个字飘出之时，百姓中似乎多了些什么躁动。

而慕晴，似乎也在等着那份躁动，于是缓缓从座椅上站起。

"来了。"上面的北堂墨开口，他从座椅上起来，负手而站，似乎也在等待着什么。

另一面的柳相国看了眼北堂墨，也觉得有些不对，于是也跟着起来想一探究竟。

这时，已经站起的慕晴沉默着看着所有的人，她长长地叹了口气，故作惋惜："看来，本官又要把那些积蓄拿回官中，没有用武之地了。"

一见皇后要走，所有百姓都忽然变得急躁了不少，那种气氛，好似又要掀起另一阵暴动。

台上公孙敬实在是连眉头都快拧死了。如果他没猜错，那日苏慕晴在卷轴上写的那两排字，应当就是这个谜题的答案。只是明明很简单的两句话，他着实不明白为何这个女人要拐这么大一个弯。若是直接下发公告，或者念出，岂不最为直接。而且她还故意失望，惹得好不容易安静下来的百姓又再度躁动起来。

莫名其妙，简直莫名其妙！

这个女人的心思，着实难猜！

苏慕晴侧目，倒是将这位老忠臣的眼神读得一清二楚，于是忽然开口对着下面说道："公孙大人一直是百姓爱戴的好官，如此这时，本官便看在公孙大人的面子上，再让一人来猜，若是再猜不到，本官就只好就此作罢了。"

话一出口，便在百姓之中刮起了一阵不小的风。

明明可以发家的钱财，此时却如同到嘴之鸭，不翼而飞。

怎能不急，怎能不急？！

于是这些急于想要再过安稳生活的百姓，如同热锅上的蚂蚁一样开始胡乱地猜测，底下议论纷纷，却始终没人敢公开地说。

直到有一人悄悄在底下说："会不会……在这里的所有一切都是这道谜题？"

慕晴唇角扬动了一丝笑容，背在身后的手，也缓缓攥起。

好戏，这才真正开场。

听了那人的话后，所有焦躁不堪的百姓都恍然大悟，果不其然开始在口中念叨："王，土……官服……皇后……大臣……"

这一刻，这几个词就像是一种咒语那般，蔓延在了所有的地方，就等待有人最终将它们串在一起。

那方才说话之人，再度低声说："会不会是那句……普天之下……普天之下什么来的……？"

那人看似故意挠头，摆出如何也想不起来的样子。

一切就像先前所想，在这些难民之中，有不少是过去有些学识的人士，他们纷纷眼前一亮，赶忙趁着那人未能想起来之前，站起来大喊："普天之下莫非……"

还没等他说完，周围所有的百姓都像是被那人提示了一样，你争我抢地站起身来，像是疯了一样地向着慕晴而冲，而后像是用了所有的力气那般，歇斯底里地喊道："普天之下莫非王土，率土之滨莫非王臣！！"

瞬时间，围在这里的成千上万的百姓都急红了眼，都想证明是自己说的那般，拼命地大声而喊。

这一刻，公孙敬愣在了那里，茶楼上的北堂墨缓缓勾动唇角，就连柳相国都惊在了那里。

因为在这一刻，全天下再不是原先的那句"皇后万岁万岁万万岁"，而是更加震破山河的声音，带着几乎撕裂天地的魄力，声声回荡在这京城之内。

"普天之下莫非王土，率土之滨莫非王臣！！！"

北堂墨摇摇头，抓着围栏的手用了力，琉璃色的眸中，更是闪动着一缕碧光。

好一个可以摸透人心的女人！

如此之言，无论任何人以什么形式告诉这些已经冲昏头脑的百姓，都根本无济于事。

官府说的话，谁人会信！

但唯有自己猜出来的，自己说出来的，自己念出来的，才会刻在心里，才会真正地相信！

小小技巧，竟然扭转乾坤。

但是……

便是在这一刻，北堂墨的唇微启，苏慕晴的唇微启，仿佛在同一时间，都在用着一种唯有自己能听见的声音，缓缓说着："还不够。"

于是就在那阵阵嘶喊划拨天际的这一刻，慕晴蓦然甩开衣袍，没有顾忌地掀开下摆走上高台，大声喊道："没错，普天之下莫非王土，率土之滨莫非王臣！！"她忽然拿住自己的盒子，而后放在所有人的面前，道，"既然猜出，那本官，也将毕生的积蓄发于各位。"说罢，她轻笑一声，就这样轻易地将木盒打开。

　　盒盖被掀开的一瞬，北堂墨都有了一瞬的失神，仿佛是怀疑自己的眼睛看错了。百姓哗然，也同北堂墨一样以为自己的眼睛看错了。

　　木盒之内，只有一只玉镯和一支金钗，孤零零地放在那里，甚至若要不仔细看，根本就找不到那两样东西的位置。

　　金银珠宝在哪里？满目黄金在哪里？

　　他们用来重建家园的希望在哪里？！

　　"皇后在逗我们呢吧……"

　　"是啊……这……这哪可能是毕生的心血啊……"

　　"就是……皇后怎么可能这么……"

　　听了所有人纷纷的疑惑，慕晴勾动唇角，道："是啊，本官积蓄，只有这么多。"

　　就在慕晴说完之际，忽然自人群里又有人开口："皇后娘娘明明能偷偷买粮给我们……又怎么会只有这点积蓄，娘娘您不能戏弄我们啊。"

　　"是啊……"

　　人群中议论纷纷，似乎已经被慕晴弄得有些混乱了。

　　慕晴挑眉，刻意看向某处，"偷偷买粮？本官……怎么不知呢？哦……"慕晴恍然大悟，"你们是说，本官替皇上操办的送粮之事？"

　　一句话毕，所有的百姓都一片惊诧，着实陷入了一片慌乱之中。

　　慕晴眸子一瞥，像是对着人群里的某些人使了个眼色。紧接着那高个子起来大喊："是啊，皇后怎么买得起那么多粮！"

　　再然后，又有一个矮个子的人接着说道："率土之滨莫非王臣！原来那些粮是皇上送的！"

　　再然后，又有好几个人开口大声喊道："粮是皇上送的！"

　　几声大喊，令剩余百姓开始愈发地动摇了，左顾右盼着实不知是怎么回事，更是不知道该去相信谁。一种前所未有的焦躁袭上他们心间，仿佛被今日从头到尾的那种混乱感弄得有些摸不着边际。于是终于有几个人爆发，大声喊道："我们只想好好过活，我们才不管是皇上送的还是皇后送的，娘娘的积蓄，根本就对我们无济于事！！我们以后怎么办，以后怎么办！"

　　这人说罢，其他的百姓也一同地哭丧起来，甚至有的抱着孩子的女人，也一脸哀愁地大喊："我的孩子都快饿死了，怎么办……怎么办……"

　　一时间，所有的百姓都陷入了一场极其绝望的气氛之中。然而与他们相反，

慕晴却微微扬动了唇，同时悄然将那木盒盖上。仿佛此时的混乱，早在她的预料之中。

她静静地闭着眸，静静地听着周围的绝望之声，静静地感受着微风从耳侧吹拂而过的轻微的感觉。

就在风止的一瞬，慕晴倏然抬了眸，口中悄然低喃："时候到了。"说着，她将手摊开在公孙敬的面前，似乎想要什么。

公孙敬一愣，随即将手上的圣旨放在慕晴手上。

当她那纤细的柔荑，将那卷轴紧紧握住的一刻，在她那倾城的脸上，便不由得浮现了一抹淡淡的笑容。

而后她忽然将那卷轴拉开，用着任何人都无法反驳的声音大声喊道："工部尚书李程隆，接旨！"

这一刻，所有绝望的百姓，都不由得被慕晴的声音引去，心中纷纷疑惑不解。

那圣旨，难道不是勒令他们退城的吗？

怎么是给工部侍郎的？

"臣在。"工部尚书李大人忽然跪地，而后恭恭敬敬地趴伏在地。

慕晴抬眸望了眼李大人，随后一字一定地铿锵说道："奉天承运，皇帝诏曰。工部尚书李程隆，即刻调拨三百万两白银，在南城重建水利、良田，限一年之内使南城四通八达。"

"臣，遵旨！皇上万岁万岁万万岁！"李大人说罢，便高举双手，迎来了慕晴所念的第一道圣旨。

此语一出，百姓纷纷惊住。

三百万两白银重建南城粮田水利？

如此一来，他们很快就能吃上自己种的粮了？可国库一年才不过几千万两白银税收……

便是在南城百姓惊得说不出话的那一刻，慕晴却又一把抻开另一道圣旨，继续说道："户部尚书王准，接旨！"

"臣在。"户部尚书王准即刻跪地，等待圣旨。

"奉天承运，皇帝诏曰。户部尚书王准，即刻拟定南城新赋税，调配商户，限一年之内使南城通贸发达。"

"臣，遵旨！皇上万岁万岁万万岁！"王大人说罢，也同李大人一样高举双手，迎来了慕晴所念的第二道圣旨。

接下来,她又拿过了剩余四道圣旨,还没等拉开,所有的南城百姓便疯了一样地跪在地上。

这一刻,这些百姓脸上再不像原来那般充满了愤怒,或是因为感恩而欢喜。而是一种,更为沉重和悲痛的东西。

因为他们知道,从这一刻开始,他们终于不再去乞求别人施舍粮食,因为从这一刻开始,南城便不会再是一座死城。

这一次,救的不再是民,而是城,有城便有家,有家便有民!

南城从此,将会繁花似锦!

而这一切,只因一人!

原来,从始到终他们的恩人都只是这一人!

只有那他们原本一直以为,那高高在上,绝对不会理会他们这些穷苦之人的最至高无上的人!

这一刻,所有的百姓都忍不住地痛哭,仿佛是那种来自心底的感恩已经超过了所有的情绪。

而后他们跪在地上,仿佛是用了足以震破山河的声音,大声齐呼:"皇上万岁万岁万万岁!!皇上万岁万岁万万岁!!皇上万岁万岁万万岁!……"

便是在这些声音生生回荡的一刻,北堂墨轻笑,公孙敬讶异,而柳相国也是一脸苍白。因为这个女人竟然做到了,竟然让本来已经再也听不进去任何一句话的乱民,打心底感谢皇恩!

而这一切,看似简单,却又渗透着这个女人对人心的掌控与引导。

是啊,一切的一切,从始到终这个女人都在做着潜移默化的引导,引导着他们燃起了希望,再引导他们彻底地绝望,直到最后以皇上之命,再让他们终是走入了希望之城。

这个女人,了解人心。

了解这些百姓真正想要的东西。

因为百姓其实根本不在乎站在最顶端的人是谁,百姓只要能安居乐业,才是他们心中最最根本的渴盼。

这一局,她终是反败为胜了。

公孙敬深深地吸口气,又深深地吐了口气,随后看向慕晴。

这一刻,慕晴无声无息,没有欢愉,也没有害怕,只是缓缓放下了手上的圣旨,在那倾城的脸上终是露出了一抹释然。当她听着这满城的皇恩浩荡,听着这响彻天边的回音,她忽然地抬了眸,铮铮地看向正自上而下看着自己的柳

相国。

当四目相对的那一刻,在她那倾城的眼中,顿时滑动着一抹坚韧不屈的碧光。而后她缓缓抬了指,便是在一阵利风顿时拂过之时,她抬起了右手,静静地指向了高高在上的柳相国。

她的眼神随着那指尖透露着一种强烈而坚定的东西。柳相国的身子忽然一阵发软,连连退了几步,甚至将那桌子都撞歪。而后他慌乱地看着四周,看着北堂墨,看着那些想要扶住他的仆役。他忽然愤愤地大喊一声,一把抓住心腹的腕子,道:"快,将思雪抓回来!一定要赶在前面,一定要赶在他们回朝之前,将北堂墨置于死地,不然……不然……"柳相国狠狠起身,满脸苍白地向着茶楼外走。

他没输,他还没输!

他还有思雪,还有账簿!

柳相国忽然勉强地笑了。

对,对!

他还有机会将他们一起扳倒,因为还有最关键的东西和人在自己手里!

哈哈哈……他怎么可能输!

想到这里,柳相国便在慌乱中迅速离开了茶楼。

窗边的北堂墨依旧淡然地喝着茶,望着匆忙离开的柳相国,他缓缓扯动了唇,抿了一下,悠悠说道:"真是可惜呢,相国大人。这大红袍当真不错,呵呵……"

说罢,他悠然看向下面的慕晴,看着那被百姓和众官围在中间的傲然于世的女子,在他那琉璃色的眼中,缓缓透露了些深邃。

他真的,是越来越想要了呢……

想要这个女人……完全的……属于自己。

而后,北堂墨便也甩开了袖袍,一边优雅地轻笑着,一边转身离开了茶楼二层。

唯有那清风般的茶香,依旧飘散……

当慕晴看着柳相国仓惶离开后,终是露出了淡淡的笑容,悄然收回了手,又看向那漫无边际的天。周围依旧是万岁之声,百姓们不停冲向那些官员,像是想早点让他们再建南城。

在那欢愉的气氛之下,她这一身官袍的皇后,似乎被他们很快遗忘了。

这，就是最好的结果。

忽然间，她似是想起什么那般看向茶楼二层。当看到北堂墨的身影消失在那方的时候，她便赶忙小跑两步趁着所有大人们都在忙碌，悄然躲进茶楼，刚好迎来了正在往下走的北堂墨。

"王爷。"慕晴抬头唤道，使得北堂墨顿住了即将离开的步子。

他优雅转眸，看向明明娇小，却穿着宽大官服的慕晴，忍不住淡淡一笑，捏了捏那晃荡的地方，道："这件，太大了。"

"这是公孙大人的衣服。"慕晴蹙眉，可是在她眼中，却写满了一种安心的柔光。

是啊，对于她来说，北堂墨总是可以让她有种遇见兄长的安心，在他面前，自己就像是孩子那般。

"王爷也是有官服的，下次，可以来找本王要。"北堂墨倒是打趣地说，可很快，他却轻轻执起她的柔荑。当看到那被层层包裹的还渗透着血渍的手掌后，他眉头不禁再一次地蹙起，"你在凤阳宫的壮烈行径，本王可是听得心惊胆战。你啊……能不能别总用这种伤身的计策？"

慕晴听后，盈盈一笑，悄然将手抽回背在身后，"看来，王爷也在凤阳宫安插了眼线呢。有机会告诉慕晴那人是谁，这样慕晴要是想找王爷谈天，便直接对他说就好了。"

对此，北堂墨掩饰不住地轻笑了起来，而后将那修长而温暖的手轻轻抚在她的发上，随即敛住了一切的笑意，换上了一份极度的认真，道："这一次，做得很好。本王，没有看错人。"说着，北堂墨便忽然淡淡一笑，眸子深深凝望着慕晴。

而在这时，慕晴却感觉周围的气氛好像忽然透露着一种无形的炙热，让她心头一紧。

总觉得王爷的眼神与平日里不大一样。仿佛要看穿她的心那般，如此炙热，如此让她……想要退缩和闪躲，于是赶忙开口想转移话题，"只要王爷……"

可就在慕晴话还没说完的时候，北堂墨却忽然靠近，仿佛带着些深意地说着："慕晴，再多依赖本王一些吧。"

一句话毕，慕晴蓦然抬眸，那倾城的眼中显出了一份无法掩饰的震惊。

王爷他……第一次直唤自己的名字，而不是皇后。

王爷……他究竟是什么意思。

让她……再多依赖他一些？

慕晴愣在那里，着实无法回应，红润的唇先是微微开启，又闭上，又开启，似是着实不知道要说些什么，就连脚步，都下意识地后退了半步，仿佛是想拉开与北堂墨的距离。

北堂墨却倏然笑了，琉璃色的眼中带着宠溺，而后探出指尖，捏了慕晴的脸颊一下："每次逗你，反应都很有意思。"

一时间慕晴似乎没有完全地反应过来，随后露出了浅淡的愠怒，不悦地将脸撇过一边。

为何觉得王爷每一次见她，都会想办法逗弄她一次。

难道，把她弄得手足无措，就这么乐趣十足吗？

可就在慕晴假装生气的时候，在北堂墨那琉璃色的眸中，却闪动着淡淡的落寞。他似是想抬起指尖碰触到她，可却在最后，又缓缓放下，同时就连那眼中显出的情绪，也消逝无踪，仿佛从未有过。

在慕晴长长地叹了口气后，忽然像是想到什么，蓦然回过头问道："王爷，慕晴给王爷的那两样东西，王爷是否用到了？"

"嗯，用到了。"北堂墨淡淡作答，声音毫无波澜。

"那……那个黑衣人是……"慕晴赶忙问。

"常出入凤阳宫的宫女思雪。"

慕晴微怔，垂眸之时眼中泛起了些黯然："好好的一个姑娘，却被利用了。"

那个女孩儿她见过，本以为难得能有人愿意靠近凤阳宫，到了最后，还是柳相国安插的眼线。

在沉默了良久后，北堂墨便向前又迈开了一步，当与慕晴交臂而站时，他于她耳畔，轻声说着："这就是权力之争，你与我都明白里面的残酷。若是不能主宰别人的命运，就只能任人主宰。这个世上，没有谁对谁错，只有谁强谁弱。思雪，只是因为不够强大，所以沦为野兽口中的残食。皇后，不需要过多地同情她。因为……弱小，也是一种罪。"

北堂墨说完，便继续向前离开了茶楼，留下了淡淡檀香依旧留在周围，也依旧包裹在慕晴寒冷的身边。

她垂着眼眸，双手紧紧攥住，甚至都发了颤。

她没法反驳王爷，因为王爷的每一个字，都似一根针般扎在她的心间。

权力斗争的世界里，只要卷进来，便再也无法逃脱。

无论是思雪，相国，王爷，皇上抑或是她，统统都无法逃离。

因为，这个世界，无情而残酷。

从巷而走的柳相国匆匆地上了轿子，在前脚刚踏入的时候，他便赶忙拉了帘子，对着外面的心腹说，"你不要跟我进宫了，如我刚才说的，你快去把思雪带入宫。"

心腹一听，赶忙上前问道："相国，不先等思雪吗？"

"蠢货，现在是趁着北堂墨还没有警惕的时候，先去参一本。"柳相国眯住眼，狠狠说道，"还好本相国留了后招，虽然直接参北堂墨有些铤而走险，但现在没办法了，不得不动手了。好了，你快去吧。"

心腹听后，便赶忙地点了头，随即转身跑离了巷子。

柳相国看他走后，便对着前面轿夫说："进宫。"

说罢，便蓦然甩下轿帘，可是轿子却迟迟未起。柳相国疑惑，有些焦躁地再度掀开帘子，刚要破口大骂，便见北堂墨悠闲地靠在轿夫旁边的手柄上，见到柳良杵，北堂墨的脸上浮现了些淡淡的笑，而后故作认真地摇摇头，道："相国大人的思雪和账簿，在今日之晨，就已经送到皇上手里了，呵……克扣赈灾款以致兵民生乱，本王记得，可是凌迟处死呢。相国，你当真想回宫面圣吗？还是你，痛痛快快地送自己一程？"

柳良杵的脸色顿时煞白，在激动地挣扎了一会儿后，捏着帘子的手渐渐松了。

北堂墨轻扬唇，笑容既淡漠，又夹带了些残忍的色泽。

……

黄昏落下，满城喜庆，仿佛都沉浸在了皇上大恩天下的气氛之中。一起出宫的众官此时早已散去，怕是托了皇后的福，这段时间都有得忙了。

就在苏慕晴也准备回宫的时候，公孙敬却忽然叫住了苏慕晴，在那严肃的脸上，稍稍显出了些柔软。于是他轻咳了一下，对着苏慕晴道："这次的事，算是让皇后平息了，这一点，老夫感激，也会向皇上上奏请功。娘娘的聪慧老夫也看在眼里，但是别怪老夫心直口快，还是想提醒娘娘一句……"公孙敬眯住眼，随后靠近，压低声音道，"娘娘若是有朝一日和皇上作对，老夫还是会对娘娘不利，希望娘娘千万别忘了老夫，更是别忘了娘娘心头的一刀。"说完，便向后缓缓踏了一步向慕晴微微行了个礼，随即转身与另外一些大人离去了。

这时的慕晴安静地站在那里，黄昏下的光晕若金色流水那般染满了她的全

身。她轻笑，似是明白了公孙敬的意思——若不能为皇上用之，则他日必生祸患，必除之。

对于公孙敬的话，她只是淡淡一笑，不畏不惧。

"其实皇上之位牵扯到天下安生，慕晴从未想过因为一己私欲，对皇上不利。所以心头那一刀，慕晴会牢牢记住。"慕晴说罢，又安静地凝视了一会公孙敬远离的消瘦的身影，随即她便也骑上快马，准备同锦衣卫一起回宫。

忽然一阵凛风刮过，卷起了层层飞沙，连锦衣卫都不得不捂住双眼不敢前视。

这股邪风来得奇怪，让慕晴感觉心中难受，而且总觉得有什么人正紧紧地盯着自己。她蹙眉，透过指缝勉强望去，忽见一人从自己面前走过，极其熟悉的身影，极其熟悉的相貌，极其熟悉的一切的一切……那人停下身，忽然对着慕晴绽出一抹诡异的笑容，随后匆匆离去。

慕晴满脸都是震惊，而后忽然将手甩开，再也顾不得任何事地向着那人追去。

她骑着马在一条街上反复兜兜转转，长发吹散了她的发，轻轻拂过她焦急的面容。

为什么，为什么她会看到与自己一模一样的脸，这个人是谁，是否会知道苏慕晴深含的秘密？

她疲惫地靠在马身上，呼吸有些不匀。

红日落下，渐渐地映照在她的身上，如同在抚慰这身体纤薄的女子。她重新起了身，看向遥远的皇城，眼神浮出淡淡的复杂。忽然想起北堂风与她结下的约定，心中不禁有些忐忑不安，不止一次地询问着自己这个约定的结果。

"可能是看错了。还是回去吧，免得皇上又以为我逃逸了。"慕晴低喃，忍不住失笑，忽然甩下缰绳，而后飞快地向皇宫奔去。

风，等着我，我完成约定回来了。

也别忘了，你给我的承诺。

只是在慕晴离开后，却有一个身体轻薄的男子悠悠走出。他渐渐撕下脸上的人皮面具，露出了玉面容颜，眼神变得深幽而诡异。然后便纵身骑了马，从另一个方向也向着皇宫奔去。

回了宫，苏慕晴顿时感觉到有一种不寻常的气氛。尤其是伴在周围的那些侍卫，像是都在用着一种惊讶而疑惑的眼神望着她。

慕晴忽然被这些刺眼的视线弄得有些无所适从，或许是因为官人们都奇怪她为何没随大众回来吧。于是捏紧衣袖，没再多想，径自向着上书房走去。

上书房内，光线有些幽暗。慕晴小心翼翼地推开了雕木门。

北堂风静静地坐在窗下，微弱的光芒映出了他脸上染带的丝丝沉默。

慕晴心头先是一暖，却被房中的一缕酒气引得皱了眉。她四处寻找，忽见北堂风低垂的指上捏着一个空荡的酒杯，杯中未干的液汁，颗颗滴落在地，溅起了点点清波。

慕晴缓步走入，眼中透着些疑惑，来到北堂风的身边，望着桌面上放着的瓶瓶罐罐，她问道："皇上，你这是……"

听到了慕晴的声音，北堂风轻微地抬了眸，忽地抓住慕晴的手，然后将她一把拉到了自己的腿上，指尖抹过她的唇。

"你如约回来了。"他低喃，眼神有些发深。

"嗯，慕晴回来了。"她轻笑，脸上露出了些暖阳，"皇上喝酒，莫不是专为臣妾设的庆功宴？"

"庆功宴吗？"北堂风有些失神，随后微微一笑，"嗯，算是吧。"

说着，他又拿起酒壶，往空荡的酒杯中斟满了酒，然后将酒杯递给慕晴，道："来陪朕喝一杯。"

一杯入肚，满愁肠。

两杯入肚，心似恍。

三杯入肚，情满天。

慕晴一杯接一杯地喝着，眼神凝望着北堂风，不知为何心中竟隐隐作痛。

明明是同样的人，明明是同样的温柔，明明是同样的言语，为何却会让她有种彻骨的寒。

就在北堂风再度要为她斟酒的那刻，慕晴忽然压住了他的手。她静静地凝望着他，随即说道："皇上是否有话要对慕晴说？"

北堂风顿了下手，眼中闪过幽暗之芒。他轻轻放了酒杯，重新看向慕晴，而后启唇。

"朕有些忘记了，忘记你叫什么。可以，重新告诉朕一次吗？"

如此让人不解的问题，让慕晴眉头轻拧，她有些失笑，而后故作愠怒地叹口气。而后轻轻捧住北堂风的脸庞，毫不避讳地凝视着他的俊眸，字字清晰地念道："苏慕晴。臣妾的名字，是苏慕晴。"

三字落，北堂风的眼瞳蓦地缩动一下，竟渗出了些许失望。半晌，他低笑了一声，将慕晴放回地上，道："朕知道了。"

慕晴依然是满脸疑惑，权当是北堂风在气她晚回来，于是笑了笑，道："那臣妾先去沐浴更衣，晚些时候再与皇上说今日之事。今日，当真是个好日子。"慕晴淡笑，忽见北堂风耳畔落下一缕发，于是便想探出手为他别后，可就在她指尖即将碰触的一霎，北堂风却忽然伸出手挡住了她的手，回应她的，也不过是一句"好"。

慕晴眼中滑出一丝讶异，垂了眸，她缓缓收回指尖。而后勉强抖擞了精神，也同样言简意赅地说了"臣妾告退"。

她转身向着上书房门口走去，就在房门即被拉开的时候，忽听身后北堂风低语了一声"来人"。慕晴停住步子，本想回头再看看他，忽然却被突然涌入的锦衣卫包围。

慕晴眼瞳蓦然颤动，突然转身望向北堂风，却见他依旧平静地饮着酒，只是在他的脸上却有种初见她时的冷漠。

为什么？

她好想去问，可脚尖才刚动，却被锦衣卫狠狠拉回，然后强硬地拉着她跪在地上，膝盖碰触到冰冷的地面，让她忍不住地拧住眉，但是那满是伤痛的眸，却依旧丝毫不动地望着这个男人。

这时，忽然有一抹轻柔的脚步走出，淡淡的，如缥纱。不多时，一缕纤细的身影便即刻遮住了慕晴的视线，金线凤图绣鞋渐渐地映入了她的眼帘。

她微怔，抬头缓缓看向面前之人，却在下一刻愣在了原处。

红袍轻甩，眼前之人负手而站，她傲然倾世，眼神透着温婉，也透着一抹淡淡的冷漠。长发在身后轻摆，如墨如丝。

这个女人，竟与自己有着一模一样的脸。在她身后，则站着玉面太监郑荣。

"怎么……可能？"慕晴喃声而道，转头看向北堂风，而那填满自己心扉的他，此刻的眼神，却冷漠得让自己害怕，那是一种近乎无情的残忍，如利刃般，狠狠刺穿了她的心。

女子见慕晴语塞，红晕下的美眸中掠过一丝笑意，她缓缓抬起指尖，滑过慕晴的脸庞："你可知，我是谁？"

慕晴苦涩淡笑，似乎心中早已了然。

"本宫才是当朝皇后，苏慕晴。未料你竟凭借如此脸庞魅惑皇上，背叛皇上，还窃走密卷。如今皇上已知真相，你，好自为之吧。"

慕晴眼瞳一颤，猛然抬头看向那人，在对上了一抹冷静的笑意后，她深幽的眼中滑动着一种前所未有的怒意，她想起身，却被身后锦衣卫紧紧压住，她忽然冷笑，然后转而大笑。

"一箭双雕，好一个一箭双雕！"慕晴咬牙，齿间作响，忽然转向北堂风，"如果你还愿相信我这个连天下都不要，却只要你的女人，就听我解释与你听！北堂风！"

北堂风轻轻抬了眸子。他起身，有些凝重地望着慕晴，随后缓缓地向着她走来。慕晴面露惊喜，跪地的双膝忍不住地向前挪动。但在这一瞬，北堂风却走过了她，在交臂的一刻，他似是停顿了一瞬，低声地说了句，"抱歉。朕无法相信一个，从始到终都在欺骗朕的女人。"

撂下这极其安静的一句话，他便走了，走得如此决绝，走得连头都不曾回过。

眼前的苏慕晴微微轻笑，指尖拍过她的肩："你死了，我就可以洗去背叛之罪重来了。我会代你，继续与皇上完成约定的。呵呵……"轻笑之后，她便随着北堂风的步伐离开了。

幽暗的房间里，心口的伤再度裂开，鲜红的血液渐渐从衣料中渗出，透着些痛楚，如同被挖去了那颗最为炽热的心。慕晴垂眸，静笑，然后癫狂地大笑。双肩忍不住地抖动，连眼泪也不自觉地泛出。

当最后一声笑止住的时候，她才沉默着，然后看向毫无未来的天，突然用尽力气嘶喊一声，像是要将心中一切的情爱全部喊出，全部扔开。

已经走到半路的北堂风闻声止步，他伸出手看向方才还碰触过她的指尖，温热犹在，而后轻触右颊，平静早已不在，转而换作了痛苦的挣扎，他咬着牙，却又张开唇，几次想要回身，却始终站在了原地。然后双拳紧握，他第一次，用着撕心裂肺的声音低喊，"为什么要骗我……为什么要骗我……为什么，为什么！"

天，下雨了，渐渐地打落在这悲凉的皇城，冲散了往日的暖，也冲淡了往日的情。

只剩下，再也无法兑现的承诺，悄然地消散在空中……

—上册完—

第二十章 清君之侧